Het zwembad

Libby Page

Het zwembad

A.W. Bruna Uitgevers

Oorspronkelijke titel
The Lido
© Elisabeth Page 2018
Vertaling
Anna Livestro
Omslagbeeld
© Getty Images/Stockbyte
Omslagontwerp
bij Barbara
© 2018 A.W. Bruna Uitgevers, Amsterdam

ISBN 978 94 005 0989 4
NUR 302

Voor Alex Page
mijn zusje, de zwemster

1

Loop het metrostation van Brixton uit en je belandt in een carnaval van steeldrums, de witte ruis van het verkeer en die man op de hoek die tegen iedereen roept dat God van je houdt, zelfs tegen mensen van wie geen mens kan houden.

'Tickets voor de Brixton Academy voor vanavond!' roept een kaartjesverkoper bij de ingang van het station. 'Kaartjes voor de Brixton Academy, inkoop en verkoop!' Forenzen schudden hun hoofd tegen de proppers en predikers die flyers in hun tot vuisten gebalde handen willen stoppen. Je baant je een weg door de menigte en loopt langs de rastafari die wierook en vinyl verkoopt voor de Starbucks. Aan de overkant van de straat zit Morley's, het zelfstandige warenhuis, dat daar al jaren gevestigd is. LOVE BRIXTON staat in gloeiend neonlicht te lezen in de etalage van de nabijgelegen TK Maxx.

Vandaag bloeien er lentebloemen in de emmers van de bloemenkraam: narcissen, tulpen en dikke pioenrozen. Achter de kraam staat een oude man met een donkergroen schort voor en met aarde onder zijn nagels en een gouden ketting om zijn nek. Wat voor weer het ook is, hij verkoopt zijn bossen 'Het spijt me' en 'Ik hou van je' voor een zacht prijsje. Bruin papiertje eromheen, lintje erom, klaar.

Naast het station zit Electric Avenue: het krioelt er van de mensen bij de kraampjes, waar je alles kunt kopen, van groente tot telefoonopladers. Het ruikt er naar zoete meloenen en zilte vis. Die vis ligt op bedjes van ijs, dat in de loop van de dag verkleurt van wit naar roze, zodat je weet dat je nooit roze sneeuw moet eten.

Marktkooplui smijten elkaar hun lage prijsjes naar het hoofd alsof ze frisbees gooien. Vang hem snel en gooi hem terug.

'Drie voor een tientje, drievooreentientje.'

'Wat een koopje, drie voor een vijfje, DRIEVOOREENVIJFJE.'

'Drie voor een vijfje? Hier vijf voor een vijfje!'

Een jonge moeder met een baby trekt een boodschappenkar achter zich aan over de markt en manoeuvreert die langs platgeslagen kartonnen dozen en op de grond gevallen bananenbladeren. Ze loopt langzaam, stopt hier en daar om groente te inspecteren, pakt ze op en draait ze om als een hondenfokker die een puppy onderzoekt. De uitverkoren exemplaren worden geruild voor muntgeld dat ze uit haar portemonnee vist. Een man neemt een foto van een kraam, zijn ogen gefixeerd op de kleuren van de waren zoals de cameralens van zijn telefoon die ziet. Dan loopt hij weg om een diepvriesmaaltijd te gaan halen bij Iceland.

Aan de andere kant van de straat loopt Kate snel in tegenovergestelde richting, op weg naar huis van haar baan als journaliste bij de *Brixton Chronicle*. Ze heeft geen tijd om naar groente te kijken. Of misschien weet ze gewoon niet waar ze naar zou moeten zoeken. Het mag dan lente zijn, Kate leeft onder een wolk. Die volgt haar waar ze maar gaat, en hoe ze ook haar best doet, ze kan er maar niet aan ontsnappen. Ze baant zich een weg door de mensenmassa en wil dolgraag naar huis, de deur achter zich dichttrekken, haar bed in. Als ze niet op het werk is, is dat bed de plek waar ze de meeste tijd doorbrengt. Op straat probeert ze de geluiden om zich heen buiten te sluiten, zich er niet door te laten overweldigen. Ze kijkt naar de grond en concentreert zich op de stoeptegels.

'Pardon,' zegt ze, en ze haalt zonder op te kijken een mollige oudere dame in.

'Sorry,' zegt Rosemary terwijl ze zich door Kate laat inhalen. Ze ziet de rug van de jonge vrouw van zich wegsnellen: een kleine vrouw met een halflange lichtbruine paardenstaart, die op de snelheid van haar passen heen en weer zwaait. Rosemary glimlacht en denkt aan hoe het was om in haast te leven. Met haar zesentachtig jaar doet ze bijna niets meer snel. In plaats daarvan loopt ze langzaam met haar boodschappen van de markt naar haar appartement aan de rand van Brockwell Park. Ze gaat eenvoudig maar keurig gekleed in een broek, gemakkelijke schoenen en een regenjas, en draagt haar dunne, golvende haar uit haar gezicht met een haarklem. In de loop der jaren is haar lichaam zo veranderd dat ze het nauwelijks nog herkent, maar haar ogen zijn nog net als vroeger: felblauw en lachend, zelfs als haar mond niet meelacht.

Vandaag is het Rosemary's boodschappendag. Ze heeft een rondje langs al haar favoriete winkels en stalletjes gemaakt, Ellis van het fruit en de groenteman gedag gezegd, en haar wekelijkse lading eten ingeslagen. Ze is even het boekenantiquariaat van Frank en zijn vriend Jermaine binnengegaan. Met zijn drieën maakten ze een praatje, en Rosemary deelde hun vensterbank met de golden retriever Sprout en keek daarna op de planken of er iets nieuws voor haar bij zat, of iets wat ze vorige week misschien over het hoofd heeft gezien. Ze vindt het fijn om daar even te zijn om de muffe geur van honderden boeken in te ademen.

Na de boekenwinkel deelt ze altijd een stuk taart met haar vriendin Hope in hun favoriete koffiezaakje in Brixton Village, de overdekte markt achter Electric Avenue. Voor Rosemary en Hope is het nog steeds Granville Arcade, de oude markt en de enige plek waar Hope de Caribische etenswaren kon kopen die ze zo miste toen ze op haar twaalfde in Brixton kwam wonen. Inmiddels stikt het hier van de restaurantjes, winkeltjes en kraampjes. Ze kunnen er nog steeds niet goed aan wennen, maar zijn dol op de koffiezaak, waar de jonge barista precies weet wat ze willen hebben en al aan hun bestelling begint als ze hen door het raam ziet aankomen. En de taart is er heerlijk.

Zodra Rosemary de Village binnenstapt, komen de geuren van specerijen en het lawaai van mensen die aan de tafeltjes in de passages zitten te praten en te eten haar tegemoet – precies dezelfde geluiden en geuren als waaraan ze gewend is door haar wekelijkse bezoekjes. De markt is tochtig en sommige restaurantjes bieden hun clientèle dekentjes aan om over hun schouders of schoot te draperen onder het eten. Er hangen slingers met lichtjes aan het hoge plafond, waardoor het zelfs in de lente nog voelt als een kerstmarkt.

Hope en Rosemary drinken hun koffie en kletsen. Hope vertelt trots over haar kleindochter Aiesha en haar dochter Jamila – als altijd druk met werken. Rosemary mag graag terugdenken aan toen Jamila, haar petekind, slaagde voor haar studie geneeskunde. Ze had haar een bos bloemen gestuurd, met op het kaartje: *Lieve dokter...*

Hope en Rosemary halen herinneringen op aan de tijd dat ze samen in de bibliotheek werkten, zoals elke week.

'Weet je nog toen Robert eindelijk de moed had verzameld om je voor het eerst mee uit te vragen?' vraagt Rosemary met een glimlach. Hopes man Robert was buschauffeur voor hij een paar jaar geleden met pensioen ging, en toen ze allebei nog jong waren, kwam hij na zijn dienst een paar keer per week in de bibliotheek om gretige blikken te werpen op Hopes zandloperfiguur.

'Hij deed er anders lang genoeg over,' zegt Hope. 'Ik zal nooit vergeten dat jij altijd een ladder op schoot om boeken op hun plek te zetten als hij er was, zodat hij wel met me móést praten.'

De twee vrouwen lachen samen en genieten allebei van dit deel van de week. Maar inmiddels doen Rosemary's voeten pijn en wil ze weer naar huis.

'Volgende week zelfde tijd?' vraagt Rosemary bij het afscheid, en als ze haar vriendin omhelst, realiseert ze zich dat Hope nu met haar achtenzestig jaar ook een oude vrouw is. Ze drukt haar iets steviger tegen zich aan; wat Rosemary betreft blijft ze altijd dat vrolijke jonge ding dat op haar achttiende bij de bibliotheek kwam werken en dat Rosemary onder haar hoede had genomen.

'Volgende week zelfde tijd,' beaamt Hope, en ze zwaait nog

even voor ze de hoek omslaat en Aiesha van school gaat halen (haar favoriete moment van de dag).

Rosemary loopt langs de rijen bij de bushaltes en steekt het kruispunt over met op de hoek de oude bioscoop, die de namen van de films die er deze week draaien met witte letters op een zwarte achtergrond vermeldt. Ertegenover ligt een groot plein, waar oude mannen op stoeltjes zitten te roken terwijl pubers om hen heen skateboarden.

Verder van het station gaan de winkels over in rijtjeshuizen en appartementengebouwen. Uiteindelijk komt ze bij Hootananny, de gammele pub die beroemd is om de livemuziek. De geur van marihuana drijft vanaf de houten bankjes voor de pub, waar groepjes mensen biertjes drinken en roken. Hier slaat ze links af en volgt de straat om de rand van het park, in de richting van het flatgebouw waar ze woont.

De lift, vaak kapot, doet het tot haar opluchting.

Rosemary woont al bijna haar hele leven in de flat. Ze is er met haar man George in getrokken toen deze buurt net opgeleverd was en zij net getrouwd waren. Via de voordeur loop je meteen de zitkamer in, waar het opvallendste meubelstuk de boekenkast is die de hele muur aan de rechterkant in beslag neemt.

In de aangrenzende keuken passen een tafel met twee stoelen en een tv, die op de wasmachine is gezet. Als Rosemary haar boodschappen heeft uitgepakt, loopt ze de zitkamer door, doet de deuren open en stapt haar balkon op. Haar donkerblauwe badpak hangt als een vlag aan de waslijn. Er staan hier ook planten: gewoon een paar potjes met lavendel, niks geks – dat zou niet bij haar passen. Vanaf hier kan Rosemary Brockwell Park voor zich uitgestrekt zien liggen. Hier is ze ver weg van het lawaai en al die mensen op Electric Avenue.

De lente is aan het uitbotten en het park draagt een frisse groene jas. Ze ziet bomen, tennisbanen, een tuin en een heuveltje met een oud gebouw erop dat ooit een landhuis was en nu wordt gebruikt voor evenementen. En er worden ijsjes en snacks verkocht aan kinderen met plakvingertjes. Er lopen twee spoorbanen om het park heen: de echte, die dwars door Zuid-Londen loopt, en een miniatuurversie, die alleen in de zomer in gebruik is en alleen heel kleine kinderen vervoert. De zon gaat net onder, en Rosemary ziet mensen hun wandelingetje na het werk maken, genietend van het feit dat de dagen langer worden. Hardlopers rennen weer de heuvel op en af. En aan de rand van het park, vlak bij haar balkon, slaat een laag gebouw van rode bakstenen zijn armen om een perfecte blauwe rechthoek. Het zwembad is gestreept door de touwen die het in banen verdelen en ze ziet handdoeken langs de rand liggen. Zwemmers drijven als bloemblaadjes op het water. Het is een plek die ze goed kent. Het is het zwembad. Haar zwembad.

2

Elke ochtend komt Kate op weg naar haar werk onbekende gezichten tegen die op hun bus staan te wachten of uit huizen in hun geparkeerde auto's schieten. Maar er zitten ook vertrouwde gezichten tussen. Die ziet ze elke dag; hun veranderende kleding en kapsels zijn als het veranderende weer en markeren het verstrijken van de tijd.

In de winkelstraat passeert ze een heel lange blonde man met een hoog voorhoofd, die een zwartleren jasje draagt, wat voor weer het ook is. Het punt van de straat waarop ze hem tegenkomt, is afhankelijk van haar vertrektijd, op tijd of aan de late kant. Als ze hem aan het begin van de straat tegenkomt, weet ze dat ze nog tijd heeft om een kop koffie te gaan halen. Komt ze hem aan het eind pas tegen, dan begint ze half te rennen.

Dan is er nog de jonge vrouw met het donkere haar en een levendig gezicht, die meeknikt met haar muziek en soms zelfs meezingt. Vaak loopt een jongeman met haar mee op Doc Martens. Als hij erbij is, hangt ze haar koptelefoon om haar nek en praat ze met hem, haar arm in de zijne gehaakt. Vandaag is ze alleen.

Als ze elkaar passeren wil Kate bijna knikken, maar dan bedenkt ze dat ze deze vrouw helemaal niet kent. Ze weet niet hoe ze heet of waar ze elke ochtend in tegenovergestelde richting naar op weg is. Ze hebben elkaar nog nooit gesproken, en toch is haar gezicht Kate even vertrouwd als de H&M, de bioscoop en de markt, die ook in deze straat te vinden zijn. Ze is net zo goed een onderdeel van Brixton als de stenen waar de wijk mee is gebouwd.

Er trekken plotseling wolken over en het begint te regenen. Kate vervloekt zichzelf: ze heeft haar paraplu thuis laten liggen. Al snel raakt ze doorweekt in de bui en drijfnat komt ze aan bij de *Brixton Chronicle*. Als ze daar binnenloopt, komt ze Jay, de fotograaf van de krant, op de trap tegen. Hij glimlacht, zijn mond omlijst door zijn rossige baard, zijn krullen een woest aureool om zijn hoofd. Hij is lang en breed, maar met een zacht randje. Ze hebben niet veel samengewerkt, maar ze begroeten elkaar elke ochtend en knikken of zwaaien als ze elkaar ergens in Brixton tegenkomen. Hij lijkt altijd te lachen, en zelfs op haar allerslechtste dagen ontlokt hij ook haar een glimlach, ook al werkt haar mond niet mee en zie je er dus niets van.

'Goeiemorgen!' zegt hij terwijl ze zich langs elkaar wurmen op de trap. Hij heeft een vet Zuid-Londens accent.

'Mogguh. Ga je alweer op pad?'

'Ja, heb een opdracht.' Hij gebaart naar de camera op zijn rug. 'Voor een recensie. Er zit een nieuw restaurant op de plek van een oude pub. Mijn vader zei dat hij zich nog kon herinneren dat hij daar weleens een biertje dronk, toen hij zo oud was als ik.'

'Oké, nou, tot later dan,' antwoordt Kate. 'En vergeet je...'

Voor ze haar zin afmaakt, gebaart hij naar de paraplu die aan zijn rugzak hangt.

Ze knikt en loopt de trap op naar kantoor.

'Zo, heb je gezwommen?' vraagt haar redacteur terwijl ze haar natte jas over haar stoel hangt.

Phil Harris is een man met wiens lichaam niet echt vriendelijk is omgesprongen. Zijn wangen hebben permanent een paarsige kleur, dezelfde kleur als de wijn die hij elke avond samen met zijn vrouw, of, zo wordt gefluisterd, Niet Zijn Vrouw, in de kroeg achteroverslaat. Je ziet de biefstuk en frites als een zwemband om zijn middel zitten, eentje die zijn einde wordt in plaats van hem te redden. Hij is niet rijk – hij heeft nooit een baan bij een nationale krant kunnen bemachtigen – maar hij bezuinigt niet op zijn eten en drinken.

Ze schudt haar hoofd. 'Nee, ik werd overvallen door de regen. Ik kan helemaal niet zwemmen.'

Dat is een leugen. Ze kan best zwemmen. Als ze per ongeluk in een zwembad zou vallen, zou ze heus wel aan de kant komen. Ze snapt het basisprincipe van wat je met je armen en benen moet doen om te blijven drijven. Ze heeft alleen al niet meer gezwommen sinds ze een tiener was. Ze hadden zwemles met school, maar zodra ze ermee kon nokken, deed ze dat. Dat gebeurde rond de puberteit, toen meisjes een lichaam kregen dat aanvoelde als ongemakkelijke kleren waar ze snel weer uit wilden. Ze herinnert zich die transformatie nog goed: het giechelende troepje ging stilletjes aan de rand van het bad hangen, hun armen om zichzelf heen geslagen om hun perfecte, gehate lijven beschaamd te verbergen.

'Dat kon dan weleens een probleempje worden,' zegt Phil. 'We hebben een klus voor je bij het zwembad. Het is natuurlijk niet per se nodig dat je gaat zwemmen, maar dat zou wel helpen om wat dieper in het verhaal te duiken, te begrijpen waar alle commotie precies over gaat...'

Kate proeft chloor en de angst om halfnaakt voor haar klasgenoten te moeten verschijnen. Zonder verdere uitleg gooit Phil haar een dubbelgevouwen flyer toe over de stapel boeken die de scheidslijn vormt tussen hun bureaus. Hij belandt op haar toetsenbord. Voorop staat een zwart-witfoto van een openluchtbad, met een hoge springplank en een man midden in zijn sprong, zijn armen gespreid als de vleugels van een zwaluw. Binnenin staat een kleurenfoto van wat, naar Kate aanneemt, het zwembad van nu is: helderblauw water en kinderen die met hun armen aan de rand van het bad hangen en heftig schoppen met hun benen.

Red ons zwembad, staat er met grote, handgeschreven letters op het flyertje. Ze leest de tekst:

Ons zwembad, open sinds 1937, wordt bedreigd. De gemeente heeft het over problematische financiering en een bod van een projectontwikkelaar, Paradise Living. Ze willen van ons geliefde zwembad een besloten sportschool maken. Pikken wij dat? Als jij denkt dat je een bijdrage kunt leveren aan onze campagne, spreek dan het personeel van het Brockwell Lido aan.

De zwemmers van het Brockwell Lido, staat er als ondertekening in een keurig handschrift. Geklungel met een schaar en een kopieerapparaat, vindt Kate. En daar zit ze niet ver naast.

'Wil je dat ik hierover schrijf?' vraagt Kate.

Kate schrijft momenteel bij de *Brixton Chronicle* over vermiste huisdieren, geplande wegwerkzaamheden en gemeenteverordeningen. Stukjes die achter in de krant staan, maar niet helemaal achteraan, bij de sport. Het zijn de stukjes die geen mens leest. Geen stukjes die ze aan haar leraren op haar opleiding journalistiek zou willen laten lezen. Haar moeder stopt ze nog steeds in een plakboek, maar dat maakt het alleen maar erger.

'Als je straks beroemd bent, ben je blij dat ik dit allemaal bewaard heb,' zegt ze dan, en dan zakt Kate alleen nog maar dieper weg in de schaamte die ze draagt als een dikke jas.

'Ja,' zegt Phil, 'ik denk dat hier iets goeds in zit. Wist jij dat Paradise Living al vier appartementengebouwen heeft neergezet in Brixton? Die gaan voor miljoenen van de hand. Ze denken dat ze die appartementen voor nog meer geld kunnen verkopen als ze de bewoners het lidmaatschap van een besloten sportschool in het Brockwell Lido kunnen bieden.'

Hij kijkt Kate aan.

'Jij zei dat je een verhaal wilde,' zegt hij. 'Hier heb je het.'

Verhalen waren Kates vrienden voor ze met mensen leerde omgaan. Ze ploos ze uit, verstopte zich ertussen in de bibliotheek en dook in de bladzijden. Ze plooide zich in de vorm van Hermione Granger of George van *De Vijf* of Catherine Morland uit *De abdij van Northanger* en deed dan een poosje alsof zij hen was. Toen ze naar de middelbare school ging, waren de karakters die ze tegenkwam in haar boeken haar vrienden. Ze zat met hen in de bieb, waar ze stiekem haar boterhammen at achter de kaften, zodat de bibliothecaresse het niet zou zien. (De bibliothecaresse zag het heus wel, maar deed of haar neus bloedde.)

En nu vertelt ze de verhalen van andere mensen. Zelfs al is het maar een interview over hun verdwenen kat, dan nog vindt Kate het interessant. Vaak zijn mensen verbaasd over de vragen die ze hun stelt: 'Wat is uw eerste herinnering aan Smudge?' 'Hoe anders had uw leven eruitgezien als u Milo nooit had gehad?' 'Als Bailey kon praten en maar één zin kon zeggen, waar zou die dan over gaan, denkt u?'

Meestal werden haar interviews teruggesnoeid tot de kale informatie – 'Smudge, drie jaar oude rode kater van de familie Oliver, vermist sinds 3 september. Beloning voor de vinder.' – maar ze bewaart de verhalen in haar hoofd en bladert erdoor als door een geliefd oud boek.

Dit verhaal is als een bal die de redacteur haar toegooit, en ze is niet van plan hem te laten vallen.

3

Een zwembad ziet er verloren uit zonder zwemmers. Het is nog vroeg en de badmeester is slaperig en stilletjes bezig het afdekzeil op te rollen. Vanaf haar plek op het balkon ziet Rosemary de mist van het wateroppervlak opstijgen alsof het water een levend, ademend wezen is. De hemel mag dan blauw zijn, de lucht is nog steeds behoorlijk fris. Ze slaat haar handen om haar kom met havermoutpap en ziet dat de badmeester wegduikt in zijn fleecejack en snel weer naar binnen loopt als zijn taak erop zit en het water toegankelijk is.

Het blijft stil, tot er een paar wilde eenden aan komen vliegen, die stuivend op het water landen. Ze hebben het hele bad voor zichzelf. Rosemary mag 's ochtends graag naar ze kijken, naar die twee vogels die genieten van het lege zwembad terwijl de zon als confetti over het water wordt gestrooid.

Uiteindelijk komen de eerste zwemmers. Ze zijn stil, deels omdat ze nog niet helemaal wakker zijn en deels uit respect voor de stilte en de eenden. Ze kennen de eenden goed en zwemmen om ze heen tot het paar besluit dat het tijd is om te vertrekken en over het water rennen, om dan op te stijgen en over de muren van het zwembad te vliegen.

De badmeester bekijkt het zwembad vanaf zijn hoge stoel als een tennisscheidsrechter op zijn troon. Het kijken naar heen en weer zwemmende mensen is zijn ochtendmeditatie, net als die van Rosemary. Ze eet haar havermout op, gaat naar binnen en pakt haar zwemtas van de stoel bij de deur.

Rosemary is elke ochtend om zeven uur bij het zwembad. Eenmaal omgekleed duwt ze de deur van het kleedhokje open en stapt de kou in. Als ze kon, zou ze dan rennen. In plaats daarvan loopt ze naar de rand, waar haar voeten een minuut of drie later arriveren dan haar gedachten. Haar lichaam is niet zo sterk als haar wil: ouder worden heeft haar gedwongen geduldig te zijn.

Als ze naar de ladder gaat, kijkt ze naar de andere zwemmers: een bad vol armen die de waterspiegel doorklieven. Alleen de schoolslagzwemmers hebben een gezicht.

Terwijl ze zich van de ladder laat zakken, voelt Rosemary zich als een boom in de wind. Haar takken kraken. Ze laat los en wordt door het water opgenomen. Ze laat de kou haar omringen en went eerst aan de temperatuur voor ze zich van de kant duwt. Ze begint met regelmatige slagen te zwemmen, dwars door de mist. Ze kan het diepe nog niet zien, maar weet dat ze daar uitkomt als ze maar doortrappelt. Rosemary is zesentachtig, maar in het water is ze leeftijdloos.

Rosemary woont al haar hele leven in Brixton. Zelfs in de oorlog was ze een van de weinige kinderen die er bleef. Los van de keren dat de brandweer het water uit het bad nodig had om brandjes in de buurt te blussen is het zwembad altijd open, en ze komt zwemmen als ze maar even kan. Eerst voelde ze zich schuldig, omdat zij in het water lag terwijl haar vader en zijn vrienden vochten in de oorlog. Het was soms weleens kantje boord, als de bommen 's nachts op het park vielen, vlak achter het zwembad, en op Dulwich Road, de weg langs het park. Ze herinnert zich nog dat ze de dag na de inslagen naar het park ging en families met wezenloze gezichten door het puin zag lopen terwijl hun buren hen hielpen om nog wat spullen uit hun verwoeste huizen te redden.

Maar ondanks dat alles was het zwembad er nog. En naarmate de maanden voorbijgingen, was het onmogelijk om de hele tijd somber te blijven; het was net zoiets als een dag in je nette kleren moeten zitten: uiteindelijk werd ze onrustig en begon ze aan haar blouse te trekken en met haar schoenen te sloffen en moest ze weer tiener zijn. In die jaren was het rustig in het zwembad. De kinderen uit Brixton waren geëvacueerd naar het veilige platteland, en aangezien de mannen aan het front zaten en de vrouwen aan het werk waren, was het moeilijk om aan badmeesters te komen. Dus ze had het koele blauwe water vaak voor zichzelf.

Aan de andere kant van de muur om het zwembad hoort ze een bus wegrijden bij de halte. Er klinkt ook lawaai van een trein die even inhoudt bij Herne Hill voor hij de bocht neemt naar Loughborough Junction. Rosemary's leven kreeg vorm tussen die namen. De namen van de heuvels: Tulse Hill, Brixton Hill, Streatham Hill, Herne Hill. Dan de 'dorpen': Dulwich, West Norwoord, Tooting. Ze smaken even vertrouwd als tandpasta. Ze herkent de nummers van de buslijnen aan hun vorm en de straatnamen aan hun klank: App-ach, Strad-ella, Dalkeith, Holling-bourne, Tal-ma.

Ze kende vroeger ook alle winkelpuien, maar die zijn tegenwoordig een stuk lastiger te onthouden. Ze denkt weleens dat iemand haar probeert te bedotten. Telkens als een zaak die haar vertrouwd is, wordt vervangen door iets onbekends, moet ze hem doorhalen op de plattegrond in haar hoofd en vervangen door het nieuwe makelaarskantoor of de nieuwe koffiezaak. Als ze deze plekken niet meer kent, zou ze verloren zijn in een stad die de hare niet meer is. Als ze alle nummers en namen en straten die ze in haar hoofd heeft opgeslagen zou laten gaan, zou ze misschien iets zinnigs kunnen leren, een nieuwe taal, of breien of zo. Breien zou in de winter zonder meer nuttig zijn.

Rosemary zwemt in een regelmatige schoolslag en gaat steeds kopje-onder, zodat haar oren zich vullen met zwemwater. Ze ziet haar vingers voor zich uit verrimpelen, hoewel ze niet zeker weet of het door het water komt of door haar leeftijd. Haar rimpels verbazen haar steeds weer. Jonge meiden hebben geen rimpels. Ze is een jong meisje dat in de vroege ochtend zwemt onder het waakzame oog van de grote oude klok en de badmeester, die met zijn scheidsrechtersfluitje zit te spelen. Ze zwemt voor ze naar haar werk in de bibliotheek gaat; ze moet zich snel omkleden, wil ze nog op tijd komen. Haar haar zal nog druipen als ze straks tussen de boekenplanken op en neer loopt.

'Heb je het Kanaal al overgezwommen, Rosy?' zal George vragen als ze straks thuiskomt.

'Ik werk eraan.'

Maar de bibliotheek is inmiddels gesloten en George is er niet meer. Ze stopt in het ondiepe en leunt even tegen de rand voor ze langzaam de ladder op gaat. Ze probeert zich dit zwembad voor te stellen als een besloten sportschool, en hoewel ze net gewend was aan het koude water, huivert ze van de gedachte. Als ze uit het bad stapt, is ze niet meer jong en wordt ze zich pijnlijk bewust van haar knieën. Toen ze jong was, viel het haar nooit op dat ze die had; net als haar gratis busabonnement is dit een deel van haar leven waar ze inmiddels een bloedhekel aan heeft. Ze betaalt nog steeds voor een kaartje in de bus, uit principe.

4

Kates wandeling van het werk naar huis voert haar door de woonwijken die om de winkelstraat zijn gebouwd. Zo nu en dan kijkt ze op naar de gebouwen, of de straten in, of door de ramen van huizen en appartementen, en dan verzint ze welke verhalen zich daarbinnen afspelen.

Er zit een gezin aan het avondeten in hun voorkamer. De gloed van de televisie flitst over hun gezichten en toont hun verbazing, verdriet en verveling. Een jong meisje staat te oefenen op een tweedehands viool, en het verrassende geluid van Bach drijft van de vijfde verdieping van een torenflat naar buiten.

Op de verdieping onder de violiste deelt een stelletje een joint op hun balkon. Ze zijn volledig gekleed, maar hun voeten zijn bloot en raken elkaar bijna, net als de rest van hun lichaam. De zoetige geur is het eerste wat de vrouw in de flat ernaast opmerkt als ze thuiskomt van haar werk. Ze gooit haar balkondeur open, legt haar jas op de bank en gaat daarbovenop liggen, rustig ademend.

In de keuken van een flat op de begane grond nuttigt een ouder stel hun avondmaaltijd. Ze zitten naast elkaar en kijken uit het raam naar een vos die zijn weg zoekt door de gemeenschappelijke tuin. Als ze klaar zijn met eten houden ze onder de tafel elkaars hand vast.

In een groot herenhuis hebben de leden van het gezin zich ieder in hun eigen kamer teruggetrokken, soevereine staten onder dezelfde vlag. In het huis ernaast zijn twee meisjes zich aan het verkleden, eentje als een prinses en het andere als Spiderman. De prinses en Spiderman geven elkaar een hand en springen op en neer op het bed.

Achter sommige ramen gaan droevige verhalen schuil, achter andere bevinden zich vrolijkheid en liefde, misschien niet opvallend of flitsend, maar stilletjes en zacht in een kamer liggend, als vloerbedekking.

Terwijl Kate doorloopt, stelt ze zich voor dat ergens in de stad iemand zoals zij alleen in zijn kamer zit en pindakaas eet, zó uit de pot. Ze vraagt zich af of die onbekenden haar zouden begrijpen als ze hun zou vertellen wat ze haar eigen familie niet kan vertellen: dat ze soms niet eens uit bed wil komen en dat ze vergeten is hoe het ook alweer voelt om gelukkig te zijn.

Niet dat ze ooit aan iemand zou toegeven dat ze eenzaam is, natuurlijk. Je hoort niet eenzaam te zijn als je in de twintig bent. Dit is de tijd om vriendschappen voor het leven te sluiten, de tijd voor ongeschikte vriendjes, roekeloze vakanties waarin je shots uit elkaars navel drinkt en een supertijd hebt. Ze ziet op Facebook dat mensen hun verjaardagen vieren en uitgaan, en het lijkt erop dat iedereen het inderdaad hartstikke leuk heeft. Ze spatten stralend van haar telefoonschermpje af. Het is alsof het hele leven al is opgediend aan anderen en er geen kruimel meer over is voor haar. Althans zo voelt het. Ze zegt nooit tegen iemand dat ze zich vaak zo'n treurige, morsige teddybeer voelt die je weleens onder een bankje in de metro ziet liggen. Ze zou zo graag willen dat iemand haar oppakte en mee naar huis nam.

Kate woont in een huis dat ze deelt met vier anderen: twee studenten en twee mensen die iets doen, maar wat, dat weet ze niet precies. Ze komen op allerlei tijdstippen thuis en doen de deur van hun slaapkamers dicht, en af en toe komt ze eens iemand tegen op weg naar de (enige) badkamer. Het zijn mensen die ze heeft horen kreunen tijdens hun vurige seks (dunne muurtjes) en wier schaamhaar ze uit het doucheputje heeft moeten vissen; waar ze vandaan kwamen voor ze hier in huis trokken, dat weet ze niet, en ze heeft ook geen idee wat hun lievelingsfilms zijn. Ze weet helemaal niets over hen.

En zij weten al helemaal niets over haar. Maar ja, wat valt er ook te weten? Broers of zussen? Ja, een oudere zus, Erin. Ouders: een moeder, een stiefvader en een vader die op Antigua woont met zijn vriendin en die alleen bij speciale gelegenheden belt (verjaardagen, kerst en diploma-uitreikingen).

'Van harte gefeliciteerd, K.'

'Bedankt, pap. Nog steeds zonnig daar?'

'Zeker weten. Daar nog steeds regen?'

'Zeker weten.'

'Ik mis je.'

'Oké, dag pap.'

'Dag, Kate.'

Kate en Erin groeiden op in een buitenwijk van Bristol, bij hun moeder en stiefvader Brian. Hun moeder werkte bij een kunstenaarscollectief, ging altijd gekleed in bontgekleurde dingen en vertelde graag moppen. Brian was altijd een stuk stiller. Hij was een academicus, gespecialiseerd in een bepaald deel van de middeleeuwse geschiedenis, maar welk deel, dat kon Kate nooit onthouden. Hij droeg dikke wollen truien en een rond brilletje. Hij vond het heel amusant toen Erin hem vertelde dat dat soort brillen in waren onder haar klasgenoten. Brian was bij hen komen wonen toen Kate zeven was en ze te jong was om vragen te stellen; haar leven overkwam haar toen nog, ze had geen idee dat ze er zelf ook iets over te zeggen had. Erin, zes jaar ouder, was een stuk meer op haar hoede, als een kat die met een grote boog om het bezoek heen loopt en bij elke onverhoedse beweging onder de bank schiet. Maar in de loop der tijd hadden ze met zijn vieren een prettig ritme gevonden. Ieder had zijn eigen rol en speelde die rol met verve: Kates moeder nam hen mee naar nieuwe galeries en vroeg hun wat ze van de schilderijen vonden, hoe ze zich erbij voelden. Brian las hardop voor uit de krant, bood aan bij hun huiswerk te helpen en gaf Erin af en toe wat geld zodat ze uit kon met vriendinnen.

Kate en Erin hadden ook ieder een rol: Kate was het verlegen jongere zusje, de boekenwurm, en Erin was wat afstandelijker, speelde de baas over Kate en gaf haar af en toe wat genegenheid, zoals je een hond die braaf is een koekje geeft. Op Kates eerste schooldag op de middelbare school liet haar zus haar zien hoe lang de rok van je uniform moest zijn en hoeveel strepen je das moest hebben om er niet uit te zien als een nerd, maar ook niet als een onruststoker.

Kate bleef in Bristol studeren, deels omdat het goedkoper was om thuis te blijven wonen, maar ook omdat ze nog niet weg wilde. Na haar bachelor vertrok ze naar Londen voor een master journalistiek en kreeg vervolgens haar baan bij de regionale krant in Brixton.

Toen ze naar Londen verhuisde, dacht Kate dat ze als vanzelf heel veel mensen zou leren kennen. Maar ze is hier nu al twee jaar en het is nog steeds niet gebeurd. De enige mensen in haar leven zijn haar huisgenoten, die stapels afwas als Jenga-torens in de keuken laten staan en die zwarte schimmel prima decoratie voor een badkamer vinden.

Haar vrienden uit Bristol wonen nog daar en willen nooit naar Londen komen. Ze zeggen dat ze het fijn vinden om ergens te wonen waar ze iedereen kennen en dat je in Bristol ook prima een avondje kan stappen. Ze vinden Londen duur en zien er het nut niet van in. Dat het duur is klopt, maar Kate kan het zich niet veroorloven om steeds weer terug naar Bristol te gaan. Ze is er ongeveer een jaar geleden mee gestopt. Niemand lijkt het te merken, en haar vrienden uit Bristol heeft ze sindsdien niet meer gesproken.

Kates eenzaamheid voelt soms als buikpijn, soms als een zeurend gevoel achter haar ogen of een gewicht waardoor haar armen en benen te zwaar voor haar lijf lijken. Als ze met de metro moet, leest ze graag een *Time Out* en fantaseert dan over de dingen die ze graag zou doen: misschien speeddaten in Shoreditch, of dansen in een silent disco op het dak van een of ander gebouw in de City, of leren hoe je een broek moet haken in een cocktailbar waar ze ook retrofeestjes organiseren. Maar dan bedenkt ze dat je bij het speeddaten dertig wildvreemde mannen steeds opnieuw moet vertellen hoe je heet en wat je doet, en dat een silent disco lang niet zo leuk is in je eentje, en dat je toch nooit een gehaakte broek aan gaat trekken.

Dus in plaats daarvan gaat ze na het werk altijd meteen naar huis, tenzij ze echt niets meer in haar ijskast heeft staan. In dat geval loopt ze even snel de supermarkt in voor haar favoriete kant-en-klaarmaaltijd en welke wijn ook maar in de aanbieding is. Dan komt ze thuis, wacht drie minuten tot haar eten uit de magnetron komt en sluit zich vervolgens op in haar slaapkamer.

Die kamer is niet groot, maar groot genoeg voor een tweepersoonsbed en een klein bureautje. Ze heeft geen boekenkast, dus liggen tegen een van de muren gevaarlijk overhellende stapels boeken. Op haar bureau staat een laptop en een armzalige potplant die haar moeder voor haar kocht toen ze hierin trok. *Zo kan ik toch een beetje bij je zijn*, staat er op het bij-vormige kaartje dat nog steeds aan de pot vastzit.

Eenmaal binnen trekt ze de wijn open en gaat op bed zitten kijken naar documentaires met titels als *De jongen die zijn eigen arm af wil snijden*. En ze huilt, want vreemd genoeg weet ze precies hoe het voelt om uit je eigen lichaam te willen kruipen, of, als dat niet lukt, het in stukken te snijden en weg te kunnen drijven. Maar dat komt misschien door de wijn. Elke avond drinkt ze een glas te veel, omdat haar hoofd dan wattig aanvoelt, wat beter is dan zich bewust zijn van de angst op haar schouder of de wolk boven haar hoofd.

Ze blijft tot laat op, starend naar de gloed van haar laptopscherm in de hoop daar wat troost te vinden, zich verbonden te voelen met mensen wier gezichten ook door hun computers worden bijgelicht. Als ze te moe is van het zoeken, klapt ze hem dicht en zet hem naast haar bed neer. Soms blijft ze huilen en wordt het kussen nat om haar gezicht. Ze probeert stil te blijven, zodat haar huisgenoten haar niet horen, maar soms moet ze naar lucht happen alsof ze verdrinkt. Als ze dan zo hardop huilt, vraagt ze zich af of het niet ook is omdat ze ergens hoopt dat iemand haar hoort, dat er iemand aanklopt en haar vastpakt en zegt dat het allemaal wel goed komt. Maar dat gebeurt nooit. Als de tranen op zijn, ligt ze met wijd open ogen in het donker te staren en voelt ze zich helemaal verdoofd. Tot ze uiteindelijk in slaap valt.

5

De kinderen van de zwemclub kennen geen angst. Rosemary ziet ze als kikkervisjes door de banen kronkelen. Ze zijn nog zo jong dat ze zich niet van zichzelf bewust zijn als ze aan de rand staan te wachten tot ze erin mogen duiken. Ze dringen om een plekje en trekken hun felgekleurde badmutsen wat verder over hun oren.

Als ze vanuit het restaurant zit te kijken, ziet ze meteen wie de atleten zijn: degenen met de te lange lichamen en torso's die taps toelopen, als ijshoorntjes. Sommigen van de kinderen zijn kleiner van stuk en hebben buikjes die heuvels maken van hun badpakjes, maar hun dapperheid verbaast haar als ze in het water springen. Als de zwemleraar op zijn fluitje blaast, springen ze er een voor een in, als dominostenen, in het volste vertrouwen dat het water hen met een glimlach zal verwelkomen en dat hun lichamen precies weten wat ze moeten doen als ze eenmaal in het zwembad liggen. Rosemary zou wel willen dat ze zelf zoveel vertrouwen in haar lijf had; ze kan er niet altijd meer van uitgaan dat het doet wat ze wil.

'Ben jij Rosemary?'

Rosemary draait zich weg van het zwembad en kijkt op naar de kleine jonge vrouw die naast haar staat. Ze houdt een opschrijfboekje in haar hand, en een stapel papieren. Haar kleren, in verschillende tinten zwart en grijs, zien eruit alsof ze om haar heen gevallen zijn, en ze draagt haar haren in een slordige staart.

'Vind je het goed als ik even bij je kom zitten?' vraagt de jonge vrouw. 'Bij de receptie zeiden ze dat ik bij jou moest zijn als ik het over het zwembad wil hebben.'

'Ik ben Rosemary, dat klopt. Wat wil je weten?'

'Ik ben Kate Matthews, ik werk voor de plaatselijke krant. We willen graag een stuk schrijven over de mogelijke sluiting van dit zwembad. Heb jij dit geschreven?'

Ze houdt een *Red ons zwembad*-flyertje op.

Rosemary bloost. Ze schaamt zich voor het feit dat het flyertje met de hand geschreven is en is gekopieerd. Ze ziet zelf ook wel dat het er amateuristisch uitziet.

'Dat klopt. Maar ik weet niet of ik je wel kan helpen.'

Het geluid van over de tegels schrapend plastic klinkt als Kate een stoel bijtrekt en gaat zitten. Ze volgt Rosemary's blik naar het bad.

'Wat zijn ze schattig, hè,' zegt Kate. 'En nog goed ook.' Samen kijken ze hoe de kinderen de opdrachten van de zwemleraar – 'doorhalen', 'harder trappelen' – opvolgen. Ze zijn wel klein, maar ze zijn zo snel als visjes.

'Ik wilde iets doen om te helpen...' Rosemary kijkt nog even naar het bad, waar het water wit schuimt van de spartelende voeten en armpjes, die graag doen wat er van hen wordt gevraagd. Het klasje is aan het eind van de te zwemmen afstand en de snelste kinderen hijsen zich al aan de kant en gaan daar staan springen. De laatste zwemmertjes zwemmen door en trappelen nog harder dan hun snelste klasgenootjes.

'Ik kon het niet over mijn kant laten gaan. Maar ik heb gehoord dat Paradise Living veel geld biedt en dat de gemeente het aanbod niet kan afslaan.'

Rosemary valt even stil en kijkt weer naar het water. De zon wordt weerkaatst door het oppervlak en schijnt op de kinderen die ijverig op en neer zwemmen.

'Ik heb over ze gehoord,' zegt Kate. 'Onze krant heeft al eens over ze geschreven, over die chique nieuwe appartementencomplexen die ze hebben neergezet.' Ze zwijgt even. 'Ik zou je graag willen interviewen, Rosemary.'

'Wat moet je nou met mij?' antwoordt Rosemary.
'Voor de krant. Ik denk dat het goed is als er naast het nieuwsverhaal ook een profiel van jou komt te staan. Het zou geweldig zijn om ook de menselijke kant van het verhaal te belichten, te horen wat het zwembad betekent voor iemand die hier al zo lang komt. Ik hoorde van de bedrijfsleider dat je de trouwste zwemklant van het bad bent.'
Rosemary glimlacht en denkt aan Geoff, de bedrijfsleider die ze inmiddels zo goed kent. Dan kijkt ze Kate eens goed aan en vraagt zich af of ze haar kan vertrouwen. Ze is van nature wantrouwig ten opzichte van verslaggevers, hoewel ze er eigenlijk nog nooit eentje heeft gesproken. Deze jonge vrouw lijkt totaal niet op wat Rosemary zich voorstelt bij een journalist. Het is nog zo'n kind.
'Hoe lang kom je hier al?' vraagt Kate.
'O, een eeuwigheid.'
Rosemary kan zich geen periode herinneren dat het zwembad geen rol speelde in haar leven; het is net zo'n vast onderdeel als het kopje thee dat ze drinkt op haar balkon.
'Zwem je zelf ook?' vraagt ze aan Kate.
'O, nee, niet echt, ik bedoel...' Kates stem sterft weg en ze zakt nog dieper in haar stoel. Bij het diepe gedeelte van het bad maakt een man een perfecte duik. Rosemary ziet dat Kate gespannen naar hem kijkt. Ze mag haar haar weleens wassen, en ze heeft donkere kringen onder haar ogen. Ze zit ineengedoken in haar stoel, met haar schouders een beetje voorovergebogen alsof die de rest van haar lichaam tegen iets moeten beschermen. Rosemary's aanvankelijke wantrouwen breekt als het wateroppervlak van de duik van de man zojuist.
'Ik doe het interview als jij een keer gaat zwemmen,' zegt Rosemary.
Kate kijkt geschrokken en haar bruine ogen schieten onzeker alle kanten op. Ze blijft even stil, maar knikt dan.
'Oké,' zegt ze langzaam. 'Wanneer schikt het jou, het interview?'

'Nee,' antwoordt Rosemary. 'Eerst zwemmen, daarna spreken we iets af. Hier heb je mijn e-mailadres. Schrijf maar als je een keer het water in bent geweest. En maak je geen zorgen, zwemmen is net als fietsen. Je verleert het niet.'

Als Rosemary terugloopt naar haar flat, nadat ze afscheid van Kate heeft genomen, vraagt ze zich af waarom ze dat arme kind eigenlijk zo in de tang heeft genomen. Het was omdat iets aan Kate Rosemary deed vermoeden dat ze weleens een duik in het zwembad kon gebruiken.

6

In het zwembad staat een zwangere vrouw zich om te kleden. Haar lichaam verbluft haar. Ze is een strandbal, een hard opgeblazen ballon, een planeet, een wereldbol. Ze hijst haar tankini over haar buik. Of buik... berg, eerder. Ze voelt hem schoppen in het middelpunt van haar aarde.

'Jaja, liefje,' zegt ze zachtjes. 'We gaan lekker zwemmen.'

Niemand in de kleedkamer stoort zich eraan dat ze in zichzelf staat te praten. Gekte lijkt geaccepteerd als je zwanger bent, is haar ervaring, net als stemmingswisselingen, eindeloze bezoekjes aan de wc en twee (vooruit, drie) hamburgers per week naar binnen werken.

Tussen de laaghangende broek en top van haar tankini is een maan van vlees te zien. Verleden week paste hij nog. Ze legt haar handdoek op de berg terwijl ze haar kleren in haar tas stopt en haar locker op slot draait, waarna ze de handdoek over haar schouder hangt.

Een pubermeisje houdt de deur voor haar open. Ze zal het missen, die vriendelijkheid van de mensen om haar heen nu ze zwanger is. Ze glimlacht en stapt het terras op, en de zon straalt via het zwembad op haar af. Haar voeten maken zachte geluidjes op het natte beton. Haar enkels zijn gezwollen en haar nagels zijn ongelakt: ze kan er niet meer bij met het kwastje, haar buik zit in de weg. Ze voelt de mensen kijken als ze langs het bad loopt en ze kijkt naar hoe ze kijken.

Ze heeft nog nooit zoveel aanspraak gehad van wildvreemden als sinds ze in verwachting is. Een zwangerschap is net als het weer: iedereen wil het erover hebben. Men heeft haar aangeraden om op haar linkerzij te slapen, tegen dikke enkels, ze heeft al talloze foto's gezien van kleinkinderen, en vrouwen vertellen haar hoe je het best kunt bevallen. Ze houdt eigenlijk wel van al die aandacht. Het helpt ook dat dit iets van haar is, en niet van haar man. Niet dat ze het ooit tegenover iemand zou toegeven, maar ze is als de dood dat haar baby meer van zijn vader zal houden dan van haar.

Het kost veel moeite om het trapje af te lopen, maar zodra ze in het water ligt, valt het gewicht dat al acht maanden toeneemt helemaal weg; het water draagt hen allebei. Het is een prettig soort koud. Het soort koud dat een lijf dat het tegenwoordig steeds zo warm heeft vanwege het zware kind dat het bij zich heeft, wat kalmeert.

Terwijl ze haar baantjes trekt, denkt ze over domme dingen na, zoals 'Ik moet niet vergeten om kattenvoer te kopen' en 'Is de vuilnis nou opgehaald vandaag?' en 'Straks nog even mijn schoonmoeder bellen om haar te bedanken voor de lunch'. Haar slagen zijn traag maar krachtig, en samen bewegen ze door het water als een gestaag doorvarend schip. In de lucht hangen wolken met de kleur van olifantshuid en een briesje maakt ruzie met de bomen. Terwijl ze onder hun schaduw door zwemt, denkt ze aan hun eigen piepkleine L-vormige tuintje en vraagt ze zich af of daar een schommel in zou passen. Misschien moet hij eerst leren lopen. Wat komt er eigenlijk eerst? Misschien bestaat er wel zoiets als een babyschommel.

Ze schopt en voelt hem schoppen.

Aan de rand van het bad zit een vrouw die een badmuts over het hoofd van haar kind trekt, en ze glimlacht naar de zwangere vrouw. Zo moeten heel erg mooie mensen zich de hele tijd voelen, denkt ze onder het zwemmen.

Vanavond kookt haar man; sterker nog, hij kookt tegenwoordig bijna altijd. Ze vraagt zich af wat ze gaan eten – hopelijk geen roerbakmaaltijd. Haar lichaam rilt onwillekeurig bij de gedachte aan noodles, hoewel ze daar niet echt een uitgesproken hekel aan heeft.

Toen ze hem vertelde dat ze zwanger was, moesten ze allebei huilen van geluk. Hij gaf de hele avond kusjes op haar buik. Hij drukte zijn lippen liefdevol op haar navel en tussen haar dijen.

Een paar weken later huilden ze weer, maar deze keer van schrik. Ze kan zich niet eens meer herinneren waar het precies door kwam, maar ineens had ze het gevoel dat het kind haar een geheim had verteld dat te groot voor haar was om te kunnen bevatten. Terwijl ze eerst nog zo blij was, werd ze er vervolgens door verpletterd. Haar man moet dat precies zo hebben gevoeld, want ze huilden en beefden en wensten dat ze weer gewoon met zijn tweetjes waren. Ze hadden maar twee riemen en net genoeg kracht om samen in een rechte lijn te kunnen roeien. Nog iemand erbij in de boot en ze zouden gegarandeerd uit koers raken.

Hij was het die haar uiteindelijk wist te kalmeren. Hij kocht de boeken en ging met haar zitten om ze samen te lezen. Ze had ze zelf gemeden, want ze was bang dat de teksten over borstkolven en hoe zacht een babyschedeltje precies is haar zouden overweldigen. Maar ze zaten naast elkaar en studeerden als schoolkinderen voor een examen, en het was oké.

In het ondiepe rust ze even uit, met haar rug tegen de zijkant van het bad en haar handen op de natte stof over haar buik. Ze vond het altijd vreselijk als zwangere vrouwen in het openbaar over hun eigen buik aaiden; dat leek haar op de een of andere manier te intiem. Maar inmiddels kan ze zich zelf ook niet meer inhouden.

Ze kan niet wachten tot haar kind er is. Haar lichaam doet pijn van het zeulen en haar hart barst van verlangen. Maar als ze hier zo zwemt, mag het van haar wel eeuwig duren: zij met hun tweetjes, closer dan ze ooit met iemand zullen zijn. Het water draagt hen, en zij dragen elkaar.

7

Kate had niet verwacht dat het kopen van een badpak zo'n uitdaging zou zijn. Ze staat onder het felle tl-licht van de kleedkamer en inspecteert haar lichaam in de spiegel. Ze is altijd al klein van stuk geweest, maar de afgelopen jaren is er wel wat gewicht bij gekomen door al die kant-en-klaarmaaltijden en potten pindakaas. Ze ziet iemand die ze nauwelijks herkent. Heupen: te breed. Dijen: te rond en onder de cellulitis. Borsten: nog steeds te klein.

Kate is geen blootloper. Ze schiet altijd snel onder de douche en kleedt zich in de badkamer weer aan. Ze schiet zelfs zo vlug mogelijk in haar pyjama. Haar ouders waren ook geen mensen die naakt van de slaapkamer naar de badkamer liepen. Ze kwam niet uit een gezin van topless zonaanbidders of types die vonden dat alles gezien mocht worden. De preutsheid stroomt door haar aderen.

Haar kleren liggen in een treurig hoopje in de hoek van de kleedkamer. Haar spijkerbroek houdt de vorm van haar benen aan, maar ligt er slap bij, alsof haar schaduw op de grond ineengezakt is. Ze wil hem dolgraag weer aantrekken, maar ze heeft nog één badpak te gaan – het vierde. Ze moet een knoop doorhakken.

Toen Rosemary zei dat ze zich alleen wilde laten interviewen als Kate zou gaan zwemmen, had Kate bijna nee gezegd. Maar dit was haar eerste echte verhaal, en een kans om zich aan Phil te bewijzen en artikelen te kunnen schrijven waar haar moeder terecht trots op zou kunnen zijn.

En Rosemary's woorden galmden nog na: 'Het is net als

fietsen, je verleert het niet.' Toen ze klein was, voor ze besmet raakte met verlegenheid, ging ze altijd met Erin naar het zwembad bij hen in de buurt, waar ze dolfijnen en zeehondjes op de bodem hadden geschilderd en waar een fontein gillende kinderen natspatte. Erin zwom dan altijd onder Kates benen door en tilde haar op haar schouders uit het water. Ze herinnerde zich het zorgeloze geluk dat ze voelde als ze met haar zus in het water was. Misschien, als ze op zijn minst probeerde weer eens het water in te stappen, zou ze terug kunnen zwemmen naar dat gevoel.

Kate bekijkt haar buik in de spiegel. Hij is zacht en vanaf haar navel loopt een streep donker haar tot onder de rand van haar onderbroek. Waarom moest al dat haar zo nodig op dat soort vreemde plekken opduiken? Sinds haar veertiende heeft ze al van alles geprobeerd: scheren en waxen en van die ontharingscrèmes die naar Play-Doh ruiken, maar er is niks wat dat ongemakkelijke gevoel van de ontdekking van al dat haar kan wegnemen, of lostrekken, of afspoelen.

Ze pakt het badpak dat nog om haar enkels hangt op en wurmt het over haar heupen en haar boezem. De geur van lycra slaat haar op de keel en geeft haar het gevoel dat ze al verdrinkt nog voor ze zelfs maar in de buurt van het zwembad is. Het is warm in de winkel, zo warm dat ze het vertrouwde geprik onder haar armen voelt en het duizelen in haar hoofd.

Dit is de paniek. Niet nu, denkt ze, niet hier. Maar de paniek staat al bij haar in de kleedkamer en maakt de kleedkamer ondraaglijk klein. Zij is overal om haar heen en vult het kleine hokje tot de nok, zodat zij vanbuiten op haar drukt en vanbinnen uit haar barst. Zij dwingt haar naar beneden tot ze in het badpak op haar knieën zit; haar adem neemt het met grote teugen van haar over. Er is niet genoeg lucht. Ze heeft water nodig, maar als ze even in haar tas zoekt, weet ze dat ze haar flesje thuis heeft laten staan. Haar longen vullen zich tot het uiterste terwijl zij wanhopig probeert om boven water te blijven. De paniek heeft haar twee handen op haar slapen gezet en begint hard te drukken.

Niet huilen, niet huilen, denkt ze terwijl de tranen haar wangen in bezit nemen.

Een. Te warm. Twee. Stop, alsjeblieft. Drie. Ik trek het niet. Vier. Diep ademen. Vijf. Zes. Zeven. Acht. Negen. Na een paar minuten lukt het haar om haar ademhaling weer de baas te worden. Ze zit op de grond van het kleedhokje. Dwars door de spiegel loopt een barst. Precies zoals bij mij, denkt ze. Ze blijft zitten waar ze zit, uitgeput.

Haar eerste paniekaanval kreeg Kate op de make-upafdeling van een warenhuis. Het was vlak nadat ze in Londen was komen wonen en aan haar master was begonnen. Toen ze opgroeide, had de angst altijd al op de achtergrond op de loer gelegen. Ze hield al nooit van grote groepen mensen; als andere kinderen haar uitnodigden voor een feestje in een pretpark of een bioscoop, zei ze altijd tegen haar moeder dat ze buikpijn had zodat ze er niet naartoe hoefde, terwijl ze alleen maar een knoop in haar maag had omdat ze het eng vond onder zoveel mensen te zijn. Ze zat liever ergens in haar eentje met een boek. Haar moeder vond haar weleens slapend in haar klerenkast, met een boek opengeslagen op schoot. Daar zat ze altijd te lezen, veilig omringd door haar moeders kleren, met de beschermende geur van haar parfum.

Kate voelde zich in haar boeken meer op haar gemak dan in het echte leven. Haar lievelingsboeken herlas ze graag: te weten wat er ging gebeuren had een rustgevend effect op haar, alsof ze zelf de baas was over het verhaal. En als ze een nieuw boek had dat een richting op ging die haar niet beviel, sloeg ze het boek gewoon dicht, nam even pauze en las pas door als ze daar klaar voor was. Of ze begon aan een ander verhaal. Maar in het echte leven kon dat natuurlijk niet.

Toen ze naar Londen verhuisde, raakte ze haar gevoel van controle kwijt, alsof het leven een rijdende auto was die haar achter zich aan sleepte, hobbelend en schurend over het asfalt. Alles was nieuw en groot en vreemd; ze voelde zich klein en alleen.

Op de eerste dag van haar nieuwe opleiding ging de docent de klas rond en vroeg iedereen iets over zichzelf te vertellen. Kate vertelde over Bristol en over haar familie en zei dat ze nu in Brixton woonde.

'En zoals het een Bristolse betaamt, ben ik dol op cider.'

Toen kwamen de andere studenten aan de beurt.

'Ik ben Josh, en ik was hoofdredacteur van de krant van mijn vorige universiteit. Mijn achtergrondartikelen over racisme op de campus werden genomineerd voor een landelijke journalistieke prijs.'

'Henriette hier. Mijn opiniestukken worden regelmatig gepubliceerd in *The Independent* en *The Guardian*.'

'Mijn naam is Lucas en ik ben cum laude afgestudeerd in Engelstalige literatuur aan de universiteit van Cambridge, waar ik ook voorzitter van de studentenvereniging was.'

En zo ging het maar door. Bij iedere nieuwe spreker voelde Kate zich kleiner worden. De twijfel sloeg hard toe: wat deed ze hier? Ze bewonderde hen oprecht, maar zelf kon ze niet zo over zichzelf praten, en ze geneerde zich.

Na de les liep ze naar Oxford Street, de eerste straat die bij haar opkwam om een verjaardagscadeautje voor haar moeder te gaan kopen. Het was spitsuur en ze had nog nooit zoveel samengeperste lichamen in de metro gezien. Ze werd in de massa opgenomen als een stuk drijfhout door de zee; ze werd het perron over geduwd, helemaal tot de rand, en toen de deuren door, tegen het lichaam aan van iemand die ze niet kende.

Eenmaal weer bovengronds was het al niet veel beter. Mensen in pakken, op weg naar huis, slalomden tussen de shoppende toeristen door. Kate kwam op het kruispunt terecht en liep toen langzaam de straat af. Om de zoveel passen kwam ze tot stilstand door een wandelwagen of het winkelende publiek. Ze voelde haar hartslag oplopen naarmate er meer mensen tegen haar op botsten of met hun plastic tassen tegen haar aan liepen. Het was eind september, maar veel warmer dan normaal, en ze voelde het zweet uitbreken onder een jas die ze niet kon uittrekken omdat er te veel mensen om haar heen liepen.

Ze kon zich niet herinneren dat ze had besloten het warenhuis binnen te gaan, maar ineens stond ze midden tussen de geuren, met overijverige winkelbedienden die haar besproeiden met hun flesjes, een perfect aangebrachte agressieve glimlach op hun gezicht.

'Kan ik je helpen?' vroeg een vrouw in een wit uniform als dat van een tandartsassistente toen Kate voorbijwankelde. Kates mond was gevuld met de smaak van te veel parfums. Het rook allemaal zo mierzoet, als plakkerige perendrups die te lang in een jaszak hebben gezeten.

De mensen om haar heen leken wel een zwerm insecten. Haar hoofd tolde en ze zag zichzelf in duizenden spiegels: aan de zijkant van de roltrap, tegen de pilaren, in de make-upstands, in de handspiegels die de winkelmeisjes ophielden terwijl hun klanten een nieuwe kleur lippenstift probeerden. Zelfs de glimmend zwarte vloer weerspiegelde haar doodsbange gezicht.

Alles voelde heet en zwaar en achter haar ogen deed het pijn, alsof iemand net de gordijnen had opengetrokken en te fel zonlicht ineens haar hoofd binnenstroomde. En toen besefte ze dat ze zich niet meer kon bewegen. Angstig zakte ze op haar hurken naast de stand van Estée Lauder. Ze huilde, en haar make-up drupte van haar gezicht en viel in zwarte kringen op haar blouse.

Kate had zichzelf nooit gezien als iemand die in een warenhuis op de grond zou gaan zitten om zomaar, zonder aanwijsbare reden, te gaan huilen. Als ze op dat moment aan haar lichaam had kunnen ontsnappen en zichzelf van een afstandje had bekeken, zou ze zich afgevraagd hebben wie dat gekke wijf was en wat haar in vredesnaam bezielde.

Nu, in de sportwinkel, trekt ze haar kleren weer aan en veegt haar gezicht af. Ze strijkt haar haren glad, doet de deur van het kleedhok dicht en loopt naar de kassa.

'Dit graag,' zegt ze. Als je Kate zo ziet, zou je niet zeggen dat ze net bezoek had gehad van de paniek. Dat dat gebeurd is, weet alleen zij.

8

Als het regent is er bijna geen kip in het zwembad. Rosemary kijkt er vanaf haar balkon naar. Het balkon boven het hare beschermt haar tegen de lentebui. Er zijn nog maar twee zwemmers in het bad. Ze snapt niet waarom; zwemmen in de regen vindt ze het fijnste wat er is. Het is een geheim genoegen, zoals de extra lepel bruine suiker in haar havermout 's ochtends, of je voeten in sokken steken die net van de verwarming komen.

Als het regent, vervaagt de grens tussen de lucht en het water. 'Boven' en 'onder' zijn geen zwart-witbegrippen meer, maar worden een grijs gebied waarin alleen nog maar water is. De paar andere zwemmers kijken elkaar zelfingenomen aan, als trotse kersverse ouders die weten dat hun baby de schattigste is van allemaal. Die van hen is heel bijzonder, en zij zijn de enigen die precies kunnen zien hoe bijzonder.

Een paar weken geleden, toen ze net had gehoord dat het zwembad ging sluiten, regende het ook. Ze was er om als altijd baantjes te gaan trekken, en Geoff had haar aangesproken om het haar te vertellen. Hij was een man van middelbare leeftijd met een vriendelijk gezicht, vond Rosemary. Hij vond het belangrijk om altijd een overhemd met een das te dragen naar het werk, en zijn sneakers waren de enige concessie aan zijn omgeving. Die waren felrood en staken lachend onder de zoom van zijn nette grijze broek uit.

'Mevrouw P, voor je het bad in gaat, moet ik je iets vertellen,' zei hij toen hij haar langs de receptie zag lopen. Daarop vertelde hij haar dat het zwembad het al heel lang financieel zwaar had en dat een projectontwikkelaar – Paradise Living – een week geleden een bod had uitgebracht aan de gemeente. Hij zei dat ze er een besloten sportschool van wilden maken, dat het hen zou helpen om de appartementen die ze door heel Brixton aan het bouwen waren aan de man te brengen.

'En ik weet niet zeker of ik het je wel moet vertellen,' zei hij, 'maar ik heb gehoord dat ze het er zelfs over hebben om het zwembad dicht te gooien en er een tennisbaan van te maken. Blijkbaar denken ze dat tennis meer aanslaat bij hun huurders.'

Hij zei dat hij het niet zeker wist, maar dat het ernaar uitzag dat het zo zou lopen.

'Wat erg voor je,' zei Rosemary, 'en voor je lieve kinderen.'

Geoff had foto's van zijn kinderen, een jongen en een meisje van acht en tien, op het prikbord achter de receptie opgehangen. Ze kwamen elk weekend zwemmen en kwamen vaak regelrecht uit het bad op hem afgerend voor een knuffel, zodat zijn broekspijpen drijfnat werden. Hij leek er niet mee te zitten.

'Heeft de gemeente ander werk voor je?'

'Ik heb goeie hoop,' zei Geoff. Maar hij klonk niet echt hoopvol.

Onder het zwemmen probeerde Rosemary die dag de beelden buiten te houden van haar bad, vol beton, voor altijd gesloten voor gewone mensen. Pas toen ze thuis was, mocht ze huilen.

Een paar dagen later maakte ze die flyers in de plaatselijke bibliotheek. Ze legde foto's uit haar eigen album onder de geschreven tekst op het kopieerapparaat. Ze moest behoorlijk lang wachten voor de honderd kopietjes klaar waren en las alle andere flyers: reclame voor evenementen van de bioscoop en yogalessen, een uiterst informatieve brochure over seksuele gezondheid. De stapel printjes voelde even warm als pasgestreken katoen. Gek genoeg rook die zelfs een beetje zo.

Ze besloot om een paar flyers in de bibliotheek te laten liggen. Dat was het begin van haar spoor van broodkruimels, in een cirkel rondom het zwembad. Ze duwde ze door de brievenbussen in haar straat, legde een stapeltje in het poolcafé en liet er een paar in het zwembad zelf achter. In de herenkleedkamer werd vreemd opgekeken toen ze haar iets op hun spiegels zagen plakken.

'Ik ben zesentachtig, denken jullie nou echt dat ik dat niet allemaal allang een keer heb gezien?' zei ze met een vaag gebaar van haar hand.

Nu, in haar flat, staat Rosemary op uit haar stoel op het balkon en gaat naar binnen. De deur laat ze openstaan, zodat ze de regen kan horen. Ze loopt naar de keuken, pakt haar zwarte schriftje van de magnetron en bladert door haar aantekeningen tot ze het recept vindt waar ze naar op zoek is. Haar hand blijft even op de pagina rusten, en ze laat haar vinger langs de krullen van het vertrouwde handschrift glijden. Dan pakt ze haar papieren zakken van de markt uit de ijskast en begint aan George' beroemde groentetaart. Onder het koken komt er een oude herinnering boven, die ze af blijft spelen als een lievelingsplaat. De etensgeuren vullen haar flat en Rosemary denkt terug aan de dag dat ze George leerde kennen.

De hele stad vierde samen met de rest van Europa een feest dat straten en grenzen overschreed. In hun straat hadden de moeders een lange tafel gemaakt, vanaf het kruispunt helemaal tot het andere eind. Er waren vlaggetjes aan de bomen gebonden en iedereen had de Union Jack uit zijn raam hangen. Aan weerszijden van de tafel gooiden gezinnen tafelkleden uit, die door hun buren werden opgevangen en keurig strak neergelegd werden. De moeders hadden hun zondagse jurk aan, gemaakt van oude gordijnstof, en hun vrolijke trui, die ze hadden gemaakt van restjes wol van de oude pullovers van hun kinderen, en vandaag droegen ze die met trots. Ze hadden geroeid met de riemen die ze hadden en hadden zich weten te redden.

De deuren stonden open en het eten werd uit de huizen gedragen als bagage uit een hotel. Het servies was een allegaartje: blauw-met-witte borden van nummer 12, snoezig servies met een roosje erop van nummer 14, en de glazen kwamen bij iedereen uit de keukenkastjes. In kannetjes stonden boeketjes van bloemen die ze in het park hadden geplukt.

Het was een dag om eens niet zo voorzichtig met de rantsoenen om te springen: varkensworstjes van orgaanvlees met uiensaus en aardappelpuree, groentetaart en dik belegde sandwiches. Er was een stilzwijgende competitie gaande: wie kon de beste fruitcake bakken zonder ei? Omdat iedereen met precies dezelfde ingrediënten moest werken, smaakten alle cakes natuurlijk precies hetzelfde. Misschien was die van mevrouw Mason net iets malser, of net wat minder droog? En was die van mevrouw Booth nou een tikkeltje zoeter?

Rosemary heeft nog een foto van die dag, waarop alle kinderen er fatsoenlijk aangekleed en schoon uitzien. Zelf zit ze gehurkt, met haar armen om de kinderen van de buren geslagen. Ze was net zestien geworden en dus was ze door de moeder aangesteld om te helpen met de kleintjes. De jongens hadden hun sokken opgetrokken, hun knobbelige knietjes staken onder hun korte broeken uit. Aan de krullen van de kleine meisjes bungelden strikjes. Peuters drentelden rond in hun speelpakjes met pofmouwtjes. Op de foto ziet ze lachende gezichten, en tere theekopjes op de tafel achter die gezichten, en de fraaie rode kater van nummer 21 die zich tegoed doet aan een stukje cornedbeef dat op de stoep gevallen is.

Toch herinnert ze zich die dag heel anders. Wat ze zich herinnert is het vreugdevuur.

Uiteindelijk werden alle tafels aan de kant geschoven en lagen er alleen nog wat korstjes op straat, voor de vossen. De kleintjes, die nog niet goed begrepen waarom dit zo'n belangrijke dag was geweest en gewoon moe waren van alle lawaai en gezwaai met vlaggen, gingen naar bed. Als ze ouder zouden zijn, zouden ze erop terugkijken en doen alsof ze het zich nog heel goed konden herinneren.

Voor de oudere kinderen was dit de kans om te ontsnappen, heel even heel intense vrijheid, tot ze met de avondklok van halfelf weer in hun bed moesten liggen. Ze gingen naar het park. Niemand wist meer precies wie het initiatief had genomen, maar je ging gewoon op de rook en de vonkenregen af. Ze weet nog dat de hitte van het vuur haar trof als een mokerslag en dat haar wangen er heel rood van werden. Het was als een pompend hart; het leefde en gaf haar het gevoel dat zij dat ook deed. Er stonden mensen omheen in een ordeloze kring. Sommigen van hen gooiden takken op het vuur. Een paar meisjes hadden vlaggen om hun schouders geslagen en deden een polonaise.

Ze snoof de geur van de rook diep op. Ze ging er helemaal in op, en het was alsof die haar knieën onder haar vandaan haalde, haar optilde en ver weg voerde. In het donker achter het vuur zag ze de contouren van haar zwembad. Ze vroeg zich af of het water in het zwembad straks naar rook zou smaken.

Haar vriendinnen pakten haar bij de hand en ze draaiden rondjes op het gras. Ze hadden hun lippen stiekem rood gemaakt met bietensap uit de voorraadkast en hun wangen waren roze van de hitte. Onder het dansen zag ze alles in flitsen voorbijkomen: een vlag die boven de vlammen uit wapperde, een zoenend stelletje, ruisende geruite rokken. Het vuur zong binnen in haar.

Terwijl ze draaide en draaide, zag ze een jongen staan die heel stil was. En toen ze zich eenmaal van hem bewust was, kon ze haar ogen niet meer van hem afhouden; hij was als de plek waar een ballerina zich op concentreert om haar pirouettes te kunnen draaien. Toen haar vriendinnen haar losslieten, wankelde ze duizelig over het gras. Hij bekeek haar met het zelfvertrouwen van een zestienjarige die wist dat hij niet meer de oorlog in gestuurd zou worden.

Hij zwaaide. Ze keek niet om of er soms een knapper meisje achter haar stond; ze wist op de een of andere manier dat hij haar op het oog had. Hij liep om het vuur naar haar toe en ze wachtte hem op. Hij was een haveloze schim met slordig haar, lange benen, een rechte neus en een roze-met-witte mond die glimlachte in het donker. Hij had zijn handen in de zakken van zijn wijde bruine broek gestoken.

'Ik ben George,' zei hij, en zo was het gekomen.

Ze praatten de hele avond. Rosemary kwam erachter dat hij drie straten verderop woonde, maar dat hij pas teruggekomen was uit Devon, waar hij in het begin van de oorlog naartoe geëvacueerd was.

Hij praatte over zijn ouders, die de groentezaak aan de stationsweg runden, en vertelde dat zijn vader niet naar het front had gehoeven omdat hij het luchtalarm bediende en dat hij de zaak aan zijn vrouw had overgelaten. Hij vertelde haar dat zijn moeder hem een brief had gestuurd waarin ze schreef dat het huis aan de overkant was geraakt en dat de buren het niet overleefd hadden. Hij kende de jongens die er woonden; ze zaten nog steeds bij familie in Dorset en hij vroeg zich af of ze ooit nog terug zouden komen, of hij hen ooit nog terug zou zien.

Zelf had hij geen broers of zusjes, en ze bekenden elkaar dat ze nog nooit een ander enig kind tegengekomen waren. In het huis in Devon waar hij naartoe gestuurd was, zaten nog vijf andere jongens. Welke kamer je ook in liep, er zat minstens één ander in, zei hij, en de enige plek waar je alleen kon zijn, was de schuilkelder. Behalve als een van de jongere jongens die gebruikte bij het verstoppertje spelen, wat vaak gebeurde.

Hij vertelde hoe hij had meegeholpen in de tuinen in Devon, en wat mensen daar allemaal verbouwden. Hij vertelde haar over die nacht dat alle dorpelingen hun huis uit kwamen om te kijken naar de rode hemel, omdat Exeter in brand stond.

Rosemary vertelde George dat ze nooit uit Brixton weggeweest was omdat haar moeder dat niet wilde. 'Ik ben je moeder, en hoe moet jij je redden zonder je moeder?' had ze gezegd, al vroeg Rosemary zich af of ze soms niet graag alleen achter had willen blijven.

Haar moeder werkte altijd als wasvrouw, maar in de oorlog had ze vooral opgepast op de andere kinderen die niet weggestuurd waren. Toen de school in beslag genomen werd als tijdelijke brandweerkazerne hielp Rosemary haar een geïmproviseerd klaslokaal van haar keuken te maken. In plaats van wasgoed hingen er landkaarten van de hele wereld aan de waslijn die boven hun fornuis langs liep. Rosemary was dol op het geluid van krijtjes onder haar nagels, zei ze, en de geur van de oude boeken van haar vader.

Ze vertelde hem hoe het was geweest om in de stad achter te blijven. Ze beschreef de luchtaanvallen en hoe het was om met haar moeder en met buren op een kluitje in de schuilkelder te zitten, in de gedeelde achtertuin. Ze vertelde hem over de fluitende bommen en het verschrikkelijke geluid van steeds dichterbij komende explosies, gevolgd door de opluchting als ze in de verte verdwenen. Ze vielen door heel Brixton, haalden woningen neer en vernielden het theater. De bommen en de doden werden een nieuwe, angstaanjagende realiteit.

Maar ze had het ook over het gevoel van vrijheid dat kwam toen de Blitzkrieg voorbij was: in je eentje gebouwen in lopen waar de gevel van weggeblazen was maar waar de meubels nog steeds in stonden; niet naar school hoeven omdat er niet genoeg kinderen of leraren waren; en zo vaak mogelijk naar het zwembad gaan, het water in duiken en heel even vergeten dat het oorlog was. Soms, zei ze tegen hem, als ze op haar rug in het water lag en naar de lege hemel keek, deed ze alsof haar buurt nog precies zo was als voor de gevechten uitbraken.

George vertelde over Devon; ze had zelf nog nooit de zee gezien en luisterde ademloos naar zijn verhalen over stormen en hoe het was om altijd zand onder je nagels en zout in je oren te hebben.

'En als je buiten liep en je likte je lippen, dan smaakten die naar fish-and-chips.'

De lucht hing vol rook van het vreugdevuur, maar Rosemary proefde de zee.

'Rosemary, waarom dans je niet?' riep haar vriendin Betty, die op haar af kwam strompelen, met uitgezakte vlechten en op blote voeten, haar verstandige schoenen uitgeschopt op een hoop met precies zulke paren. Ze bleef voor Rosemary en George staan en keek Rosemary veelbetekenend aan.

'Wie hebben we hier?' vroeg Betty met haar handen in de taille van haar hooggesloten, knielange jurk, die Rosemary deed denken aan haar moeder.

'Dit is George.'

'Nou, waarom vraagt George je niet ten dans?'

Maar als ze hadden gedanst, hadden ze elkaars verhaal niet kunnen horen. Betty slaakte een zucht en zweefde terug naar het vuur.

Toen ze weer alleen waren, keek George Rosemary aan en vroeg: 'Ik ben nog niet in het zwembad geweest sinds ik weer terug ben. Zullen we een keer samen gaan? Kun je zaterdag?'

Het duurde even voor het tot Rosemary doordrong dat hij haar op een date vroeg, en ze was nog nooit op een date geweest. Ze voelde de zenuwen vanbinnen in een knoop draaien, als door een zoet vergif. Maar ze was zestien en de oorlog was net voorbij, dus weigeren kwam niet bij haar op.

9

Alle mensen zijn gelijk als ze bijna naakt zijn. Tandartsen, advocaten, huismoeders en politieagenten komen in hun vrije tijd bij de receptie binnen, maar eenmaal in het water zijn ze allemaal gewoon met meer of minder lycra beklede lichamen. De mannen verrassen je altijd weer: wie komt in een speedo en wie in een lange zwembroek? Je denkt dat je het wel kunt raden als je hen op het droge in hun kleren ziet, maar je zit er vaak naast.

De minst hoopgevende mensen kunnen soms het hardst zwemmen. Zoals die dikke man met de harige rug en de veel te strakke zwembermuda die als een kogel door het water schiet. Het tegenovergestelde gaat ook op: er is een man die iedereen vol zelfvertrouwen gedag zegt, als een professional aan de rand van het bad staat te stretchen, maar zwemt als een vleugellamme vlinder.

Het koude water maakt een jonge dokter vlak na haar nachtdienst wakker. Haar lichaam is uitgeput, maar toch heeft ze dit nodig. De ochtendzon straalt op haar gezicht. Straks gaat ze naar huis en sluit ze de dag buiten met haar gordijnen. Ze zwemt een snelle borstcrawl en keert steeds met een koprol voor ze aan een nieuw baantje begint. Als ze zwemt, kan ze het allemaal loslaten. Dan is alles water.

Naast haar is een buschauffeur bezig aan zijn negentigste baantje; zijn gespierde armen scheppen het water aan de kant en laten het als in druppels achter zich vallen – net sterretjes. Hij luistert naar Mozart op zijn waterdichte mp3-speler.

Jermaine van de boekwinkel is er ook. Zijn partner Frank

staat vandaag in de zaak, dus hij heeft een ochtend voor zichzelf. Gisteravond hadden ze ruzie over hun financiën en zijn lichaam doet pijn van vermoeidheid. Ze waren tot laat op, maar hij werd toch vroeg wakker. In zijn badjas en op blote voeten was hij van hun appartement naar beneden gelopen om in de winkel een espresso te drinken tussen de boeken en het leven dat ze samen hebben opgebouwd.

Het was Frank die Jermaine overhaalde om zijn baan bij het accountantsbedrijf van zijn familie op te zeggen en samen de winkel te beginnen. Frank werkte al bijna zijn hele leven in boekhandels, eerst op zaterdagen in een antiquariaat in York, waar hij opgegroeid was, en later, toen hij naar Londen verhuisde om filosofie te studeren, in de weekenden. Zijn studiegenoten zagen hem als een feestbeest, en hij genoot ook inderdaad van de vrijheid in Londen, vooral in de gayclubs waar zijn vrienden hem mee naartoe namen en waar hij voor het eerst openlijk zichzelf kon zijn. Maar de weekenden waren heilig, want dan werkte hij bij de Waterstones op Piccadilly. Na zijn afstuderen was een fulltimebaan daar de enige logische keuze.

Jermaine denkt aan Frank onder het zwemmen, aan zijn onverwoestbare optimisme, dat Jermaine soms, als de spanning hoog oploopt, naïviteit noemt (zoals gisteren, tijdens hun ruzie), maar waar hij toch van houdt. Hij was verliefd geworden op Frank met een intensiteit die hem had verbaasd; hij was altijd stilletjes geweest, alsof hij in een kring leefde waar niemand ooit binnen kon komen. Toen hij Frank leerde kennen, was het alsof hij een grens over stapte die hij om zichzelf had getrokken. Toen hij eenmaal besefte dat er ruimte was voor een ander, wilde hij Frank nooit meer laten gaan.

Jermaines ouders waren er kapot van; ze waren religieus, traditioneel en hadden er geen idee van gehad dat Jermaine gay was. Zijn moeder huilde en zei tegen hem dat het haar veel pijn deed.

'Ik zeg het niet tegen je vader,' zei ze. 'Je weet dat hij een zwak hart heeft. Dit zou zijn dood worden.'

Jermaine wilde geen ruzie. In plaats daarvan ging hij naar huis, naar zijn geliefde, die hem tegen zich aan drukte en zei dat hij zijn baan moest opgeven en dat ze samen een zaak moesten beginnen. Dat Frank zo overtuigd was van het idee, en van hem, ontroerde Jermaine. Hij wist wel het een en ander over geloof, gezien zijn religieuze achtergrond. Hij had alleen altijd in de verkeerde dingen en mensen geloofd. Deze ene keer was hij niet voorzichtig: hij zei meteen ja.

Jermaine keert op zijn rug zodat hij de lucht kan zien onder het zwemmen. Hij laat het water over zich heen stromen en hoopt dat het wat van zijn zorgen kan wegspoelen, en wat van de boze woorden kan wegpoetsen die hij gisteren naar het hoofd van de man slingerde van wie hij meer houdt dan van wie dan ook. Een vliegtuig scheurt een wolk in tweeën en laat witte strepen achter in het blauw.

10

Er zijn geen hokjes vrij in de kleedruimte, dus Kate trekt haar kleren uit onder haar handdoek. De angst dat iemand haar in haar blootje ziet, maakt haar een stuk leniger dan ze dacht te zijn. De paniek zit op haar schouders bij het omkleden, drukt op haar keel, haar borst, haar hoofd. Ze doet er alles aan om rustig te blijven en haar handdoek stevig om zich heen te houden terwijl ze haar kleren van zich afschudt.

Andere zwemmers zijn vertrouwder met naaktheid, blijkt. Een oudere vrouw loopt van de douche naar de kleedkamers, naakt, op de handdoek na die ze om haar hoofd geslagen heeft. Haar locker is naast die van Kate. Ze staat bij de open deur en pakt haar zwemtas. Ze wikkelt haar handdoekkroon los en begint haar korte grijze haar te borstelen. Ze lijkt totaal geen haast te hebben om haar kleren weer aan te trekken.

Maar het zijn niet alleen de oudere vrouwen. Twee meisjes van Kates leeftijd staan te kletsen onder het omkleden, hun huid glimmend van de bodylotion uit de fles die ze samen delen. Kate kijkt naar hun prachtige, zware borsten. Niet omdat ze zich ertoe aangetrokken voelt; het is iets eenvoudigers: nieuwsgierigheid. Ze beseft dat ze al sinds ze klein was geen andere naakte vrouw meer heeft gezien.

'Kan iemand wisselen voor een muntje van vijftig pence?' vraagt een andere vrouw. Kate vindt het ongelofelijk indrukwekkend dat ze de anderen zo direct durft aan te spreken, zonder kleren. Ze zou die vrouw willen zijn. Maar ze heeft geen vijftig pence en ze heeft ook niet dat zelfvertrouwen, dus trekt ze haar zwempak aan, slaat haar handdoek om zich heen, schuift haar kleren in haar locker en maakt het sleuteltje aan haar pols vast.

Als ze het terras op stapt, houdt ze de handdoek nog steeds verlegen om zich heen. Ze kijkt rond om te zien of iemand haar bekijkt. Dat is niet het geval, maar toch voelt ze hun ogen branden. Ze denkt aan het schoolzwemmen toen ze nog een puber was en hoe ze haar lichaam haatte, en dat nog steeds doet. Ze loopt snel naar de waterkant. Als ze in het bad ligt, kunnen ze haar tenminste niet meer zien.

Terwijl ze naar de ladder loopt voor haar eerste baantje in het water vraagt ze zich bezorgd af of Rosemary er soms naast zat. Wat als ze het wel verleerd is?

Het was haar zus Erin die haar leerde zwemmen. Kate was zes en Erin was twaalf. Als kind vond Kate het leeftijdsverschil tussen haar en Erin helemaal niet zo gek; ze dacht dat alle grote zussen zo aantrekkelijk en fantastisch waren. Toen ze ouder was, zag Kate in dat ze een vergeefse poging was om het huwelijk van haar ouders te lijmen.

Erin kon zonder zijwieltjes en met losse handen fietsen, was niet bang voor wiskunde en kende het hele periodieke systeem, had verstand van kleding en make-up, én ze had heel mooi lang haar, dat in perfecte, kastanjebruine krullen om haar hoofd danste. En ze kon zwemmen als een zeehond.

Het was op een zaterdag tijdens de schoolvakantie en Erin had (met tegenzin) beloofd dat ze haar mee zou nemen zodat hun moeder kon werken. De hele zitkamer was behangen met A3-vellen vol foto's en woorden die Kate niet kon lezen

'Maar ik kan helemaal niet zwemmen,' zei Kate toen Erin opperde om naar het zwembad te gaan. Ze had al wat lessen gehad via school, maar ze had nog niet voldoende magische krachten om zonder hulp naar de overkant te kunnen zwemmen.

'Er is niks aan,' zei Erin. 'Het is precies zoals pootjebaden in zee, alleen lig je nu ín het water en spetter je op het water, met je armen en je benen. Ik doe het wel voor.'

Het was te laat, Kate kon niet meer tegenstribbelen; Erin was hun zwemkleren al aan het inpakken, en eenmaal buiten keek ze eerst om zich heen of er vrienden van school in de buurt waren voor ze Kate bij de hand pakte.

'Ik hou je vast, echt,' zei Erin, en ze hield haar armen om Kates buik terwijl die heftig watertrappelde. Met haar kin in het water keek Kate op naar haar grote zus in haar grotemeidenbikini, die naar haar glimlachte zoals alleen grote zussen kunnen glimlachen.

'Beloofd?' vroeg Kate.

Erin beloofde het, en liet haar vervolgens los. Heel even raakte Kate de wereld en haar geloof erin kwijt, toen ze onder de oppervlakte zakte en het water in haar ogen, neus en mond stroomde. Maar ze kwam snel weer boven en sloeg in het rond tot ze dreef en daarna vooruitbewoog.

Het eerste wat ze zag toen ze haar ogen opendeed en de chloortranen wegknipperde, was een trots lachende Erin.

Hun moeder was woedend toen de twee meisjes met nat haar thuiskwamen.

'Ben je met haar naar het zwembad geweest?' schreeuwde ze. 'Ze kan helemaal niet zwemmen!'

'Alsof het jou wat kan schelen! Zolang we je maar niet in de weg zitten!' schreeuwde Erin terug.

'Ik kan wel zwemmen!' riep Kate.

Ze hebben natuurlijk gelijk: als je eenmaal kunt zwemmen, verleer je het nooit meer. Terwijl Kate zich in het ijskoude water laat zakken, denkt ze aan haar zusjes geruststellende glimlach en dat gevoel dat je kunt vliegen. Haar hart slaat over van de kou. Ze voelt het in haar bloed, haar tenen, haar tepels. Ze slaakt een kreetje en duikt onder. Het water omringt haar, en dan is het stil. Haar handen, die ze zoekend voor zich uitsteekt, zien bleek. Ze schopt nog eens en haar handen trekken haar omhoog om weer te kunnen ademen. Dan hoort ze het gespetter en gekwetter van kinderen die onbeschaamd blij zijn, en vervolgens de opluchting van de stilte als ze weer onder water zakt.

Haar hartslag wordt wat rustiger als ze went aan de temperatuur en in een ritme komt. De kou is akelig, maar ze wordt er wel wakker van. Haar huid prikt ervan, en na zo lang verdoofd te zijn geweest, vóélt ze eindelijk weer eens iets. Onder het zwemmen haalt ze diep adem.

Haar baantjes zijn langzaam. Haar rechterbeen komt steeds omhoog als ze haar schoolslag doet, alsof er aan haar rechtervoet een touwtje zit waar een poppenspeler aan trekt terwijl zij probeert te zwemmen. Ondanks de zwemlessen op school heeft ze de kikkerbenen nooit goed onder de knie gekregen.

Ze weet best dat ze niet elegant of gracieus of sterk is. Maar ze zwemt. En in het water is ze kalm.

Als ze uit het bad stapt, huiverend, loopt ze meteen naar de handdoek die ze aan de rand heeft neergelegd en slaat hem om zich heen. In de kleedruimte is een van de hokjes vrij en ze stormt erop af en trekt opgelucht de deur achter zich dicht. Ze gaat even boven op haar handdoek op het bankje zitten om op adem te komen. Ze voelt zich trots op haar prestatie, maar is ook doodop van de emoties. Ze denkt aan haar studiegenoten die schenen te denken dat de wereld aan hun voeten lag, en ze denkt aan haar zus en dat ze zo terugverlangt naar de tijd dat ze nog klein waren, dat ze haar leerde zwemmen in een tijd dat Kates zorgen nog maar zo klein waren. Dat haar grote zus haar altijd zou redden. De paniek die ze op de rand van het zwembad had achtergelaten, overmant haar weer. Ze legt haar hoofd tussen haar knieën en huilt, met haar hand voor haar mond, zodat niemand in de kleedruimte haar kan horen.

11

’s Avonds was het zwembad van hen en waren zij van elkaar.

‘Kom vanavond naar de ingang van het park als het donker wordt,’ zei George in Rosemary’s haar nadat hij haar op een warme middag op haar wang had gekust. Sinds ze elkaar een paar maanden geleden voor het eerst hadden ontmoet, hadden ze elkaar bijna elke dag gezien. Ze glipten naar buiten in lunchpauzes – George van zijn werk in de groentezaak en Rosemary van het hare in de bibliotheek – en fietsten dan naar Brockwell Park. Als ze hard genoeg fietsten, hadden ze wel twintig minuten samen. Ze zetten hun fietsen tegen de boom, en in zijn mand zat hun in krantenpapier verpakte lunch: boterhammen met jam en af en toe een appel, die ze genietend deelden.

Rosemary had zonder dat ze er erg in had een ketting van madeliefjes gemaakt en ze kletste zonder te weten wat ze zei. Hij luisterde en oefende de handstand.

In het zwembad lukte die beter, maar hij wilde hem per se ook op het droge onder de knie krijgen. Hij begon staand op zijn hoofd, met zijn benen omhoog langs de boomstam, en bekeek de wereld ondersteboven.

‘Je moet echt eens zien hoe het er zo uitziet!’ zei hij. Ze legde haar slinger van verwelkte bloemetjes in het gras en schopte haar benen naast hem tot ze ook op haar hoofd stond. Een jonge moeder duwde een wandelwagen voor zich uit over een grijze rivier die door het park kronkelde en de vogels zwommen in de lucht.

‘Je komt toch wel, hè?’ zei hij toen ze afscheid namen.

Ze deed nooit iets wat niet mocht en ze was een beetje bang in het donker.

'Goed dan,' zei ze na een poosje. 'Ik zal er zijn.'

Die avond aan tafel was ze onrustig. Ze had geen honger, maar wilde niet dat haar ouders iets doorhadden, dus at ze meer dan normaal.

'Gezonde trek voor een meisje,' zei haar vader terwijl ze nog een aardappel in haar mond schoof. Ze hielp haar moeder met het afruimen van de tafel en met afwassen. Ze stonden naast elkaar achter het aanrecht en hun ellebogen raakten elkaar bijna aan terwijl ze probeerden de zeep te laten schuimen. De stilte stond tussen hen in, met haar armen voorzichtig om hun schouders geslagen.

Rosemary wilde iets zeggen tegen haar moeder, een leuke herinnering ophalen of een grappig verhaal vertellen om haar aan het lachen te krijgen en te zorgen dat ze 'Rosy' zou zeggen, zodat Rosemary zich weer een klein meisje zou voelen. Ze kon alleen niets bedenken. Het enige waar ze aan dacht, was het hek van het park, in het donker.

Toen de boel aan kant was en de borden keurig opgestapeld op de plank stonden voor de nacht, gaf Rosemary haar vader en moeder een zoen en wenste hun welterusten. Zij gingen op hun stoelen bij de haard naar de radio zitten luisteren en zij verdween naar haar slaapkamer om te lezen.

Behalve dan dat ze niet kon lezen, ze kon alleen steeds maar weer haar haren borstelen en uit het raam kijken, wachtend tot de zon naar bed ging zodat ze van het hare af kon stappen.

Haar kamer verkleurde van goud naar grijs naar donker bij het vallen van de duisternis. In het donker trok ze haar mooiste jurk aan. De print was wat vervaagd, maar hij was nog steeds lief: witte bloemetjes op een donkerblauwe ondergrond. Ze had er zakken op genaaid om de scheuren in de stof te verbergen, en om haar middel had ze een lint gebonden.

Zo zacht als ze maar kon, duwde ze haar raam open. Een warm briesje deed de gordijnen ruisen. Ze pakte het raamkozijn beet, zwaaide haar benen eroverheen en stapte in de bloemborder voor haar raam. Het was maar goed dat ze op de begane grond woonden. De bloemen kietelden tegen haar blote benen terwijl ze door de border hupte en schoenafdrukken achterliet in de droge aarde.

Het geluid van de radio klonk door de hele straat. Iedereen had die avond zijn raam open om het warme windje binnen te laten. Toen ze bij het park aankwam, stond George al op haar te wachten. Hij stond tegen het hek geleund, met een knie opgetrokken en zijn voet tussen de spijlen. Hij had voor de verandering zijn haar een keer gekamd. Ondanks zijn nonchalante houding leek hij zenuwachtig, althans dat dacht ze. Maar misschien kwam dat wel doordat ze zelf nerveus was. Toen hij haar zag, glimlachte hij. Zijn lach was een groet op zich, breed en open en direct op haar gericht, als een uitgestoken hand of een blije armzwaai.

'Kom mee,' zei hij, en hij knielde voor haar neer, met zijn handen tot een kommetje gevouwen. Ze zette haar voet in zijn handen en pakte de spijlen vast, trok zich eraan op tot boven aan het hek terwijl hij opstond en haar hele gewicht droeg. Nu ze eenmaal zover was, zwaaide ze haar benen over het hek en sprong aan de andere kant naar benden. Haar jurk bolde ervan op.

'Ik mag hopen dat je niet naar mijn onderbroek hebt gekeken, George Peterson.'

'Ik zou niet durven, Rosemary Phillis.'

Zelf klom hij langs het hek omhoog als een spin, sprong eraf en pakte haar meteen bij de hand.

Ze liepen samen het park in. De lichten van de huizen verdwenen naarmate ze verder liepen, maar de maan scheen helder en George wist de weg. Rosemary keek niet om.

Hij hield haar hand stevig vast terwijl ze over het pad liepen, waar de bomen vlekken van intens donker en bleek licht op wierpen.

Ze spraken altijd veel, hun stemmen als jonge vogels terwijl ze elkaar alles maar dan ook alles vertelden, maar vanavond zeiden ze niets. Rosemary luisterde naar het geluid van hun voetstappen en haar hart dat snel bonsde in haar oren. Ze zag zijn gezicht en profil onder het lopen. Zelfs in het donker herkende ze de vorm. Ze had elk stukje al gekust en had gefascineerd de smaak van een mannengezicht ontdekt.

Al snel kwamen ze in een nog donkerder stuk zwart, dat, toen ze dichterbij kwamen, de stenen muur van het zwembad bleek te zijn. Aan het andere eind stond er een oude boom naast, waarvan de takken vlak boven de muur hingen. In het donker leek het een reus met open armen.

Plotseling begonnen ze over het gras naar de boom te rennen. Ze struikelden over polletjes en losse blaadjes plakten tegen hun modderige knieën als bloem aan kleverige vingers.

De boom leek veel hoger toen ze er eenmaal onder stonden.

'Ik geloof niet dat ik het kan,' zei ze.

'Tuurlijk wel,' zei hij.

Weer tilde hij haar omhoog, deze keer tot de eerste tak van de boom, die vochtig was van het mos. Haar nagels zonken in het groene vlees terwijl ze erlangs klom, zich stevig vasthoudend. Heel even was ze bang, maar ze vond het gênant om te vragen of ze terug konden. Dus liet ze zich aan de andere kant langzaam van de tak zakken, met haar gezicht naar de muur en met maaiende voeten tot die vastigheid vonden op een houten picknicktafel.

Ze draaide zich om en sprong van de bank op het terras rond het zwembad.

Het was er mysterieus stil. De maan stond nu hoog aan de hemel en zette het ommuurde bad in een zilveren licht. Er lag een doek over het water, dat in het donker op een stuk ijs leek waarover je zou kunnen schaatsen. Aan het andere eind van het terras zag ze de lege stoel van de badmeester, die in stilte toezicht hield over het nachtelijke bad. Ze kon nog net de klok zien, met daaronder op de tegels de opgerolde touwen, als slapende slangen.

Er klonk een lichte plof en toen stond George naast haar, die zijn knieën afsloeg en zijn handen aan zijn korte broek afveegde.

Ze bleef staan en voelde haar hart als een ballon aan haar ribbenkast trekken; als het losgesneden werd, zou het door haar keel naar buiten glippen en opstijgen naar de hemel.

Zonder iets te zeggen liep ze langzaam naar de rand van het zwembad en haalde een hoekje los van de deken waar het water onder schuilging. Er lonkte een stukje zilver. George liep naar de andere kant en pakte de andere hoek; samen trokken ze het zeil weg tot het bad vrij lag, het oppervlak volmaakt en breekbaar.

Ze stonden nu ieder aan een kant van het bad. In het donker konden ze elkaars gezicht bijna niet zien.

Rosemary bukte zich en maakte de veters van haar brogues voorzichtig los. Ze zette ze netjes naast elkaar en rolde daarna haar witte sokken af. Aan de andere kant zag ze de schaduw die George was hetzelfde doen.

Toen keken ze elkaar aan, blootvoets, maar nog in hun kleren. En ze sprongen. Misschien sprong zij als eerste, misschien was hij haar een seconde voor, maar hun plons was een uitroepteken van water.

Onder het wateroppervlak was ze een kluwen jurk en haar. Het was aardedonker, alsof ze door een gat de zwarte, koude aarde in gesprongen was. Ze zag beweging aan de andere kant van het bad: iemand anders was ook het gat in gesprongen.

Ze schoot omhoog als een kurk. George dreef op zijn rug, met zijn tenen boven het water. Hij lachte in parelende salvo's.

Ze zwom naar hem toe en haalde haar vingers door de nacht. Daarna draaide ze zich om tot ze zelf ook dreef. De maan zag eruit alsof die door een kind in de lucht was getekend en de sterren leken aan wasknijpers te hangen. Ze keek naar de hemel en stelde zich voor dat hij terugkeek. Het gaf haar een triest gevoel, en die triestheid beukte tegen haar borst.

Rosemary dook onder water en waste haar zilte tranen met

tranen van chloor. Ze trok twee baantjes in een regelmatige schoolslag en hees zich toen het bad uit.

George dreef nog. Hij maakte geen geluid, behalve het spetteren van zijn vingers, waarmee hij in het donker cirkels door het water trok.

'Denk je dat ik ooit iemand kan worden, Rosemary?'

Ze zat met opgetrokken knieën op de rand uit te druipen en naar hem te kijken.

'Hoe bedoel je?'

'Denk je dat ik een belangrijk man kan worden?' vroeg hij.

'Waarom vraag je dat?'

'De hemel is zo enorm als je er zo naar kijkt. Hij lijkt zo belangrijk.'

'Ik vind jou belangrijk.'

'Dus jij denkt dat ik iemand kan worden?'

'Ja,' zei ze. 'Ja, jij gaat iemand worden, dat weet ik zeker.'

Het betonnen terras voelde korrelig aan haar voeten. Haar haar droop langs haar gezicht en haar hart ging tekeer in haar borst. Haar maag deed pijn. Ze wilde in zijn lichaam kruipen, kijken hoe het voelde om hem te zijn, om door zijn bloed te stromen en door zijn hoofd te zwemmen. Ze kon zich niet voorstellen dat ze ooit nog zo naar iets zou verlangen.

Ze voelde dat hij glimlachte, al kon ze hem niet zien. Hij rolde op zijn buik en zwom naar de rand van het bad. Toen hij eruit klom, pakte hij haar hand en trok haar omhoog tot ze samen aan de kant stonden, met hun natte armen om elkaar heen. Ze bibberde als een kind terwijl ze kusten als grote mensen.

Niemand leert een tijger hoe hij moet jagen, en toch kan hij grommen. Haar lijf gromde ook terwijl ze elkaar kusten, elkaars mond aftastten met hun tong. Er brandde een vuur in haar dat haar verteerde. Ze was niet meer bang voor het donker.

Ze lieten elkaar los, en de ingewikkelde origami van hun lichamen ontvouwde zich net lang genoeg om aan hun kleren te kunnen trekken.

Terwijl ze zich uitkleedden, was het alsof ze elkaar voor de eerste keer ontmoetten. Twee nerveuze, naakte lijven stonden tegenover elkaar aan de rand van het zwembad.

'Ik wil je geen pijn doen,' zei hij.

'Dat gaat ook niet gebeuren.'

Ze legden hun natte kleren op de grond en gingen samen liggen. Haar warmte werd zijn warmte en zijn warmte werd de hare. Hij kuste haar wangen en haar oogleden en haar mond. De grond was hard en schuurde hun huid, en ze waren een en al ellebogen en magere knietjes en het deed pijn en ze huilde en haar hart zwol en hij hield haar dicht tegen zich aan en ze voelde dat ze leefde, wild en zwemmend en vallend.

Het verliezen van haar maagdelijkheid voelde niet als een verlies. In het donker vonden ze elkaar, en ze hielden elkaar stevig vast.

Toen ze thuiskwam, klom ze stilletjes door haar slaapkamerraam naar binnen. Ze hing haar jurk over de rugleuning van haar stoel te drogen en kroop in bed, onder haar dekens met roze madeliefjes. Terwijl ze in slaap viel, dacht ze aan de maan die naar haar keek, en ze vroeg zich af of ze zich eigenlijk moest schamen, maar daarna bedacht ze dat de maan dit soort dingen waarschijnlijk al duizenden, duizenden jaren zag.

12

Die avond belt Kate voor het eerst in weken met Erin.

'Zo, da's lang geleden!' zegt Erin als ze opneemt.

'Ja, ja, sorry,' zegt Kate, die op de hoek van haar bed zit, met opgetrokken knieën. 'Ik heb het druk.'

'Te veel feestjes, zeker?'

'Zoiets.'

Kate hoort gekletter op de achtergrond: ze ziet voor zich dat Erin door haar moderne open keuken loopt om te koken voor haar man Mark, met de telefoon tussen haar oor en haar schouder geklemd. Ze ziet de glanzende werkbladen en de opgeruimde woonkamer met de smetteloze roomkleurige banken. Misschien is Mark een glas wijn voor hen aan het inschenken, dat hij aan Erin geeft met een glimlach die alles zegt wat ze ooit hoeven te weten. Als Kate nadenkt over Erins leven – over haar senior functie bij een pr-bureau in Bath, het nieuwe bedrijf van haar man en hun rijke, mooie vrienden – dan voelt ze zich een achterblijver, alsof Erin weggerend is, de verte in, en Kate aan de grond genageld bij de start is blijven staan, zich doodgeschrokken van het lawaai van het startpistool aan het begin van de race.

'Wat heb je allemaal gedaan?' vraagt Kate.

'Nou, ik kom net terug van hardlopen – de derde keer al deze week.'

'Wow, goed, man!'

'Goed voor mijn geestelijke gezondheid.'

'Je lijkt me anders behoorlijk gezond, geestelijk.'

Erin lacht.

'Dat is omdat jij niet hier woont. Mark is het waarschijnlijk niet met je eens. Het werk is doodvermoeiend. Ik kan me niet herinneren wanneer ik voor het laatst een fatsoenlijk weekend heb gehad, het huis heeft allemaal achterstallig onderhoud en Joost mag weten wat dat allemaal gaat kosten, en we zijn nog steeds niet zwanger. Soms heb ik niet eens schone kleren om aan te trekken. Maar fijn dat ik nog geestelijk gezond lijk!'

Kate weet niet wat ze moet zeggen. Ze gelooft in haar zus en het geluk van haar zus zoals ze gelooft dat de bakstenen van haar huis sterk genoeg zijn om de wind en de regen buiten te houden. Erin moet gelukkig zijn, voor zichzelf, maar ook voor de normale gang van zaken in de wereld in het algemeen, wat Kate betreft. Maar wat Erin nu zegt... Is dit de eerste keer dat ze laat blijken dat haar leven niet echt zo perfect is, of is dit de eerste keer dat Kate echt naar haar luistert? En omdat Kate niet weet wat ze moet zeggen en de schaamte in haar mond blijft steken, zegt ze maar niets.

'Sorry, ik moet niet zo tekeergaan tegen je,' zegt Erin. 'En jij, waar ben jij allemaal mee bezig?' Voor ze er erg in heeft, komen de woorden uit Kates mond gerold: 'Ik ben begonnen met zwemmen. In een buitenbad. Ik schrijf er een artikel over.'

'Wow,' zegt Erin. 'Een buitenbad? Dan ben je dapperder dan ik!'

Opgekruld op haar bed, met de deur stevig dicht om interactie met haar huisgenoten te voorkomen, kan Kate wel huilen. Maar in plaats daarvan blijft ze stil.

Erin zwijgt ook – het lawaai in de keuken stopt. Heel even gaat er niets anders over de lijn heen en weer dan de stille ademhaling van de twee zusjes.

'Gaat het wel, Kate?' vraagt Erin dan.

Kate weet dat dit haar kans is om Erin in vertrouwen te nemen, dit is de uitgestoken hand. Maar er valt zoveel te zeggen dat er op de een of andere manier niets te zeggen valt.

'Het gaat goed, hoor,' antwoordt ze opgewekt. 'Ik moet gaan eten. Spreek je snel?'

'Tuurlijk. Je weet me te vinden.'

Als ze afscheid hebben genomen en Kate ophangt, gaat ze achter haar bureau zitten, doet haar laptop open en gaat online. Instinctief kijkt ze naar de deur om te controleren of die dicht zit, en dan typt ze in de Google-zoekbalk: *sport en angstaanvallen.* Terwijl de resultaten verschijnen, voelt ze dat haar hartslag versnelt en haar maag in de knoop raakt, alsof ze op de laptop van haar ouders dingen opzoekt die ze eigenlijk niet mag opzoeken.

Buiten zwemmen in koud water geeft je een onvergelijkbaar gevoel van euforie, beweert een artikel. *Als ik niet lekker in mijn vel zit, probeer ik altijd even te gaan zwemmen in een buitenbad. Dan voel ik me na afloop altijd beter,* leest ze.

Ze sluit haar laptop weer af en trekt stilletjes haar pyjama aan, denkend aan haar gesprek met Erin. Ze denkt aan haar huilbui in het warenhuis en in de kleedkamer van het zwembad. Ze heeft geen idee wat haar zou kunnen helpen, maar als ze het dekbed strak om zich heen trekt, besluit ze dat het op zijn minst de moeite waard is om de leugen die ze haar zusje vertelde in waarheid te veranderen. Ze kan heus nog wel één poging wagen, en dan ziet ze wel verder. Gewoon nog een keertje zwemmen, denkt ze terwijl ze in slaap valt.

13

De volgende ochtend zit Ahmed, een lange jongeman in een fleecejack van het Brockwell Lido, achter de receptie en glimlacht naar de zwemmers die binnenkomen. Hij heeft kort haar, dat aan de voorkant in plukken omhoogstaat, een schaduw van een baard op zijn kin en een pen achter zijn oor. Voor hem ligt een opengeslagen boek. Tussen het helpen van de klanten door is hij aan het leren. Hij heeft drie zevens nodig om bedrijfskunde te kunnen studeren. Bij zijn oefenexamens haalde hij twee zessen en een vijf. Hij doet alsof zijn cijfers hem niet kunnen schelen, maar dat doen ze wel. Ze kunnen hem zoveel schelen dat hij het soms niet eens durft te proberen, voor het geval zijn stinkende best nog niet goed genoeg is.

'Goeiemorgen,' zegt hij opgewekt tegen de zwemmers. Sommigen zijn vaste klanten die even blijven staan voor een praatje. Hij ziet ze door het poortje naar de kleedkamers lopen, checkt of er niet nog iemand binnenkomt en concentreert zich weer op zijn boek, met zijn rug naar het perfect blauwe water buiten.

Een paar jaar geleden voerde hij nooit iets uit voor school. Hij had een groep vrienden die hem anders zouden hebben gepest. Het was zijn oudere broer Tamil die hem op andere gedachten bracht. Tamil studeerde al, en toen Ahmed vijftien was, gaven zijn ouders eindelijk toe en mocht hij een weekend bij zijn grote broer logeren. Tamil nam Ahmed mee naar de bar en bestelde twee biertjes. 'Niet tegen ma zeggen,' zei hij terwijl hij een van de twee glazen naar Ahmed toe schoof. Tamil vertelde hoe geweldig hij zijn studie vond, hoe fijn het was om niet meer thuis te wonen en hoe hij genoot van zijn vrijheid. Af en toe kwam er iemand de bar in die Tamil gedag knikte. Dan stak hij zijn hand op en glimlachte, maar hij bleef bij zijn broertje.

'Weet je, die vrienden van je zijn geen echte vrienden,' zei Tamil opeens. Ahmed ging ertegenin, maar zijn broer onderbrak hem.

'Ik weet best dat je nu denkt dat ze dat wel zijn, maar zij willen dat je precies zo bent als zij: ze verzieken hun leven omdat ze te lui zijn om te werken. Als jij zo doorgaat, zit je de rest van je leven thuis. Dan kun je dit allemaal niet doen. Is dat wat je wilt?'

Ahmed staarde boos in zijn bierglas, zijn slungelige lichaam voorovergebogen, alsof hij nog een klein kind was in plaats van een tiener, een man, bijna.

'Ik zeg dit alleen omdat ik van je hou.'

Op dat moment keek Ahmed zijn broer aan. Dat had hij hem nog nooit horen zeggen. Tamils wangen waren rood aangelopen en hij keek om zich heen, misschien om te checken of niemand het had gehoord. Hij geneerde zich duidelijk, en toch had hij het gezegd.

'Oké,' zei Ahmed. En al kon hij dat niet toegeven, hij wist best dat zijn broer gelijk had.

'Mag ik dan nu nog een biertje?'

'Een kleintje. Maar als je het aan ma vertelt, vermoord ik je.'

Soms komen Ahmeds oude vrienden naar de receptie van het zwembad om te vragen of hij na zijn werk meegaat om een jointje te roken of biertjes te drinken in het park. Maar als Geoff hen ziet, komt hij naar hen toe om te vragen of ze weg willen gaan als ze niet komen zwemmen.

'We zijn echt heel blij met jou,' zegt Geoff vaak tegen Ahmed als ze weer weg zijn, en dan barst Ahmeds hele lichaam van een warm gevoel, dat hij pas later zal herkennen als trots.

14

Rosemary's zwemtas is altijd gepakt. Hij ligt klaar op een stoel bij haar voordeur, met haar regenjas en haar paraplu. Er zit een badpak in; ze heeft drie dezelfde donkerblauwe, van Marks & Spencer. Ze is nog steeds verbaasd als ze de maat in het etiket ziet. Ze was altijd zo dun. Ze voelt zich een slanke jonge vrouw in dikke-ouwevrouwenkleren. In de tas zit verder een handdoek, een zwembrilletje, een paarse badmuts, een kam, een potje goedkope crème en een Colman's Mustard-blikje vol muntjes van vijftig pence. Ze rammelen als ze loopt.

Maar vanmiddag laat ze haar zwemtas bij de deur liggen als ze haar flat verlaat en op weg gaat naar het bad. Voor ze naar het restaurant loopt, blijft ze even bij de receptie staan om Ahmed te groeten.

'Hoe gaat het met de studie, Ahmed?' vraagt ze hem.

'Het gaat langzaam, mevrouw P,' zegt Ahmed. 'Langzaam.'

'Nou ja, we weten allemaal hoe het met de haas is afgelopen.'

Rosemary loopt het poortje door en gaat naar de deur die toegang biedt tot het terras om het bad. Als ze langs het zwembad is, komt ze bij het Lido Café. Ze kiest een van de lege, naar het water gekeerde tafeltjes.

Kate heeft haar die ochtend vroeg gemaild.

'Ik heb gisteren gezwommen,' zei ze. 'Het was zo koud! Dus, kan ik je dan nu interviewen? Ik kan vanmiddag, mocht je tijd hebben.'

Rosemary is aan de vroege kant; ze vindt het bijna even fijn om naar haar zwembad te zitten kijken als om erin te zwemmen. Terwijl ze naar de spetterende kinderen in het ondiepe kijkt, denkt ze aan hoe ze zelf heeft leren zwemmen, vlak nadat het bad feestelijk werd geopend door de burgemeester, die bij die gelegenheid een, volledig geklede, jongedame in het water gooide. (De vader van de jongedame was trots dat zijn dochter voor die eervolle rol was uitverkoren.)

'Ik beloof dat ik je niet loslaat,' zei haar moeder terwijl Rosemary heftig met haar benen trappelde.

'Ik laat je niet gaan, het komt goed.' Maar die dag liet haar moeder wel degelijk los, en Rosemary ging kopje-onder en kreeg een sloot water binnen. Maar het kwam inderdaad goed.

'Het spijt me dat ik te laat ben.'

Het geluid verstoort Rosemary's dagdroom en ze kijkt op. Daar staat Kate, en ze glimlacht.

'Jij bent niet te laat, ik ben te vroeg,' antwoordt Rosemary.

Kate gaat zitten en haalt haar opschrijfboekje en voicerecorder uit haar rugzak.

'Fijn dat je wilde komen, Rosemary,' zegt ze. Er komt een ober aan en Kate bestelt thee voor hen allebei.

'En, hoe was het zwemmen?' vraagt Rosemary.

Kates mond vertrekt tot een bijna-glimlach.

'Het was ontzettend koud!' zegt ze. 'Ik snap niet dat je dit elke dag doet.'

Rosemary moet lachen. 'Wacht maar af. Het is verslavend.'

'Ik vond het wel fijn, na de schok van de kou,' geeft Kate toe.

Rosemary trekt een wenkbrauw op en glimlacht.

De ober komt terug met twee kleine theepotjes. Zodra ze weer alleen zijn, steekt Rosemary haar hand in haar tas.

'Ik wil je een foto laten zien,' zegt ze terwijl ze de inhoud doorzoekt. Dan haalt ze een boek tevoorschijn; de foto zit tussen de bladzijden.

'Alleen ik ben er nog,' zegt Rosemary, en haar duim laat een afdruk na op de foto als ze hem aan Kate geeft.

Er staan drie rijen meisjes op, sommige met hun armen om elkaar heen, andere met hun handen op hun heupen of hun armen stevig voor hun platte borst gekruist. Ze dragen effen badpakken die laag over hun heupen hangen, als shorts. Ze zijn waarschijnlijk tussen de tien en de dertien jaar oud, en allemaal grijnzen ze haar in zwart-wit aan. De kinderen op de foto zien er zo energiek uit dat Rosemary nog steeds niet kan geloven dat ze de enige van het stel is die nog leeft.

'De oudsten stonden achter en de kleintjes vooraan,' zegt ze. 'Wie ben jij nou precies?'

Rosemary glimlacht en wijst naar een klein meisje op de voorste rij, wier korte natte haar in pieken omhoogstaat en wier gezicht bezaaid lijkt met sproeten.

'Hallo, Rosemary,' zegt Rosemary. Ze bekijkt haar jongere ik met de genegenheid die een moeder haar kind toont. Ze kijkt op en ziet dat Kate haar observeert.

'Als je zo oud bent als ik, zul je het begrijpen,' zegt ze. 'Dan begin je jezelf te missen.'

Kate kijkt van de foto naar de oude vrouw die ze voor zich heeft.

'Heb je nog broers of zussen, Kate?' vraagt Rosemary.

Kate lacht en slaat dan haar hand voor haar mond, alsof het geluid haar overvalt.

'Sorry,' zegt ze. 'Maar ik zou jou toch interviewen? Ja, ik heb een oudere zus, Erin.'

'Hou je van haar?'

Kate lijkt even geschrokken, maar dan zegt ze lachend: 'Meer dan van wie dan ook.'

Rosemary kijkt haar aan.

'Ik wou dat ik ook een zus had,' zegt ze. 'Of een broer. Ik was enig kind.'

Kate krabbelt iets in haar opschrijfboekje.

'En je zegt dat je al zolang je je kunt herinneren in het zwembad komt? Vertel eens iets over het zwembad van toen jij nog klein was.'

Er valt zoveel te zeggen, maar het is moeilijk om het in woorden te vatten. Beelden en geluiden en sensaties vullen Rosemary als helium, tot ze er duizelig van wordt.

'Als mensen je over hun jeugd vertellen, schijnt de zon meestal,' zegt ze. 'In hun herinnering waren ze zelf ook allemaal engeltjes. Laat me je één ding zeggen: dat zijn leugens.'

Ze lacht even. Kate kijkt op van haar aantekeningen en lacht terug.

'Er waren inderdaad prachtige, zonnige dagen, natuurlijk, maar wat ik me vooral herinner, is zwemmen in de regen. Ik weet nog dat ik hier voor de oorlog met school zwemles had. Ook al waren we toen nog maar heel klein, toch moesten we van de juffen het water in, weer of geen weer. Meestal vonden we dat niet erg, want we waren dol op het zwembad. We vonden het heerlijk om het klaslokaal uit te mogen, om door het park te mogen lopen... of lopen, rénnen, meestal.

Dus meestal vonden we het fijn om te mogen zwemmen, zelfs als de zon niet scheen. Maar er was ooit één dag... volgens mij was het een donderdag, want we hadden allemaal dat duffe gevoel dat je aan het eind van de schoolweek had, maar we waren niet uitgelaten genoeg voor een vrijdag... Maar goed, op een dag hadden we 's middags zwemles, en de regen kwam echt met bakken uit de hemel. Het asfalt om de speelplaats was ondergelopen en we hoorden de golven die de bussen veroorzaakten als ze langs ons lokaal door de plassen reden.

We smeekten de juffen om niet te gaan. Een paar wat stoerdere meisjes zeiden dat we onderkoeld zouden raken, of een loopgraafvoet zouden oplopen. Maar de juffen gaven ze op hun kop omdat ze grapjes maakten over de loopgraven.

Die middag rende niemand. We klitten in onze regenjassen samen onder paraplu's en onze schoenen werden doornat in de plassen. Toen we in het bad aankwamen, kleedden we ons heel langzaam om, terwijl de juffen onder het afdakje stonden te schuilen.

Ik weet niet meer wie het was, maar ineens had iemand een idee om wraak te nemen op de juffen. Toen we uit de kleedkamer kwamen, had iedereen zijn regenjas over zijn badpak aan. Voor de juffen konden ingrijpen, trokken we een sprintje en sprongen met zijn allen in het bad. Onze jassen dreven als jurken om ons heen. En zo begon de hele klas baantjes te trekken.

De juffen waren natuurlijk woedend. Ze sleurden ons uit het bad en zeiden dat we hen te schande maakten. Ze stuurden ons druipend en wel naar huis, en de moeders waren allemaal woest om onze doorweekte regenjassen. Maar mijn vader vond het hilarisch. Hij bleef de hele avond lachen.'

'Wat geweldig,' zegt Kate. 'En hoe zit het nu? Er zijn toch andere zwembaden in de buurt, dus wat maakt dit bad zo speciaal?'

Rosemary draait zich om en kijkt naar een moeder met haar kind in het ondiepe. Het kind zwemt als een hondje verbeten op de moeder af, die met open armen staat te stralen. Boven hen is de open hemel. Als ze hen zo ziet, vraagt ze zich af waarom Kate het nog moet vragen. Ze kan haar niet alles vertellen, dus komt ze met een deel van de waarheid.

'Het is vertrouwd,' zegt Rosemary. 'Het is bijzonder en vertrouwd, en een ander bad is niet hetzelfde. Zoals de zon 's ochtends op het water schijnt. Het uitzicht op het zwembad vanaf de top van de heuvel in Brockwell Park. Zelfs de geur is vertrouwd. Als ik door het park hierheen loop, ruik ik het bad nog voor ik de muren zie. Het is het natte beton dat naar storm ruikt, maar dan vermengd met de geur van pasgemaaid gras in het park. En het chloor... mijn huid ruikt altijd naar chloor.'

Rosemary brengt haar onderarm naar haar gezicht en snuift diep. Daar heb je het, die chloorlucht die haar huid heeft doordrongen als de rook van een kampvuur een tent doordringt. Ze doet haar ogen dicht. George zei altijd dat hij nooit parfum voor haar hoefde te kopen, omdat ze het zwembad al had. Chloor was haar parfum, zei hij.

Na hun trouwen gingen ze niet op huwelijksreis. Ze konden het niet betalen, en het weer in Brixton was die zomer zo perfect dat het ook helemaal niet nodig was. Ze namen een week vrij en gingen elke dag zwemmen in het bad. George ging languit in de zon liggen en werd zo bruin als gebeitst hout, terwijl

Rosemary in de schaduw bleef zitten en naar hem keek alsof hij een sneeuwvlok was die elk moment kon wegsmelten. Als ze dan weer opgewarmd waren, doken ze samen het water in en zwommen op en neer, George in de snelle baan en zij in de gemiddelde. Het maakte niet uit dat ze niet gelijk op gingen, want ze wisten dat ze hetzelfde koele water op hun warme huid voelden, en ze zagen allebei het licht dat als een dambord op de bodem van het bad viel. Met George voelde het alsof ze vlogen in plaats van zwommen.

Als ze allebei moe waren, klommen ze uit het bad, trokken hun kleren over hun zwemkleren aan en wandelden terug naar de flat. Zodra de deur achter hen dichtviel, hielpen ze elkaar uit de kleren, gretig, alsof ze een rijpe vrucht pelden. Soms haalden ze de slaapkamer niet eens en vielen ze op de grond van de zitkamer en kusten ze het chloor van elkaars lichaam. Hij zoende haar overal. Snoof haar geur, hun geur, de geur van het zwembad en de zomer en hun hartstochtelijke middag diep op.

Rosemary opent haar ogen.

'Zijn je kinderen ook zulke fanatieke zwemmers?' vraagt Kate. Rosemary voelt een huivering door zich heen trekken.

'Ik bedoel,' zegt Kate gespannen, 'als je kinderen hebt?'

'Volgende vraag.'

'Is dat een nee?'

'Ja. Dat is een nee.'

'Het spijt me.'

Rosemary kijkt naar het water en dan weer naar Kate.

'Wat wil je nog meer weten?' vraagt ze.

'Waarom zwem je?'

Rosemary schiet in de lach.

'Dan kun je me net zo goed vragen waarom ik 's ochtends uit mijn bed kom. Het antwoord is hetzelfde.'

Ze praten nog een halfuur door. Na hun gesprek heeft Kate genoeg voor haar profiel, en Rosemary loopt glimlachend naar huis.

'Zie ik je de volgende keer in het zwembad?' had Rosemary bij het afscheid aan Kate gevraagd. Kates gezicht was zachter geworden en het leek wel of ze glimlachte.

'Misschien,' had ze geantwoord. 'Ik stuur in elk geval een kopie van het artikel als het klaar is.'

Als ze thuiskomt, draait Rosemary de deur op slot, trekt haar kleren uit en doet haar badpak aan. Dan pakt ze haar regenjas, hijst die over haar schouders en blijft zo voor de televisie zitten tot het tijd is om naar bed te gaan.

15

Later die week houdt Kate zich aan de belofte die ze zichzelf heeft gedaan en gaat ze nog een keer zwemmen. Deze keer komt ze goed voorbereid en heeft ze haar zwempak al aan onder haar kleren. Alles om maar niet naakt te hoeven zijn onder vreemden en dat vreselijke gevoel te vermijden.

Ze trekt haar spullen uit in een hoekje en luistert naar de gesprekken in de kleedruimte, zo nu en dan inschakelend, alsof ze de radio aan heeft. Het luisteren helpt haar om rustig te blijven.

Een oudere vrouw met een sterk Caribisch accent: 'Jou heb ik hier al een poos niet gezien. Waar hing je uit?'

En een andere oudere dame: 'Je moet niet lachen, maar...'

'Nou, voor de draad ermee. Waar was je?'

'Ik ben op een vakantie voor singles geweest. In Frankrijk.'

'Meid! Goed zo! En, ben je een knappe Jean-Marc tegen het lijf gelopen?'

'Nou ja, we hebben wel e-mailadressen uitgewisseld.'

De twee vrouwen kijken elkaar aan, trekken hun wenkbrauwen op en schieten in de lach.

Stromende douches, een doorgetrokken toilet en gespetter dat steeds luider klinkt als iemand de deur opendoet en naar buiten loopt, vormen de achtergrondgeluiden van de gesprekken.

Kate stopt haar kleren in een locker, slaat haar handdoek weer om zich heen, loopt snel naar buiten en laat zich in de langzame baan zakken voor ze zich kan bedenken. De kou is vandaag minder schokkend. Ze is erop voorbereid en voelt zich onverwacht trots als ze de hulpkreet hoort van een zwemmer die na haar het water in komt. Net als eerst heeft Kate het gevoel dat haar lichaam wakker wordt, als een slapende hond die zijn oren spitst als hij zijn naam hoort. Ze laat zich wat dieper zakken, haalt diep adem en zet zich af van de kant.

Onder het zwemmen kijkt ze om zich heen. De badmeester drinkt uit een thermosfles en praat met een vrouw van middelbare leeftijd, misschien een vaste klant, die een klein jongetje in een haaienzwembroek bij de hand heeft. In het diepe duikt een man met een gebeeldhouwde torso en schouders, een witte badmuts en gestroomlijnde zwembril keurig het bad in en begint zijn armen tegelijk uit het water te tillen. Golven slaan tegen de rand en hoofden draaien zich vol ontzag om voor de man die een vlinder is geworden.

De lucht strekt zich boven haar uit, en heel even voelt ze zich volkomen vrij. Ze rolt op haar rug en probeert een rugslag, zodat ze naar de heen en weer vliegende vogels kan kijken en naar de knoppen aan de boomtakken die om de muren van het zwembad zwaaien. Ze stopt even met zwemmen en drijft; voor het eerst sinds heel lang laat ze zichzelf ontspannen. Het water draagt haar. Ze ademt diep in en het water klotst tegen haar wangen. Ze heeft het gevoel alsof ze zou kunnen huilen, maar het is oké.

Uiteindelijk draait ze weer op haar buik en gaat door met haar langzame schoolslag tot ze in het ondiepe deel van het bad komt. Op dat moment ziet ze Rosemary. De oude vrouw komt elegant op haar af zwemmen. Ze draagt een donkerblauw badpak en een paarse badmuts. Als ze dichterbij komt, valt het Kate op dat haar ogen dezelfde kleur hebben als het bad. Rosemary herkent haar en lacht.

'Hallo!' zegt Kate, en ze zet haar voeten neer en zwaait.

'Dus je bent teruggekomen,' zegt Rosemary.

'Ik ben teruggekomen.'

Rosemary zwemt naar de rand van het bad en laat haar hoofd op het muurtje rusten terwijl ze rustig met haar benen trappelt.

Ze gebaart dat Kate erbij moet komen, en na een korte aarzeling komt ze. Zo blijven ze een poosje hangen. Kate laat haar hoofd rusten en kijkt naar de andere zwemmers in het bad. De zon voelt warm aan op haar gezicht.

'En, wat vind je ervan?' vraagt Rosemary. 'Ben je al gewend aan de kou?'

'Het is heel gek, maar ik vind die kou eigenlijk wel prettig,' zegt Kate. 'Ik word er wakker van.'

'Waarom denk je dat ik altijd 's ochtends ga.'

Ze lachen samen.

'Ik geloof dat ik het begin te snappen,' zegt Kate om zich heen kijkend. Haar hart klopt snel, maar ze voelt zich kalm 'Waarom je het hier zo fijn vindt, bedoel ik,' zegt ze.

'Er is nergens een plek zoals deze,' antwoordt Rosemary, en ze leunt nog wat verder achterover, tot haar tenen boven de waterspiegel uitsteken. Kate kijkt naar haar, deze oude dame in haar donkerblauwe badpak, die hier al haar hele leven zwemt. Ze probeert zich in te denken hoe het moet voelen om de hele stad om je heen te zien veranderen en om de plek waar je zo thuis bent te moeten verliezen. Als ze daaraan denkt, denkt ze terug aan haar gesprek met Erin, en dat ze haar zus hoorde zeggen dat het allemaal niet zo top ging, en dat ze niets had gezegd, niets had gedaan.

'Je wilt het echt graag redden, hè?' vraagt Kate na een poosje.

'Dolgraag.'

'Misschien kan ik je helpen.'

Ze heeft het nog niet gezegd of ze beseft dat dit iets is wat ze moet doen, ook al weet ze niet hoe en waarom. Ze moet blijven zwemmen, en ze moet Rosemary Peterson helpen om haar zwembad te redden.

Rosemary kijkt haar aan en de achterdochtige blik die Kate ook bij haar zag toen ze elkaar voor het eerst ontmoetten, is weer even terug. Maar dan glimlacht ze.

'Goed dan,' zegt Rosemary.

'Goed dan,' zegt Kate.

16

In een hoek van de herenkleedruimte trekt een jongen van veertien een badmuts over zijn hoofd. Hij bekijkt zichzelf in de spiegel terwijl hij de muts dieper over zijn oren trekt, een ernstige frons op zijn voorhoofd die te oud lijkt voor zijn jonge, magere lijf. Hij rolt met zijn schouders en rekt zijn armen voor zijn borst.

Eenmaal buiten duikt hij snel het water in en begint aan een soepele borstcrawl.

Niemand heeft gemerkt dat hij zijn huis uit liep. De avond ervoor kwam hij beneden voor een glas water en toen zag hij ze samen aan de wijn in de zitkamer. Ze hadden hem niet in de gaten, dus bleef hij even naar hen staan kijken, genietend van het zeldzame moment van rust. En toen hoorde hij een gesprek dat hij liever niet had willen horen: hij hoorde hen overeenkomen dat ze zouden scheiden zodra hij het huis uit zou gaan. Het was een opmerkelijk kalm tafereel voor iets waar hij zo misselijk van werd. Ze nipten doodleuk van hun wijn en zaten dicht naast elkaar op de bank naar de open haard te staren, met alle foto's op de schouw erboven. Misschien waren ze wel te moe om te schreeuwen, als twee oude leeuwen met te veel littekens, maar op de een of andere manier vond hun zoon hun kalmte nog verontrustender dan het geruzie.

Hij zou nu eigenlijk op school moeten zitten. Hij heeft nog nooit gespijbeld; hij heeft nog nooit een huiswerkdeadline gemist en is nog nooit te laat in de les gekomen. Toen hij die ochtend wakker werd, deed hij als altijd honderd sit-ups in zijn slaapkamer en telde de haren op zijn borst (elf). Daarna ging hij in zijn pyjama naar beneden en maakte ontbijt voor zichzelf in de keuken. Hij at in zijn eentje en las de hele tafel rond, van het pak cornflakes tot en met het pak sinaasappelsap. Terwijl hij zat te eten, luisterde hij naar het gedempte huilen van zijn moeder boven. Ze klonk altijd als een gewond dier als ze huilde. Hij wilde naar haar toe om haar te troosten, maar realiseerde zich dat hij niet wist wat hij dan moest zeggen. Zijn woorden waren een kluwen, als een bolletje touw dat niet uit de knoop te halen was. Hij wilde haar helpen haar huwelijk te redden; was hij maar honderd, zodat hij levenservaring had en zijn moeder advies kon geven. Hij had echter maar elf borstharen en dus nog veel te kort geleefd, en hij wist dat hij haar niet kon helpen.

De woorden achter op de cornflakesdoos sprongen allemaal door elkaar, tot hij er niets meer van begreep en zijn ogen vol tranen stonden. De tafel was een grote warboel van halfvolle sinaasappelsap en volkorenboter. Hij wilde krijsen als een kleuter en zijn longen verlossen van alle woede die hij in zich had. In plaats daarvan ruimde hij keurig de ontbijtboel op en liep zachtjes de trap op. In zijn slaapkamer trok hij zijn trainingsbroek en een hoody aan, en gooide hij zijn schooluniform in zijn kledingkast. Hij pakte zijn tas met zwemspullen en hing die om zijn schouder.

Op weg naar het zwembad belde hij zijn school om te zeggen dat zijn zoon ziek was.

'Ik hoop dat hij snel weer beter is,' zei de receptioniste.

Als hij een baantje getrokken heeft, duikt hij onder water en gaat in kleermakerszit op de bodem van het bad zitten. Hij houdt zijn adem in en telt tot tien. Als hij opkijkt, ziet hij dat de zon een patroon van elkaar kruisende lijnen op het water maakt, alsof die het zwembad in een net heeft gevangen. Het water drukt tegen zijn borst en vult zijn neus; hij blaast een stroom bubbels uit en ziet ze voor zijn ogen dansen. Zijn ouders denken dat hij op school zit; zijn leraren denken dat hij met koorts thuisgebleven is. Niemand die hem kent, weet dat hij op de bodem van het zwembad zit.

Het zwembad groette hem als het soort vriend waar je zwijgend naast kunt zitten, in de wetenschap dat je niks hoeft te zeggen: dit was een plek waar hij zichzelf kon zijn.

Af en toe kwamen er gedachten aan zijn ouders op. Hij vroeg zich af of het soms zijn schuld was en of ze nog steeds verliefd zouden zijn als ze nooit een zoon hadden gehad. Zijn ogen doen pijn, maar hij houdt zichzelf voor dat het komt door het chloorwater dat in zijn duikbrilletje sijpelt en hij duikt weer onder.

Had hij maar kieuwen, dan kon hij hier eeuwig blijven, op zijn rug, op de korrelige bodem, starend naar de lucht. Hier kan niemand hem vinden, kan niets hem kwetsen en is hij geen jongen, maar een vis.

17

Ze waren een stel als de aanhalingstekens om een zin. Ze pasten bij elkaar, en samen waren ze minder bang en minder alleen. George was bang om niemand te zijn: bij haar was hij iemand. Rosemary was bang om achtergelaten te worden: hij pakte haar bij de hand en nam haar mee.

Hun vrienden kenden hen als Rosemary en George, George en Rosemary. Ze hoorden bij elkaar als zout en peper.

In vijf jaar hadden ze duizenden baantjes getrokken, honderden rondjes door het park gelopen (extra langzaam, gewoon, zodat ze elkaars hand wat langer konden vasthouden) en waren ze samen volwassen geworden.

Hij vroeg haar ten huwelijk in zijn zwembroek. Het zwembad was net weer open na de winter en ze gingen ernaartoe voor hun eerste baantjes van het seizoen. Het was nog koud; de badmeester droeg een dikke wollen jas met de kraag omhoog tegen de kilte.

Het was een zondag, dus de groentezaak die George had overgenomen van zijn ouders was gesloten. Ze hadden de ochtend vrij, voor de leveringen voor de volgende dag binnen zouden komen.

Ze zwommen samen als een stel zeehonden en zaten daarna op het terras, met hun handdoeken om zich heen, dicht bij elkaar voor de warmte. Ze bestelden twee koppen thee bij de snackbar van meneer Fry, hielden elkaars hand vast en keken naar de damp die van hun thee opsteeg en van het oppervlak van het zwembad.

De kalmte hing als een beschermende paraplu over hen heen.

Ze roken de geur van het zwembad en van een mogelijke regenbui. Rosemary dacht aan de eerste keer dat ze de liefde hadden bedreven op het koude terras, vlak bij waar ze nu zaten. Ze dacht eraan hoe ze hem had leren kennen op de eerste dag na de oorlog en dat haar leven op dat moment was begonnen.

En toen draaide hij zich om en keek haar aan. Hij zakte niet op zijn knie. Er was geen muziek en de zon begon niet ineens van achter een wolk te stralen. Het was juist een doodgewone, grijze dag; de hemel was grauw als beton.

'Trouw met me, Rosy,' zei hij. Er kwam geen vraagteken achteraan. Er was ook geen vraagteken nodig. Ze wist al dat hij het antwoord op elke vraag was.

18

'Schiet het al een beetje op met je verhaal?' vraagt Phil een paar dagen na Kates gesprek met Rosemary. Kate trekt haar uitgetypte interview en het nieuwsitem dat ze erbij heeft geschreven uit haar tas en overhandigt het aan hem. Hij gaat aan zijn bureau zitten lezen, aaiend over zijn enorme buik – wat Kate betreft een verontrustende gewoonte. Het geeft haar het gevoel dat hij haar woorden moet verteren en dat hij er brandend maagzuur van krijgt. Ze haat het te moeten wachten terwijl mensen haar werk lezen; de paniek grijpt haar weer bij de keel.

Jay is vandaag ook op kantoor en ze vangt zijn blik. Ze glimlachen naar elkaar.

Na een poosje begint Phil te knikken.

'Goed,' zegt hij. 'Mensen, daar draait het om bij deze krant. Onze lezers zien altijd graag de menselijke kant van alles.'

Kate lacht. Het voelt alsof ze weer op school zit en ze door haar leraar wordt geprezen. Het voelt nog even goed als toen, ook al schaamt ze zich dat ze zo blij is met zo'n klein compliment. Phil geeft een klopje op zijn buik.

'We moeten hier eigenlijk een serie van maken, de ontwikkelingen volgen, nog een paar andere bezoekers van het zwembad interviewen. En de gemeente... Heb je de gemeente al gesproken? Doen we dat eerst. Sterker nog, ga dat meteen maar doen.'

Kate knikt en pakt haar spullen, terwijl haar hersenen op volle toeren draaien. Ze heeft nog nooit een serie geschreven en het idee is opwindend en angstaanjagend. Ze zwaait Jay gedag en loopt de deur uit.

Als journaliste zou ze gewend moeten zijn aan bezoekjes aan gemeentehuizen, maar Kate vindt ze intimiderend. Net als in banken en kerken voelt ze zich er klein. Dat is waarschijnlijk ook de bedoeling, denkt ze.

Je kunt de klokkentoren van het gemeentehuis al van verre zien. De wijzerplaat kijkt uit over het drukke kruispunt tegenover de bioscoop en de McDonald's, die nog steeds berucht is vanwege een schietpartij in de rij. De klok heeft het allemaal gezien. Hoge zuilen en een stenen schild bewaken de ingang, boven aan een bordes dat naar het gemeentehuis leidt. De treden liggen vol met confetti.

Als ze binnen is, vraagt men haar te wachten. Een oudere man zit aan het eind van het bankje tegenover Kate. Zijn handen liggen trillend op zijn schoot. Hij draagt een lange jas, een grijze broek en gympen. Kate ziet dat de veters niet bij elkaar passen. De man steekt zijn hand in zijn zak en haalt er een zakje Fisherman's Friends uit.

'Wil je er ook eentje?' vraagt hij met een sterk Zuid-Londens accent.

'Nee, maar toch bedankt.'

'Ik word uit mijn huis gezet,' zegt de man, 'voor het geval je je afvraagt wat ik hier doe. Het is net als bij de dokter, vind je niet? Je vraagt je af wat iedereen heeft, maar je hoort er niet naar te vragen. Dus probeer je te raden wie er doet alsof hij griep heeft en wie er binnenkort overlijdt. Ik vind het vooral leuk om te raden wie er zwanger is. Ze zien er altijd doodsbenauwd uit, die arme wijven.'

Kate fronst. De oude man schiet in de lach en sabbelt op zijn snoepje. Het maakt een tikkend geluid.

'Sorry, ik weet dat de dames het naar vinden als ik ze "wijven" noem.'

Er komt een vrouw uit een van de kamers verderop in de gang. Ze steekt de gang over. Voor ze de deur naar de toiletten openduwt, kijkt ze even hun kant op. Kate en de man zwijgen als ze doorloopt.

'Ik word eruit geschopt,' zegt de man. 'Ze gaan het huizenblok waar ik woon slopen. Komt een of ander chic gebouw voor terug, met een eigen sportschool en alles. De appartementen zijn oud, maar ze doen het nog best, snap je wat ik bedoel? Ik woon er al veertig jaar. Het is mijn thuis.'

Hij gaat wat verzitten en stopt nog een Fisherman's Friend in zijn mond. Kate kijkt naar hem en denkt na over zijn verhaal, waar hij naartoe moet en of er dan wel iemand voor hem is.

'Het spijt me,' zegt ze. 'Ik vind het heel erg, van uw huis.' En ze meent het. Hij haalt zijn neus op en knikt.

'Weet u toevallig de naam van het bedrijf dat die nieuwe appartementen gaat bouwen?' vraagt Kate.

De man lacht.

'Paradise! Paradise Living, heten ze. Ik word uit mijn huis gezet om plaats te maken voor het "paradijs".'

Kate voelt een schok als ze die naam hoort en denkt aan het zwembad.

'Ik werk voor de *Brixton Chronicle*,' zegt ze. 'Ik weet zeker dat de krant geïnteresseerd is in uw verhaal...'

Ze steekt haar hand in haar tas, pakt haar visitekaartje en geeft het aan de man. Hij houdt het even vast, knikt naar haar en laat het in zijn zak glijden. Dan gaat er een deur open, en een vrouw met een dossiermap in haar hand kijkt de man aan.

'Komt u binnen?'

Hij staat langzaam op en loopt naar de deur.

'Leuk je te ontmoeten. Ik hoop dat je niet zwanger bent, of stervende.' Hij geeft Kate een knipoog en loopt achter de vrouw aan naar binnen.

'Hallo?' roept Kate in het huis, al weet ze dat ze geen reactie krijgt. De deur valt met een klik achter haar dicht en ze wurmt zich langs de fiets in de gang om bij haar slaapkamer te kunnen komen.

Het gesprek ging niet goed. Ze probeerde autoriteit uit te stralen, maar ze ziet er jonger uit dan ze is. En ze is een vrouw.

Ze is eraan gewend dat men haar niet serieus neemt.

De wethouder was van middelbare leeftijd en droeg een verschoten grijs pak. Hij bood haar koffie aan en stond op om die te gaan halen bij een machine aan de andere kant van de bedompte kamer. Onder het praten hoorde ze de uitdrukkingen die ze al had verwacht: 'herontwikkeling', 'krappe budgetten', 'verlieslatend', 'we hebben er alles aan gedaan'.

'Het spijt me,' zei de wethouder. 'We vinden het zelf ook niet prettig, maar het bod waar Paradise Living mee kwam... nou ja, het lijkt momenteel de enige optie. Het is heel jammer, dat weten we zelf ook. Maar zo lopen deze dingen nu eenmaal. Buurten veranderen, steden veranderen. Het is niet anders.'

Ze maakte aantekeningen en stelde de vragen die ze van tevoren had opgeschreven in haar notitieboekje, maar tijdens het gesprek dacht ze onwillekeurig aan wat ze tegen Rosemary had gezegd: 'Misschien kan ik iets doen.'

Ze kon helemaal niks doen. Ze kon misschien niet eens nog een artikel schrijven. Ze was een verschrikkelijk slechte journaliste en een zwak mens dat eruitzag als iemand van dertien en zich het grootste deel van de tijd ook precies zo oud voelde. Ze woonde in een smerig huis met mensen wie het geen bal kon schelen of ze een rotdag had gehad of verdronken was in het kanaal.

Toen ze naar de wethouder zat te luisteren, voelde ze haar huid prikken en de kamer krimpen. De koffie rook verbrand en ze werd er misselijk van, ze werd overal misselijk van.

Ze steekt haar hand uit naar het kastje naast haar bureau en pakt een pot pindakaas en een lepel.

Aan het eind van het gesprek wilde ze weg en zag ze wel dat de wethouder ook wilde dat ze ging. Maar vlak voor ze de kamer uit liep, zei hij toch nog iets nuttigs.

'Over twee weken is er een bijeenkomst op het gemeentehuis. Alle bewoners worden uitgenodigd om hun zorgen daar uit te spreken.'

Kate brengt de volle lepel naar haar mond, maar stopt dan.

Ze gaat naar die bijeenkomst, besluit ze. Ze kan misschien niet helpen, maar ze kan het op zijn minst proberen. En met een glimlach slikt ze de troostrijke pindakaas door.

BROCKWELL LIDO MET SLUITING BEDREIGD
Gemeente heeft moeite het plaatselijke zwembad draaiende te houden, door Kate Matthews

Particuliere bedrijven hebben een bod uitgebracht voor de herontwikkeling van Brixtons buitenbad en sportschool nu de gemeenteraad van Lambeth de penibele financiële toestand van het zwembad heeft gepubliceerd. Het opvallendste bod is dat van projectontwikkelaar Paradise Living, die een besloten sportschool wil bouwen voor de bewoners van zijn nieuwe appartementencomplexen.
Dave French, woordvoerder van de gemeente Lambeth: 'Ik kan bevestigen dat wij momenteel kijken naar de mogelijkheden wat betreft het Brockwell Lido en de toekomst van het bad. Er is op dit moment nog geen besluit genomen, maar het is inderdaad zo dat de exploitatiekosten hoog zijn. We hebben aanbiedingen in overweging genomen, waaronder die van Paradise Living. Het is niet zeker of het bad openblijft.'
In de zomer ontvangt het zwembad dagelijks honderden bezoekers, maar in de koudere maanden is het minder in trek.
Geoff Barclay, bedrijfsleider van het Brockwell Lido: 'We zijn natuurlijk allemaal bezorgd over dit nieuws. Het Brockwell Lido heeft een speciale plek binnen onze gemeenschap.'
'Een eigen sportschool zou toegevoegde waarde bieden aan onze gebouwen,' aldus een woordvoerder van Paradise Living. 'Huurders en kopers van onze appartementen krijgen hierdoor exclusieve toegang tot faciliteiten van topkwaliteit.'
De gemeente is momenteel de diverse mogelijkheden aan het bekijken en meer nieuws volgt in de komende maanden.

19

Het is donker en er snuffelt een vos aan een vuilniszak voor een huis in een straat in Brixton. De vos duwt haar snuit dieper in het plastic, tot dat barst als een ballon en haar avondeten op straat tuimelt. Op het menu staat vanavond een half opgegeten bagel, restjes uit een blikje makreel en een droog bodempje uit een pot pindakaas. De vos eet lekker maar snel. Ze inspecteert de inhoud van de zak nog een laatste keer om er zeker van te zijn dat ze niets heeft gemist en sjokt dan het pad af, terug naar de straat. Aan weerszijden staan rijtjeshuizen. Voor sommige van die huizen staat een auto, maar voor de meeste niet. Sommige hebben een hek of een lage heg, andere een bestrate oprit. Voor sommige staan potten voor de deur, waarin de bloemen op uitbarsten staan.

De vos slaat links af om even snel te gaan kijken bij een omgevallen vuilniszak in een tuin vol onkruid en oude fietsonderdelen. Daar ontdekt ze iets goeds: een nog niet helemaal lege doos met *fried chicken*.

Als ze doorloopt, de straat door, wordt ze om de zoveel stappen gevangen in de gloed van de straatlantaarns. Maar deze stadsvos is niet bang voor licht. In plaats daarvan loopt ze snel en zelfverzekerd door tot ze bij een drukke straat komt. Die loopt ze in ter hoogte van een bushalte, waar een stelletje staat te knuffelen tegen het bord. De vrouw draagt maar één schoen. Ze heeft een been opgetrokken tegen de paal aan gezet en haar minnaar staat tegen haar aan gedrukt. Naast hen probeert een vrouw in een verpleegstersuniform om de verstrengelde lijven heen op het bord te kijken, op zoek naar het nummer van haar lijn.

De vos passeert hen zonder dat iemand haar ziet en loopt mee in de richting van de bussen die over de weg denderen. Ze probeert een paar van de vuilniszakken voor de winkels, die hun metalen luiken tot de stoep hebben neergelaten. Eén winkel is nog open: een homp vlees draait op een metalen staaf in de etalage en er staat een rij tot op de stoep. De vos doet zich tegoed aan de frietjes die mensen als sigarettenpeuken op de grond hebben gegooid.

Vlak na de kebabzaak slaat ze de hoek om, een rustig plein op, waar een stalen hek en een heg omheen staan. Hoge huizen kijken uit op het plein, en uit een van de ramen hoort ze een baby huilen en een vader zingen. Ze loopt het pad af door de kleine tuin, langs bankjes waarop de donkere vormen van lichamen stil liggen te slapen en maar af en toe een andere houding zoeken onder slaapzakken en dekens die nat zijn van de dauw. Onder een van die bankjes ligt een rugzak waar een half brood uit steekt. De vos zet haar tanden in de zak en trekt hem mee naar de andere kant van het plein, waar ze het brood snel opeet en de zak leeg achterlaat.

In de onderste hoeken van de hemel gaat de nacht over in de ochtend. Vormen die eerst nog zwart waren, kleuren indigo. De vos verlaat het plein en loopt snel de straat uit; als ze rent vormt haar staart een witte komma die achter haar aan zwaait.

Om een jongeman die op straat gevallen is, staat een groepje mensen. Twee mannen met reflecterende jassen, op weg naar hun werk, trekken hem omhoog aan zijn schouders en zetten hem op de stoep. Ze gaan naast hem zitten, slaan hun armen om hem heen en vragen hem of het wel gaat. De vos springt over de portemonnee van de jongeman, die in de goot is gevallen.

'Die kun je maar beter niet kwijtraken, jongen,' zegt een van de mannen, en hij pakt de portemonnee en steekt hem in de zak van de jongeman.

De vos loopt langs de bushaltes en het slapende schoolplein

en slingert dan weer een andere straat in met aan beide kanten huizen, tot ze bij de rand van het park komt. Ze wurmt haar volle buik onder het hek door en verdwijnt in het donker, dat langzaam steeds lichter wordt als de dag aanbreekt.

20

'Ik begrijp het niet,' zegt Rosemary aan de telefoon.

'De vergadering is over twee weken. Dit is onze kans om ons zegje te doen over de plannen om het zwembad te sluiten,' zegt Kate.

Rosemary staat in haar zitkamer, met de balkondeuren open. Haar lichaam is nog warm van de lateochtendzon. Haar zwempak van vanochtend hangt aan de waslijn en is al bijna droog. Ze had overwogen om even een dutje te gaan doen – alleen al ademhalen kon tegenwoordig doodvermoeiend zijn.

'Dit is onze kans om te proberen de gemeente over te halen om het niet aan Paradise Living te verkopen, om het bad niet te sluiten,' zegt Kate. 'Maar we hebben meer mensen nodig; denk je dat jij kunt helpen om meer mensen op de been te krijgen?'

Een van de dingen die gebeuren als je ouder wordt, is dat je vriendenkring krimpt. Iedereen gaat maar dood. Rosemary denkt aan de begrafenissen die ze de afgelopen tien jaar heeft bijgewoond. Ze herinnert zich Maureen, een van de andere kinderen die tijdens de oorlog ook in Brixton waren gebleven. Ze hielp Rosemary en haar moeder met de geïmproviseerde school in hun keuken. Toen ze haar verloor, die laatste nog overgebleven link met dat deel van haar jeugd, was Rosemary behoorlijk van haar stuk. Maureens man Jack volgde een paar maanden daarna, en weer haalde Rosemary haar zwarte mantelpakje tevoorschijn. Er waren ook mensen van wie je het niet verwachtte, zoals haar oude vriendin Florence, die ze in de bibliotheek had leren kennen en die toen juf was op een school en de kinderen meenam om boeken uit te zoeken. De begrafenis was niet die van Florence, maar van haar dochter. Rosemary heeft Florence al een hele poos niet gezien; ze woont in een verpleeghuis in Dulwich en zou Rosemary niet meer herkennen als ze haar zou bezoeken.

Rosemary slaakt een diepe zucht.

'Maar je woont daar al je hele leven,' zegt Kate. 'Je kent toch zeker wel mensen die het net zo erg vinden als jij?'

'Ik vraag niet graag om hulp.'

'Maar je vraagt het toch niet voor jezelf?' zegt Kate. 'Het is voor het zwembad.'

Rosemary blijft even stil. Ze ziet George voor zich, met wijd open ogen, toen ze allebei onder water waren, en hoe hij naar haar lachte. Ze denkt aan de mensen die ze kent in Brixton: Frank en Jermaine van de boekwinkel, Hope, Ahmed, Ellis en zijn zoon Jake... en ze denkt eraan dat het zwembad misschien een tennisbaan wordt, gevuld met beton.

'Ja,' zegt ze dan, 'ja, je hebt gelijk. We moeten het zwembad redden, Kate.'

Als ze het zegt, voelt ze pijn in haar borst. Met de telefoon nog in haar ene hand legt ze de andere hand op de rand van de bank en kijkt naar de foto van George op de boekenplank om er kracht uit te putten. Ik ga mijn best doen om je niet teleur te stellen, zegt ze stilzwijgend met een blik op het gezicht waar ze al sinds haar zestiende van houdt.

'Ik denk dat ik wat weet,' zegt Rosemary dan. 'Heb je straks tijd?'

Ze hebben afgesproken voor het metrostation. Kate heeft een opschrijfboekje en een stapel flyers bij zich, en Rosemary leunt op een leeg plastic boodschappenkarretje.

'Hallo,' zegt Kate met de flyers en haar boekje op een arm naar Rose zwaaiend. Ze draagt haar haren vandaag los en achter haar oren geveegd. Het valt Rosemary weer op hoe jong ze eruitziet, en ze glimlacht onwillekeurig.

‘Klaar voor een ontmoeting met Brixton?’ zegt Rosemary.

Kate knikt, en daar gaan ze, Rosemary neemt met haar boodschappenkarretje het voortouw en Kate loopt naast haar mee.

Ze beginnen op Electric Avenue en slingeren langs de marktkraampjes.

‘Rosemary!’ zegt een man van achter in de veertig met een stoppelbaardje en grijze lokken in zijn zwarte haar. Zijn schouders zijn breed en zijn armen sterk van het jarenlang slepen met kratten vol groente en fruit. Hij draagt een groen fleecejack, een spijkerbroek en zware leren laarzen, zelfs in de lente en de zomer, en om zijn middel hangt een zwarte geldbuidel. Hij schenkt Rosemary een brede glimlach.

Ellis heeft een van de vele groente-en-fruitstalletjes op de markt, en Rosemary koopt haar spullen elke week bij hem. Als kleine jongen is hij van St Lucia naar Brixton verhuisd. Hij heeft George nog gekend; het was Ellis’ vader Ken die George liet kennismaken met okra en cassave. In de loop der jaren was Ellis steeds vaker in Kens kraam komen helpen, tot hij de boel uiteindelijk, toen Ken het niet meer aankon, van hem overnam. Ken en zijn vrouw Joyce zijn inmiddels teruggekeerd naar de Cariben, en als de zaken niet zo goed gaan, heeft Ellis het er weleens over dat hij ook die kant op wil. Maar Rosemary gelooft niet dat het ooit zover komt, want Brixton is zijn thuis. En bovendien heeft hij Jake, zijn zoon, een tiener nog, die hem in de kraam helpt, zoals Ellis zijn eigen vader vroeger altijd hielp. Ellis en Jake lijken op elkaar, zowel qua uiterlijk als qua temperament, en Rosemary heeft altijd al een zwak voor hen allebei gehad.

‘Ellis, hoe is het? Hoe gaat het met de familie?’

‘Mag niet klagen, mag niet klagen. En jij, mevrouw P?’

‘Ik sta nog rechtop!’

‘En wie hebben we hier, Rosemary? Ik wist helemaal niet dat je nog een zus had.’

Rosemary kijkt naar Kate, die nog naast haar staat, en lacht naar Ellis en zijn stapels felgekleurde koopwaar.

'Dit is Kate,' zegt Rosemary. 'Ze is mijn journaliste.'

Kate lacht en schudt Ellis de hand boven zijn groente en fruit.

'Rosemary voert campagne om de sluiting van het zwembad tegen te houden,' zegt ze. 'Hier is een van haar flyers.'

Ellis kijkt Rosemary aan en trekt zijn wenkbrauwen op, maar hij glimlacht er warm bij.

'Tjongejonge. Altijd al gedacht dat je iets rebels had, mevrouw P,' zegt hij met een knipoog. Ze glimlacht terug als hij de flyer aanneemt en eens goed kijkt naar de foto van de duiker op de voorkant.

'Ik had het al gehoord,' zegt Ellis nadat hij even stil is geweest. 'Ik weet nog dat ik toen ik klein was zat te kijken als jouw George daar aan het zwemmen was. Hij spatte ons altijd nat door vlak naast ons in het water te springen. En hij kon een handstand, echt ongelofelijk.'

'Ja, die handstand van hem, dat was me wat.' Ze schieten samen in de lach.

Kate vertelt Ellis over de bijeenkomst in het gemeentehuis.

'Ik zal er zijn,' zegt hij. Ze nemen afscheid, en Rosemary draait zich om en wil weglopen.

'Wacht, voor je gaat,' zegt Ellis.

Hij geeft Rosemary een zak met kersen en Kate een zak vol tomaten die ruiken naar de zon.

'Mijn lievelingsfruit... je bent te lief voor me, Ellis,' zegt Rosemary, en ze buigt om de zak met kersen in haar boodschappenkarretje te stoppen. Als ze overeind komt staat Kate enorm te blozen, met de zak tomaten in haar armen alsof ze voor het eerst een baby vasthoudt en niet precies weet wat ze ermee aan moet.

'Weet je het zeker?' vraagt ze.

'Ja, natuurlijk, van de zaak,' antwoordt Ellis.

Rosemary ziet dat Kates blos helemaal doorloopt tot haar oren en dat ze haar handen beschermend om de tomaten vouwt terwijl ze zich omdraaien en weglopen. Zo te zien is ze niet gewend aan verse groente en fruit, en er trekt een golf van bezorgdheid door Rosemary heen. Maar Kate lacht, dus lacht ze terug.

De rest van de middag lopen ze langzaam door de winkelstraat en de straten die er als zijrivieren vanaf stromen. De stoep is vol met mensen die in de rij op hun bus staan te wachten of die precies de andere kant op lopen, en ze hebben moeite om Rosemary's karretje door de massa te manoeuvreren.

Ze gaan naar de kringloopwinkel voor het goede doel, waar Rosemary een stoel aangeboden krijgt en iets uit de winkel mag kiezen. Ze neemt niets mee, maar laat wel een stapeltje flyers achter.

'Ik heb laatst zoveel spullen gebracht dat ze de hele winkel ermee konden vullen,' zegt Rosemary. 'Maar toch leuk dat ze me nog kenden.'

Toen George overleed, waren er veel spullen waar ze vanaf moest. En omdat ze niemand had aan wie ze die kon geven, doneerde ze alles aan de winkel.

'Dit colbertje is nog zo goed als nieuw,' zei ze tegen de bedrijfsleider. 'Ik heb zelfs de reserveknoopjes nog in mijn tas, als je nog heel even hebt.'

Ze viste een zakje met knoopjes uit haar handtas, dat ze in de zak van de jas liet glijden.

'En zijn scheerapparaat,' zei ze. 'Dat doet het nog prima, hoor.'

Rosemary keek de winkel door tot ze een stopcontact zag, bij de toonbank. Haar knieën kraakten toen ze op haar hurken ging zitten en het scheerapparaat uit de doos haalde en aansloot. Een zoemend geluid klonk door de winkel. Bij de deur begon een baby in zijn wandelwagen te huilen.

De boeken had ze gehouden, net als zijn badmuts en een paar kledingstukken. Maar de rest, zeven vuilniszakken vol met overhemden, dassen, broeken en schoenen, had ze allemaal weggegeven. De volgende dag was ze teruggegaan naar de winkel, op zoek naar het colbert. Ze was vergeten dat George iets netjes aan moest voor zijn begrafenis.

'Het spijt me, maar dat hebben we gisteren al verkocht,' zei de winkelbediende.

'Het was ook echt een heel mooi jasje,' zei Rosemary. 'Zo goed als nieuw.'

Uiteindelijk kreeg George een overhemd en een trui aan en werd hij zonder jasje begraven.

Het valt haar nog altijd zwaar om in de winkel te komen, maar ze is blij met de stoel en het gesprekje. Na de kringloopwinkel gaan ze op bezoek bij de boekhandel van Frank en Jermaine.

Rosemary snuift de geur van het papier op als ze de deur openduwen, en ze aait Sprout, die op haar vaste plek bij het raam ligt. Ze begint hevig te kwispelen als ze Kate ziet – een nieuwe vriendin! Kate buigt zich om haar te aaien en ze wrijft over haar oren en geeft klopjes op haar rug.

'Wat een geweldige hond,' zegt ze, en dan, als ze opstaat en om zich heen kijkt: 'En wat een geweldige winkel! Waarom ben ik hier nog nooit geweest?'

Rosemary kijkt door de vertrouwde zaak en probeert die te zien alsof ze hier voor het eerst binnenkomt: de gezellig rommelige stapels boeken, het prikbord dat vol hangt met flyers en visitekaartjes, en de krukken die overal in de hoekjes staan en waar je heerlijk op kunt zitten lezen.

'Ja, waarom eigenlijk niet?' zegt Frank van achter zijn toonbank tegen Kate. Hij ziet er casual uit in zijn gebleekte jeans en geruite overhemd met een T-shirt eronder. Hij lacht breeduit en vrolijk; zijn wangen reiken bijna tot zijn groene ogen als hij grijnst. Jermaine, die naast hem staat, is langer en slanker dan Frank en netter gekleed in zijn zwarte spijkerbroek en lichtblauwe overhemd met opstaand boordje. Hij heeft een keurig onderhouden baardje, in dezelfde kleur als zijn donkere haar met hier en daar wat grijs.

Ze knikken allebei naar Rosemary als zij en Kate op hen aflopen.

'Dus dit is Kate?' zegt Jermaine.

Rosemary bloost, want ze wil niet dat Kate weet dat ze het hier al regelmatig over haar heeft gehad.

'We hebben het gevoel dat we je al kennen,' zegt Frank, en hij steekt zijn hand over de toonbank uit naar Kate. Ze schudt eerst die van hem en dan ook die van Jermaine.

'Dit is Frank, en dit is Jermaine,' zegt Rosemary, en het stel knikt.

'Ik weet dat we op een missie zijn, Rosemary,' zegt Kate, 'maar vind je het erg als ik even rondkijk? Wat een geweldige zaak is dit.'

Rosemary is stiekem blij om even te kunnen pauzeren. Ze trekt er een kruk bij en gaat moeizaam zitten.

'Je kunt altijd nog eens terugkomen!' roept Jermaine terwijl Kate tussen de rijen met boeken verdwijnt.

Frank kijkt Rosemary aan en leunt over de toonbank.

'Wat vreselijk toch, van het zwembad,' zegt hij. 'We hebben er van de week nog uitgebreid met Ahmed over gesproken. Verschrikkelijk, gewoon.'

Jermaine schudt zijn hoofd en zijn gebruikelijke kalmte verdwijnt als hij boos zegt: 'Paradise Living! Alsof Brixton zit te wachten op nog meer appartementen van een miljoen, en een sportschool, alleen voor die bewoners? Ja, dat is echt wat een gemeenschap nodig heeft. Terwijl de zwembaden, de bibliotheken, de boekhandels...'

Hij maakt zijn zin niet af en Frank slaat een arm om hem heen. Rosemary kijkt hem aan en ziet hoe moe hij eruitziet.

'Hoe gaan de zaken?' vraagt ze. 'Loopt het al wat beter?'

Jermaine zucht. 'Niet echt. Wie heeft me ooit zo gek gekregen dat ik een boekwinkel begon? O, wacht, dat was jij, Frank.'

Hij kijkt Frank aan, schudt zijn hoofd en geeft hem een kus op zijn wang. Frank glimlacht.

'Er is hoop,' zegt Frank opgewekt. 'Net zoals er hoop is voor het zwembad. Wij helpen je wel, Rosemary. Toch, Jermaine?'

Rosemary ziet hen naar elkaar lachen. Haar knieën doen pijn

en ineens is ze doodop. Jermaine knikt, en ze kijken allebei naar Rosemary.

'Ja, natuurlijk helpen we je,' zegt Jermaine. 'Zeg maar wat we voor je kunnen doen.'

Terwijl ze zitten te praten ziet Rosemary vanuit haar ooghoeken dat Kate vooroverbuigt om een boek van een lage plank te halen, haar hoofd schuin houdt om de titels te kunnen lezen of gewoon met een verrukt gezicht rondkijkt. Als ze terugkomt naar de toonbank heeft ze drie boeken in haar handen.

'Het is echt een geweldige winkel,' zegt ze.

'Fijn dat je dat vindt,' zegt Frank, en hij kijkt Jermaine veelbetekenend aan. 'Zie je nou wel? Er is hoop. We hebben er een nieuwe klant bij!'

Terwijl Kate afrekent, pakt Jermaine een Red ons zwembadflyer van haar stapeltje en hangt hem in het midden van zijn prikbord.

'Zo,' zegt hij terwijl hij een stap naar achteren doet. 'Hopelijk helpt dat.'

'We moeten er weer vandoor,' zegt Rosemary terwijl ze langzaam opstaat van haar kruk. Haar knieën protesteren heftig. 'Klaar, Kate?'

Kate knikt en draait zich om. 'Ik kom snel weer terug,' zegt ze als ze samen de winkel uit lopen, nagekeken door Sprout in de etalage.

Ze gaan langs bij Morley's, het zelfstandige warenhuis, waar een beveiligingsmedewerker Rosemary helpt haar boodschappenwagentje de trappen op te dragen. Ze gaan naar de apotheek en naar de winkel waar ze alles verkopen, van vergieten tot droogrekken tot verkleedkleren. Onderweg komen ze een paar keer mensen tegen die Rosemary kent en begroet. Sommigen noemt ze bij naam, en naar sommigen knikt ze alleen omdat ze hen herkent na een leven lang in dezelfde buurt te hebben gewoond.

Ze gaan even het postkantoor in voor een praatje met Betty, een van Rosemary's jeugdvriendinnen, die net een stapel brieven aan haar vele familieleden aan het posten is.

'Hoe is het met het kroost?' vraagt Rosemary. Betty heeft twee kinderen, een zoon en een dochter, drie kleinkinderen en een achterkleindochter. In tegenstelling tot Rosemary was Betty tijdens de oorlog geëvacueerd, naar Wales. Toen ze terugkwam had ze een licht Welsh accent, maar dat was snel weer verdwenen toen ze bij Bon Marché ging werken, het chique warenhuis vlak bij Brixton Station, en ze elk weekend met haar vriendinnen rondhing in het zwembad. Een paar jaar na haar terugkeer naar Brixton kwam er een Welshman genaamd Tom in de buurt wonen. Het bleek dat ze elkaar hadden ontmoet tijdens de oorlog – hij was een buurjongen van de familie bij wie zij had gelogeerd – en dat hij toen had gezegd dat hij met haar zou trouwen. Ze had hem niet geloofd, maar ze waren elkaar brieven blijven schrijven en toen ze allebei negentien waren, was hij naar Brixton gekomen om aan de slag te gaan op de bouwplaatsen in Zuid-Londen. Twee jaar later trouwden ze, en ze zijn nog steeds samen.

'Ik zei toch dat je hier veel mensen kent!' zegt Kate als ze afscheid nemen van Betty.

Rosemary denkt aan alle mensen die ze kent in Brixton en plaatst ze als gekleurde punaises op haar denkbeeldige plattegrond van al haar favoriete plekken in de buurt.

'Ja, wel een paar, geloof ik,' zegt ze.

Voor ze het weten zijn alle flyers op.

'Geen zorgen, ik kan er altijd meer printen op mijn werk,' zegt Kate.

Rosemary leunt zwaar op haar boodschappenkarretje. Kate biedt aan om met haar mee naar huis te lopen, maar dat weigert ze, zelfs als Kate zegt dat ze er niet voor om hoeft.

'Het is wel om, jij woont helemaal aan de andere kant van Brixton, dat heb je me al verteld. Dat ik nu toevallig zesentachtig ben, wil nog niet zeggen dat ik seniel ben.'

'Nou, vooruit,' zegt Kate. 'Bedankt voor vandaag. Ik denk dat het gaat helpen, met de bijeenkomst. Maar ik vond het ook gewoon heel gezellig.' Haar wangen blozen en ze lacht. Ze ziet er compleet anders uit met een lach: minder muis en meer vrouw.

Ze nemen afscheid en Rosemary loopt langzaam door de straten die ze al haar hele leven kent naar huis.

21

Kate is al vaak op Electric Avenue geweest, maar ze heeft er nog nooit iets gekocht. Ze verkopen er geen kant-en-klaarmaaltijden en wijn. Als ze de tomaten uit de papieren zak haalt, denkt ze aan Ellis' kraam, aan de geur die ze er opsnoof, die haar zo aan de spaghetti bolognese van haar moeder deed denken. Haar moeder maakte de saus altijd vers. Toen Kate nog thuis woonde, hielp ze haar daar weleens bij. Ze vond het leuk om de velletjes van de warme tomaten af te pellen en het stevige vruchtvlees tussen haar vingers te voelen. Het is al heel lang geleden dat ze de energie had om tomaten te ontvellen.

Ze trekt haar kastjes en laden open, en denkt aan alle mensen die Rosemary in Brixton kent. In de buitenwijk van Bristol was Kate eraan gewend dat ze het personeel in winkels kende en dat je elkaar op straat groette. Maar sinds ze in Londen woont, ontmoet ze alleen nog mensen als ze hen moet interviewen. Vandaag vond ze al Rosemary's vrienden meteen leuk – Ellis, en Betty, en Frank en Jermaine – dankzij hen zag ze iets in haar buurt wat haar voordien nog nooit was opgevallen. Misschien was het hier toch niet zo heel anders dan thuis.

Terwijl ze een pan pakt en op het vuur zet, denkt ze aan de boekhandel en vraagt ze zich af waarom ze er zo lang over heeft gedaan om die te ontdekken. Maar ja, waarschijnlijk zocht ze er ook helemaal niet naar. En als je alleen maar naar de grond kijkt, mis je sowieso veel.

Kate kookt water en giet dat over de tomaten. Dan pakt ze de boodschappentas van tafel – toen ze afscheid had genomen van Rosemary, was ze naar de supermarkt gegaan. Voor het eerst sinds maanden – of jaren, als ze eerlijk is – heeft ze echt opgelet bij het boodschappen doen en liep ze niet regelrecht naar de gemaksmaaltijden, maar pakte uien, champignons, gehakt en knoflook uit de schappen.

Ze veegt het vet en het vuil van het aanrecht, stapelt de afwas van haar huisgenoten op in de gootsteen en stalt de ingrediënten voor de spaghetti bolognese uit op tafel. Dan probeert ze zich het recept van haar moeder voor de geest te halen.

Ze vergeet de knoflook en doet er te veel zout bij, zoveel zelfs dat als ze klaar is de saus nauwelijks eetbaar is. Het is nog een grotere troep in de keuken dan eerst en het bord met eten ziet er een stuk minder appetijtelijk uit dan de maaltijden die ze zich van thuis herinnert. Maar toch gaat ze ermee aan tafel zitten, en ze drinkt er drie glazen water bij om het teveel aan zout weg te spoelen. Het smaakt absoluut niet als haar moeders verse pastasaus. Toch is het een begin.

Ineens wil ze Erin een foto van haar maaltijd appen, maar daarmee zou ze toegeven dat ze de afgelopen tijd slecht heeft gegeten. Dus stuurt ze in plaats daarvan een foto van het zwembad die ze eerder vandaag heeft genomen en vraagt hoe het rennen gaat. Dan legt ze haar telefoon weer op tafel en eet verder.

Onder het eten voelt ze dat ze moe is van de dag, maar een stuk rustiger dan ze in tijden is geweest. Ze denkt aan het zwembad. Hopelijk zorgen die flyers over twee weken voor een goede opkomst op het gemeentehuis. Ze heeft ook een artikel voor de *Chronicle* geschreven over de bijeenkomst, waarin ze buurtbewoners oproept om te komen en hun zegje te doen over de toekomst van het bad. Ze hoopt dat het allemaal goed gaat, en zodra die gedachte opkomt, realiseert ze zich dat de campagne haar echt aan het hart gaat. Net als leren koken voor zichzelf en weer leren zwemmen is het iets wat ze móét doen.

22

Rosemary en George besloten om te trouwen voor de burgerlijke stand op het gemeentehuis. Ze zouden maar met een klein groepje zijn: hun ouders, een paar oude schoolvrienden en wat collegaatjes van de bibliotheek. Haar moeder had haar trouwjurk gemaakt. Hij viel net boven haar enkels, zodat ze haar witte schoenen met lage hakken en kleine strikjes goed kon zien. De dag voor de bruiloft waren Rosemary en haar moeder druk met het versieren van de bruidstaart. Dat deden ze met papier, want er was niet genoeg poedersuiker om glazuur mee te maken, maar van een afstandje zag hij er schitterend uit.

Hun ouders probeerden hen over te halen om een auto te huren die hen naar het stadhuis zou brengen, maar daar zagen ze het nut niet van in; het was maar zo'n klein stukje lopen vanaf hun huizen. Ze wilden er samen naartoe, hand in hand.

Rosemary kleedde zich om in haar oude meisjeskamer. Die stond vol met dozen: George had een flat gevonden in een van de nieuwe gebouwen die in Brixton uit de grond schoten, pal tegenover het zwembad, en daar zouden ze de dag na de bruiloft in trekken. Na het uitpakken en een huwelijksnacht in hun eigen huis zouden ze hun leven samen beginnen; George ging de groentezaak van de familie voortzetten en Rosemary bleef bij de bibliotheek werken. Het was nooit een vraag geweest voor Rosemary of ze wel moest blijven werken: haar moeder werkte, de ouders van George werkten, dus zij bleef ook werken. Ze had vriendinnen die naar Canada emigreerden of zich verloofden met rijke mannen. Die hadden geen van allen een baan, terwijl een paar van hen wel een ijskast hadden. Rosemary had liever een baan dan een ijskast, maar dat zei ze maar niet tegen hen. Een klein leven was meer dan groot genoeg voor haar als het een leven met George was en als ze met zijn tweetjes in de flat konden wonen waar niemand hen zou lastigvallen en ze in elkaars armen konden kruipen als ze wakker werden van de regen of van een nare droom.

'Ben je zenuwachtig?' vroeg haar moeder terwijl ze haar dochters haar schikte en de sluier over haar gezicht trok. Haar vader leunde tegen een stapel dozen en keek naar hen, met haar bruidsboeket in zijn handen.

Maar ze was helemaal niet zenuwachtig.

Voor het kleine gezelschap dat op de houten klapstoelen in het zaaltje van de burgerlijke stand zat, beloofden ze elkaar trouw in goede tijden en in slechte tijden, bij ziekte en goede gezondheid. George had geen aansporing nodig om zijn vrouw te kussen.

Ze stapten de deuren van het gemeentehuis uit in een wolk roze en witte confetti, de rest van hun leven tegemoet.

23

Deze bioscoop verkoopt alleen chique popcorn, met smaken als chili en zeezout, maar toch zijn de muren, het tapijt, de lucht van de geur ervan doordrongen. Popcornstof ligt in alle hoeken. Het jonge personeel van de kaartverkoop heeft tattoos en honkbalpetjes, en verkoopt je lachend kaartjes en chocoladerepen. Ze moedigen de clientèle aan om een abonnement te nemen, of om een upgrade te nemen naar een vipstoel.

Er is net een film afgelopen, en de mensen komen door de dubbele deuren naar buiten, sommige regelrecht door de foyer, andere met een bochtje naar de bar. Het is ineens heel lawaaiig in de foyer.

'Nou, dat was ook zonde van mijn geld.'

'Hoezo? Ik vond het geweldig!'

'Dat einde zag ik niet aankomen, jij?'

'Ik schrok me rot.'

'Ik schrok omdat jij schrok.'

De meeste mensen zijn met zijn tweeën, sommige in grotere groepen. Rosemary loopt ertussen, in haar eentje.

'Neem me niet kwalijk,' zegt een vrouw die tegen haar op botst, voortgestuwd door de golf mensen.

Rosemary is dol op de bioscoop. Ze gaat één keer in de maand, met zakken vol snoep en een kussentje in haar rug dat ze meeneemt van huis. Ze vindt het heerlijk om onder dat grote scherm te zitten en op te kijken naar de enorme acteurs, en de geluiden door de hele zaal en onder haar voeten te voelen vibreren. Welke film ze ziet maakt haar niet eens uit; ze kiest ze uit op hun naam en zonder de beschrijving te lezen. Als de titel interessant genoeg klinkt, koopt ze een kaartje.

Ze neemt altijd een stoel ergens vooraan, want dan hoeft ze de trap niet op. Ze komt altijd op tijd, maar voelt zich pas echt op haar gemak als de lichten dimmen en iedereen samen met haar opgaat in de film. Ze rekt haar hals om op het scherm te kijken en kijkt naar de romantische comedy of thriller of spionagefilm of wat ze die maand ook maar heeft uitgezocht en lacht of huilt mee met de rest van het publiek. De emotie golft als een wave door de zaal. Als ze naar die films kijkt, is ze niet alleen, is ze onderdeel van iets groters, een naamloos gezicht in een groot publiek van naamloze gezichten.

Pas als de film klaar is en het publiek uit elkaar gaat en zij alleen achterblijft, mist ze gezelschap. Ze ziet de groep voor zich als een boom; ze mag even tussen de takken schuilen. Maar die takken breken zodra iedereen weer buiten staat en mensen verdwijnen als opwaaiende bladeren.

Een man houdt de deur voor haar open; hij staat te roken met een vriend, en Rosemary knikt naar hem en slaat dan rechts af de bioscoop uit. Onder het lopen kijkt ze naar de bussen, controleert de nummers en test zichzelf of ze hun eindbestemmingen nog weet. 59: Telford Avenue. 159: Streatham Station. 333: Tooting Broadway. 250... Wat is 250 ook alweer? Iets met een C. Niet Clapham, of Crystal Palace. 250: Croydon Town Centre. Ze gaat nooit naar Croydon, en ook nooit naar die andere bestemmingen trouwens, maar het is belangrijk dat ze zich die wel herinnert.

Ze vraagt zich af of George dit een leuke film zou hebben gevonden. Zelf geniet ze van de meeste films; ze gaat voor de sfeer en het grote scherm en de muziek. Maar George was kieskeuriger. Er waren bepaalde acteurs van wie hij hield (Sean Connery, Michael Gambon, Judi Dench), en alles waar zij in speelden wilde hij zien, maar los daarvan zei hij altijd dat de films van vroeger de beste films waren. Soms draaide er een klassieker, daar wilde hij altijd naartoe. Nee, dit zou hij waarschijnlijk niks gevonden hebben, dacht ze. Veel te bloederig.

Ze loopt door, in de richting van de metro. Ze wil vanavond nog niet terug naar haar lege flat. Ze wil eerst nog ergens anders langs. Ze slaat rechts af naar de stationsweg.

Het is stil op straat; de winkels onder de bogen hebben hun luiken al dicht. Sommige van die luiken zijn beschilderd. Op eentje staat een Jamaicaanse vlag, maar op de meeste andere staan slogans. RED ONZE BOGEN, STOP DE UITZETTINGEN, ZEG NEE TEGEN HUURVERHOGING. Het bord doet haar denken aan haar zwembad, en ze stelt zich voor dat het zijn deuren moet sluiten en dat er helemaal geen zwemmers meer in het bad komen. De gedachte doet haar huiveren.

Ze loopt tot halverwege de straat en passeert een groepje tieners die in de ingang van het station staan te roken en naar muziek luisteren uit hun draagbare stereo. Ze dragen uniformen, ook al zouden ze dat zelf nooit toegeven; ze moet bijna lachen en zou hun wel willen zeggen dat ze precies hetzelfde zijn als alle andere groepen tieners die ze hier door de jaren heen heeft zien staan.

Het grootste deel van haar leven heeft ze geen enkele angst gevoeld zo alleen op straat. Zelfs tijdens de oorlog genoot ze van de vrijheid dat ze een van de overgeblevenen was. Toen was ze zelf ook jong; ze had het overleefd en ze was er zeker van dat ze het nog weleens zou overleven.

Tijdens de rellen van 1981 was ze een stuk ouder, en haar leeftijd had aan haar jeugdige zelfverzekerdheid gemorreld; het was alsof de cement tussen de stenen weggeschraapt was. Het was begin april en van de bibliotheek naar huis lopend zag ze de half uitgebrande auto's staan, terwijl de vlammen opstegen naar de hemel en een muur van politieagenten zich achter plastic schilden verschool. Ze kon niet zien wat er achter het vuur en de rook aan de hand was, maar ze hoorde het geschreeuw en zag mensen tegenover de rij agenten staan, met hun armen in de lucht, alsof ze iets wilden gooien. Ze liep snel naar huis en vertelde George wat ze had gezien. Hij wilde niet dat ze het huis uit ging, en op de ergste dag hield hij de winkel gesloten. Vanaf hun balkon zagen ze de rookwolken opstijgen van de straten van Brixton, en het herinnerde haar aan de oorlog. Hun zitkamer stond vol met dozen groente. Hij was bang dat ze de winkel zouden plunderen. 'Wie plundert er nou een groentewinkel?' vroeg ze. 'Ze zijn uit op televisies en zo, niet op een mud aardappelen.'

Ze negeert de tieners en loopt door tot ze bij de boog is waar ze naar op zoek was. Dit is de enige die nog niet gesloten is; hij straalt van licht en geluid en mensen lopen in en uit en zitten ervoor op bankjes. Bij de ingang hangen papieren lantaarns en een plastic flamingo houdt de wacht bij het hek dat om het terras staat.

'Neem me niet kwalijk,' zegt ze, en ze baant zich een weg tussen de twintigers en dertigers door.

De groepjes trekken hun stoelen opzij om haar door te laten. Ze bekijken haar met opgetrokken wenkbrauwen en storten zich dan weer op hun cocktails. Binnen is veel lawaai van gelach en muziek, die Rosemary niet goed kan volgen, los van de stampende bas. Voor de bar staan nog meer mensen. Een jongeman ziet Rosemary staan, geeft zijn vriend een por in zijn ribben en duwt hem van zijn barkruk.

'Hé, lul, sta eens even op voor deze dame.'

'Sorry, ik zag haar niet. Neem me niet kwalijk, ik zag u niet,' zegt hij tegen Rosemary, en hij geeft haar een arm om haar op de kruk te helpen. Het duurt even voor ze zit.

'Je kunt het goedmaken door mij eens te vertellen wat jonge mensen tegenwoordig drinken. Het is alweer even geleden dat ik voor het laatst in een cocktailbar ben geweest.'

'Aha, dan zal ik eens iets voor u bestellen.'

Hij steekt zijn hand op en weet de aandacht van de barman te trekken. Een paar minuten later wordt er een laag, breed glas gevuld met een oranje vloeistof en ijs voor Rosemary op een servetje neergezet.

Buiten komt een groepje kantoormensen in loshangende

pakken uit het station gelopen. Iedereen gaat zijns weegs, sommigen naar huis, anderen naar de kroeg. Als ze over de stationsweg lopen, zien ze een stralende boog waar een oude dame aan de bar achter een Old Fashioned zit. Om haar heen staan groepjes jonge mensen te lachen en te drinken uit kannen vol ijs, met felgekleurde cocktails en papieren pluutjes erin. Als ze omhooggekeken hadden, zouden ze een verschoten bord boven de bar hebben zien hangen met daarop de woorden: VERSE GROENTE EN FRUIT: PETERSON & SON.

24

Nadat haar eerste artikel over het zwembad is verschenen, geeft Phil Kate geleidelijk aan steeds meer opdrachten, niet alleen stukjes over gemeenteverordeningen, maar echte stukken. Eerst schrijft ze een artikel over huurders die hun huizen uit moeten om plaats te maken voor de nieuwbouw van Paradise Living; ze had het idee geopperd nadat ze die man op het gemeentehuis had ontmoet. Dan komen er nog meer verhalen. Ze brengen haar door de hele buurt en laten haar alle hoeken en gaten zien: de mooie en de lelijke.

Ze schrijft over de opening van een nieuwe bar en de sluiting van een oude visboer, over een basisschool die geld inzamelt voor een goed doel en over een jongen die zijn jeugd bij drugs dealende ouders overleefde en een plaatselijke sportheld is geworden, en die binnenkort zou meedoen aan de Olympische Spelen. Ineens heeft ze het drukker dan ooit bij de *Brixton Chronicle*; ze trekt elke dag de wijk in voor interviews en onderzoek.

Telkens als ze haar naam afgedrukt ziet staan, gloeit ze een beetje van trots. Op een avond zoemt haar telefoon: het is een appje van Erin.

Geweldige artikelen, K. Ik ben supertrots op je. E x

Kate leest het berichtje nog een keer. Hoewel de *Brixton Chronicle* een website heeft, verschijnen niet alle artikelen online.

Ik wist helemaal niet dat je die las. Het is maar een lokale krant! K x

Even later zoemt haar telefoon weer.

Ik laat hem bezorgen! E x

Kate probeert zich voor te stellen dat de *Brixton Chronicle* elke week via Zuid-Londen in Bath op Erins mat valt. Hoeveel zou haar dat wel niet kosten? Ze wist niet eens dat het kon, hem zo ver vanhier laten bezorgen. Misschien heeft Erin een afspraak met Phil, al heeft die het er nooit over gehad. Ze ziet voor zich dat haar zus haar woorden leest, op de bank, met haar benen onder zich, en ze wenste dat ze nu op magische wijze naar Bath geteleporteerd kon worden om Erin een knuffel te geven. In plaats daarvan stuurt ze nog een berichtje terug: *Dank je wel, dat vind ik echt geweldig. Hoop dat alles goed met je gaat. K xx*

De volgende dag wordt Kate voor een stuk naar de voedselbank van Norwood en Brixton gestuurd, waar ze spreekt met vrijwilligers en gezinnen die van de bank gebruikmaken om hun lege keukenkastjes te vullen. Ze interviewt een vrouw, Kelly, niet veel ouder dan zij, die afhankelijk is van de voedselbank om zelf te kunnen eten, terwijl haar dochter in het ziekenhuis ligt.

'Ze is pas zes, en ze is zo bang voor het ziekenhuis,' zegt Kelly als ze aan een tafel zitten in de hal waar de voedselbank wordt gerund, een kop thee drinkend die ze van een van de vrijwilligers heeft gekregen. 'Dus ik ben daar de hele dag. Maar daardoor heb ik dus al een paar weken niet kunnen werken. Al ons spaargeld is erdoorheen. Ik heb nog overwogen om toch weer aan de slag te gaan, maar ze huilt steeds zo als ik wegga, en ik ben zelf ook de hele tijd zo ontzettend uitgeput. Bovendien moet ik in de buurt zijn, voor het geval het erger wordt.'

Kelly's ogen vullen zich met tranen, en Kate zou haar hand over tafel willen steken om haar even vast te pakken. In plaats daarvan concentreert ze zich op haar aantekeningen en probeert professioneel te blijven.

'Toen ik een keer terugkwam van het ziekenhuis realiseerde ik me dat ik de hele dag niet had gegeten. Maar toen had ik niks in huis. Niks is zo erg als dat gevoel, dat het tot je doordringt dat je honger hebt en dat je helemaal niks te eten hebt. Het was echt beangstigend, en ik kon het zelf niet meer oplossen. Daarom ben ik nu hier.'

Kelly kijkt om zich heen alsof ze zich niet precies meer kan herinneren waar ze is. Een vrijwilliger lacht naar haar en zwaait even. Terwijl Kate naar Kelly zit te kijken, naar de uitputting en het verdriet die in haar voorhoofd gegroefd staan, begint ze zich diep te schamen. Ze denkt aan alle avonden dat ze naar bed is gegaan zonder te eten, alle keren dat ze een maaltijd heeft overgeslagen omdat ze geen zin had om naar de supermarkt te gaan om iets te eten te kopen. Ze heeft angsten zat, maar nooit die verschrikkelijke angst die Kelly net beschreef.

'Het voelt alsof ik zo ontzettend heb gefaald,' zegt Kelly als ze opkijkt en Kate aanstaart. 'Dat je niet in staat bent voor je eigen eten te zorgen. Dat is toch wel het minste, of niet?'

Kate voelt een brok in haar keel schieten en de tranen in haar ogen dreigen bijna te gaan rollen. Ze dwingt zichzelf om ze binnen te houden en bedankt Kelly warm en oprecht voor het interview, althans ze hoopt dat het zo overkomt.

'Ik hoop echt dat het allemaal goed komt met je, en dat je dochter snel weer beter wordt.'

Als ze die avond thuiskomt, kookt Kate weer voor zichzelf. Niks moeilijks, gewoon pasta met kip en pesto, maar ze concentreert zich op waar ze mee bezig is en denkt daarbij aan Kelly. Ze wordt overspoeld door een gevoel van machteloosheid: ze kan de grote dingen in de wereld niet veranderen en nergens echt verschil maken. Op haar ergste dagen zijn het niet alleen haar eigen zorgen waar ze onder gebukt gaat, maar is er ook een knagende angst om de wereld, angst om de enorme hoeveelheid verdriet buiten haar eigen deur. Op die momenten is het alsof ze een zwart gat is waar alle spanning in de wereld om haar heen door opgezogen wordt tot ze helemaal gevuld is met duisternis.

Onder het eten probeert ze die opkomende golf van zorgen en de stijgende paniek tegen te houden. Ze denkt aan het zwembad en concentreert zich op de aanstaande bijeenkomst en wat ze verder zou kunnen doen om Rosemary te helpen haar bad te behouden. Misschien is dat wel waarom het zwembad zo belangrijk voor me is geworden, denkt ze. Het is maar één ding, maar het is tenminste iets. En het duister, hoewel het er altijd is op de achtergrond, trekt zich een beetje terug.

25

In het begin hadden ze niet genoeg meubels om de flat te kunnen vullen. Dus maakten ze een tafel van een plank die op twee houten groentekratten rustte. Van George' ouders kregen ze twee stoelen. Niet dezelfde, maar dat maakte niet uit. Los van de boeken die ze tegen de muur opstapelden, hadden ze verder niks in de zitkamer staan. Boekenplanken zouden ze later nog weleens ophangen. Ze hadden allebei een flinke boekencollectie, boeken die hun al sinds hun jeugd dierbaar waren en die hen als tieners hadden getroost. Bij het uitpakken hadden ze elkaars titels enthousiast bekeken.

'Hoe zullen we de boeken indelen als we straks planken hebben?' vroeg Rosemary. 'Nemen we dan ieder een eigen plank?'

'Nee,' zei George. 'Ik wil graag alles door elkaar zetten.'

Toen de planken er uiteindelijk kwamen, hadden ze veel plezier in het door elkaar husselen van hun verzameling: zijn Dickens kwam gezellig naast haar Brontë terecht.

George spaarde alles wat hij overhad op en gebruikte dat geld om dingen voor in huis te kopen. Op een dag kwam hij thuis van het werk met een roos in een pot die hij op de markt had gekocht. Hij zette hem in de vensterbank en zette kruisjes op de kalender om niet te vergeten wanneer hij de roos water moest geven. Voor hun eerste kerst in de flat hadden ze geld bij elkaar gelegd voor een platenspeler. Hun platencollectie begon met maar één album, dat ze steeds opnieuw beluisterden.

Rosemary vond het leuk om hun twee tandenborstels naast elkaar op het plankje in de badkamer te zien staan. Ze poetsten altijd samen hun tanden, met hun blote voeten op de badmat, hij met zijn arm om haar middel en zij naar hem kijkend via de badkamerspiegel. Hij probeerde haar altijd aan het lachen te maken door gezichten te trekken, maar lachen ging niet, want ze had te veel tandpasta in haar mond. Om beurten spuugden ze in de wastafel. Als ze daarmee klaar waren, veegden ze hun mond af aan dezelfde handdoek en kusten elkaar. De pepermunt prikte dan altijd op hun lippen.

De eerste maanden van hun huwelijk sliepen ze op een matras op de grond en hadden ze gordijnen van oude lakens die ze met wasknijpers opgehangen hadden. Na het eten gingen ze meteen naar bed. Soms was het dan nog licht buiten, en soms lieten ze hun vuile borden op tafel staan en deden ze de afwas pas de volgende dag. Dan moesten ze extra hard schrobben, maar dat vonden ze niet erg.

Hun bed was de enige plek waar ze ophielden met kletsen, waar ze de voorkeur gaven aan stilte om hun lichamen aan het woord te laten. Die fluisterden tegen elkaar bij hun tedere aanrakingen en schreeuwden het uit als hun tongen elkaar vonden in hun warme monden. Ze verstonden elkaars taal en wisten precies wat ze moesten antwoorden.

Soms waren ze beleefd, soms brutaal, en altijd werd er gekust. Zachte kussen, harde kussen, kussen op oogleden en wangen en sleutelbeenderen en op de zachte huid achter hun oren.

Als ze uitgevreeën waren, vielen ze op de matras, genietend van het gevoel dat ze niet wisten welke arm of welk been van wie was. Haar been lag over zijn buik, zijn hoofd in haar armen. Of zijn lijf lag op het hare, hart tegen hart, met zijn gezicht in haar haar. Of ze lagen op hun zij naar elkaar toe gekeerd, hij met zijn arm om haar middel en een hand om een borst, zij met een hand op zijn achterste. Dan lagen ze zwijgend, ieder met zijn eigen gedachten maar met elkaar verstrengeld.

'Ik hou van jou,' zei George op een koele zomeravond, een paar maanden na hun bruiloft. Ze lagen in elkaars warmte op de matras, onder warrige lakens.

'En ik hou van jou,' zei Rosemary.

Ze kroop onder zijn arm, legde haar hoofd in zijn oksel en legde haar eigen arm over hem heen.

'Het spijt me dat we nog geen echt bed hebben,' zei hij. 'Ik zal er binnenkort eentje kopen, dat beloof ik.'

Ze zou nog elke nacht op een stenen vloer hebben willen slapen als ze maar naast hem kon liggen. Ze dacht ook dat ze het hem had gezegd, maar misschien was ze wel in slaap gevallen voor de woorden kwamen.

26

Rosemary en Kate hebben om zeven uur 's ochtends afgesproken in het zwembad. Ahmed draait de glazen deur voor het mededelingenbord van het slot en helpt hen bij het ophangen van posters over de bijeenkomst door een advertentie voor ukelelelessen iets meer naar beneden te hangen.

'Wie speelt er überhaupt op zo'n ding? Het is toch gewoon een kindergitaartje?'

Zodra de posters hangen, gaan Rosemary en Kate zwemmen. Rosemary heeft haar uitgenodigd, en het verbaasde Kate hoe blij ze daarmee was. Ze kon zich niet meer herinneren wanneer iemand haar voor het laatst had uitgenodigd om samen iets te gaan doen.

In de kleedruimte trekt Kate haar kleren uit en staat in haar badpak. Als ze zich omdraait, staat Rosemary in haar blootje te praten met een vrouw die, gokt Kate, ergens in de zestig is. De vrouw is ook naakt, op een roze badmuts na. Rosemary en de vrouw moeten ergens om lachen en pakken elkaars arm vast terwijl hun blote lijven schuddebuiken.

Dan zien ze dat Kate naar hen staat te kijken, met haar armen ongemakkelijk om zich heen geslagen.

'Sorry, Kate, dit is Hope,' zegt Rosemary. 'We kennen elkaar nog van het werk.'

'Wat leuk je te ontmoeten,' zegt Hope, en ze pakt Kates hand in allebei de hare.

Kate had nooit gedacht dat ze nog eens de hand van een naakte oudere dame zou schudden. Ze weet niet waar ze moet kijken.

'Rosemary heeft me al over je verteld,' zegt Hope, terwijl Rosemary zich omdraait om haar badpak aan te trekken.

'Ook leuk om jou te ontmoeten,' zegt Kate.

Ze wacht tot Rosemary zich omdraait, badpak aan, badmuts en zwembril in de hand.

'Kom, laten we maar gaan.'

'En ik moest me maar eens aankleden,' zegt Hope. 'Geniet van het water, het is fris vanochtend, maar heerlijk.'

'Tot snel, meisje,' zegt Rosemary. Kate groet Hope, loopt achter Rosemary aan het terras op en blijft bij haar in de buurt.

'Je hoeft niet op me te wachten, hoor.'

'Ik heb mijn enkel laatst verzwikt, dus ik kan niet harder.'

'Geloof ik niks van.'

'Dan niet.'

Ze komen samen aan bij de rand van het bad. Rosemary zoekt steun bij de ladder.

'Ik heb liever niet dat je kijkt,' zegt ze.

Er klinkt gekraak, daarna stilte, dan een zachte plons. Als Kate zich omdraait, is Rosemary in het water haar badmuts en zwembril aan het opzetten. Kate klimt ook de ladder af en komt naast haar in het water. Hope had gelijk: het is fris, maar lékker fris. Terwijl de kou haar lijf omringt, haalt Kate een keer diep adem en voelt dat er vanbinnen iets is wat zich uitrekt en tot leven komt.

In het bad is het Rosemary die zich moet inhouden om op Kate te wachten. Om de zoveel baantjes pauzeren ze even tegen de rand, om zich dan weer af te zetten.

Rosemary kijkt naar Kate onder het zwemmen. Ze moet haar best doen om haar hoofd boven water te houden, als een hond die op de rivier achter een bal aan zit.

'Je moet echt een brilletje op, hoor,' zegt Rosemary tijdens een van hun pauzes in het ondiepe. 'Ik word al doodmoe als ik zie hoe je de hele tijd je best moet doen om je hoofd boven water te houden.'

'Ik weet niet hoe het anders moet,' zegt Kate. 'En ik haat het om chloor in mijn ogen te krijgen.'

'Daar is dat brilletje dus voor. Ik heb nog een reservebril, die mag je wel hebben. En je moet je armen en benen niet tegelijk bewegen, dan is het minder vermoeiend. En doe je hoofd onder water als je de slag maakt.'

Ze zwemmen samen, maar ieder voor zich, en praten alleen tijdens de pauzes in het ondiepe. De zon schijnt tussen de bomen door.

Kate beeldt zich in dat haar paniek aan een van de picknicktafels op het terras van het zwembad zit. Hier kun je me niks maken, denkt ze als ze onder water duikt en de kou haar als een oude vriend omhelst.

27

Na een halfuur te hebben gezwommen klimmen ze uit het bad, slaan hun handdoeken om zich heen en lopen naar de kleedruimte. Daar is het vol met mensen die zich aankleden voor het werk. Vrouwen trekken hun panty aan en knopen hun blouse dicht, terwijl hun natte zwemkleding aan de deuren van hun lockers hangt of op de grond ligt.

Rosemary kijkt naar de rij dames voor de spiegels. Sommigen wachten tot de haardroger vrij is en anderen staan zich op te maken. Ze staren naar hun spiegelbeeld en trekken vreemde gezichten terwijl ze hun mascara aanbrengen, hun wenkbrauwen iets opgetrokken en hun mond een beetje open. Een van hen leunt wat dichterbij en haalt een potlood over haar wenkbrauwen, haar gezicht vertrokken van inspanning. Naast haar is een jonge vrouw bezig om nog een laag foundation aan te brengen. Met elke laag vervagen haar sproeten, tot er helemaal niets meer van te zien is.

Als ze haar kleren aanheeft, smeert Rosemary wat dagcrème op haar gezicht en haalt een borstel door haar haar.

'Zie ik je buiten?' vraagt ze aan Kate, die ook in de rij voor de spiegel staat. Kate knikt en rommelt in haar make-uptasje. Rosemary kijkt even naar haar terwijl Kate naar de juiste spulletjes zoekt om de juiste delen van haar gezicht te camoufleren of te benadrukken. Ze vraagt zich af hoeveel tijd van een vrouwenleven opgaat aan deze rituelen. En waarom? Ze heeft al deze vrouwen met onopgemaakte gezichten in het zwembad gezien, en naakt in de kleedruimte, en ze zijn allemaal perfect. Zelf deed ze het natuurlijk ook toen ze jong was. Ze gebruikte weliswaar niet zoveel make-up als sommigen van haar vriendinnen, of bepaalde vrouwen die elke week met een ander kapsel in de bibliotheek kwamen, maar toch, ze deed haar best. Het kostte haar elke dag minstens vijf minuten.

Rosemary pakt haar tas en loopt naar buiten. Ze gaat op een bankje tegenover het zwembad zitten en wacht op Kate. Die verschijnt na een paar minuten, steekt over en gaat naast Rosemary zitten.

'Vertel eens iets over je werk, Rosemary,' vraagt ze terwijl ze in de zon zitten te wachten tot hun haar droog is.

'Ik werkte in de bibliotheek. Vijfendertig jaar, tot zij dichtging.'

'O,' zegt Kate. 'De Old Library.'

In de oude bieb zitten nu een bar en een restaurantje; Kate is er weleens geweest.

'Stom, ik dacht altijd dat dat maar gewoon een naam was. Suf, hè?'

'Waar de koffiezaak nu zit, zat ik altijd boeken te scannen,' zegt Rosemary. 'Geen idee wat er met al die boeken is gebeurd. Ik heb er nog flink wat weten te redden – daarom staat het zo vol in mijn flat – maar de rest, ik weet het niet. Het idee dat ze misschien weggegooid zijn...'

Rosemary krimpt ineen, en haar felblauwe ogen trekken zich terug in de diepe plooien in haar gezicht.

'Het probleem was dat we het helemaal niet zagen aankomen,' vervolgt ze. 'Op een dag hing er een poster waarop stond dat de gemeente bezuinigingsmaatregelen moest nemen, en voor we het wisten stonden Hope en ik op straat naar de dichte deur te kijken. Het was zo treurig.

Ik nam mijn werk heel serieus. Het was fijn om een baan te hebben; ik dacht altijd dat vrouwen die niet werkten zich waarschijnlijk dood verveelden. Ik was natuurlijk maar gewoon een bibliothecaresse, maar ik zag mezelf liever als Hoedster der Boeken. Het was mijn taak om de schappen te organiseren, zodat de romannetjes op een discreet afstandje van de echte fictie stonden en zodat ieder twaalfjarig kind boeken over seksuele voorlichting kon vinden zonder erom te vragen. En we waren een plek waar mensen konden schuilen als het regende. Ik herinner me een jongen, Robbie heette hij, die altijd binnenkwam met zijn rugzak en slaapzak. Die legde hij op een stoel en dan verdween hij naar het Vreemde Talen-pad. Hij zei altijd "Bonjour" tegen me en was van plan om naar Parijs te wandelen en te zwemmen. Ik vraag me af waar hij nu uithangt...'

Rosemary slaakt een zucht en kijkt langs de heuvel omhoog naar het park dat ze al haar hele leven kent. Ze denkt aan de bibliotheek, aan de lachende kinderen in de hoek met jeugdboeken, aan de mensen die er zaten te studeren of die de kranten uitplozen op zoek naar een baan, en ze denkt terug aan de laatste dagen dat de bieb nog open was. Er waren een paar mensen naar haar toe gekomen om met haar te praten. Mevrouw Lane vertelde hoe heerlijk het was om haar dochtertje Megan een stapel boeken te zien uitkiezen. 'Dit is de enige plek waar ze precies kan krijgen wat ze wil,' zei ze. 'Alle boeken lezen die je wilt, dat is toch zeker niet slecht?'

Meneer Gudowicz omhelsde Rosemary zelfs. Zijn ogen waren glimmend en nat en hij zei tegen haar dat hij dankzij de bibliotheek een diploma had kunnen halen dat hem aan een baan had geholpen.

'Ik kan weer een echtgenoot en een vader zijn,' zei hij.

Ze kijkt Kate aan. 'Het zwembad móét openblijven. Het moet gewoon.'

'Ik weet het,' antwoordt Kate.

Rosemary kijkt naar de jonge vrouw naast haar. Kates bruine ogen staan zo serieus, maar er staat deze keer geen angst in te lezen. Er is iets in opengegaan, als een raam, en Rosemary ziet een glimp van een heel andere vrouw. Een vrouw die sterk is en die, beseft Rosemary ineens, haar echt kan helpen. Die haar zál helpen.

'Trouwens,' zegt Kate, 'de gemeente belde me nog met meer details over de bijeenkomst. Blijkbaar moeten we één spreker aanwijzen die de standpunten van alle aanwezigen samenvat, wat het zwembad voor hen betekent. Ik zou niet weten wie dat beter kan dan jij. Je doet het toch wel, hè, Rosemary? We staan allemaal achter je.'

Rosemary denkt dat Geoff Kate naar haar had verwezen als hun 'trouwste zwemmer'. Ze hoopt dat ze de woorden kan vinden om hun duidelijk te maken wat het zwembad voor haar betekent.

'Het is me een eer,' zegt ze. Kate glimlacht en slaakt een zucht.

Samen kijken ze naar de mensen die met natte haren en over hun schouder geslagen tassen uit het zwembad komen en in de richting van het park lopen.

Ineens kijkt Kate op haar horloge. 'O, nee, ik ben te laat. Ik moet naar Brixton Village. Er wordt een nieuwe winkel geopend en ik moet daarvóór de eigenaar nog interviewen. Maar ik zie je snel, toch?'

Rosemary knikt en kijkt Kate na als haar kleine figuurtje snel door het park schiet. Rosemary peinst over de aanstaande bijeenkomst op het gemeentehuis en probeert te bedenken wat ze daar zal zeggen als ze haar het woord geven. Ze denkt aan alles wat Brixton al verloren heeft en aan hoe graag ze wil dat het deze keer goed komt.

28

De laatste zaterdag van de maand is het Brix Mix-markt op Station Road en staat de straat vol met handelaren uit de buurt die vintagekleren verkopen, bedrukte Afrikaanse stoffen, zelfgemaakt keramiek en kleurig beschilderde houten dieren. Er hangt een geur van *jerk chicken*, die op de grill voor een kleine bestelbus ligt te sissen.

Meestal zit Kate 's zaterdags op haar kamer series te kijken. Soms gaat ze naar de koffiezaak aan het eind van haar straat om een boek te lezen en naar buiten te kijken, achter de veiligheid van het raam.

Vandaag loopt ze haar voordeur uit en stapt ze de zonnige lentedag in. Het is het soort dag dat schilders schilderen en waar dichters over dichten. Ze loopt glimlachend de straat uit en laat zich inspireren door de hoopvol blauwe lucht. Het is al weken geleden sinds haar laatste paniekaanval. Ze zwemt nu regelmatig, soms met Rosemary, als ze op tijd in het bad kan zijn, en soms na het werk. Als ze zwemt, denkt ze aan de artikelen die ze heeft gelezen over dat lichaamsbeweging kan helpen bij angsten. Maar het gaat om meer dan dat; de campagne voor het zwembad geeft haar in alle opzichten een optimistischer gevoel. Ze heeft iets om in te geloven, zich op te concentreren. Ze heeft het gevoel dat ze meer controle heeft over zichzelf dan ze in maanden heeft gehad.

Zodra ze de hoofdstraat in loopt, schrikt ze van het geluid van de bussen en de mensenmassa die ze uit het station ziet stromen, verderop in de straat. Maar in plaats van zich om te draaien, wat ze normaal zou doen, loopt ze door, en ze doet haar best vooruit te blijven kijken in plaats van naar haar voeten. Ze slalomt tussen de mensen door over de stoep en zorgt ervoor dat ze tegen niemand op botst.

Ze voelt haar telefoon trillen in haar zak. Als ze hem eruit trekt, ziet ze dat het een berichtje van Erin is. Kate klikt het open en ziet een foto van een stralende Erin met een medaille om haar nek. *Mijn eerste 10k gelopen!* staat er. Kate blijft staan in een nis om de foto goed te kunnen bekijken en te antwoorden. Erin ziet er zo blij uit, met haar blozende gezicht en haar rode haar in een rommelige staart; dit is een van de weinige keren dat ze haar met slordig haar ziet. Kate moet erom lachen, en het geluid van de bussen en de drukte van alle mensen lijkt te verdwijnen.

Zo trots op je, zus, typt ze, en dan laat ze haar telefoon weer in haar zak glijden.

Bij de bioscoop slaat ze rechts af, Coldharbour Lane in, en die loopt ze af tot ze bij de etalage komt waarin allemaal boeken liggen, en een golden retriever. Ze duwt de deur open en stapt de winkel van Frank en Jermaine binnen.

Jermaine kijkt op van de toonbank, waar hij lezend tegenaan geleund staat.

'Kate!' zegt hij. Wat leuk, hij lijkt blij haar te zien.

'Ik zei toch dat ik snel terug zou komen,' zegt Kate.

'Frank heeft net pauze. Die zal wel blij zijn dat je er weer bent.'

'Doe hem de groeten van me. Ik kijk even rond, oké?'

'Doe of je thuis bent.'

Jermaine stort zich weer op zijn eigen boek en Kate gaat op onderzoek uit. Er is een hele sectie gewijd aan vrouwelijke auteurs, en daar begint ze mee. Ze bekijkt de ruggen van de boeken en pakt wat haar aanspreekt uit de kast om de achterkant en de eerste bladzijde te lezen. Dan loopt ze door naar de buitenlandse literatuur, en vervolgens naar een tafel met vrolijke vakantieboeken, om daarna door te lopen naar de kinderafdeling, waar ze puur voor de nostalgie boeken oppakt die ze als kind heeft gelezen. Ze knielt neer en slaat aan het bladeren en denkt eraan hoe heerlijk het was toen ze het lezen ontdekte en dat het haar naar andere tijden en plekken bracht, naar een andere wereld. Als ze een boek las, kon ze zijn wie ze wilde. Ze slentert door de winkel en pakt hier en daar boeken op, tot ze een stapeltje van vijf titels heeft. Ze voelt zich goed; de geur van de winkel heeft iets geruststellends.

'Ik moet stoppen, anders kan ik het niet meer dragen,' zegt ze terwijl ze haar stapel op de toonbank legt. 'Dit is echt een superfijne zaak.'

'Dank je,' zegt Jermaine, en zijn lange lijf torent boven de toonbank uit terwijl hij kijkt welke prijzen met potlood in de boeken zijn geschreven. Hij wrijft afwezig over zijn baard en zegt: 'Geweldig, wat je allemaal doet om te helpen met het zwembad. Misschien heeft Rosemary het je al verteld, maar we hebben het een beetje moeilijk met de winkel. Maar dat snap je misschien zo ook wel. Het valt tegenwoordig niet mee om een boekenzaak draaiende te houden.'

Kate kijkt om zich heen. Het is een rommelige maar gezellige zaak, met overal stapels boeken en tussen de kasten krukjes waarop mensen even kunnen gaan zitten om te lezen.

'We doen wat we kunnen om jullie te helpen, hoor,' zegt Jermaine, en hij kijkt Kate weer aan. 'Sommige dingen zijn het waard om voor te strijden.'

'Geweldig,' zegt ze, en ze moet zich inhouden om hem niet te knuffelen. Ze loopt naar de uitgang en aait Sprout nog even snel voor ze de deur openduwt. 'Dus dan zie ik je bij de bijeenkomst?'

'We zullen er zijn.'

Als ze wegloopt, breekt er een lach door op haar gezicht. Rosemary en zij hebben misschien een flinke strijd in het vooruitzicht, maar ze zijn niet alleen. Hope, Ellis en Jake, Ahmed en Geoff, Betty en nu ook Frank en Jermaine. En Kate weet zeker dat er nog meer mensen zullen komen; er zijn zoveel mensen die in het bad zwemmen, die moet dit toch zeker ook aan het hart gaan? Misschien, denkt ze bij zichzelf, misschien komt het allemaal wel goed.

29

'Heb je er spijt van dat we getrouwd zijn?' vroeg Rosemary.

Ze keek op naar George toen ze het vroeg en zag dat hij zijn knieën stevig vasthield terwijl hij met gebogen rug op de stoel naast hun bed zat. Hij had zijn leren schort nog voor. Normaal hing hij dat bij thuiskomst altijd meteen op bij de voordeur, zodat hij het de volgende dag meteen mee kon nemen.

Hij was bij de bibliotheek langs geweest om hun te zeggen dat ze een paar weken niet kon komen werken. Ze wilde zich liever niet inbeelden hoe dat gesprek was verlopen, maar deed het toch: ze zag hun medelijden zo voor zich. Dat vond ze nog het ergste.

'Waarom zeg je nou zoiets?' zei hij, en hij pakte haar hand en hield hem stevig vast. Het deed pijn, zijn aanraking, maar ze deed haar best het niet te laten merken. De warmte van zijn huid vervulde haar hele lichaam.

'Als we nooit getrouwd waren, was dit misschien niet gebeurd,' zei ze. 'Dan was je misschien wel met een ander. En dan had je nu wel een baby gehad.'

Ze kromp ineen bij het woord. Ze dacht weer aan het gesprek dat George waarschijnlijk had gehad in de bibliotheek. Misschien waren in de hoek met kinderboeken wel lachende kindjes geweest terwijl hij met Hope en de anderen sprak, en had hem dat verdriet gedaan. Ze vroeg zich af wat ze gezegd hadden, wat ze hadden kúnnen zeggen. Ze stelde zich voor hoe het zou zijn om weer aan het werk te gaan. Nou ja, ze kon tenminste weer gewoon kratten met boeken tillen, en ze zou weer tussen de krappe rijen naslagwerken door kunnen. Maar dat was een heel schrale troost.

Hij keek haar aan en zijn gezicht was triester dan ze het ooit had gezien. Hij leek oud, maar bang als een kind. Het gaf haar het gevoel dat ze zou kunnen breken als een dorre tak in een storm.

'Dat mag je niet zeggen,' zei hij. 'Dat mag je echt nooit meer zeggen. Want als ik met iemand anders zou zijn, zou ik niet met jou zijn. En dan zou ik misschien een kind hebben, maar dat zou niet jouw kind zijn.'

Ze deed haar ogen weer open, en daar zat hij; hij hield van haar met zijn hele hebben en houden. 'En we hebben elkaar toch nog. Ik heb jou toch nog.'

George probeerde voor haar te glimlachen, maar het lukte niet helemaal; zijn gezicht trok scheef, wat er alleen nog maar verdrietiger uitzag. Toen ze zo naar George keek, dacht ze aan die keer dat er bij het zwembad een vogelnestje uit een boom was gevallen. Ze waren nog maar tieners, maar George zwom naar het nestje toe en huilde nog voor hij er aankwam, want hij wist al wat er was gebeurd. Hij schepte het verdronken nestje uit het zwembad en dook naar de bodem om de piepkleine vogellijfjes op te vissen. Ze zag hoe hij steeds weer omlaag dook en begon zelf ook te huilen. Tegenover hem deed ze alsof ze ook om de vogels huilde, maar eigenlijk waren haar tranen voor hem. Hij bleef maar duiken tot hij alle vogeltjes had gevonden en op een rijtje naast het bad had gelegd.

Ook nu blonken de tranen in George' ogen, en hij liet ze over zijn wangen rollen. Ze vielen op zijn schort en maakten donkere vlekken.

'Het is oké,' zei ze.

En toen begon hij te snikken. Hij huilde nooit bescheiden of stil, en zijn tranen stroomden alsof er een dam doorgebroken was. Als je hem zo zag, met zijn sterke handen en zijn modderige groentemannenschort zou je niet denken dat hij zo kon huilen.

‘Kom bij me liggen,’ zei ze.

Hij liep naar de andere kant van het bed en ging achter haar zitten. Hij sloeg zijn armen om haar lichaam en liet zijn handen op haar buik rusten. Hij hield haar vast en hij huilde, en zij huilde ook. Ze wist niet zeker of ze huilde om de baby of om hem. Toen ze de volgende ochtend wakker werden, had hij nog altijd zijn schort voor en zijn schoenen aan.

30

Op de dag van de bijeenkomst in het gemeentehuis voelt Kate dat de paniek haar besluipt. Ze wil de mensen die ze heeft leren kennen niet teleurstellen. Ze wil Rosemary niet teleurstellen.

Op het werk is ze stilletjes een stukje aan het typen terwijl ze denkt aan wat er op de bijeenkomst gaat gebeuren en of er wel genoeg mensen komen. En of het eigenlijk wel uitmaakt als ze erheen gaan.

Ze is ook moe. Vannacht heeft ze gedroomd dat ze weer een paniekaanval had. Ze was op weg naar het zwembad, met haar zwemtas over haar schouder. Ze wilde dolgraag het koude water in om langzaam wat baantjes te trekken. Maar toen ze op de plek aankwam waar het bad had moeten staan, was het er niet. In plaats daarvan stond ze in een deel van de stad dat ze niet kende, onder aan een torenflat die alle zon tegenhield. De straten waren vreemd en de mensen liepen te snel voorbij om ze aan te kunnen klampen en de weg te kunnen vragen. Een bord met daarop ZWEMBAD wees naar links, maar de kaart op haar telefoon zei dat ze rechtsaf moest en de punaise die de bestemming aangaf stond midden op de torenflat.

Ze liep om de onderste verdieping van het flatgebouw heen en leunde achterover om naar het dak te kunnen kijken. Onder het lopen begon de paniek toe te slaan. Hoe hadden ze het zwembad nou kunnen verplaatsen? Hoe kon het nou dat het wel op de plattegrond stond, maar hier niet meer was? Ze liep straten in die ze niet herkende en keek op haar telefoon. Die meldde dat ze twee minuten van haar eindbestemming verwijderd was, maar waar was het dan?

De frustratie kneep als een vuist om haar keel en drukte tegen haar slapen. Toen sloeg de angst verdwaald te zijn om in boze, hete tranen. Haar adem kwam met horten en stoten en haar benen wilden niet meer vooruit. Ze stond vastgenageld op de stoep, huilde haar gezicht nat en moest moeite doen om lucht te krijgen.

Er kwamen mensen voorbij, die haar niet zagen of haar even aankeken en snel doorliepen alsof ze een kind was dat zich misdroeg. Ze begreep wel wat ze zagen: een jonge vrouw met vegen make-up over haar gezicht die zo onbeschaafd was om om een onduidelijke reden op straat te gaan staan janken. Uiteindelijk kwam er een jongen op haar af om te vragen of het wel ging.

'Je hoeft niet te huilen, hou daar alsjeblieft mee op,' zei hij.

Maar ze kon niet meer stoppen en ze kon ook niet uitleggen waarom ze huilde. Zulke heftige en onstuitbare tranen lieten zich niet verklaren met het stomme excuus dat ze verdwaald was en zo graag wilde zwemmen.

En toen werd ze wakker, even kapot als na elke andere paniekaanval.

'Ik dacht dat je wel trek zou hebben in een koffie,' zegt een stem terwijl er voorzichtig een beker op haar bureau wordt neergezet. Ze kijkt op en ziet een slordige kop rossig haar en een lachend gezicht.

'Dank je, Jay. Je kunt gedachtelezen.'

'Fotograaf slash helderziende. Het is een zwaar lot.'

Ze neemt kleine slokjes van haar koffie en trekt al wat bij van de geur.

'Ze hebben me gevraagd of ik meega naar je bijeenkomst vanavond om wat foto's te maken voor de krant. Ik hoop dat je dat goedvindt.'

Kate zet haar koffie neer en kijkt Jay aan. Ze kent hem niet zo goed, maar ze ziet dat roodblonde haar en die vriendelijke lach elke dag. Hij hoort bij haar leven, en op de een of andere manier heeft zijn gezicht een rustgevende invloed op haar.

'Het is niet echt mijn bijeenkomst,' zegt ze. 'Maar natuurlijk is dat goed. Ik weet alleen niet of je daar interessante plaatjes kunt schieten. Het is maar gewoon in het gemeentehuis.'

'We zullen wel zien,' zegt Jay, en hij springt van het bureau waar hij op was gaan zitten en pakt zijn cameratas. 'Als ik even goed kan fotograferen als gedachtelezen, zul je nog verbaasd staan. Oké, dan ga ik nu naar dat nieuwe Mexicaanse restaurant voor wat plaatjes. Ik kan waarschijnlijk wel wat gratis nacho's loskrijgen, dus als je trek hebt? Ze weten nu nog niet dat we ze maar twee sterren geven.'

'Nee, laat maar, die koffie is genoeg. Bedankt.'

'Graag gedaan. Tot straks.'

Als Jay wegloopt, bedenkt Kate dat het lang geleden is dat ze een gesprek heeft gehad met een man die niet haar baas was of iemand die ze moest interviewen. Wat ze ook merkt, is dat ze zich helemaal niet meer zo gespannen voelt.

31

Na Rosemary's derde miskraam stelde George voor om op vakantie te gaan. 'Ik wil dat je zeewater tussen je tenen voelt, Rosy,' zei hij op een avond, en ze glimlachte en probeerde zich voor te stellen hoe dat zou zijn. Hij zat in de leunstoel bij de gashaard en spreidde zijn armen. Ze liep de kamer door en klom op zijn schoot. Ze herinnerde zich zijn beschrijvingen van Devon zo levendig dat ze het zilte water op haar lippen kon proeven en het geluid van de golven hoorde als ze eraan dacht, maar zelf had ze nog nooit de zee gezien.

'Ik wil weg, met zijn tweetjes,' zei hij. Ze waren altijd met zijn tweetjes, maar ze begreep wat hij bedoelde; zij wilde zelf ook dolgraag ontsnappen aan de herinnering aan dat mensje dat ze nooit had leren kennen. Ze wilde zich graag weer samen jong voelen. Dus besloten ze op vakantie te gaan en gingen daar ineens helemaal in op, zo opwindend vonden ze het.

Het was de eerste en de enige keer tijdens hun hele huwelijk dat hij de winkel een hele week dichtdeed. Een paar weken voor de geplande sluiting hing hij een aankondiging in de etalage en elk gesprek dat hij die weken met zijn klanten had, ging over de vakantie. Hij sprak vol trots over de geplande trip. Rosemary en George waren geen vakantietypes; ze waren nog nooit van hun leven op vakantie geweest.

Devon was niet te ver, en dus kozen ze voor Brighton, boekten een week in een bed and breakfast en spaarden de twee shilling en zes pence op om vanaf Victoria Station met de Brighton Belle naar hun bestemming te reizen, de chocolademet-slagroomkleurige Pullman-trein met de schitterende rijtuigen.

'Jij bent mijn Brighton Belle,' zei George in Rosemary's oor terwijl hij haar vanaf het drukke perron aan boord hielp, met het kleine koffertje dat ze van een vriendin van Rosemary hadden geleend in zijn andere hand. Toen ze eenmaal hun zitplaatsen hadden gevonden, bekeek Rosemary het rijtuig: het bruine art-decobehang, de zachte gloed van de tafellampjes en de lichte geur van toast, koffie en kippers.

Rosemary probeerde haar zenuwen te verbergen; ze was nog nooit Londen uit geweest en kreeg buikpijn toen ze het perron langzaam van zich af zag bewegen. Het was alsof ze geen grond meer onder de voeten had en door de lucht zweefde. George gaf haar een kneepje in de hand.

'Waar is dat voor, denk je?' vroeg Rosemary terwijl ze wees naar een knop aan de muur.

'Dat is voor de ober,' zei een vrouw tegenover hen met een bedenkelijke blik. George en Rosemary keken elkaar aan en lachten. Hij drukte op de knop. Een paar tellen later stond de ober voor hen klaar met een menukaart. Hij sprak George aan met 'sir' (Rosemary sloeg haar hand voor haar mond om niet te laten zien dat ze moest lachen). Ze konden zich alleen een pot thee veroorloven, maar die had net zo goed champagne kunnen zijn. De reis was hobbelig en de zittingen waren oncomfortabel, maar dat kon hun niets schelen.

Toen ze arriveerden wilde Rosemary meteen de zee zien, dus liepen ze achter de gezinnen en andere stelletjes Queens Road af naar het water. Iedereen was gekleed op het strand: de dames en heren droegen ronde donkere zonnebrillen en de kinderen hadden zonnehoedjes op hun bol. Ze liepen langs ijskraampjes en tearooms en jazzbarretjes, maar die vielen Rosemary nauwelijks op, zo graag wilde ze naar de zee.

Toen ze dichterbij kwamen, versnelde ze haar pas. Ze hoorde de meeuwen, die boven haar door de lucht cirkelden, krijsen. En toen zag ze het eindelijk: het uitgestrekte groene water dat als inkt doorsijpelde in de blauwe horizon. De Palace Pier stak de zee in, met zijn wonderlijke mengelmoes van gebouwtjes en koepels en de twee torenhoge glijbanen op het eind.

De wind blies tegen hen aan terwijl ze doorliepen naar het strand. Ze likte haar lippen: ze smaakten naar fish-and-chips.

Het strand was vol met gestreepte klapstoelen met achteroverleunende gezinnen en jonge paartjes. Een man in een zwembroek rende achter een vrouw in een badpak met badmuts aan, en samen doken ze het water in. Een kind zat op de keien naar de meeuwen te wijzen terwijl het een boterham met suiker at. Een groepje tieners lag in de schaduw van een omgekeerde boot te roken.

Rosemary en George trokken hun schoenen en sokken uit en legden die boven op de koffer. Ze liepen over de keien naar het water, hun vingers in elkaar gevlochten. De zee was even koud als het water in het zwembad. Ze stonden bij de branding en keken uit over het water, dat eindeloos door leek te lopen. George zag haar kijken en straalde.

Samen liepen ze in de richting van de pier, waar ze gepofte aardappels kochten die dropen van de boter. Tegen de reling geleund aten ze die op, met de meeuwen boven hun hoofd, die hoopten op de restjes. Rijen mannen met witte petten visten op makreel aan de rand van het strand. Vrouwen in zomerjurken wandelden arm in arm en kinderen stonden in de rij voor versgebakken donuts. De man achter de kraam gaf een klein meisje een vettig zakje en het kind lachte verrukt.

George keerde zich af van het geluid van die lachende kinderen en leunde weer tegen de reling. Rosemary keek hem aan en glimlachte, in de hoop dat hij in haar gezicht genoeg vond voor een vervuld leven.

Die week verdeelden ze tussen de stad, waar ze taart aten in de Lyons-tearoom en de rokerige jazzcafés ontdekten, en het strand. 's Avonds keerden ze terug naar hun bed and breakfast, hun huid plakkerig van het teer uit de zee.

'Smeer er gewoon wat boter over, dan wrijf je het er zo af,' zei de eigenaar van de B&B. Dus namen ze een pakje mee naar hun kamer en smeerden elkaar in met het bleke vet, giechelend als een stel pubers. Naar boter riekend vielen ze in slaap, hun zachte lijven een kluwen van blote ledematen onder de lakens.

Na hun laatste dag aan het strand, toen hun gezichten bruin waren en pijnlijk aanvoelden van het zoute water en de zon, gingen ze naar een cafeetje om warme chocolademelk te drinken en naar de jukebox te luisteren. De ruimte hing vol met rook en stoom van het koffiezetapparaat. George betaalde voor een nummer en de klanken van Elvis Presleys 'My Wish Came True' vulden de bar.

'Mag ik deze dans?' vroeg hij. Ze duwden hun tafeltje aan de kant en hielden elkaar midden in de zaak vast. Rosemary legde haar gezicht tegen zijn borst en luisterde naar zijn hartslag; het klonk naar thuis. Ze vond de zee fantastisch, maar nu wilde ze weer naar haar zwembad, met zijn muren die eerder een troost waren dan benauwend. Ze vond het heerlijk om zich weer een weekje jong te hebben gevoeld, om verstoppertje te spelen in het spiegellabyrint op de pier, om de liefde te bedrijven op het krakende bed in de B&B en om te ontsnappen aan de dingen die ze allebei wilden vergeten. Ook al zat het verdriet in de hoeken van de kamers en kon dat zich af en toe losmaken en hen dan met een golf van emotie overspoelen, het was hun thuis en hun leven, en dat was alles wat ze nodig had.

Elvis Presley zong voor hen terwijl ze dansten, en George kuste haar.

32

Rosemary staat op het bordes voor het gemeentehuis en kijkt naar de confetti aan haar voeten. Een briesje blaast een papieren hartje op een neus van haar zwarte, laaggehakte Mary Janes. Het blijft plakken en ze staart ernaar.

'Klaar?' vraagt Kate, die Rosemary's hand pakt en er even in knijpt. Rosemary kijkt naar haar hand, verrast door het contact. Kate glimlacht voor ze haar snel weer loslaat.

De anderen staan achter hen op de treden te wachten. Het personeel van het zwembad en het restaurant heeft zich gehaast om hier op tijd te kunnen zijn; de barista heeft zijn schort nog voor. Ahmed en Geoff staan met elkaar te praten. Ellis en Jake kletsen met Hope, en Frank en Jermaine staan vlak bij Kate, met Sprout aan hun voeten. Betty is met haar kleindochter gekomen. Er is een vrouw met haar pasgeboren baby, die in een stoffen draagdoek tegen haar borst ligt te slapen, en met haar man, die haar hand vasthoudt. Een yogalerares die in de studio's van het zwembad lesgeeft, is er ook met een paar van haar leerlingen. Er is een magere tienerjongen met twee mensen die iets van hem af staan. Zijn ouders, neemt Rosemary aan. De beveiligingsbeambte van het warenhuis is er ook, met een aantal leraren van scholen uit de buurt en een groep kinderen van de zwemclub, hun ouders en hun trainer. En helemaal achteraan staat Jay met zijn camera om zijn nek foto's te nemen van de op het bordes verzamelde groep.

'We staan allemaal achter je, mevrouw P,' zegt Ellis.

Rosemary kijkt omhoog naar de zuilen die de ingang van het gemeentehuis omlijsten, pakt de reling en bestijgt langzaam de treden. De anderen lopen geduldig achter haar aan tot iedereen in de zaal zit waar de bijeenkomst wordt gehouden.

Voor in de zaal staat een lange tafel, met daarachter een groepje mannen in pakken; de wethouder die Kate al heeft ontmoet, zit in het midden.

'Welkom,' zegt hij als ze binnenkomen, en zijn stem klinkt boven de schrapende stoelen uit als ze tegenover de commissie plaatsnemen. 'Wat goed dat u met zovelen bent gekomen. Misschien hebben we zelfs nog meer stoelen nodig.'

Als er uiteindelijk genoeg zitplaatsen zijn, gaat iedereen zitten. Rosemary en Kate zitten vooraan, met Geoff en Ahmed naast zich.

'Ik help je even met je jas, Rosemary,' zegt Kate, en ze steekt haar armen al uit. Maar Rosemary weert haar af en trekt de riem van haar jas stevig om zich heen.

'Nee, ik heb het koud.'

Dan opent de wethouder de vergadering. Hij praat snel en zijn toespraak is gelardeerd met jargon, zodat de groep bewoners op de stoelen begint te schuiven. Hij heeft het over bezuinigingen en gekorte budgetten en zegt dat het zwembad 'geld bloedt dat ook aan waardevolle plaatselijke voorzieningen zou kunnen worden besteed'.

'U wilt toch zeker zelf ook dat er geld beschikbaar is voor andere zaken, voor openbare scholen, bijvoorbeeld?' zegt hij, en hij kijkt de zaal vol zwembadgebruikers in, die allemaal naar hun schoot staren terwijl hij aan het woord is. Rosemary voelt zich veroordeeld, alsof hun gevecht niet de moeite waard is.

'Dan is het nu tijd om naar u te luisteren. Wie wil zijn kijk op de sluiting met ons delen? Neem me niet kwalijk, de mógelijke sluiting, bedoel ik. Hebben we een spreker?'

Rosemary komt langzaam overeind, steunend op Kates schouder. Ze trekt haar jas stevig om zich heen en doet haar sjaal goed.

'U hebt drie minuten spreektijd, ga uw gang,' zegt de wethouder.

Als ze daar zo staat, is Rosemary zich bewust van de gezichten van haar vrienden, die haar vol verwachting aankijken. Ze vertrouwen op haar.

Ze denkt aan haar matineuze baantjes met Kate en hoe ze schaven aan haar schoolslag en na afloop samen op een bankje gaan zitten kletsen. Ze denkt aan George en zijn handstand op de bodem van het bad, met zijn bleke voetzolen omhooggestoken in de lucht. Ze denkt aan de mensen die ze elke dag ziet en die in het bad een plek hebben gevonden om aan hun problemen te ontsnappen en de spanning uit hun lijf te zwemmen, het ene baantje na het andere. Ze schraapt haar keel, en dan begint ze.

'Toen de oude bibliotheek dichtging, zag niemand in hoe belangrijk die was, totdat we haar kwijt waren. Het was een plek waar je kon leren en een plaats om samen te komen voor onze gemeenschap. Met het zwembad is dat precies zo. We vinden het allemaal vanzelfsprekend, en dat is precies waarom het zo belangrijk is. We vertrouwen erop dat het bad er voor ons is. Het is een plek waar je heel even een moment voor jezelf hebt, om welke reden je dat ook maar nodig hebt.'

Ze draait zich om en kijkt naar de mensen achter zich, die allemaal hun eigen redenen met zich meedragen.

'Iedereen heeft zoveel herinneringen aan het zwembad. Voor kinderen die nog nooit de zee hebben gezien, is het hun zomer en hun vrijheid. Voor ouders is het de herinnering aan de eerste keer dat ze hun kind zagen zwemmen, het moment dat je het los moet laten en dat je het ziet vliegen. En voor mij, nou ja, voor mij is het mijn hele leven.'

'Maar hebt u wel nagedacht over de koudere maanden?' valt de wethouder haar in de rede. 'Goed, op de zonnige dagen is het er misschien druk, maar bij slecht weer draait het zwembad helemaal met verlies. Mensen willen gewoon niet in een buitenbad zwemmen als het koud is en als het regent, en laten we eerlijk zijn, regenen doet het vaak. Een vrouw van uw leeftijd snapt toch zeker wel wat een risico het is voor de gezondheid om in zulk koud water te zwemmen?'

Terwijl de wethouder aan het woord is, begint Rosemary langzaam haar regenjas los te knopen. Als ze haar sjaal van haar nek trekt, is er even iets zwarts te zien. Ze schudt haar jas van haar schouders, en haar vrienden beginnen te klappen.

'Zoals u ziet, ben ik daar goed op voorbereid.'

Haar bleke hoofd en nek steken uit een wetsuit, die haar mollige lijf stevig ingesnoerd heeft. Hij stopt bij de knieën en toont haar kromme benen en de zwarte Mary Janes aan haar voeten. De wethouder wordt overvallen door een hoestbui en Jays camera klikt terwijl hij de foto schiet die op de voorpagina van de *Chronicle* komt te staan.

'Het leek ons een goed idee om het assortiment dat we bij de receptie verkopen wat uit te breiden,' zegt Geoff terwijl hij een klopje geeft op de arm van Rosemary's wetsuit. 'U hebt helemaal gelijk, het kan behoorlijk fris zijn in het water, maar dat is nu geen excuus meer!'

Rosemary draait langzaam een rondje om haar outfit te showen, en haar vriendinnen juichen. Ze kijkt Kate even aan; ze probeert haar lachen in te houden, maar het lukt niet, en dan lacht ze toch mee met de anderen. De wethouder weet niet meer wat hij moet zeggen: hij heeft duidelijk nog nooit een vrouw van zesentachtig in een wetsuit in zijn gemeentehuis gehad.

33

De volgende dag staat Jays foto van Rosemary op de voorpagina van de krant. Kate heeft het verhaal erbij geschreven. Er staat in dat mensen vanaf nu ook een wetsuit kunnen kopen in het zwembad, zodra de zomer voorbij is en het buiten wat kouder wordt.

Als Kate op kantoor komt, wordt ze begroet door Phil, die met de krant naar haar zwaait. Jay zit aan zijn bureau en tilt een tweede kop koffie op als hij haar ziet.

'Ik hoorde hier vanochtend in de bus mensen over praten,' zegt Phil meteen als Kate binnenkomt. Hij wijst naar de foto van Rosemary. 'Weet je hoe vaak het gebeurt dat ik mensen over de *Brixton Chronicle* hoor praten? Nog nooit. Hij ligt bij alle kiosken en op het metrostation, maar ik denk weleens dat mensen hem alleen maar mee naar huis nemen voor de aardappelschillen.'

Kate en Jay kijken elkaar aan met opgetrokken wenkbrauwen.

'Maar dit... Hoe kóm je aan haar?'

Kate reageert niet. Ze begint zich af te vragen of zij Rosemary heeft gevonden of dat het andersom was.

'Dit is precies wat het zwembadverhaal nodig heeft: meer beelden. Kate, ik wil dat je Jay meeneemt naar het zwembad en hem laat kennismaken met de mensen die jij daar hebt ontmoet. Jay, ik wil humaninterestfoto's, ik wil het kloppende hart van de gemeenschap zien, zoals Rosemary Peterson het noemt.'

'Oké, baas,' zegt Jay, en hij pakt zijn cameratas.

Phil zit aan zijn bureau, scheurt een papieren zak open die onder de vetvlekken zit en zet zijn tanden in een ham-kaascroissant. Er vallen schilfers op de krant, alsof hij Rosemary bestrooit met herfstbladeren.

Kate is net bezig om haar spullen te pakken als haar mobieltje op haar bureau trilt. Ze neemt op en leest een berichtje van Erin: *Wat een geweldig mens, die Rosemary Peterson! Fantastisch, Mark en ik hebben vanochtend zo gelachen om die foto! Fijn dat jouw artikel op de voorpagina staat. E x.*

Kate grijnst als ze het leest.

'Ga je mee?' vraagt Jay aan Kate, met zijn tas over zijn schouder en zijn standaard onder zijn arm.

'Ja, sorry!'

Ze stuurt Erin een emoji van een zwemmer en wat kussen en stopt haar telefoon in haar tas.

'Kom, we gaan.'

Terwijl Rosemary aan het ontbijt zit, leest ze over zichzelf en bekijkt ze haar foto.

George zou nooit geloven dat ze nog eens op de voorpagina terecht zou komen, al was het maar in de plaatselijke krant. Toen ze hem vanochtend bij de kiosk ging halen, zag ze er een paar mensen naar staan kijken.

'Moet je dit zien, echt geweldig,' zei een jongeman tegen zijn vriendin toen Rosemary stilletjes voorbijliep.

Ze kan het zelf nauwelijks geloven. De wetsuit hangt aan de achterkant van haar slaapkamerdeur om haar eraan te herinneren dat zij het echt was. Ze moest glimlachen toen ze hem daar vanochtend zag.

Het viel nog niet mee om zich erin te hijsen voor de bijeenkomst. Ze had plastic zakken om haar handen en voeten gedaan om die door de nauwe arms- en beengaten te krijgen, en toen ze haar spiegelbeeld in de slaapkamer zag, kreeg ze ongelofelijk de slappe lach. Zo erg zelfs dat ze even op bed moest gaan zitten om uit te hijgen, de wetsuit half aan, en de plastic zakken nog om haar handen en voeten. Toen ze daar zo op het bed zat, keek ze naar de foto van George op haar nachtkastje. Hij stond met zijn schort voor de groentewinkel, met de grootste pompoen die ze ooit hadden gezien in zijn handen. Hij grijnsde breed.

'Wat zeg je hier nou van, George?'

Het viel niet mee om zelf de rits op haar rug dicht te trekken. Ze was eindeloos aan het draaien om hem vast te kunnen pakken, en twee keer viel ze bijna. Zodra de rits eindelijk dichtzat, knoopte ze haar jas dicht en sloeg ze haar sjaal stevig om haar nek om de hals van de wetsuit te verbergen. Het pak boog niet echt mee, dus moest ze op handen en voeten om bij haar schoenen te kunnen.

In allerlei opzichten was de bijeenkomst op het gemeentehuis goed gegaan. Ze zag wel dat de raadsleden op hen neerkeken, en ze had het gevoel gehad dat ze weer op school zat en zij de leraren waren. Halverwege haar toespraakje dacht ze aan die leraren die hen in de stromende regen hadden laten zwemmen, en de blik op hun gezichten toen ze met jas en al in het water sprongen. Ze glimlachte bij de herinnering. Wacht maar tot ze straks zien wat ik aanheb onder deze jas, dacht ze.

Het viel niet te zeggen wat de uitkomst van de bijeenkomst zou zijn. Zodra Rosemary haar jas weer aanhad en de wethouder uitgekucht was, zei hij dat hun zorgen aan de raad (wie dat ook wezen mochten) ter overweging zouden worden voorgelegd. De bewoners en het zwembadpersoneel zouden op de hoogte worden gehouden, zei hij, maar er werd geen datum geprikt voor een nieuwe bijeenkomst. Ondanks die onzekerheid was ze toch heel even van haar zorgen verlost, door de schouderklopjes en het gelach van haar vrienden bij het verlaten van het gemeentehuis. Ze gingen na afloop zelfs nog een borrel drinken in een pub om de hoek. Kate en Ellis hesen haar op een barkruk, zodat haar schoenen de grond niet meer raakten. Ellis kocht een glaasje cider voor haar. Ze kreeg wel vreemde blikken van de andere klanten toen ze daar zo zat in haar wetsuit en jas. Ze hief haar glas naar hen en lachte.

Terwijl ze van haar drankje genoot, keek ze naar de groep mensen aan de bar. Ellis, Hope en Betty deelden gierend een zak pinda's en haalden herinneringen op aan het oude Brixton. Frank en Jermaine gaven wat stukjes vlees aan Sprout, die op de morsige vloerbedekking onder een van de tafeltjes lag. Ze stonden met Kate te praten, wier ogen straalden terwijl ze hun vertelde over het boek dat ze aan het lezen was. Ze had een glas wijn in haar hand en haar wangen gloeiden. Ze schoten met zijn drieën in de lach, en Sprout sloeg enthousiast met haar staart op de grond. Ahmed stond met die aardige fotograaf te praten die tegen Rosemary had gezegd dat ze echt een gezicht voor de voorpagina had.

Rosemary zat naar iedereen te kijken en voelde een intense tevredenheid en warmte over zich heen komen. De cider hielp daar ook een handje bij.

Zodra ze haar ontbijt achter de kiezen heeft, trekt ze een la open en duwt een deegroller, plasticfolie en een rol aluminiumfolie opzij tot ze haar keukenschaar vindt. Haar handen beven als ze het artikel uitknipt. Zodra dat gelukt is, hangt ze het aan haar ijskast. Het moet plaatsmaken voor Hopes ansichtkaart van de cruise die ze twee jaar geleden maakte en het menu van het Caribische afhaalrestaurant.

Dan belt ze Kate en doet iets wat ze al heel lang niet meer heeft gedaan: ze nodigt haar uit om te komen eten.

'Ja, natuurlijk, graag. Wat leuk,' zegt Kate. 'O, en Rosemary, ik weet dat het kort dag is, maar heb je nu iets te doen? Als je vrij bent, zouden we je hulp wel kunnen gebruiken in het zwembad. Jay is nog wat foto's aan het nemen voor het volgende artikel; we hopen dat al die media-aandacht gaat helpen. Ahmed heeft een Red het Brockwell Lido-pagina aangemaakt op Facebook, en daar staat ook een link bij naar het stuk. Ik zal het straks laten zien, maar die krijgt nu al veel bijval.'

'Wat fijn,' zegt Rosemary. Het doet haar deugd dat Ahmed een steentje bijdraagt en dat anderen hun steun voor het zwembad betuigen. 'Ik ben er over een kwartiertje.'

'En neem je dan ook je zwempak mee?' vraagt Kate. 'Jay denkt dat een foto van jou in het zwembad goed zou kunnen werken. En aangezien je al een keer op de voorpagina hebt gestaan, dacht ik dat je het vast niet erg zou vinden.'

Rosemary schiet in de lach.

'Waarom niet,' zegt ze.

Ze ontmoeten elkaar voor het zwembad. Ahmed komt hen begroeten en toont Rosemary enthousiast de Facebook-pagina op zijn telefoon.

'Hij heeft al zestig likes, en ik heb hem pas vanochtend aangemaakt,' zegt hij uitgelaten.

Rosemary wil hem vragen wat dat is, een 'like', maar ze wil niet onwetend overkomen. Dus zegt ze: 'Wat geweldig, Ahmed, goed van je.'

Dan geven Kate en Rosemary Jay een rondleiding en zet hij hun wereld op de foto. Hij maakt kennis met het personeel en de zwemmers en neemt de hele tijd foto's. De kinderen van de zwemclub vragen hem of ze zijn camera mogen bekijken. Hij knielt op de grond en vertelt hun waar alle knopjes voor zijn en laat hun een paar foto's op het schermpje zien. Als hij opstaat, is zijn broek bij de knieën helemaal donker van het water. Het lijkt net alsof hij kniestukken heeft en Kate moet erom lachen.

'Sorry,' zegt ze als hij het ziet. 'Ik hoop dat je het niet erg vond dat ze met je camera speelden?'

'Ben ik wel gewend,' zegt hij. 'Ik heb drie nichtjes en twee neefjes.'

Rosemary ziet Kate en Jay praten en het valt haar op hoe anders Kate eruitziet vergeleken met de eerste keer dat ze haar ontmoette. Ze lijkt gelukkig.

Aan het eind van de dag nemen ze afscheid bij het hek van het park.

'Dus ik zie je morgenavond, Rosemary?' vraagt Kate.

'Ja, tot morgen,' zegt Rosemary.

34

‘Wat woon je leuk, Rosemary. Bedankt dat ik mocht komen,’ zegt Kate als ze Rosemary’s flat binnenkomt en haar een klein bosje lila tulpen overhandigt. De avondzon stroomt door de ramen van het balkon naar binnen en zet de zitkamer in een gouden gloed. Het is een kleine kamer, maar hij is netjes en ordelijk. Er staat een tweezitsbank, een leunstoel en een salontafel met een platenspeler ernaast, op de grond. Felgekleurde kussentjes sieren de bank en de stoel, Kate herkent de levendige kleuren van de Afrikaanse stoffenwinkel in Brixton Village. Ze vindt het hier rustig, gezellig.

‘Leg je jas maar op die stoel,’ zegt Rosemary, en ze wijst naar de stoel waar haar zwemtas vol verwachting ligt te wachten.

Rosemary verdwijnt in de keuken en laat Kate achter in de zitkamer. Terwijl ze weg is, loopt Kate het balkon op. Ze kijkt over het hek en de weg naar de muren van het zwembad, gebrand terracotta in de zon. Achter het bad strekt de rest van het park zich uit in een groen waas van boomtoppen en gras.

Ze stapt van het balkon af en loopt naar de boekenkast, die een hele muur beslaat.

‘Jemig, wat heb je een hoop boeken!’ roept Kate naar de keuken, en ze houdt haar hoofd schuin om de titels op de planken te kunnen lezen. *The Catcher in the Rye, A History of Brixton, Poems for Life...*

‘Zullen we wat muziek opzetten?’ vraagt ze als Rosemary de kamer weer in komt met een schaaltje pinda’s. Ze wijst naar de platenspeler.

‘Wat zou je willen horen?’ vraagt Rosemary.

‘Ik kan bijna niet kiezen, je hebt zo’n geweldige collectie.’
‘De meeste platen zijn van George.’
‘Mag ik?’
‘Ga je gang.’
Rosemary gaat zitten, en Kate knielt op de grond en bladert door de albums. Dan kiest ze er eentje uit, laat de plaat voorzichtig uit de hoes glijden en legt hem op de draaitafel.
‘Ik ben dol op Frank Sinatra. Mijn moeder en stiefvader dansten altijd op zijn muziek, in de keuken. Als puber vond ik dat gênant, maar stiekem vond ik het ook geweldig, de nummers en het dansen.’
‘George en ik dansten hier ook vaak op.’
‘Het spijt me,’ zegt Kate. ‘Zal ik dan maar liever iets anders uitkiezen?’
‘Nee, laat maar aan. Ik vind het juist leuk.’
Kate gaat op de bank zitten. Op de plank naast haar staat een foto van George en Rosemary op hun trouwdag. Ze staan hand in hand onder een boom in het park. Geen van beiden kijkt naar de camera; ze lachen allebei en kijken naar iets over de schouder van de fotograaf.
‘Jullie zien er zo mooi uit,’ zegt Kate. ‘Allebei.’
‘Dank je. Ik weet wel dat we een man niet snel mooi noemen, maar ik vond hem ook echt mooi. In de zomer werd hij altijd zo bruin.’
Rosemary glimlacht en doet even haar ogen dicht. De soepele zang van Frank Sinatra vult de flat. Terwijl ze naar de muziek luistert, denkt Kate aan thuis. Het is alweer even geleden dat ze bij haar moeder en Brian op bezoek is geweest. Ze was altijd bang dat ze misschien niet meer terug zou willen als ze eenmaal weer thuis was. Maar al is ze er al een poos niet geweest, toch ziet ze het duidelijk voor zich. En ineens kan ze de geur van het huis weer ruiken: de sinaasappelgeur van de kaarsen, de eettafel die ze al hebben zolang Kate zich kan herinneren, en een geur die zich niet laat omschrijven, maar die een mengeling is van de haren en kleren van de mensen van wie ze het

meest houdt in de hele wereld. Toen Erin en Kate nog jong waren, hadden ze allebei dezelfde sjaal, die ze van hun oma hadden gekregen. Om te weten welke sjaal van wie was, roken ze altijd even aan de stof, en dan ruilden ze soms, want ze herkenden elkaars geur altijd meteen.

Kate kijkt op en ziet dat Rosemary naar haar zit te kijken. Ze kijkt weer naar de trouwfoto en bedenkt dat Rosemary er nu zo anders uitziet, maar in sommige opzichten toch ook weer precies hetzelfde. Haar gezicht mag dan ouder zijn, haar ogen zijn hetzelfde, en er is ook een bepaald soort zelfvertrouwen, zowel op de foto als in de oude dame die Kate nu voor zich heeft.

'Vertel eens wat meer over George?' vraagt Kate voorzichtig als ze het fotolijstje terugzet op de plank.

'Ach, waar moet ik beginnen?' zegt Rosemary, en ze zakt een beetje terug in haar stoel. 'Je zult inmiddels wel begrepen hebben dat hij heel goed kon zwemmen. Hij is in de oorlog naar Devon geëvacueerd en hij heeft daar zelfs een keer met dolfijnen gezwommen, tenminste als je hem moet geloven. Ik weet het nog niet zo zeker.'

Kate moet lachen.

'Als ik vroeg klaar was in de bibliotheek, bezocht ik hem altijd in de groentezaak. Soms was hij klanten aan het helpen, en dan stond ik bij de aardappels te wachten en te kijken hoe hij de papieren zakken dichtdraaide in de lucht, of hoe hij geconcentreerd tomaten afwoog. Als er niemand in de zaak was, had hij vaak een cadeautje voor me: een perzik waarvan hij wist dat hij heel zoet zou smaken, of een wortel met een draai erin uit een bos van verder rechte exemplaren, of iets wat ik nog nooit had gezien, zoals een yam. Die kreeg hij dan van zijn Caribische vrienden op de markt.

Hij las graag, net als ik, en ik nam boeken voor ons allebei mee uit de bieb. Dan zaten we samen te lezen, en soms begon hij zomaar te lachen om iets wat hij las, al probeerde hij stil te blijven om mij niet te storen. Maar vaak lukte het niet, en dan gierde hij het uit, tot de tranen over zijn wangen stroomden. Dan moest ik natuurlijk ook lachen en dacht ik: wat zouden zijn klanten ervan denken als ze hun lange groenteboer zo zouden zien hinniken.'

Kate legt haar hand op haar kin terwijl ze luistert naar hoe Rosemary de man van wie ze hield beschrijft. Onder het praten fonkelen haar blauwe ogen en haar wangen kleuren een beetje. Kate ziet George, de zwemmende groenteboer, zo voor zich. Ze stelt zich voor dat hij in deze zitkamer zit, naast Rosemary op de tweezitsbank.

Rosemary kijkt op. 'Sorry, ik verveel je.'

'Nee, integendeel,' zegt Kate. 'Ik vind het leuk om naar je te luisteren.'

'Het is ook alweer even geleden dat ik het over hem heb gehad.'

'Je zult hem wel missen,' zegt Kate zachtjes.

Rosemary kijkt om zich heen in de flat.

Wat zou ze zien, vraagt Kate zich af, George zittend in de leunstoel, staand bij de deur of naar haar lachend vanuit de keukendeur?

'Ja, verschrikkelijk.'

Er gaat een keukenwekker af.

'Tijd om te eten,' zegt Rosemary, en de schaduw die heel even over haar gezicht hing is weer weg, en haar stem klinkt weer vrolijk. Ze staan samen op en lopen naar de keuken.

De tafel is gedekt voor twee en er staat een vaasje lavendel in het midden.

Kate helpt Rosemary om een dampende schaal uit de oven te tillen. Het is een lamsbout, die rust op een bedje van knapperige, met honing bedropen groente.

'Wat ruikt het heerlijk, Rosemary,' zegt ze.

Rosemary pakt een zwart, in stof gebonden schriftje dat bijna uit elkaar valt van de ijskast. De bladzijden hangen los en er steken volgekrabbelde velletjes uit. Ze geeft het boekje aan Kate.

'George' recepten. Ik heb er veel aan. Hij kookte meestal.'

Kate opent het boekje en slaat de pagina's behoedzaam om. Hier en daar zijn vette vingerafdrukken en spetters eten te zien. Op andere staan doorhalingen en extra opmerkingen, alles is handgeschreven. Ze leest het ene recept na het andere.

'Je was vast heel trots op hem,' zegt ze terwijl ze het boekje voorzichtig teruggeeft aan Rosemary.

'Heel trots, ja.'

Rosemary legt het receptenboek liefdevol terug op de ijskast. Kate trekt de tafel een stukje naar achteren zodat Rosemary kan gaan zitten en schuift hem dan weer terug.

'Jij hebt gekookt, dus ik zal wel opscheppen.'

Rosemary lijkt te willen protesteren, maar ze zit klem achter de tafel, dus moet ze wel blijven zitten en Kates hulp accepteren.

'In de ijskast staat ook nog sla. Zou je die willen pakken?'

Als Kate de ijskast opentrekt, ziet ze haar artikel met Rosemary's foto hangen, en ze glimlacht.

De ijskast ligt vol kleurrijke groenten van Ellis en in de deur staat een flesje witte wijn met haar naam erop. Kate pakt de slakom en de wijn en doet de deur weer dicht.

Ze zet de sla op tafel en houdt de fles wijn lachend en met een vragende blik op, de sticker met KATE erop naar Rosemary draaiend.

'O ja, bijna vergeten,' zegt Rosemary. 'Heb je zin in een glaasje?'

'Waar staan de glazen?'

'In de kast boven de magnetron.'

In de kast staan twee exemplaren van alles. Kate pakt de twee wijnglazen en trekt de wijn open. Ze schenkt Rosemary's glas meer dan halfvol.

'Heb je wel verdiend,' zegt Kate, en dan schept ze hun borden op uit de ovenschaal die midden op de tafel staat.

Het vlees en de groente zijn perfect gaar, en zelfs de salade is heerlijk: frisse blaadjes besprenkeld met een dressing waarvan

Kate de smaak niet precies kan thuisbrengen, maar die heel lekker is.

'Ik ben echt onder de indruk, dit is fantastisch. Bedankt, Rosemary.'

'Graag gedaan,' zegt Rosemary lachend. 'Ik heb ook veel geluk gehad: George kon fantastisch koken. Hij wist natuurlijk alles over groente, maar met vlees was hij ook heel goed. Dat leerde hij van de slagers op de markt; die vroeg hij om hun geheimen, in ruil voor een zak aardappelen of wat fruit.

Onder het eten vertelt ze Kate nog meer over George en hun leven samen. Als ze klaar zijn, is Rosemary nog steeds niet uitverteld en ruimt Kate stilletjes af en doet de afwas. Ze is net bezig water op te zetten als Rosemary een lichte zucht slaakt.

'Dit was een heerlijke verjaardag,' zegt ze.

Kate draait zich met een ruk om. 'Je hebt helemaal niet gezegd dat je jarig was!'

Rosemary haalt haar schouders op.

'Dan had ik wel iets anders meegenomen dan alleen een bosje bloemen,' zegt Kate, en haar gezicht betrekt en ze klinkt bezorgd. 'Dan had ik iets voor je kunnen doen. Nu voel ik me helemaal schuldig dat jij al het werk hebt gedaan.'

'Dit is al mijn zevenentachtigste, dus ik heb al meer dan genoeg verjaardagen gehad.'

'Nou, maar dan moeten we op zijn minst nog een glaasje op je drinken,' zegt Kate, en ze zet de waterkoker uit en pakt de fles wijn er nog eens bij.

'Zo,' zegt ze terwijl ze twee glaasjes inschenkt. 'Van harte gefeliciteerd, Rosemary.'

De twee vrouwen proosten en nemen een slokje. Dan zakken ze achterover op hun stoel en kletsen door. Ze hebben het over het zwembad en over George, en even lijkt het alsof hij bij hen in de keuken is, aangeschoven aan de tafel die eigenlijk maar groot genoeg is voor twee.

35

Toen ze eenmaal in de boom zat, leek het veel hoger. Ze sloeg haar benen eromheen en greep de bemoste stam stevig met beide handen vast terwijl haar voeten los bungelden. George was al aan de andere kant; ze zag de contouren van zijn lichaam bij de picknicktafel staan, waar hij haar met uitgestrekte armen opwachtte.

'Ik ben hier veel te oud voor!' riep ze omlaag.

'Waar heb je het over?' zei hij. Ze kon zijn gezicht niet zien, maar wist dat hij stond te glimlachen. 'Zestig is het nieuwe dertig, zeggen ze toch?'

'Maar ik ben eenenzeventig!'

Hij lachte hardop. 'In dat geval zijn we dus hooguit het nieuwe vijfendertig.'

'Mijn knieën zijn anders helemaal geen vijfendertig.'

Alsof ze het hoorden, gaven die een akelige scheut in haar onderbeen.

'Je kunt het, Rosy, ik weet het zeker.'

Er schoof een wolk voor de maan weg en zijn gezicht werd heel even bijgelicht. Dat gezicht, dacht ze terwijl ze naar hem keek. Wat ben ik daar toch gek op. Ze zwaaide een arm over de tak en klemde die stevig vast terwijl ze met haar benen zocht naar een stevige ondergrond. Naar beneden, naar beneden, tot haar voeten de veilige bank raakten. Toen ze erop ging staan, gleed ze een beetje weg en kwam met een plof neer.

'Au,' zei ze. 'Was ik altijd al zo elegant?' Ze veegde zich schoon en pakte zijn hand.

'O, nog veel eleganter,' lachte hij.

Samen stapten ze voorzichtig van de bank en inspecteerden zichzelf, op zoek naar verwondingen. Geen bloed, geen gebroken botten, geen kleerscheuren. Zodra ze hadden vastgesteld dat ze allebei nog heel waren, keken ze tegelijk op.

Een vlekkerig maanlicht scheen op het terras, de klok gaf een witte gloed af en de stoel van de badmeester stond leeg in de schaduw. Er hingen wolken boven het bad, en in de stukken waar geen wolk was, straalden sterren. De bomen stonden op wacht rond de muren, hun takken nog donkerder dan de lucht erachter. Het was stil en koel.

'Zullen we?' vroeg George terwijl hij zijn vrouw aankeek zonder de rimpels te zien die met de jaren in haar gezicht waren getrokken.

Ze lieten elkaars hand los en liepen ieder naar een kant van het zwembad. Rosemary pakte een hoekje van het zeil en George ook, en samen trokken ze het weg tot het water eronder zichtbaar was. Vervolgens liepen ze terug naar de picknickbank, waar ze naast elkaar gingen zitten. Rosemary schopte haar schoenen uit. George boog zich om zijn veters los te maken.

'Au,' zei hij, en hij kwam overeind en hield zijn onderrug vast.

'Rugpijn?' Hij knikte en schoof zijn linkerschoen uit met zijn rechtervoet. Ze legde een hand op zijn schouder en wreef erover. Ze kleedden zich langzaam uit; Rosemary hielp George met de knoopjes van zijn hemd en George hielp Rosemary met de rits van haar rok.

'Dit is die rits die halverwege blijft haken,' zei ze. 'Dus je moet harder trekken, weet je nog?'

Uiteindelijk waren ze naakt. Hun bleke lijven leken nog witter in het maanlicht. Ze keken elkaar aan alsof ze in een spiegel keken; ze kenden elkaars lichaam even goed als hun eigen lichaam. Het litteken op George' linkervoet van toen hij er een krat aardappelen op liet vallen bij het uitpakken van een levering aan de winkel; de paarse striem op Rosemary's pols van die keer dat ze zich had gebrand toen ze een taart uit de oven haalde (geen wonder dat George haar bijna nooit liet koken); de rondingen van hun buik, die bij allebei zachter en omvangrijker was geworden in de loop der jaren.

Ze liepen hand in hand naar het zwembad. Zij ging als eerste het bad in, zich vasthoudend aan het trapje, met haar gezicht naar het water.

Ze gleed er met een plons in en hield even haar adem in. Het donkere water slokte haar op met zijn kou. Hij volgde haar, maar keek liever naar de muur. Rosemary lag drijvend op hem te wachten en terwijl ze naar zijn achterwerk keek, schoot ze onwillekeurig in de lach. Hij vloekte toen hij het water voelde en zwom een paar snelle slagen om op te warmen. Maar daarna lachte hij ook. Ze dreven even op hun rug en wenden aan de kou, die hen wakker schudde en hun oren vulde. Vervolgens begonnen ze te zwemmen. Ze zwommen door de sterren en de inktzwarte stukken water waarboven de wolken het licht tegenhielden. Ze bleven dicht bij elkaar en hielden elkaars regelmatige tempo aan. Hun slagen maakten rimpelingen en ze voelden elkaars golven.

Zonder het te hoeven benoemen, wisten ze dat het op de een of andere manier respectloos zou zijn om te praten onder het zwemmen; het was zo prachtig en zo stil. Dus zwegen ze, ingepakt in de kou en opkijkend naar de lucht.

Na een paar baantjes hesen ze zich uit het water bij het ondiepe, hun lichamen zo koud dat het warm voelde. Ze liepen naar de hoeken en trokken het zeil weer over het bad, alsof ze het instopten voor de nacht. Toen ze weer bij het bankje waren, haalden ze de handdoeken uit George' rugzak en sloegen die losjes om zich heen. Daarna gingen ze naast elkaar zitten.

'Weet je nog wat we toen deden?'

Rosemary moest lachen. 'Haal je maar niks in je hoofd, George.'

'Hebben we toen überhaupt nog een handdoek op de grond gelegd? Ik kan het me niet herinneren... maar ik weet nog wel dat mijn knieën geschaafd waren.'

'Au! Hoe haalden we het eigenlijk in ons hoofd?'

'O, ik denk dat we heel goed wisten waar we mee bezig waren. Het was een van de mooiste momenten van mijn leven.'

Rosemary keek naar George. Zijn lach was nog hetzelfde, alleen was die nu omlijst door diepe lijnen, die zich als golven hadden verspreid. Maar hij had precies het goede soort rimpels, ze toonden je wie hij was. Ze kende mensen die zichzelf optimistisch vonden en verbaasd waren om de fronsrimpels tussen hun wenkbrauwen. Maar zij doorzag ze, en herinnerde zich oude ruzies of verbittering. Rimpels logen nooit.

George had allang geen haar meer op zijn hoofd; hij begon al achter in de twintig kaal te worden en had daar bewonderenswaardig om gelachen. Ze wist dat het hem best dwarszat en dat hij bang was dat ze hem niet meer aantrekkelijk zou vinden. Ze had hem weleens door een *Men's Health* zien bladeren, in de supermarkt. Maar het maakte haar niet uit, al was hij zo kaal als een biljartbal; hij droeg zijn kale hoofd met charme, en daar ging het haar om. En trouwens, haar eigen haar begon ook uit te dunnen, en ze wist dat ze in de loop der jaren wel wat zwaarder was geworden. Haar ooit zo slanke figuurtje was nu een stuk voller. Eerst vond ze dat verschrikkelijk, want ze kende zichzelf nauwelijks terug, maar inmiddels zat ze er niet meer zo mee.

'Vijftig jaar,' zei hij met een zucht. Ze waren allebei even stil en keken naar het donkere zwembad.

'Ik hoop dat je het de moeite waard vond,' zei hij zachtjes, met een blik op zijn blote voeten. 'Ik weet dat we nooit op reis zijn geweest, dat we ons hele leven op dezelfde plek zijn gebleven. En ik ben ook niet bepaald rijk geweest, en nou ja, we zijn altijd maar met zijn tweetjes gebleven...'

Rosemary keek naar haar man, die nog steeds naar zijn voeten staarde.

'En ik weet ook best dat ik me niet zo chic kleed, en dat ik eerlijk gezegd best dik ben geworden. En dan al die rimpels. En ik heb meer verstand van kool dan van politiek. Maar wat ik wil zeggen is dat, nou ja, ik hoop dat het genoeg was, wat jou betreft. Ik hoop dat ik goed genoeg voor je was.'

Hij keek op van zijn voeten en zocht haar ogen. Hij leek weer precies op die tiener, op die zeldzame momenten dat hij zijn zelfvertrouwen even kwijt was en ze het nerveuze jongetje daarachter weer kon zien. Ze moest iets wegslikken.

'Gekke vent,' zei ze, en ze stak haar armen naar hem uit en kuste hem intens. Ze hielden elkaar vast met hun blote armen, en hun handdoeken gleden wat omlaag. Zo bleven ze even zitten, dicht tegen elkaar, zodat ze elkaars hart tegen hun borst voelden kloppen. Het is altijd genoeg geweest, wilde ze zeggen, maar ze kreeg de woorden niet uit haar mond, en ze wist ook dat dat helemaal niet nodig was. Uit hun omhelzing bleek dat ze elkaar begrepen.

Na een poosje lieten ze elkaar een beetje los, maakten hun handdoeken weer vast en lachten om hun naakte lijven.

'En bovendien zijn we allebei dik en gerimpeld,' zei ze.

Ze lachten samen.

'Kom, we moesten maar weer gaan,' zei George, en ze gaven elkaar hun kleren aan van het bankje.

'Eh, liefje, ik geloof niet dat deze van mij is...' zei George, en hij hield Rosemary's lichtpaarse beha op.

'Oeps, sorry,' zei ze lachend, en ze ruilde de beha voor de boxershort die ze vasthad. Hij hielp haar met de sluiting en aaide haar over haar schouders. Ze kleedden zich langzaam weer aan en frunnikten in het donker aan hun knoopjes en ritsen.

'Die verdomde veters ook!' zei hij toen hij zijn schoenen aandeed.

'Laat mij maar,' zei ze, en ze knielde om ze te strikken.

'Au!'

'Je knieën?' vroeg hij.

'Ja, die doen tegenwoordig heel vervelend.' Toen stond ze op.

'Wat een stel zijn wij ook,' zei hij met een glimlach.

'We zijn gewoon oud, meer niet.'

'Wanneer is dat dan gebeurd?'

'Geen idee. Ik denk dat we het te druk hadden om er iets van te merken.'

'Ja, het is echt ongemerkt gegaan.'

'Misschien zijn we helemaal niet zo oud; misschien wordt de rest wel gewoon jonger.'

'Ah, ja, dat zal het zijn.'

'Kom, laten we naar huis gaan, ik heb een kop thee nodig.'

George hing zijn rugzak om zijn schouders en gaf Rosemary een hand om haar op de picknicktafel te helpen. Hij kwam naast haar staan en reikte naar de boomtak. Ze draaide zich om en keek nog een keer naar het bad. Ze stelde zich voor dat ze hier morgen weer zou komen om te zwemmen, met het geheim van hun nachtelijke avontuur verstopt achter haar glimlach. De wijzers van de klok stonden keurig naast elkaar, het was een paar minuten na middernacht.

En toen klonk er een verschrikkelijk versplinterend geluid, alsof er een scheepsromp tegen rotsen te pletter sloeg. Rosemary draaide zich nog net op tijd om om de tak te zien afbreken en op de grond te zien vallen. Er viel een regen van bladeren op het terras. George stond op de picknicktafel naar de lege ruimte te kijken waar de tak had moeten zijn; zijn armen staken nog de lucht in, leeg. Daarna keek hij naar de tak op de grond.

'Hm. Dat was dus niet de bedoeling.'

Ze keken allebei omhoog naar de boom. Zonder hulp van die tak om zich aan op te trekken kwamen ze nooit over de muur. Ze keken weer naar de tak.

'Dit wordt interessant.'

Het zwembad ging pas om halfzeven weer open, en ze hadden het allebei ijskoud. Even keken ze elkaar in paniek aan: ze zaten gevangen.

En toen begonnen ze te lachen. Ze giechelden als kleine kinderen en hielden zich aan elkaar vast terwijl het giechelen overging in schuddebuiken. Ze konden niet meer stoppen; het was aanstekelijk en belachelijk. Uiteindelijk begon George te piepen, en Rosemary hielp hem van de tafel, met tranen in haar ogen.

'Zo is het wel genoeg,' zei ze. Ze gingen op het bankje zitten en keken weer naar de hoop met bladeren. De maan knipoogde van achter een wolk, en ergens klonk een autoclaxon en het geronk van een motor. Binnen de muren van het zwembad was het doodstil.

'Nou, dan zullen we om hulp moeten bellen,' zei Rosemary uiteindelijk.

'Maar we hebben hier ingebroken. Komen we dan niet in de problemen?'

Ze schoten weer in de lach.

'Ik meen het!' zei Rosemary toen ze weer tot bedaren waren gekomen. 'Ik ga hier echt niet de hele nacht blijven. Ik heb het ijskoud. We zijn hier veel te oud voor; straks overleven we het niet. Dit was jouw idee, dus jij redt ons hier ook maar weer uit, George Peterson!'

Dus haalde hij de mobiele telefoon, die ze een paar jaar geleden met tegenzin voor noodgevallen hadden gekocht, uit zijn rugzak. Dit was niet bepaald het soort noodgeval dat ze toen voor ogen hadden gehad.

'Hoe zet ik dit ding eigenlijk aan?' vroeg George.

'Met die grote knop bovenop.'

'Ik zie niks, het is te donker.'

'Hier, laat mij maar.'

George gaf de telefoon aan haar. Ze prutste wat in het donker tot het schermpje oplichtte. Toen gaf ze hem terug.

'Zo.'

'Dank je wel.'

George tikte 999 in op het toetsenbord.

De telefoon ging over, en Rosemary luisterde naar George' kant van het gesprek.

'Hallo? De politie graag, of misschien de brandweer. We zitten opgesloten in het Brockwell Lido, in Brixton.'

Het bleef even stil.

'We zijn over de muur geklommen, maar toen is er een tak afgebroken, en nu komen we er niet meer uit. Mijn vrouw en ik. Mijn vrouw, ja. Eenenzeventig. Ja, ik zei "eenenzeventig". Nee, dit is geen geintje. Nou ja, we zijn inderdaad oud genoeg om beter te weten.'

Rosemary moest al weer lachen, met haar hand voor haar mond om het geluid te smoren. George keek haar even aan en gaf haar met zijn vrije hand een tikje op haar dij.

'Wat zei u? Ja, ja, daar had ik inderdaad eerder aan moeten denken. Oké, oké, dank u wel.'

Hij hing op.

'Ze komen eraan.'

Ze stonden samen in het donker te wachten, zij aan zij aan de picknicktafel, als schoolkinderen die zaten te wachten voor ze het kantoortje van de directrice binnengeroepen werden. Rosemary liet haar hoofd op George' schouder rusten en ze keken samen naar de wolken en de sterren in de hemel boven hen.

De brandweer bespaarde hun de schaamte van een sirene, maar ze zagen wel het blauwe licht aan de andere kant van de muur van het zwembad flitsen, de takken van de bomen verlichtend.

'Hallo?' riep iemand.

'Hallo!' riepen Rosemary en George terug.

Ze hoorden het geluid van metaal op baksteen toen een ladder tegen de muur werd gezet. Na een paar tellen zagen ze een brandweerman over de muur naar hen turen.

'Wat is hier aan de hand?' vroeg hij.

George en Rosemary keken naar hem op vanaf het bankje, en het donker verhulde hun rode wangen.

'Klaar?' riep iemand aan de andere kant van de muur, en de brandweerman draaide zich om om nog een ladder aan te pakken, die iemand hem vanaf de stoep aangaf.

'Kom op, dan,' zei de brandweerman met een barse stem, waar zijn glimlach in doorklonk. George nam Rosemary bij de hand en hielp haar de eerste sporten van de ladder op. Ze klom naar boven, en de brandweerman hielp haar over de muur en langs de andere kant omlaag. George volgde en keek nog een keer om naar het water voor hij de muur overstak en het park in liep.

De brandweermannen gaven hun een standje voor het verspillen van hun tijd, maar zeiden dat ze er deze keer met een waarschuwing van afkwamen, aangezien dit hun eerste overtreding was.

'Maakt u zich maar geen zorgen,' zei Rosemary. 'Ik geloof niet dat mijn knieën nog een keer zo'n klim aankunnen.'

Ze kregen een lift naar huis aangeboden, maar legden uit dat ze aan de overkant woonden. Ze boden nogmaals hun excuses aan, pakten toen elkaars hand vast en liepen terug naar de flat. Eenmaal in huis, stapten ze meteen in bed, hun lichamen zo dicht bij elkaar dat ze elkaars adem op hun gezicht konden voelen. Ze vielen snel in slaap, met hun handdoeken over hun slaapkamerdeur geslagen.

36

Als Kate wakker wordt, heeft ze meteen spijt van dat laatste glas wijn. Ze wil haar ogen weer dichtknijpen en heeft het gevoel dat er tegen haar hoofd wordt geklopt, alsof er iemand met een pakje voor de deur staat. Rosemary mag dan zevenentachtig zijn, Kate is degene die niet tegen drank kan.

Ze rolt om in bed en kijkt op haar telefoon. Er staat een appje van Erin en er is een gemist telefoontje van haar moeder. Ze stuurt hun allebei een kort berichtje terug en vermeldt wel het etentje, maar niet haar kater. Dan gooit ze de telefoon weer aan de kant, want het felle licht van het scherm doet pijn aan haar ogen.

Ze slaat het zwemmen over en gaat met een omweg via het koffiebusje voor het station naar haar werk. Het geluid van de stoom van het koffieapparaat valt samen met dat van een optrekkende bus. Ze bestelt een koffie voor zichzelf (met een extra shot) en ook eentje voor Jay.

'Dank je. Laat gemaakt gisteren?' vraagt hij als ze de koffie voor hem neerzet en stilletjes achter haar bureau gaat zitten.

'Is het zo duidelijk te zien?'

'Had je een date, dan?'

Kate lacht en neemt een slok van haar koffie. Ze ziet dat Jay over de rand van zijn koffiebeker naar haar kijkt.

'Ja. Het was geweldig. We hebben gezellig gekletst, heerlijk gegeten en heel veel wijn gedronken. Maar de date was geen man. Het was een vrouw van zevenentachtig, genaamd Rosemary. Je weet wel.'

Jay lacht mee en drinkt zijn koffie op.

‘Over Rosemary gesproken, heb je de krant al gezien?’
Hij reikt haar een exemplaar aan.
Jays foto’s van het lido en de zwemmers nemen twee pagina’s in beslag, in het midden van de krant. En rondom die beelden staat Kates artikel, vol anekdotes over het lido van bezoekers van alle leeftijden. HERINNERINGEN AAN WATER, luidt de kop.

‘Ik vind het leuk om met papa een handstand te doen in het zwembad.’ Hayley, 7.
‘Ik heb in het bad getraind voor de triatlon. Het is dicht bij huis, dus ik kon makkelijk voor mijn werk naar het zwembad. Toen ik die triatlon had afgerond, ben ik hier een paar dagen later een paar erebaantjes komen trekken. Het was een goed gevoel om hier te komen, waar het allemaal is begonnen.’ Reggie, 43.
‘Mijn kinderen hebben in het bad leren zwemmen. Mijn lievelingsfoto is er eentje waarop ze aan de rand van het bad zitten, onder de zonnebrand. Ze kijken zo blij, en het maakt me heel gelukkig als ik ernaar kijk.’ Dawn, 59.
‘In goede en slechte tijden kan ik altijd even het bad in springen als dat nodig is. Dus ik wil vooral zeggen: dank je wel, zwembad.’ Ben, 55.
‘Het is een strand midden in de stad.’ Mel, 12.

Daar staat Ahmed, opkijkend van zijn studieboek, met een voorzichtig lachje. Om hem heen hangen alle post-its die in groten getale in de receptie zijn neergestreken. Een zonnestraal valt door het raam achter hem naar binnen en wordt door het wateroppervlak weerspiegeld, zodat er sterren op het plafond van de receptie te zien zijn. Op de voorgrond staat een klein meisje met een dolfijnenrugzakje. Ze houdt de hand van haar moeder vast en haar sproetengezichtje staat verrukt. Ze draagt haar opblaasbandjes over de mouwen van haar trui.
Op weer een andere foto staat een badmeester half op uit zijn stoel, met zijn fluitje aan zijn mond en zijn wangen opgebold. Hij wijst naar de andere kant van het bad, waar een rijtje kleine jongetjes hand in hand bevroren door de lucht zweeft.

Ze houden hun ogen dichtgeknepen, maar hun monden zijn wijd open en hun benen steken uit naar achteren. De kinderen variëren in lengte; de kleinste, helemaal aan het eind, is de enige die zijn ogen open heeft en met geschrokken wenkbrauwen langs het rijtje kinderen kijkt. Kate stelt zich voor dat ze deze foto later terugzien, als ze volwassen kerels zijn met gezinnen en interessante functietitels waar hun kinderen niets van snappen, en vraagt zich af of ze zich dan nog herinneren hoe dat was: met je vriendjes een bommetje maken in het zwembad.

Op de volgende foto staat een jonge blonde jongen bij het diepe, met gebogen knieën en zijn armen boven zijn hoofd, alsof hij op het punt staat in het water te duiken. Maar zo te zien heeft hij iets gehoord of gezien, want zijn hoofd is weggedraaid van het zwembad. Hij kijkt in de verte, alsof hij iets zoekt tussen alle mensen. Zijn concentratie is weg en heel even is die serieuze blik, waardoor hij ouder lijkt dan hij is, verdwenen en is hij gewoon maar een mager jongetje in een zwembad, dat op het punt staat in het water te springen.

En er staan een paar foto's van Rosemary tussen. Rosemary in haar kleren op het terras, met haar zwemtas in de hand en een uitdagende blik naar de camera. Zelfs met haar kleren aan kun je zien dat ze kromme knieën heeft, maar ze staat zo rechtop mogelijk. Achter haar zie je vaag de grote klok en het bad zelf. En dan is er een foto van Rosemary in het water, met haar armen over elkaar en haar badmuts over haar haren getrokken. De camera verbloemt de rimpels op haar gezicht of de moedervlekken op haar armen niet, maar ze ziet er elegant uit. Het licht wordt via het water op haar gezicht gereflecteerd. Kate vindt haar prachtig. En daar heb je Rosemary op een stoel voor het restaurant, met een beker in haar hand en haar blik op het bad.

En tot slot is er een foto van Kate zelf. Ze is verbaasd zichzelf in de krant te zien, en eerst heeft ze niet eens door dat ze het zelf is. Maar het is zo, in de stoel tegenover Rosemary, toekijkend hoe die naar het water staart. Kate heeft nog nooit een foto van zichzelf gezien waar ze zo argeloos op staat, gevangen in een moment zonder dat ze wist dat dat gebeurde.

'Ze zijn prachtig, Jay.'

'Dank je. Vind ik zelf eigenlijk ook wel.'

Kate gaat te veel op in het bekijken van de foto's om te zien dat Jay ondertussen zijn ogen niet van haar kan afhouden.

37

Rosemary slaat die ochtend ook het zwemmen over en ze trakteert zichzelf op een zeldzame ochtend uitslapen. Ze blijft tot negen uur in bed. Ze mag dan inmiddels zevenentachtig zijn, van dat gevoel dat haar 's ochtends uit bed trekt is ze nooit afgekomen: het gevoel dat ze naar school moet, of dat haar werk in de bibliotheek op haar wacht. Dit is de eerste keer in maanden dat ze wat langer blijft liggen.

Het is haar boodschappendag, dus uiteindelijk vertrekt ze toch naar de markt. Er hangt een zware geur van rijpe mango's en overal roepen de handelaren wat die dag hun aanbiedingen zijn. Het is druk vanochtend, en ze loopt langzaam tussen de mensen door. Ellis ziet haar aankomen en zwaait naar haar. Hij lacht niet, zoals anders: hij heeft een frons op zijn gezicht.

'Alles oké?' vraagt Rosemary als ze bij de kraam aankomt.

Ellis staat wat onrustig te schuifelen en haalt een hand over zijn korte haar.

'Ik weet niet of ik het je wel moet vertellen...' zegt hij gespannen.

'Wat is er dan?'

Ellis kijkt Rosemary iets langer aan en dan haalt hij zijn telefoon uit zijn broekzak.

'Ik ben Paradise Living gaan volgen op Twitter toen ik hoorde dat het zwembad misschien dicht moest,' zegt hij. 'En vanochtend zag ik dit...'

Hij geeft de telefoon aan haar. Ze haalt haar leesbril uit haar handtas en zet hem op haar neus. Het schermpje toont een dwarsdoorsnede van een laag stenen gebouw. Binnenin is een restaurant te zien met een glazen façade die uitkijkt op een tennisbaan. Het duurt even voor ze het gebouw herkent.

'Ze hebben de plannen vrijgegeven voor hoe het zwembad eruit zou komen te zien als hun bod wordt geaccepteerd,' zegt Ellis, en hij neemt zijn telefoon weer aan van Rosemary, die heel stil blijft staan. 'Hoewel het dan natuurlijk geen zwembad meer is...'

Ellis mag dan zijn telefoon weer vasthebben, het beeld heeft zich op Rosemary's netvlies geëtst.

'Maar er is vast nog hoop,' zegt Ellis snel. 'Je moet toch nog steeds iets horen van de gemeente, of niet?'

'Ja,' zegt Rosemary. 'Volgens Kate duurt dat niet lang meer.'

Ze is stil en buigt haar hoofd. De aardbeien zijn net binnen; de bakjes vol sappige vruchten staan in het midden van de kraam.

'Het spijt me,' zegt hij. 'Misschien had ik het je niet moeten vertellen.'

'Nee, nee, het is prima,' zegt ze, en ze kijkt op en probeert te glimlachen. 'Ik ben blij dat ik het weet, want dan kan ik het straks tegen Kate zeggen. Mooi voer voor weer een artikel in de *Brixton Chronicle*.'

'Ahmeds Facebook-pagina is echt een groot succes,' zegt Ellis. 'Hij heeft al honderden likes, dus dat zal zeker helpen. Het gaat de mensen echt aan het hart.'

'Dat geloof ik best,' zegt ze. 'Nou ja, geef mij maar mijn vaste bestelling, en dan moet ik weer verder.'

Ellis pakt twee zakken en geeft die aan Rosemary, die ze in haar tas laat glijden. Ellis legt een hand op haar schouder voor ze vertrekt. Ze zeggen niets; in plaats daarvan knikt hij naar haar en haalt zijn hand dan weer weg. Ze draait zich om en loopt Electric Avenue weer af. Normaal zou ze nu koffiedrinken met Hope, maar die moet vandaag op Aiesha passen, en daar is Rosemary stiekem blij om. Ze heeft vandaag niet veel zin in gezelschap. Dus als ze klaar is met haar boodschappen, loopt ze langzaam terug naar huis.

Kate bekijkt de plannen op haar computer op het werk. Vreemd om het zwembad waar ze zo van is gaan houden met beton gevuld te zien in plaats van met helderblauw water. De gedachte maakt haar vanbinnen even grijs.

'Heb je het voor je?' vraagt Rosemary aan de telefoon.

'Hm-hm,' zegt Kate.

'En?' vraagt Rosemary. 'Denk je dat je er een stuk over kunt schrijven?'

De schetsen van die mensen zien er ook niet oké uit. Ze zijn te perfect, of tenminste, perfect in de ogen van een projectontwikkelaar.

'Ja, ja natuurlijk ga ik erover schrijven,' zegt Kate dan. 'Fijn dat je me erop geattendeerd hebt. Ik ga er vandaag nog mee aan de slag.'

'Zie ik je morgen weer bij het zwemmen?' vraagt Rosemary.

'Ja, tot morgen.'

Als ze ophangt staart Kate naar haar computerscherm. Ze voelt haar hart bonzen in haar borst en haar handen beginnen te zweten. Ze kijkt op, de kamer door, en zoekt instinctief naar Jay, maar hij is weg voor een opdracht. Haar ademhaling versnelt.

'Alles oké?' vraagt Phil als hij uit de keuken de kamer weer in komt met een kop koffie in zijn hand. Als hij bij Kates bureau komt staan, leunt hij wat naar voren, zodat een stapel mappen en boeken bijna omvalt.

Ze haalt diep adem en kijkt naar hem op terwijl ze een glimlach forceert.

'Ja, gaat prima,' zegt ze. 'Ik heb nog een stuk voor je, een nieuwe ontwikkeling in het Brockwell Lido-verhaal.'

'Geweldig,' zegt hij als hij weer rechtop gaat staan. 'Heb je het om twee uur klaar?'

'Yep, komt goed,' zegt ze, en hij loopt weer terug naar zijn bureau en laat Kate alleen achter bij het hare.

Ze drinkt wat water en haalt dan diep adem om tot bedaren te komen. Er schieten haar allerlei gedachten over het zwembad door haar hoofd: hoe het koude water haar 's ochtends als ze gaat zwemmen kalmeert, dat ze Rosemary heeft beloofd dat ze zou proberen te helpen, dat ze sinds ze het zwembad heeft ontdekt zich voor het eerst sinds ze hier woont een beetje thuis voelt in Brixton. Ze weet best dat het feit dat Paradise Living zijn plannen vrijgeeft geen echt nieuws is, maar nu ze het beeld van het nieuwbouwplan voor het zwembad heeft gezien, is er wel degelijk iets veranderd. Het idee van de sluiting wordt zo wel erg realistisch.

Ze leunt over haar computer en concentreert zich op haar verhaal, zich vastgrijpend aan haar deadline van twee uur om zichzelf in de hand te houden. Haar paniek drukt haar gezicht tegen het raam van het kantoor en gluurt al naar haar terwijl ze aan het typen is. Dit is de enige plek waar zij nooit naar binnen mag. Het kost haar al haar kracht, maar ze wil per se professioneel blijven en ze wil niet dat haar collega's een barst zien in het schild dat ze om zich heen gebouwd heeft als ze aan het werk is. Ze komt misschien soms afstandelijk of bezorgd over, maar verteerd door paniek is ze hier nooit. Ze zet haar kiezen op elkaar en stort zich met overgave op waar ze mee bezig is.

Om kwart voor twee levert ze het artikel in.

PARADISE LIVING GEEFT PLANNEN VOOR BROCKWELL LIDO VRIJ
Een artist's impression toont het zwembad als besloten sportschool voor bewoners en eigenaren van Paradise-appartementen

Het Brockwell Lido staat te koop en projectontwikkelaar Paradise Living is momenteel in de race om het te kopen. Vandaag deelde het bedrijf zijn eerste ideeën voor hoe het bad er in de toekomst uit zou kunnen zien.
'Een particuliere sportschool zou echt waarde toevoegen aan onze appartementen,' zegt een woordvoerder van Paradise Living. 'Huurders en kopers krijgen er exclusief toegang tot faciliteiten van topkwaliteit.'

De plannen omvatten een sportschool, een sauna, een tennisbaan en een restaurant, maar geen zwembad.
'Uit ons onderzoek blijkt dat tennis populairder is binnen Paradise, althans binnen onze doelgroep,' aldus de woordvoerder. Het zwembad zal dan ook worden volgestort met beton, om plaats te maken voor een tennisbaan.
Een Facebook-groep genaamd Red het Brockwell Lido krijgt steeds meer steun van bewoners uit de buurt.
Ahmed Jones, die de groep is gestart en die tevens werkzaam is bij het Brockwell Lido, zegt hierover: 'Nu Paradise Living zijn plannen vrijgegeven heeft, kunnen we allemaal zien wat een verlies het zou zijn als het zwembad inderdaad een besloten club wordt. Ik roep iedereen op om zijn steun te tonen door onze pagina te liken. Hier posten we de nieuwste ontwikkelingen en dingen die je kunt doen om ons te steunen. Deze plannen mogen geen werkelijkheid worden.'

38

De volgende dag staat Rosemary wel weer vroeg op. Als ze wakker wordt, zijn Paradise Livings plannen voor het zwembad die Ellis haar heeft laten zien het eerste waar ze aan denkt. Ze zou het liefst in bed blijven liggen, de dekens over haar hoofd trekken en zich een poos verstoppen. Maar ze dwingt zichzelf om toch overeind te komen, blijft even zitten om haar hand op het lijstje van George' foto naast haar bed te leggen en zwaait dan haar benen op de vloer en staat op. Ze kleedt zich zo snel mogelijk aan (wat niet echt snel is) en pakt haar zwemtas van zijn plekje naast de deur.

Het is maar een klein stukje lopen naar het zwembad, maar deze ochtend kiest ze de langere weg en ze neemt de tijd om door het park te wandelen, van het pad af, over het gras. De dauw dringt door haar canvas veterschoenen, maar dat vindt ze niet erg. Ze wil de aarde onder haar voeten voelen. Ze laat voetstappen van geplet gras achter. Ze denkt aan hoe ze vroeger, toen ze jong was, door het park rende als het had gesneeuwd. Ze wilde er altijd als eerste zijn, zodat ze voetstappen kon achterlaten die een boodschap vormden voor de ochtendzon en de vogels die warmte bij elkaar zochten op de besneeuwde takken: ik besta!

Als ze langs de ramen van de studio's loopt, kijkt ze even naar binnen en ziet een yogaklas de zonnegroet doen. Ze nemen hun volgende houding aan en een paar van hen zien Rosemary staan. Heel even stelt ze zich de studio als een restaurant voor met uitzicht op een tennisbaan, en haar adem stokt. Maar ze glimlacht en loopt om het gebouw heen tot ze bij de ingang van het zwembad is.

Eenmaal binnen kleedt ze zich om en loopt naar de rand van het bad. Ze zoekt naar Kates handdoek bij het ondiepe, maar ze is er nog niet. Ze vraagt zich af of ze op haar zal wachten, maar besluit dan dat Kate waarschijnlijk zo komt, dus ze laat zich alvast langzaam van het trapje zakken. Ze zet zich schrap voor de bijtende kou en laat zich in het water glijden.

Rosemary zwemt haar baantjes en probeert niet aan de toekomst te denken en wat die voor haar en het zwembad in petto heeft. In plaats daarvan concentreert ze zich op de sensaties: de kou op haar huid, de ochtendzon op haar voorhoofd, het water dat door de smalle ruimten tussen haar vingers spoelt tijdens haar schoolslag. Zo nu en dan schieten haar gedachten aan George te binnen – dat hij van de duikplank dook, die altijd een schaduw over het diepe wierp – maar die zijn ook te pijnlijk. Het enige waar ze over kan denken, is dat ze nu nog veilig is binnen deze vier muren.

Als ze bij het eind van het bad komt, stopt ze en laat haar blik over het bad gaan, over de andere zwemmers. Sommigen steken het bad zo snel over dat het wel een vijver lijkt. Voor anderen is het een oceaan.

Haar blik glijdt naar het Lido Café, waar een van de barista's worstelt met een trosje ballonnen dat hij aan een van de parasols wil binden. Er ontsnapt er eentje. Hij zweeft de lucht in. De barista springt om hem te pakken, maar het lint glipt hem door de vingers en de ballon is vrij. Rosemary ziet hem met een schokje de lucht in gaan, om vervolgens over het bad te zeilen. Ze hoopt dat hij niet vast komt te zitten in een van de bomen; ze wil hem zien vliegen. Dan komt er een windvlaag, die de ballon uit de armen van de eikenboom redt en hem hoog de lucht in jaagt. Heel even drijft hij voor de zon, zodat het net lijkt of die een gele bal is met een lintje eraan.

Ze trekt zich langzaam omhoog aan de ladder, het bad uit, en wordt weer sterfelijk als ze op het droge stapt. Als ze zwemt heeft ze nooit last van haar knieën.

De barista heeft de rest van de ballonnen inmiddels vastgeknoopt en is het restaurant weer in gelopen. Rosemary pakt haar handdoek en slaat die om zich heen en steekt hem vast aan de voorkant.

'Ze is eruit!' roept een stem. Ineens loopt Kate door de deur van het restaurant, gevolgd door Frank, Jermaine, Hope, Betty, Ellis, Jay, Ahmed en Geoff. Ze dragen borden met koffiebroodjes.

'Gefeliciteerd!' roepen ze in koor.

'Met je verjaardag, al was die twee dagen geleden,' zegt Kate erbij. Ze staat in het midden van de groep in een gebloemd zomerjurkje, dat Rosemary ongebruikelijk fleurig vindt voor haar doen. 'Het spijt ons dat we er een beetje laat mee zijn.'

Rosemary staart naar de ballonnen, en het dringt nu pas tot haar door dat die voor haar zijn. Jay heeft zijn camera om zijn nek hangen en neemt snel een foto als ze haar wenkbrauwen verbaasd optrekt.

'Snel, pak haar voor ze wegrent,' zegt Ellis, en Kate zet haar bord op tafel en loopt op Rosemary af. Ze slaat een arm om haar heen en neemt haar mee naar de tafel. Rosemary verzet zich niet; ze weet niet hoe ze het heeft.

Jay trekt een stoel uit aan het hoofd van de tafel en Kate laat Rosemary daarop plaatsnemen, terwijl de rest ook gaat zitten. Daar zit Rosemary dan, in haar handdoek; de zon is inmiddels fel genoeg om haar warm te houden, dus ze hoeft zich niet aan te kleden.

'Het spijt me dat ik vanochtend niet kwam zwemmen, ik had het hier te druk mee,' zegt Kate. 'Je kunt je zevenentachtigste verjaardag niet zomaar overslaan. En ik weet dat het een beetje te vroeg is voor taart, maar...'

Rosemary kijkt naar de tafel. Er staat een dikke *Victoria sponge*-cake, druipend van de room en de jam. Hij is, een tikje slordig, versierd met plakjes aardbei en takjes rozemarijn en bestrooid met een laagje poedersuiker.

'Wat prachtig, heb je die zelf gebakken?'

Kate knikt stralend. Het is de eerste taart die ze in jaren heeft gebakken. Ze is er gisteren laat voor opgebleven. Eerst moest ze alle vuile vaat van haar huisgenoten wegwerken en het aanrecht schoonmaken. Daarna zette ze muziek op en woog zorgvuldig alle ingrediënten af.

'Bedankt, Kate, hij is geweldig.'

Geoff en een van de barista's komen het terras op, ieder met een bos bloemen in de hand.

'Voor onze favoriete klant,' zegt Geoff, en hij buigt zich en geeft Rosemary een zoen. Ze bloost en neemt de bloemen aan, die ze op haar schoot legt.

'Ik weet niet wat ik moet zeggen.'

'Je hoeft helemaal niks te zeggen,' zegt Hope. 'Geniet maar gewoon van je ontbijt.'

Heel even houdt iedereen zich in, maar dan storten ze zich op de koffiebroodjes. En terwijl ze daarmee bezig zijn, komt Kate wat dichter bij Rosemary zitten.

'Ik weet wel dat we gisteren slecht nieuws hebben gekregen over de plannen,' zegt ze. 'Maar ik heb erover nagedacht en ik geloof niet dat het verder iets betekent. We moeten in elk geval niet stoppen met vechten en we moeten ook niet stoppen met genieten van het zwembad. En jouw verjaardagsfeestje moet er al helemaal niet onder lijden.'

Rosemary is verbaasd, ze heeft Kate nog nooit met zoveel zelfvertrouwen horen spreken.

'Oké,' zegt ze met een knikje en een glimlach. 'Als ik dan nu een stuk van die heerlijke taart mag afsnijden...'

Kate zwaait met een hand over de taart. 'Wacht even,' zegt ze, en ze haalt haar telefoon tevoorschijn. 'Ik heb mijn zus beloofd dat ik een foto zou nemen. Ik vertelde haar gisteravond dat we een klein feestje voor je hadden georganiseerd... en we bakten vroeger altijd samen.'

Rosemary glimlacht weer; Kate ziet er ook zo blij uit. Kate neemt een foto van de tafel met de taart in het midden, en dan pakt Rosemary een mes en snijdt in de zachte taart.

Iedereen lacht en praat en vraagt Rosemary om nog meer

verhalen over het zwembad. Eerst blijft ze even stil, nog een beetje confuus omdat ze er zo'n toestand van hebben gemaakt, maar dan komt ze toch los. Ze vertelt hun hoe het er in de zomer was toen ze nog jong was.

'Het was toen nog veel drukker dan nu, en je moest oppassen dat je niet over al die zonnebadende lijven struikelde als je het water in wilde. Maar dat gaf niks; je wilde toch alleen maar even in het water plonzen om af te koelen; we waren allemaal veel te loom van de warmte om echt te zwemmen. Dit was de plek waar je kwam om te kijken en gezien te worden, dan zaten we met de meisjes in een rijtje aan de rand van het bad, met allemaal dezelfde knie over het andere been geslagen. Of we lieten onze voeten in het water bungelen en deden alsof we niet zagen dat de jongens aan het duiken waren, terwijl zij net deden alsof ze ons niet zagen. We waren geen van allen erg geloofwaardig.'

Ze schiet in de lach, en iedereen lacht mee.

'Daar was het,' zegt ze, en ze wijst in de richting van het bad. 'Precies daar.'

Ze draaien zich allemaal om en kijken naar het zwembad terwijl ze zich de jonge Rosemary proberen voor te stellen, en hoe die met haar voeten in het water naar de jongens keek.

'Ik kom hier al meer dan tachtig jaar om te zwemmen.'

Haar vrienden lachen naar haar. Zo nu en dan komt er een zwemmer uit het bad om Rosemary te groeten en te feliciteren. Sommigen blijven wat langer staan voor een praatje; Rosemary vraagt hun naar hun kinderen of hun werk of de camper die ze aan het opknappen zijn.

Dan legt Frank zijn hand op Rosemary's schouder. 'Ik vrees dat wij naar de winkel moeten,' zegt hij.

'Ik heb Jake vandaag achter de kraam gezet,' zegt Ellis, die ook opstaat. 'Maar ik kan er maar beter even naartoe om te checken of ik inmiddels niet failliet ben.' Hope loopt achter hem aan; ze leest vanochtend voor aan kinderen op een van de basisscholen in de buurt.

'Jay en ik moeten ook aan de slag,' zegt Kate. 'Loop je anders met ons mee?'

'Nee, gaan jullie maar,' zegt Rosemary. 'Ik wil hier nog even blijven zitten.'

'Weet je het zeker?' vraagt Jay.

'Ja, ga maar. Ik wil gewoon nog even van het uitzicht genieten. En Kate, dank je wel.'

Rosemary pakt Kates hand, knijpt er even in en kijkt haar vol genegenheid aan. Kate schenkt haar een grote smile.

'Graag gedaan,' zegt Kate met een blos.

Als ze allemaal weg zijn, staat Rosemary op; er is een briesje dat de bomen laat ruisen en dat aan de lintjes van de ballonnen trekt. Ze vechten om een plekje en klappen tegen de parasol. Een tikje moeizaam steekt ze haar arm uit. Het is priegelwerk en ze heeft haar vingers niet meer zo goed onder controle als vroeger, maar uiteindelijk krijgt ze de ballonnen los. Ze vliegen meteen alle kanten op. Omdat ze zo moet reiken, raakt haar handdoek los en valt om haar enkels. Daar staat ze, in haar badpak, te kijken naar de ballonnen die over het bad worden geblazen. De zwemmers stoppen en kijken ook omhoog, watertrappelend of liggend op hun rug, om ze boven het bad in de lucht te zien dansen. Rosemary's hart vliegt met ze mee, en ineens heeft ze weer hoop. Kijkend naar de ballonnen – die stippen worden, om vervolgens helemaal te verdwijnen – heeft ze het gevoel dat alles mogelijk is.

39

'Er was een jongen,' zegt Kate de volgende ochtend naast Rosemary op het bankje voor het zwembad. Ze hebben net gezwommen en zitten nu met een kartonnen bekertje thee, waar ze langzaam uit drinken voor Kate naar haar werk gaat.

Kate heeft die ochtend een foto van Joe gezien op Facebook, en ze denkt aan hoe die haar hart liet bonzen.

Kate kijkt opzij naar Rosemary: ze roert eindeloos in haar thee en kijkt haar vragend aan. Voor de verandering wil Kate praten. Ze weet dat die jongen, inmiddels een man die in Manchester woont, met een vriendin en twee honden, kennelijk, maar één van de dingen is die haar bezighouden, maar als ze haar herinneringen aan hem kwijt kan... nou ja, ze moet ergens beginnen.

'Het is altijd een jongen,' zegt Rosemary.

'Ik was ook nog maar een meisje. Dus wat wij hadden was maar heel onbeduidend vergeleken met wat jij met George had. Ik had er allang overheen moeten zijn.'

Kate denkt aan de foto die ze die ochtend op haar telefoon heeft gezien en aan hoe ze ineenkromp bij het zien van zijn gezicht.

'Liefde is liefde,' zegt Rosemary. 'Zoals een boom een boom is. Of het nou een jonge scheut is of een honderd jaar oude eik, allebei hebben ze wortels en allebei zijn ze overgeleverd aan de seizoenen.'

'Die van jou was de eik, Rosemary, en de mijne die scheut.'

Er trekt een wolk voor de zon, waardoor er even een schaduw valt, maar hij trekt snel verder, alsof de zon even knipoogde.

'Vertel eens over die jonge scheut.'

Kate gaat wat verzitten en draait haar hoofd om Rosemary aan te kijken. Die wacht af.

'Hij heette – heet – Joe. Het klinkt belachelijk nu ik het er zo over heb. We trokken veel met elkaar op, maar er gebeurde nooit iets. Op een dag op school besloot ik om hem te vertellen wat ik voor hem voelde.

'Ik kwam hem tegen in de gang en zei dat ik het ergens over wilde hebben. Ik wist niet waar ik naartoe moest, dus ik pakte hem bij de arm en trok hem mee door de deur waar we voor stonden. Het was de deur van de theaterzaal, misschien dacht ik dat het daar rustig zou zijn. Ik deed de deur achter ons dicht en ineens stonden we dicht tegen elkaar aan, in het donker, tussen een paar rekwisieten en de kast met kostuums.

Toen ik de deur opentrok, wist ik niet dat ze een stuk aan het repeteren waren op het podium. Maar we waren nu eenmaal binnen, en niemand kon ons zien, dus hielden we ons stil. Ik herinner me dat we midden tussen de stofwolken zaten en ik wachtte tot die neerdaalden en mijn zenuwen wat tot bedaren kwamen. Ik wist niet hoe ik het tegen hem moest zeggen, dus zei ik dat hij zijn ogen dicht moest doen, en toen hij dat deed, kuste ik hem.'

Kate werpt een steelse blik op Rosemary. De oude dame glimlacht breeduit.

'Niet te geloven, hè!' zegt Kate. 'Waar ik het lef vandaan haalde. Ik kan er zelf ook nog steeds niet over uit. En de toneelclub repeteerde ondertussen gewoon door, terwijl wij daar in het donker stonden te zoenen. Het was mijn eerste kus. Ik weet niet of ik het leuk of verschrikkelijk vond, ik was misselijk en zweette me een ongeluk en mijn mond voelde alsof hij niet van mij was, maar toch was het geweldig.'

Kate valt even stil.

'In de eerste weken na die kus had ik het gevoel dat de grond onder mijn voeten was weggevallen. Dat had ik nooit meegemaakt. Het maakte me ook niet uit dat ik viel, want ik had echt het gevoel dat ik lééfde.

'Mijn vriendinnen vonden me ongetwijfeld verschrikkelijk. Ik liet het woord "vriendje" veel te vaak vallen. "Mijn vriendje" dit en "mijn vriendje" dat. Ze moeten er doodziek van geworden zijn.'

Rosemary lacht. 'Liefde is inderdaad een vreemde aandoening.'

Kate lacht mee, en hun gedeelde vrolijkheid vult de ruimte tussen hen in en omhelst hen dan allebei.

'Achteraf gezien was ik ook misselijkmakend. Alsof ik de eerste was die dit grote geheim ontdekt had. De liefde was ineens iets enorms dat mijn hele leven overnam.'

'Maar...' zegt Rosemary zachtjes. 'Ik heb het gevoel dat er een "maar" aankomt.'

'Een hele poos was er geen "maar". Het was geweldig. En toen opeens niet meer. Ik wist dat hij in Durham ging studeren terwijl ik in Bristol bleef, maar ik geloof niet dat ik echt over de toekomst had nagedacht. Ik had er gewoon zoveel vertrouwen in.

En toen zei hij dat hij de relatie wilde verbreken als we van school zouden gaan. Dat hij een leven te leven had, net als ik. Ik zei dat ik het begreep en dat het dan ook niet veel zin had om de rest van de zomer bij elkaar te blijven. Hij leek gekwetst toen ik dat zei, maar ik snap nog steeds niet waarom. Het leek me duidelijk dat ik geen seconde langer bij hem wilde blijven nu ik wist dat het eind al vaststond. Misschien ben ik wel ongelofelijk naïef, maar ik wilde hem helemaal, voor altijd. Het was de enige manier waarop ik van hem kon houden.

Die dag liep ik naar huis, zoals altijd. Ik praatte even met mijn moeder en met Erin, die een paar dagen thuis was van de universiteit. Ik weet niet of een van hen doorhad dat er iets mis was, maar ze zeiden in elk geval niks. Ik deed alsof ik moest leren voor mijn examens, maar ik kroop in bed. En toen heb ik alleen maar liggen huilen.'

Kate stopt. Ze herinnert zich dat ze zich aan haar dekbed

vastklampte alsof het een reddingsvlot was waarmee ze zich drijvende probeerde te houden, terwijl ze een soort tranen huilde dat ze nog niet kende.

'Ik weet dat het nergens op slaat dat ik daar nu nog steeds mee bezig ben,' zegt ze. 'Mensen maken het zo vaak uit. Ik was nog hartstikke jong en het is al zo lang geleden, maar vanochtend zag ik Joe's foto, en ik heb nooit meer iemand ontmoet zoals hij. Ik heb sowieso niemand ontmoet. En ik denk dat het een van de redenen is waarom het zo moeilijk was om naar Londen te verhuizen. Om op een plek te gaan wonen die ik niet kende, helemaal in mijn eentje. Het besef dat hij dat juist wilde toen we het uitmaakten, maar dat het voor mij helemaal geen nieuwe kans was.'

Kate haalt diep adem. 'Sorry,' zegt ze, en ze wrijft over haar gezicht.

Naast haar zit Rosemary heftig met haar hoofd te schudden.

'Je hebt niks om sorry voor te zeggen,' zegt ze, en in haar ogen stormt het. 'Je hoeft nooit spijt te hebben van een gevoel. En al helemaal niet van verliefd worden. Ik heb daar zelf nooit spijt van gehad. Nog geen dag.'

Kate ziet dat Rosemary de ring om haar vingers ronddraait.

'En je komt wel weer iemand tegen,' zegt Rosemary, Kate eens goed aankijkend met haar heldere blik. 'Je moet alleen bereid zijn om hem te vinden.'

Ze zitten op het bankje terwijl aan de andere kant van het park de bussen stoppen en weer optrekken. In de stilte is de eenzaamheid als een derde persoon die tussen hen in zit. Ze knikken naar haar, erkennen haar aanwezigheid maar noemen haar nooit bij naam.

Kate slaakt een zucht en doet heel even haar ogen dicht; zelfs dan nog is ze zich bewust van de vorm van het zwembad voor zich en Rosemary aan haar zij. Het lucht haar op om zo met Rosemary te kunnen praten. Joe mag dan die ochtend op het schermpje van haar telefoon zijn verschenen, in werkelijkheid is hij in Manchester en zij in Brixton, een plek waar ze de laatste tijd van is gaan houden. Ze maken geen deel meer uit van elkaars leven. En terwijl ze diep ademhaalt, voelt ze de knoop in haar maag loskomen.

40

Ze bleven samen tot het eind. Rosemary wilde niet bij hem weg, en toen een van de zusters die thuis kwamen helpen, voorstelde om hem over te brengen naar een verzorgingstehuis, moest ze hardop lachen.

'Bent u getrouwd?' vroeg Rosemary.

De zuster leek verbaasd over die vraag.

'Ja,' antwoordde ze.

'Nou, dan herinnert u zich vast wat u toen aan elkaar hebt beloofd. "In ziekte en gezondheid. Tot de dood ons scheidt." Ik ben vierenzestig jaar getrouwd en ik weet het nog heel goed.'

De zuster fronste en pakte snel haar spullen. Het speet Rosemary dat ze zo was uitgevallen – de zusters waren allemaal erg aardig – maar ze kende geen ander leven dan dat met hem. Ze vond het een onverdraaglijk idee dat hij alleen in een tehuis zou liggen.

Zodra de zuster weg was, bracht Rosemary George een kop thee. Ze schudde zijn kussens op en hees hem met haar armen onder zijn oksels omhoog. Ze hield de beker vast, deed zijn hoofd voorzichtig wat naar achteren en hielp hem slokjes te nemen van de warme drank. Elke ademhaling was oppervlakkig en reutelend en deed haar ineenkrimpen, maar ze probeerde dat niet te laten merken.

Hij probeerde iets te zeggen. 'Fff...'

'Wat is er? Heb je honger? Nee toch, je hebt net gegeten.'

George schudde zijn hoofd.

'Fff...' begon hij weer. Hij tilde zijn arm op en wees naar de kledingkast.

Ze volgde zijn vinger.

'Foto's?'

Hij knikte. Rosemary gaf hem een kus op zijn voorhoofd en kwam van het bed. Ze pakte een stoel, ging erop staan en pakte de doos van de kast. Ze liep ermee naar het bed en zodra ze weer op bed zat, met haar rug tegen de kussens en de doos met foto's tussen haar benen geklemd, haalde ze het deksel ervanaf en deed een greep.

'Moet je deze zien,' zei ze, en ze hield George een foto voor. 'Jemig, wat was je bruin! Je leek wel een walnoot.'

Ze pakte nog een foto. Ze lagen niet in een bepaalde volgorde, dus op de foto's die ze bekeken, werden George en Rosemary steeds ouder en dan weer jonger.

'Moet je mij hier zien,' zei ze. 'Ik was zo dol op dat badpak. Paste het me nog maar! En nou niet zeggen dat ik er nog steeds even goed in uit zou zien. En kijk naar deze, die duikplank, wat was hij hoog, hè? Je kon toch zo goed duiken, lieverd.'

Ze pakte George' hand.

'En hier zijn we in Brighton,' zei ze, en ze leunde wat dichter naar hem toe en hield hem de foto voor. 'Weet je nog, die donuts die we aten, aan het strand? Hm, daar zou ik er nu wel eentje van lusten. Ik weet nog hoe de zeemeeuwen klonken, en dat liedje, hoe ging dat ook alweer? Elvis Presley...'

Ze dacht aan de jukebox en begon te zingen. Ze zong vals, maar dat was niet erg. Terwijl ze zong, voelde ze zijn hand onder de hare bewegen en in haar vingers knijpen. Haar stem trilde, maar ze zong door, zachter bij de woorden die ze niet meer wist en luider bij het refrein. Toen het lied uit was, stopte ze en gaf hem zachtjes een zoen op zijn wang. Daarna veegde ze snel haar ogen droog.

'Genoeg,' zei ze met bevende stem. Ze haalde diep adem. 'O, George, moet je deze zien...'

Ze hield hem alle foto's in de doos voor, lachte en wees en praatte over wat ze allemaal zagen. Toen de doos leeg was, lag haar schoot vol met foto's en lag George te slapen. Ze stopte alles zorgvuldig weer in de doos en zette hem terug op de kast. Vervolgens trok ze haar nachtpon aan en ging naast George in bed liggen. Ze lag met haar gezicht naar hem toe, met een arm over zijn buik. Ze lag nog een poosje naar hem te kijken.

'Slaap lekker, lieverd,' zei ze.

Toen ze de volgende ochtend wakker werd, sliep hij nog.

41

De gemeente belt Kate niet terug. Tussen het uittypen van de interviews en het redigeren van artikelen door probeert ze haar te bereiken, maar telkens moet ze een boodschap achterlaten. Steeds als ze vraagt naar het zwembad, krijgt ze hetzelfde antwoord: 'De raad is alle opties aan het bekijken.' Als ze vraagt of ze de wethouder mag spreken, krijgt ze een nummer dat haar verbindt met een volgend antwoordapparaat.

'Nog geen nieuws van de gemeente?' vraagt Jay als hij op kantoor komt.

'Is het zo duidelijk te zien? Ik word verondersteld me ook met andere zaken bezig te houden.'

'Nee, ik vroeg het me gewoon af. Hoe is het met Rosemary? En haar knieën?'

'Ze heeft me niks gezegd over haar knieën.'

'Ze wil niet dat je je zorgen maakt.'

'Nou, ik maak me wel zorgen. En ook over het zwembad. Ik had ook liever van niet, maar het zit me echt heel hoog.'

Sinds de surpriseparty is alles weer enigszins bij het oude: Kate zwemt bijna elke ochtend met Rosemary voor ze naar haar werk gaat. Ze schrijft stukken voor de krant, deze week iets over de voorbereidingen voor de Lambeth Country Show, een markt die Brockwell Park elk jaar vult met eetkraampjes, muziek en boerderijdieren. Het is een leuk artikel om te schrijven; het herinnert haar aan de tegenstellingen en willekeurige explosies van zonnestralen in de stad waar ze woont. Maar op de achtergrond is er steeds die bezorgdheid: de angst om de toekomst van het zwembad en de vraag hoe lang ze er nog baantjes kan trekken met Rosemary.

'Het zou echt doodzonde zijn als het moet sluiten,' zegt Jay. 'Het is als wat Rosemary over de sluiting van de bibliotheek zei: daar hebben ze niet tegen geprotesteerd, en pas toen ze weg was, realiseerden de mensen zich wat ze kwijt waren.'

'Dat is eigenlijk een heel goed idee,' zegt Kate, opkijkend van haar computer. Jay weet niet wat ze bedoelt en trekt zijn lichte wenkbrauwen op. Kate moet erom lachen, maar ze probeert zich in te houden.

'Bedankt, ik zit vol goeie ideeën,' zegt Jay. 'Maar over welk idee heb je het precies?'

'Een demonstratie,' zegt Kate. 'We moeten protesteren.'

Jay knikt. 'Ja. Het enige wat die foto van Rosemary in het gemeentehuis nog sterker had gemaakt, was een bord met een leus erop in haar handen.'

'Nee, ik meen het.'

'Ik ook. Als je echt een demonstratie wilt organiseren, moet je nadenken over hoe die eruit komt te zien op de voorpagina. Je moet nadenken over het plaatje.'

'Dus jij wilt ons wel helpen?'

'Als je het vriendelijk vraagt.'

'Wil je ons alsjeblieft helpen?'

'Tuurlijk! We kunnen er morgen over brainstormen bij een etentje.'

Kate knikt en kijkt weer naar haar computerscherm om de brede lach te verbergen die over haar gezicht trekt. Dit is al de tweede keer in zo'n korte tijd dat iemand haar te eten vraagt.

De volgende avond sprayt Kate wat parfum door haar kamer en danst erdoor in haar ondergoed. Ze heeft in een tijdschrift gelezen dat dit de beste manier is om een geur op te doen. Maar niet bepaald de meest elegante manier.

Help! appt ze aan Erin als ze haar kledingkast opentrekt en twee verschillende jurkjes voorhoudt terwijl ze een foto van zichzelf neemt. 'Wat moet ik aan?'

Ze wacht vol spanning terwijl ze kijkt naar de puntjes die haar zeggen dat Erin bezig is een antwoord te typen.

Ze staan je vast allebei geweldig, luidt het antwoord. *Maar ik zou voor die blauwe gaan.*

Kate lacht opgelucht, en op dat moment gaat haar deurbel.

'Shit,' zegt ze, en ze trekt de jurk snel over haar hoofd. Terwijl ze zich erin hijst, steekt ze haar voeten in de sandalen die bij de deur staan, waarbij ze per ongeluk een stapel boeken omverschopt.

'Shit,' zegt ze nog eens.

Ze hoort Jay lachen bij de voordeur.

'Ik kom eraan!' roept ze, en ze duwt de boeken voorzichtig opzij met haar voet. Haar spijkerjack hangt aan de leuning, onder aan de trap. Ze pakt het en trekt het aan. De zak blijft haken aan het stuur van de fiets die in de gang tegen de muur staat en ze moet zichzelf eerst bevrijden voor ze de deur opendoet.

'Jemig, wat zie jij eruit!' zegt Jay lachend. Hij staat tegen het lage muurtje bij de voordeur geleund en in het avondzonnetje is het rossige van zijn haar extra goed te zien. Ze trekt haar jurk recht.

'Ook vriendelijk.'

'Ik bedoelde het niet beledigend. Je bent een beetje chaotisch, maar schattig. Dat vind ik juist zo leuk aan je.'

Kate weet niet hoe ze moet reageren, dus zegt ze maar niks. In plaats daarvan trekt ze de deur achter zich dicht en loopt de straat op.

'Ik heb iets voor je,' zegt hij. Hij geeft haar een plat pakje.

'Ik wist niet of ik het je nu moest geven of straks, dus doe ik het meteen maar. Hoewel ik het misschien beter straks had kunnen doen, want nu moet je ermee rondlopen.'

'Bedankt. En het geeft niet, ik heb een tas,' zegt ze terwijl ze het cadeautje uitpakt. Het is een lijstje, en in het lijstje zit de foto van Kate en Rosemary bij het zwembad. Ze houdt hem voor zich uit en kijkt er wat verloren naar.

'Sorry, misschien had ik toch bloemen moeten kopen.'

'Nee, dit is perfect. Dank je wel,' zegt ze, en ze slikt het brok in haar keel weg.

Ze lopen een poosje zwijgend verder. Er rent een vos voor hen langs, de straat over. Dan verdwijnt hij door een gat in een tuinschutting.

'Mooie straat, dit,' zegt Jay terwijl hij de door bomen omzoomde straat door kijkt en omhoogstaart naar de hoge ramen van de grote, oude huizen. Sommige ervan zijn opgedeeld in twee of drie appartementen; in andere wonen gezinnen, te oordelen naar de speelgoedauto's en schommels in de voortuin.

'Vind ik ook. Ik kan hier alleen maar wonen door een appartement met vier anderen te delen.'

'Leuke mensen?'

'Weet ik eigenlijk niet. We zien elkaar niet veel. Ik had nooit gedacht dat het zo eenzaam zou zijn om met zoveel mensen te wonen.'

Ze kijken elkaar niet aan onder het lopen, maar ze is zich heel erg bewust van de vorm van zijn lichaam naast haar op de stoep. Het was helemaal niet haar bedoeling om zo eerlijk te zijn, maar het gebeurt voor ze zich kan inhouden.

'Hou maar op,' zegt hij. 'Ik heb drie zussen.'

'Drie? Dat is wel een hele hoop vrouwelijke energie.'

'Dat kun je wel zeggen. Mijn vader en ik waren altijd in de minderheid. We glipten vaak stiekem de deur uit met onze camera, gewoon om aan die meiden te ontsnappen. Dankzij hem ben ik ook aan de fotografie geraakt.'

Kate ziet de jonge Jay zo voor zich, met zijn vader, en met camera's om hun nek, allebei met dezelfde kleur rossig haar, een huis vol vrouwen ontvluchtend. Ze beseft dat ze nu al bijna twee jaar met Jay samenwerkt en dat ze hem nooit iets over zijn leven heeft gevraagd. Ze schaamt zich bij de gedachte en vindt dat ze de schade nu maar eens moet inhalen.

'En de rest van je familie? Toen we laatst bij het zwembad waren, vertelde je dat je neefjes en nichtjes hebt.'

Onder de wandeling hoort Kate voor het eerst over Jays familie: over zijn twee zussen die nog in Londen wonen met hun echtgenoot en kinderen, en over de derde, die met haar partner in Edinburgh woont. Af en toen kijkt ze naar hem, en ze ziet dat zijn gezicht opklaart als hij het over zijn neefjes en nichtjes heeft. Ze komt erachter dat hij al zijn hele leven in Zuid-Londen woont, in Croyden en Peckham en nu in Brixton. Ze maakt zichzelf wijs dat ze daar nooit eerder naar heeft gevraagd omdat ze dat wel kon raden vanwege zijn accent, maar ze weet best dat dat niet helemaal klopt. Het was gewoon nooit bij haar opgekomen.

'En jij, woon je ook met huisgenoten?' vraagt ze.

'Ja, eentje maar. Mijn vriend Nick. Hij is muzikant en hij werkt in een bar, dus we zien elkaar niet veel en ik heb het huis meestal voor mezelf. Het is maar een piepklein souterrain, en het is er constant vochtig, maar ik vind het er fijn.'

'Tja, padden houden nu eenmaal van klamme kamertjes.'

'Nou ja!'

'Die had je nog tegoed omdat je me chaotisch noemde.'

'Lekker chaotisch.'

'Alsof het daar beter van wordt.'

Ze kijken elkaar aan en lachen.

'Nog een klein stukje, we zijn er bijna.'

Ze slaan de hoek om en lopen over de weg langs het park. Als ze bij een van de flats komen, steken ze een parkeerplaats over. Rosemary zit op een laag muurtje bij de ingang. Ze draagt een lichtgroene jurk en een bijpassend jasje. Ze houdt een kleine handtas vast, kijkt op haar horloge en vervolgens naar hen als ze merkt dat ze op haar aflopen. Als ze bij haar aankomen, valt het Kate op dat ze naar lelietjes-van-dalen ruikt.

'Rosemary, wat zie je er prachtig uit,' zegt Kate.

'Een groene droom,' beaamt Jay.

'Ik heb dit ding al in geen jaren aangehad. Het verbaast me dat hij me nog past,' zegt ze, maar ze lacht erbij.

'Bedankt voor de uitnodiging,' zegt ze.

'Zie het maar als een werkoverleg. We hebben je nodig, Rosemary,' zegt Kate. 'Als jij er niet was geweest, was dit allemaal nooit van de grond gekomen.'

'Maar toch, het is leuk om er eens uit te zijn, en met leuk gezelschap.'

'Bovendien heb jij laatst voor mij gekookt,' zegt Kate. 'Tot mijn spijt ben ik zelf niet zo'n beste kok, maar ik kan je wel trakteren op de beste pizza van de hele stad. Tenminste, dat zegt Jay – ik ben er ook nog nooit geweest.'

'Jullie gaan het geweldig vinden,' zegt Jay. 'Het is de beste pizza buiten Italië.'

Als ze met zijn drietjes verder lopen, Rosemary tussen Kate en Jay in, vraagt Kate zich af hoe het eruit moet zien. Misschien lijken ze wel twee kinderen die met hun moeder of grootmoeder uit eten gaan. Of misschien lijken ze wel precies dat wat ze zijn: drie vrienden die je nooit bij elkaar zou zoeken. En bij die gedachte realiseert ze zich dat ze voor het eerst sinds ze in Londen woont vrienden heeft.

Ze lopen door een van de bogen op Atlantic Road Brixton Village binnen. Het duurt even voor ze kunnen oversteken, want er is veel verkeer en er staat een bestelbus voor het nieuwe Mexicaanse restaurant op de hoek een vracht te lossen. Het restaurant is er eentje uit een keten, maar met de felgekleurde gevel en het met de hand beschreven schoolbord voor de deur zou je denken dat het een familiebedrijf is. Ze wachten voor een winkel waar potten, pannen en prullenbakken voor de helverlichte etalage hangen.

Hun pizzeria zit verstopt in een hoekje van de Village, tegenover een slagerij. Voor in het restaurant is een toonbank waar mensen losse stukken pizza kopen. Een wielrenner in een lycra fietsbroek en -shirt houdt zijn helm onder zijn ene arm geklemd en bestelt een punt voor onderweg. Naast hem staat een moeder die twee kindjes bij de hand houdt, die gretig opkijken naar de vitrine.

Jay brengt Rosemary naar een houten bankje achter een lange tafel. Er staan kaarsen en metalen potjes met bloemen.

'Zullen we wijn bestellen?' vraagt Kate. Terwijl ze wachten tot ze kunnen bestellen, kijkt Kate om zich heen en laat de geluiden en geuren van de markt op zich inwerken. Het is er lawaaiig en vol lachende, pratende mensen. De geur van de pizza in de houtoven maakt dat ze zich afvraagt hoeveel heerlijk eten ze al is misgelopen met al die kant-en-klaarmaaltijden van haar.

Ze brengen de avond door met pizza en wijn. Rosemary begint met mes en vork te eten, tot ze ziet dat Jay en Kate hun punten gewoon met hun handen eten. Ze morst een klodder tomatensaus op tafel, maar ze zit er niet mee. Samen drinken ze twee flessen wijn. Jay schenkt hun glazen steeds weer vol zonder dat ze er erg in hebben.

Terwijl ze plannen smeden voor de demonstratie, maakt Kate aantekeningen.

'Ik heb besloten om een onlinepetitie te starten,' zegt ze. 'Die zet ik op de Red het Brockwell Lido-pagina op Facebook. Dat had ik al veel eerder moeten doen, maar hopelijk helpt het toch nog.'

'Goed idee,' zegt Rosemary. 'En als je dan over de demonstratie schrijft, kun je meteen iets over de petitie zeggen.'

'We moeten iets verzinnen wat echt inslaat als een bommetje, om in zwembadtermen te blijven.'

'Het moet iets zijn wat visueel goed werkt,' zegt Kate. 'We kunnen spandoeken maken en die aan het eind van het bad hangen. Maar wat moet erop? "Red het Brockwell Lido" ... "Zwem door" ... "Trek de stop niet uit ons bad" ...'

'Die is leuk,' zegt Jay, en Kate noteert hem.

'Wat dachten jullie van badeendjes?' vraagt Rosemary. Kate en Jay kijken haar aan. Dan barsten ze alle drie in lachen uit.

'Geweldig,' zegt Kate. 'En ik ken wel iemand die ons kan helpen.'

Rosemary's wangen glimmen en ze lacht. Kate merkt dat ze zelf ook lacht.

Later die avond gaat er een bandje spelen tegenover het restaurant: een folkzanger met twee gitaristen. De muziek klinkt hard en aanvankelijk voelt Kate haar hartslag met het lawaai versnellen.

'Zou je een oude dame heel blij willen maken door een dansje met haar te doen?' zegt Rosemary ineens, en ze hijst zich op en steekt een hand uit naar Kate. Die kijkt geschrokken op.

'Nee joh, ik kan helemaal niet dansen.'

Kate denkt aan de disco's op school. Ze verstopte zich altijd in een hoekje en keek hoe haar klasgenootjes lol maakten en zich zo gemakkelijk bewogen. Wat had ze dat zelf ook graag gewild. Na een paar jaar ging ze er niet eens meer naartoe. Tijdens haar studie verzon ze altijd een smoesje als haar studiegenoten naar een club gingen. Al snel nodigden ze haar niet eens meer uit.

'Ik ook niet,' zegt Rosemary, 'maar wat maakt dat uit? Ik vind het gewoon fijn om te doen.'

Kate kijkt Rosemary aan en beseft dat ze misschien wel gelijk heeft. Misschien maakt het inderdaad niet uit. Ze staat op.

'Oké. Dansen, dan,' zegt ze.

De twee vrouwen lopen bij de tafels weg, de passage in, en gaan voor de muzikanten staan. Dan pakken ze elkaars armen vast. Rosemary is langzaam en Kate onhandig, maar ze dansen. De gitaristen en zanger lachen naar hen, en in de restaurants draaien mensen zich om om te kijken. Maar Kate ziet hen helemaal niet; ze heeft het te druk met naar haar voeten kijken, en naar Rosemary.

'Ik doe het!' zegt ze stralend.

'Zo is dat!'

Ze dansen door, als enigen in de passage, en iedereen kijkt naar hen: de band, de klanten en Jay. Ze draaien langzaam rondjes en helpen elkaar bij hun pirouettes.

Kate concentreert zich op de muziek en de bewegingen en blokt al het andere. Haar hele lijf vult zich met warmte. Ze voelt zich als een ballon vol lucht, op het punt om weg te zweven. Eerst denkt ze nog dat het door de wijn komt, maar dan ineens herkent ze het gevoel. Het is blijdschap. Onder het dansen wil ze heel graag met Erin bellen om haar alles te vertellen: over de geweldige pizza die ze echt moet proeven als ze weer eens in Londen is, en over het dansen met Rosemary, midden in Brixton Village. Ze weet dat haar zus erom zal moeten lachen, en Kate is blij dat ze iets positiefs heeft om met haar zus te delen, dat ze zich niet hoeft in te houden en dat ze niets leuks hoeft te verzinnen om het over te hebben.

'Sorry, mijn knieën,' zegt Rosemary, en ze stopt met dansen. 'Jay, kom eens hier. Ik geloof dat Kate nog niet uitgedanst is.'

Jay staat op en Rosemary loopt terug naar de tafel, maar ze legt nog even een hand op zijn arm als ze voorbijkomt.

'Zorg goed voor haar,' zegt ze zachtjes. Jay knikt en loopt naar Kate toe. Hij vindt haar mooier dan ooit. Haar wangen zijn roze en haar ogen glimmen, en het is alsof er een wolk om haar heen is opgetrokken.

'Kom, dansen,' zegt Kate, en ze steekt haar armen uit en verbaast zichzelf met haar zelfvertrouwen. Hij pakt haar handen en trekt haar dichter tegen zich aan, met een arm om haar middel. Ze dansen zonder het ritme van de muziek of van elkaar te pakken te krijgen. Ze botsten tegen elkaar op en gaan op elkaars tenen staan. Maar ze lachen. En onder het dansen voelt Kate zich uitgelaten, en aan dat gevoel houdt ze zich stevig vast. Rosemary kijkt naar hen en denkt aan vroeger.

Die nacht, als ze alleen in bed liggen, zullen de vrouwen dromen over dansen. Net als Jay.

42

Het zwembad ligt helemaal vol met rubberen eendjes. Ze drijven op het water, een grote, lachende zee van geel. Sommige dobberen in groepjes, bijeengedreven door het briesje. Andere in paren, hun oranje snaveltjes tegen elkaar aan. Tussen de badeendjes zwemmen twee echte wilde eenden, die nogal verward om zich heen kijken.

'Help me eens met het andere eind van het spandoek?' vraagt Kate aan Erin, en ze geeft haar het uiteinde van een lang stuk stof. Ze lopen in tegengestelde richting langs het bad, en Frank en Jermaine helpen hen het doek vast te binden.

Na het etentje met Rosemary en Jay heeft Kate Erin gebeld.

'Het is allemaal voor een demonstratie om het zwembad te redden,' zei ze. 'En aangezien jij een pr-expert bent en zo, dacht ik dat jij ons misschien een beetje zou kunnen helpen.' Erin zei meteen dat ze het met alle plezier zou doen. Maar nu Kate omkijkt naar haar zus met haar rode haren wapperend in het briesje terwijl ze zich buigt om Frank en Jermaine te helpen bij het vastbinden van het spandoek, denkt ze dat er waarschijnlijk meer op het spel staat. Voor hen allebei. Ze vangen elkaars blik heel even en dan herinnert Kate zich weer dat ze vroeger, in hun eigen zwembad, altijd van Erins schouders sprong. Nu ze haar zus zo ziet, zoekt ze de verschillen tussen de vrouw bij het zwembad en het meisje uit haar herinnering. Ze heeft nog dezelfde groene ogen en haar haar heeft nog die rossige gloed waar Kate zo jaloers op was, terwijl ze wist dat Erin er zelf een hekel aan had; Erin is langer dan Kate, maar is daaraan gewend geraakt en schaamt zich er niet meer voor. De boze blik die ze als tiener vaak had is zachter geworden, maar ze heeft sporen van donkere kringen onder haar ogen, en Kate denkt aan de stress op haar werk waar Erin het over had. Ze draagt een felblauwe, nauwsluitende jurk en is onberispelijk opgemaakt. Erin zegt altijd dat de juiste kleding heel belangrijk is voor haar baan, maar Kate weet inmiddels dat die kleding en make-up een deel van Erins harnas zijn. Schitterend van snit, en kleurrijk, maar toch, een harnas.

Zodra het spandoek op zijn plek hangt, lopen ze allemaal wat naar achteren om het te bewonderen.

TREK DE STOP NIET UIT ONS BAD, staat er.

'Ziet er perfect uit,' zegt Frank, en hij kijkt Jermaine aan. Ze hebben de winkel dit weekend overgelaten aan hun parttimehulp. Al zijn ze nog zo dol op hun winkel en hun huis, het lucht ze op om er even een paar dagen niet te hoeven zijn. Ze lachen onophoudelijk met elkaar.

'Ja, echt,' zegt Rosemary, die leidinggeeft aan het geheel vanaf een stoel bij de rand van het bad, met een icetea aan haar voeten.

Gek genoeg was Kate heel zenuwachtig toen ze Erin aan Rosemary voorstelde toen ze hier vanochtend aankwam. Maar Erin gaf Rosemary meteen een dikke knuffel en zei: 'Ik hoop dat je het niet erg vindt, maar ik heb het gevoel dat ik je al zo goed ken. Ik geniet zo van Kates artikelen over het zwembad, en over jou.' Rosemary keek lachend van Erin naar Kate, die naast Erin stond, met haar arm om haar zus heen. Tegenover Jay was Erin iets rustiger: hij kreeg alleen een hand, maar wel een warme glimlach.

'Kate heeft me al veel over je verteld,' zei Jay, wat technisch gezien niet helemaal klopte. Maar toen Erin zich omdraaide en Kate blij aankeek, snapte ze waarom Jay het zei.

Erin kletste gezellig met alle anderen, vooral met Ahmed, die het geweldig vond dat zij ook bedrijfskunde had gestudeerd. Hij vuurde eindeloos veel vragen op haar af. Kate zag ze kletsen bij de rand van het zwembad, en zag Erin luisteren en knikken en vervolgens enthousiast reageren, met haar armen gesticuleren en lachen terwijl ze sprak.

De sluiter van Jays camera klikt als hij foto's neemt van het spandoek en de rubberen eendjes die in het zwembad drijven. Het terras rondom het bad staat vol met mensen. Een jongen bindt ballonnen aan de parasols bij het restaurant; Ahmed hangt nog een spandoek aan de andere kant van het bad, onder de klok; een moeder heeft haar baby op haar heup en wijst naar de badeendjes. De baby giechelt. Hope bestelt een rondje thee en koffie, die de barista op een blad naar buiten brengt.

'Het ziet er geweldig uit, zus,' zegt Erin als ze om het bad naar haar toe gelopen is. Ze staat dicht bij Kate, hun lichamen raken elkaar nog net niet aan.

'Fijn dat je bent gekomen,' zegt Kate, 'en bedankt voor al je hulp.'

Ondanks haar nette blauwe jurk heeft Erin meteen helpen sjouwen, de dozen vol rubberen eendjes tegen haar heupen, maar haar belangrijkste bijdrage was het idee om de eendjes uit te delen.

Na de demonstratie gaan ze met een doos eendjes naar het gemeentehuis en de anderen gaan ermee naar een aantal lokale en landelijke dagbladen. Elk eendje heeft een label om de nek waarop staat: *Trek de stop niet uit ons bad.* Dat had Erin bedacht.

Op de labels staat een link naar de petitie die Kate is begonnen. Tot dusverre is die honderd keer ondertekend. Het aantal verbaast Rosemary, maar Kate is teleurgesteld.

'Maar ik ken niet eens honderd mensen!' zegt Rosemary. Kate probeert Rosemary uit te leggen hoe social media werken, maar het komt niet helemaal over.

Er klinkt een plons: de jongen is in het water gedoken en zwemt nu tussen de rubberen en de echte eenden, die met hun vleugels klapperen in een hoek van het bad. Kate en Erin draaien zich om en kijken naar hem.

Terwijl de jongen onder water duikt, draait hij zich op zijn rug en kijkt tussen de gele vormpjes naar de blauwe lucht. Hij blaast bellen met zijn neus en ziet ze opstijgen als de bubbels in een glas champagne. Als hij omhoogkomt om adem te halen, wiebelen de eendjes opzij om plaats voor hem te maken. Hij lacht, een korte maar luide lach, even onverwacht als een knal van een terugslaande motor.

Kate ziet dat Jay op zijn knieën bij het bad zit en een foto neemt als de jongen zijn hoofd net boven het water uitsteekt, midden tussen de gele eendjes.

'Kom, tijd voor een groepsfoto,' zegt hij tegen de jongen, die naar het ondiepe zwemt en daar uit het water stapt. Samen lopen ze terug langs het bad.

'Dan moeten wij daar ook maar naartoe,' zegt Kate, en Erin knikt en loopt achter haar aan naar de kant van het bad waar een grote groep mensen zich aan het verzamelen is onder de klok en het spandoek. Erin gaat erbij staan en Kate begint iedereen instructies te geven, als een fotograaf op een bruiloft.

'Rosemary, jij in het midden. Ellis en Hope, jullie ieder aan een kant van haar. Ahmed, jij daar...'

Jay komt naast haar staan en kijkt toe terwijl de mensen zich groeperen.

'Denk je dat het er zo goed uitziet?' vraagt ze aan hem. 'Sorry, dit is jouw taak, dat weet ik ook best.'

'Perfect zo,' zegt hij. 'Ga jij er nou ook maar bij staan.'

Ze kijkt hem aan alsof ze daar weinig zin in heeft, maar hij geeft haar een zacht duwtje.

'Ik heb al op de voorpagina gestaan,' zegt Rosemary, 'en dat was helemaal niet zo verkeerd. Dus nu is het jouw beurt.'

Ze steekt haar hand uit naar Kate en slaat dan haar arm stevig om haar schouder. Kate staat precies in het midden van de groep, tussen Rosemary en Erin in, en met alle andere mensen om zich heen die ze heeft leren kennen sinds het zwembad drie maanden geleden in haar leven kwam. Als Jay de plaatjes schiet glimlacht ze, niet voor de camera, maar om het warme gevoel dat haar overspoelt.

In de middag hebben ze alle foto's die ze nodig hebben en zijn alle eendjes uit het bad gevist. De anderen zitten in het restaurant om iets te drinken, en Rosemary is naar huis om wat te rusten, maar Kate en Erin zijn bij het zwembad gebleven. Ze hebben hun schoenen uitgeschopt en laten hun voeten in het water bungelen. Het is koud, maar na een dag hard werken is het precies wat hun voeten nodig hebben. Kate beweegt ze langzaam heen en weer en kijkt naar Erin, die hetzelfde doet. Haar teennagels zijn felrood gelakt.

De zon heeft zijn gouden uurtje en laat de bakstenen muren en Erins kastanjebruine haar oplichten. Hij schijnt fel op het oppervlak van het bad, waardoor het water nog blauwer dan blauw is.

Nu de anderen weg zijn, wordt Kate gek genoeg een beetje nerveus in Erins aanwezigheid. Ze kennen elkaar goed genoeg, dus de stilte zou niet ongemakkelijk moeten zijn, maar deze keer heeft Kate zoveel te vertellen.

'Het spijt me dat je niet bij me kunt logeren,' zegt ze. 'Maar ik moet nog aan het werk, dus aan mij heb je niks.'

Dat is voor een deel waar – er is inderdaad nog werk aan de winkel – maar vanwege haar vieze huis en omdat ze gedaan heeft alsof haar huisgenoten goede vrienden waren, zou ze een bezoekje van Erin doodeng vinden.

'Het is geen punt,' antwoordt Erin. 'Ik heb vrienden in Hackney, en bij hen wil ik ook al een poosje langs.'

Er valt weer een stilte, die alleen onderbroken wordt door het gelach uit het restaurant en het zachte klotsen van het water om hun bungelende voeten.

'Dit had ik je al heel lang een keer moeten vragen,' zegt Kate, 'maar gaat alles wel goed met je? Je zei laatst iets over je werk, en het feit dat het moeilijk is om zwanger te worden. Het spijt me, ik wist toen niet hoe ik moest reageren, maar ik had erover door moeten vragen.'

Erin slaakt een zucht, leunt achterover op haar armen en strekt haar benen uit voor ze haar tenen weer in het water laat zakken.

'Ik ben nog steeds niet zwanger,' zegt ze. 'Maar ik heb besloten om naar een vruchtbaarheidskliniek te gaan. Ik geloof dat we ons allebei wat beter voelen nu we dat hebben besloten, gewoon omdat we de touwtjes weer een beetje in handen hebben.'

Kate leunt ook achterover en luistert naar wat Erin allemaal vertelt. Achteraf vraagt ze zich af hoe vaak ze haar kleine zusje in vertrouwen heeft genomen en hoeveel ze eigenlijk allemaal voor zich houdt. Kate vindt het fijn om Erin te horen praten, al voelt ze zich nog steeds een beetje schuldig omdat ze er niet eerder naar heeft gevraagd.

Als ze uitverteld is, kijkt Erin Kate aan. Haar groene ogen glimmen in het zonlicht.

'En jij?' vraagt ze. 'Hoe is het met jou? En nu niet zeggen dat het prima gaat. Ik bedoel, hoe gaat het écht?'

Kate weet dat ze die vraag had kunnen verwachten, en als ze haar zus zo ziet, bezorgd maar ook open, klaar om te luisteren, kan ze wel huilen. Ze haalt diep adem.

'Het was moeilijk,' zegt ze. 'De laatste paar jaar waren echt niet gemakkelijk.'

Zodra het eruit is, realiseert ze zich dat ze het al veel eerder had moeten vertellen. De woorden zaten zo stevig achter slot en grendel dat het wel leek of ze juist daardoor overeind gehouden werd. Toegeven aan haar zus of haar ouders zou haar hebben gebroken.

'Ik wist niet dat het zo eenzaam kon zijn om naar een andere stad te verhuizen,' zegt ze.

'Jij bent een stuk dapperder dan ik.'

'Hoe kom je daar nou bij?' vraagt Kate fronsend.

'Weet je dat dan niet meer?' zegt Erin. 'Ik had ook naar Londen zullen gaan voor mijn studie. Ik had een plek aan University College London. Maar ik ben toen niet gegaan; ik was te bang om zo ver weg van huis te zijn en in zo'n grote stad te gaan wonen.'

Kate schudt haar hoofd. Dat wist ze helemaal niet meer.

'Jij was toen ook nog jong, denk ik,' zegt Erin, en ze haalt haar schouders op. 'Of misschien schaamde ik me wel om het erover te hebben. Maar goed, ik ging dus niet. En sinds die tijd heb ik al zoveel kansen gehad om hiernaartoe te gaan. Veel van mijn vrienden wonen hier inmiddels ook. Maar ik heb de stap nooit gezet. Ik maak mezelf wijs dat ik het fijn vind in Bath, en dat vind ik ook best. Ik zou nu niet meer willen verhuizen, vooral niet nu Mark en ik daar een appartement hebben en hij net zijn bedrijf is begonnen. Maar ik weet ook dat het voor een deel uit angst is. In Bath ben ik een senior bij een van de beste pr-bureaus. Maar of ik zo'n baan in Londen ook zou kunnen krijgen? Er is hier zoveel concurrentie. Wat nou als ik hier nooit iemand zou kunnen worden?'

Kate weet niet wat ze hoort. Erin is toch zeker nergens bang voor? Erin kent alle tafels uit haar hoofd en schreeuwt als ze boos is en flirt en krijgt altijd haar zin en woont in een schitterend appartement. Dat mag allemaal waar zijn, toch is het ook weer niet waar. Zoals het ook waar is dat Kate in Londen woont, werk heeft dat ze leuk vindt en een groep mensen heeft gevonden die ze haar vrienden noemt. Maar dat is ook niet de hele waarheid.

Dus zitten ze aan de rand van het zwembad dat Kate een beetje als haar thuis is gaan zien en vertelt ze haar zus eindelijk de rest van het verhaal. Ze heeft het over hoe het was tijdens haar studie en over dat verlammende gevoel van tekortschieten vergeleken met haar studiegenoten dat ze altijd had. Ze vertelt Erin van de huisgenoten die ze niet kent, en dat ze best een leuke kamer heeft, in een mooie straat, maar dat ze het elke dag verschrikkelijk vindt om thuis te komen. En voor het eerst beschrijft ze haar paniek: hoe het is begonnen, hoe het voelt, en dat het zwemmen lijkt te helpen. Dan begint ze over het zwembad: wanneer ze er voor het eerst over hoorde en hoe ze Rosemary leerde kennen en hoe betrokken ze zich is gaan voelen. Veel meer dan bij alle andere verhalen die ze voor de krant heeft geschreven.

En omdat er niet veel te zeggen valt, doet Erin iets nog veel ruimhartigers: ze luistert echt.

Na een poosje zijn bij Kate de woorden op, en de tranen. Erin pakt haar handtas en haalt er een pakje zakdoekjes uit, dat ze zonder iets te zeggen aan Kate geeft. Als Kate haar gezicht heeft afgeveegd en ze weer rustig kan ademhalen, stopt ze met praten. Ze kijkt naar het licht op het water en naar de weerspiegeling van de wolken. Erin kijkt haar aan om zeker te zijn dat ze uitgesproken is en het haar beurt is om te praten.

'Ik sprak Rosemary vandaag,' zegt ze. Kate herinnert zich inderdaad dat toen ze bezig waren de dozen uit te pakken Erin even bij Rosemary's stoel was blijven staan om haar een flesje icetea uit het restaurant te brengen. 'Ze zegt dat dit allemaal nooit was gebeurd zonder jouw hulp: de artikelen, de petitie, de demonstratie.'

Terwijl Erin aan het woord is, ziet Kate iets drijven in de verste hoek van het bad. Het is een rubberen eendje; dat moeten ze gemist hebben. Het dobbert op het water, een glimmend geel vlekje in een zee van blauw.

'Je doet het geweldig,' zegt Erin. 'Het voelt misschien niet altijd zo, maar dat geeft niet. Je mag je best eenzaam voelen, en je mag ook best af en toe in paniek raken. Dat maakt je niet minder waard als mens.'

Als Erin dat zegt, dringt het tot Kate door dat dat precies hetgeen is waar ze bang voor was. In haar zwartste momenten voelde ze zich gebroken, alsof ze niet eens gewoon kon bestaan, zelfs daarin faalde.

'Maar de volgende keer moet je gewoon met me praten, oké?' zegt Erin. 'En ik met jou.'

Als Erin haar hand uitsteekt, pakt Kate hem vast. Zo blijven ze een poosje zitten, hand in hand, hun voeten zachtjes door het koude water van het Brockwell Lido trekkend, terwijl de zon achter hen ondergaat en de lampen in het restaurant als zoeklichten op het water vallen.

Als Rosemary die avond thuis is, denkt ze aan George en hoe hard die om de rubberen eendjes zou hebben gelachen. Ze droomt weleens dat hij bij haar in de zitkamer is en dat ze hele gesprekken voeren; alles wat ze al zo lang binnenhoudt, komt eruit in haar eindeloze gedroomde conversaties: over wat ze heeft gekookt, of over het nieuwe restaurantje waar vroeger de visboer zat, of over de laatste roddels uit de kleedruimte in het zwembad. Soms vertelt ze hem gewoon over een uitzonderlijk mooie zonsondergang boven Brockwell Park.

Ze hoopt dat ze vannacht ook zo droomt, dan zal ze hem vertellen over de demonstratie en de eendjes en dat ze zo trots was toen ze daar zo stond, met haar vrienden, onder dat spandoek bij de zwembadklok. Dat ze het gevoel had dat ze iemand was.

43

Het zwembad is de volgende dag gesloten omdat er een bruiloftsfeest is. Het is stil in het park; het regent al de hele ochtend, een onverwachte zomerbui die de hitte van de afgelopen week verjaagt. Achter het gebouw zijn witte ballonnen opgehangen in de bomen. Waterdruppels glijden erlangs en vallen op de bladeren. Voor de ingang van het restaurant sleept iemand van het personeel een witte parasol naar buiten om het schoolbord met daarop de namen van het bruidspaar in krullende letters te beschermen. Naast het schoolbord staan zilveren emmers vol dikke witte pioenrozen; het lijken wel tutu's. Langs het hellende pad naar de ingang staan allemaal kleine boompjes in potten. Vandaag dragen die hun bruidsoutfit: slingers van knipperende witte lichtjes.

Rosemary en Kate lopen naar het zwembad onder de beschutting van een grote zwarte paraplu die Kate boven hun hoofden houdt. Rosemary wilde er eerst niet onder.

'Zwart op een bruiloft, dat brengt ongeluk!' zei ze toen ze zich opmaakten om te vertrekken van haar huis. Rosemary had haar enige nette jurk aangetrokken; het was een midi-jurk, lavendelkleurig met witte bloemetjes. Ze droeg er bijpassende lavendelkleurige schoenen bij, plat maar wel met puntneuzen. Ze had zelfs wat lippenstift opgedaan en haar dunne haar in golfjes gekamd.

'Maar je hebt geen andere paraplu,' zei Kate terwijl ze de gesp op de enkel van haar frambozenrode hakken rechttrok. 'En ik ga in dit weer niet zonder paraplu naar buiten met deze schoenen.'

Haar jurk is een stuk strakker en kleurrijker dan de kleren die ze normaal draagt, maar toen ze hem zag hangen, was ze meteen verliefd op de frambozenkleur. Hij is hooggesloten en heeft kapmouwtjes, maar een blote rug, tot net onder haar schouderbladen.

Ze had een ochtend vrij genomen van haar werk, zodat ze kon winkelen als het nog rustig was; bij de kassa had ze lachend haar creditcard overhandigd, blij dat ze dit zo slim had gepland en dat ze precies had gevonden wat ze zocht zonder overweldigd te raken. Onder het afrekenen telde ze in haar hoofd de weken sinds haar laatste paniekaanval: al drie. Ze straalde bij de gedachte. De winkelbediende keek haar vreemd aan, maar dat kon haar niks schelen.

Dus ging de zwarte paraplu toch mee. Hij had hen bijna helemaal droog gehouden tijdens het stukje tussen Rosemary's appartement en het Lido Café.

Als ze daar aankomen, doet Jay net de deur open, met zijn camera om zijn nek. Hij draagt een nette grijze broek, een wit overhemd en een lichtgrijze das, met een donkerblauwe regenjas erover. Zo op het oog heeft hij zelfs een borstel door zijn haar gehaald. Zo netjes heeft Kate hem nog nooit gezien.

'Ah, jullie zijn het!' zegt hij als hij bijna tegen hen op loopt omdat hij net de capuchon over zijn hoofd aan het trekken was. Hij geeft Rosemary een zoen op haar wang en kijkt Kate even aan voor hij haar ook zoent. Ze is zich heel erg bewust van de rondingen van haar heupen in haar roze jurk, maar voor de verandering heeft ze geen bezwaar tegen dat gevoel.

'Ik ga even naar buiten om de bloemen en het schoolbord te fotograferen, voor alle krijt weggespoeld is,' zegt hij. 'Geweldig weer voor een bruiloft.'

Als ze binnenkomen, worden ze begroet door Sprout, die kwispelt met haar staart en een witte strik om haar halsband draagt.

'Wat ben jij mooi!' zegt Kate als ze knielt om de hond, die tegen haar aan strijkt, te aaien. De frambooskleurige stof van haar jurk zit onder de blonde hondenharen.

'Kijk dan,' zegt Rosemary, en ze trekt even aan Kates arm.

Het restaurant is helemaal getransformeerd: de kleine tafeltjes zijn naast elkaar gezet en vormen twee lange rijen, met vaasjes vol witte pioenen erop, die op stapels oude boeken zijn neergezet. Aan het plafond hangen witpapieren bloemen, als manen, en in het raamkozijn flakkeren kaarsen in glazen lantaarns. Door het raam is het zwembad te zien, nu leeg en grijs in de regen. De ruimte staat vol met gasten, die staan te praten en champagne drinken uit flûtes, en overal wordt gelachen.

Kate en Rosemary begroeten Jermaine en Frank bij de bar. Jermaine draagt een donkerblauw pak; dat van Frank is grijs. Allebei hebben ze witte bloemetjes in hun knoopsgat. Sprout heeft hen weer gevonden in de menigte en gaat aan hun voeten zitten en kijkt naar hen op met haar smeltende bruine ogen.

'Schitterend is het zo,' zegt Kate.

'De ceremonie zou eigenlijk bij het zwembad zijn, maar zo te zien kunnen we dat wel vergeten,' zegt Jermaine met een blik uit het raam. 'We dachten, we trouwen in de zomer, dan regent het tenminste niet. Maar ja, het blijft Engeland.'

'Maar binnen is het gezellig. Ik vind het leuk zo,' zegt Frank, en hij trekt Jermaine naar zich toe en zoent hem op de plek waar zijn baard overgaat in zijn wang.

'Het zwembad heeft er nog nooit zo mooi uitgezien,' zegt Rosemary, en ze kijkt tussen de bloemen en de kaarsen door naar de regen die op het bad valt. Frank geeft haar een glas champagne.

'Ik weet niet of ik dit wel moet doen. Ik kan me niet eens meer herinneren wanneer ik voor het laatst champagne heb gehad,' zegt ze.

'We staan erop,' zegt Frank, en hij duwt haar het glas in de hand en houdt die dan even met allebei de zijne vast.

'Nou, vooruit dan maar.'

Kate en Rosemary lopen door naar achteren, waar Rosemary gaat zitten om haar pijnlijke knieën wat te ontlasten.

‘Gaat het wel?’ vraagt Kate. Rosemary zegt dat er echt niets aan de hand is en Kate loopt terug naar de groep, maar blijft bij haar in de buurt.

Rosemary ziet Kate geanimeerd praten met Frank en Jermaine, en bedenkt dat ze er vandaag zo anders uitziet dan de wat chaotische, nerveuze jonge vrouw die haar voor het eerst aansprak op het terras van het bad.

Er zijn een paar kinderen van de partij, en die rennen tussen de grote mensen door, om vervolgens onder de tafels te duiken om daar in hun wereld van enkels en tafelkleden te gaan spelen. De ramen van het restaurant zijn beslagen, en de toch al warme lichamen worden nog warmer van de bubbels.

Kate staat met een groepje vrienden van Jermaine te lachen en verrast zichzelf met dat geluid en haar eigen zelfvertrouwen. Ze wacht op de spanning die ze meestal voelt als ze met zoveel mensen is die ze niet kent, maar die komt niet, en trouwens, ze voelen helemaal niet onbekend. Ze kijkt naar het bad en af en toe werpt ze een blik op Rosemary – twee uitzichten die haar geruststellen. Zo mag ze best een beetje tipsy worden van de champagne.

De bruiloft is klein en informeel en iemand van het personeel moet op een gegeven moment opperen dat Frank en Jermaine misschien maar eens echt moesten gaan trouwen, omdat het eten bijna klaar is om opgediend te worden. De gasten gaan op hun plek aan de lange tafels zitten en Frank en Jermaine lopen naar voren, bij de koffiebar. Sprout lijkt te voelen dat de sfeer ineens heel anders wordt en schiet onder een tafel vandaan om bij hen te gaan staan. Ouders trekken hun kinderen van de grond en zetten ze op schoot. Iedereen is stil.

‘Ik neem je precies zoals je bent, en hou van de man die je nu bent en de man die je nog zult worden,’ zegt Jermaine met trillende stem. Terwijl hij die woorden uitspreekt, denkt hij aan zijn inmiddels overleden moeder, en dat die zo had moeten huilen toen het tot haar doordrong dat haar zoon nooit zou trouwen.

‘Ik beloof dat ik naar je zal luisteren en van je zal leren, dat ik je zal steunen en dat ik jouw steun zal accepteren.’

Hij denkt aan de boekwinkel, en hoeveel die voor hen allebei betekent, ondanks de stress en de slapeloze nachten die die vaak met zich meebrengt. De muren van hun relatie zijn gebouwd met boeken.

‘Ik zal je triomfen met je vieren en met je huilen om wat je verliest, alsof het mijn eigen triomfen en verliezen zijn. Ik zal van je houden en vertrouwen hebben in jouw liefde voor mij, in alle tijd die ons gegeven is en wat er ook op ons pad komt.’

Rosemary begint te huilen; er vallen stille tranen van haar wangen, als de regendruppels die over het raam rollen. Ze huilt om George, om al hún jaren samen en alles wat er op hún pad kwam. Maar ze huilt ook een ander soort tranen: tranen om het geluk dat ze leeft, om de kaarsen en de bloemen en het lege bad in de regen en de huwelijksgeloften die een ander stel de rest van hun leven aan elkaar zullen verbinden.

‘Alles wat ik bezit, is van jou,’ zegt Frank. ‘Ik zal voor je zorgen en je beschermen, je troosten en liefhebben, alle dagen, zolang ik leef.’

Rosemary is niet de enige die huilt; Frank en Jermaine houden het zelf ook niet droog, net als bijna alle andere gasten. Sprout blaft hard en breekt daarmee de ernstige sfeer, zodat iedereen begint te lachen.

Jermaine veegt zijn ogen droog en kust zijn echtgenoot; hij zal er nooit genoeg van krijgen, denkt hij, dat hij hem zo mag noemen.

44

Op maandagochtend mist Kate Rosemary in het zwembad. Ze zwemt in stilte en raakt steeds dieper in gedachten verzonken terwijl ze het ene na het andere baantje trekt. Na afloop knikt ze naar een paar van de vaste klanten, maar ze maken geen praatje, omdat iedereen die ochtend genoeg heeft aan zijn eigen gedachten. De zomer gluurt over de muren van het bad. De bomen zijn zwaar van het groen en het ochtendlicht is goudkleurig en wazig.

Kate herinnert zich dat ze als kind ging zwemmen in de zomervakanties. Voor ze zo verlegen werd, kleedde haar moeder haar in een badpak met Minnie Mouse erop, en dat droeg ze tijdens de hele reis naar haar opa en oma in Bournemouth. Erin zat naast haar op de achterbank met een blauwe bikini die onder haar kleren uitstak. Ze zat het grootste deel van de reis te sms'en en naar haar muziek te luisteren, maar deed met Kate mee aan het spelletje wie het eerst de zee kon zien.

'Ik zie de zee, ik zie de zee!' gilden ze tegelijk, en ze wezen naar de zilverblauwe streep die fonkelde in de zon. Ze parkeerden op de top van een heuvel en toen ze naar beneden keken, zagen ze andere kinderen als gekleurde steentjes in het zand bouwen aan hun zandkastelen of de zee in huppelen. Het water was er altijd koud, net als in het zwembad. Maar die kou kon even heerlijk zijn als een softijsje op een warme dag.

De grootouders van Kate en Erin begroeven altijd muntjes in het zand, die zij dan mochten zoeken. In die leeftijdsloze en eensgezinde jacht op zakgeld vergat Erin dat ze al een tiener was. Als ze een goede bui had, pakte ze na het geld zoeken

Kates hand en dan holden ze samen naar de zee. Kate struikelde dan soms, omdat haar beentjes zoveel korter waren.

Terwijl zij zwommen, zaten hun moeder en grootouders achter een blauw met geel gestreept scherm, hun moeder in een windjack, thee schenkend uit een thermosfles, hoe warm het ook was.

Kate en Erin spetterden wat rond aan de rand van het water en lieten hun voeten steeds dieper in het zand zakken terwijl de golven af en aan rolden, tot ze echt moeite moesten doen om hun benen los te trekken. Dat klonk altijd alsof je jam uit een potje schepte. Ze plonsden en dansten door het witte schuim, sprongen over golven en banjerden er zonder vrees doorheen, met het zoute water op hun lippen, hun gezicht nat van de spetters. Soms ging hun opa mee. Dan zwom hij met een strakke borstcrawl langs het strand en stonden de twee meisjes hem vol bewondering na te kijken, tot hij nog maar een bruin stipje was, ver weg op de golven.

Als ze terugdenkt aan hoe hun oma altijd naar hen zat te kijken, denkt Kate ineens aan Rosemary. Ze realiseert zich dat haar slag weer de mist in gaat en mist de aanwijzingen en het gezelschap van haar vriendin. Als ze zich heeft afgedroogd, vraagt ze naar Rosemary bij de receptie.

'Rosemary nog gezien?' vraagt ze aan Ahmed.

'Vandaag niet, nee,' zegt hij.

Kate vraagt zich af of Rosemary gisteren, op de bruiloft, misschien te veel champagne heeft gedronken. Ze belt haar op en spreekt een boodschap in op haar voicemail, gaat dan naar haar werk en denkt er verder niet meer over na.

Maar de volgende dag zwemt Kate weer in haar eentje. Ze checkt weer bij Ahmed of die Rosemary soms heeft gezien. Hij schudt zijn hoofd.

'Nee, niet gezien. Ze heeft nog nooit twee dagen achter elkaar het zwemmen gemist, echt nog nooit. En Ellis was hier gisteravond en die zei dat hij haar op de markt ook al niet had gezien, terwijl ze op maandag altijd boodschappen doet. Zou het wel goed met haar gaan?'

Als Kate vertrekt van het zwembad, belt ze Phil op om te zeggen dat ze wat later komt en dat ze vanavond wel wat langer blijft. Ze steekt de weg over naar Rosemary's flatgebouw, opgejaagd door de angst en met de paniek als stroperige teer in haar keel. Ze denkt onwillekeurig terug aan haar opa.

De zomer waarin Kate acht werd, waren ze met het hele gezin op bezoek bij hun grootouders. Haar oma was weg, naar een gymles, en de rest was allemaal thuis: Erin zat boven een boek te lezen, en haar moeder stond in de hal omdat ze iemand moest bellen voor haar werk. Kates opa was in de tuin bezig met zijn vlijtige liesjes.

Zelf lag ze op de bank voor de televisie, en vandaar kon ze nog net de kruin van haar opa zien door het raam. Soms dook die eronder, als hij zich boog om de plantjes water te geven. Ze keek naar *Tom en Jerry* en voelde dat stille schuldbesef dat je altijd hebt als je binnenblijft op een zonnige dag, hoewel ze toch genoot van de luxe om met rust te worden gelaten. Het was zo warm in de zitkamer dat ze in slaap viel en droomde dat ze een muis was die achter een kat aan zat.

Toen ze wakker werd, keek ze op naar het raam, in de verwachting de bruine kruin van haar opa te zien. Maar hij was er niet.

Ze besloot om dan maar naar hem toe te lopen in de tuin, en liep nog een beetje slaperig door de tuindeuren het terras op. De dienstmeid in *Tom en Jerry* begon te gillen en Kate hoorde het geluid van haar bezem die een klap op de muis gaf, toen ze haar opa met zijn gezicht in de border zag liggen. Hij had zijn ogen open en zijn onkruidschepje lag naast hem in de modder.

De voordeur viel dicht en Kate hoorde haar oma haar naam en die van Erin roepen.

'Ik heb Battenberg-cake meegenomen,' zei ze terwijl ze achter Kate verscheen met een dienblad in haar handen. Toen gilde ze en liet de cake in het gras vallen, en huilend rende ze naar de border toe. Pas op dat moment begon het tot Kate door te dringen wat er aan de hand was, en ze begon zelf ook te huilen. Ze heeft sindsdien nooit meer zo'n cake aangeraakt.

Nu houdt Kate haar hand boven haar ogen tegen de zon en kijkt langs de torenflat omhoog om te zien of ze een teken van leven ziet op Rosemary's balkon. De waslijn is leeg, er hangt vandaag geen badpak te wapperen.

Kate toetst het nummer van de flat in bij de ingang en wacht af. Voor het gebouw duwt een moeder een huilend kindje op een schommel. Kate belt nog eens aan en wacht.

Na een paar minuten komt er een geluid uit het speakertje, dat nog net boven het huilende kind uit te verstaan is.

'Hallo?' klinkt het zachtjes krakend.

Kate slaakt een diepe zucht van opluchting als ze Rosemary's stem hoort.

'Rosemary, ik ben het, Kate. Mag ik even bovenkomen?'

Het blijft even stil, en dan klinkt er gezoem en springt de deur open.

Rosemary's eigen voordeur staat al open als Kate er aankomt, en ze loopt naar binnen. De gordijnen voor het balkon zitten dicht en het is donker in de zitkamer. De kamer ruikt licht naar urine, maar Kate doet alsof ze dat niet merkt.

'Doe het licht niet aan,' zegt Rosemary vanaf de bank.

Het duurt even voordat Kates ogen aan het donker gewend zijn. De grond ligt bezaaid met witte zakdoekjes en ze ziet Rosemary onder een dekentje op de bank liggen. Haar hoofd rust op de armleuning. Zo ingestopt lijkt ze net een klein diertje dat nog geen vacht heeft.

'Wat is er gebeurd, Rosemary?' vraagt Kate als ze de deur dichtgedaan heeft en voorzichtig, om niet tegen een of ander meubelstuk op te botsen, de kamer door loopt.

'Er is niks gebeurd,' zegt Rosemary. 'Ik ben oud geworden.'

Kate knielt neer bij de bank en legt haar hand op Rosemary's voorhoofd. Ondanks de koorts voelt haar huid droog aan.

'Wanneer heb je voor het laatst iets gegeten? Of water gedronken?'

Rosemary schudt haar hoofd, maar geeft geen antwoord.

'Heb je de dokter wel gebeld?' roept Kate achterom als ze naar de keuken loopt om twee glazen water te gaan halen. Ze doet de ijskast open en werpt er een blik in. Hij is leeg, en ze denkt aan wat Ahmed zei, dat Rosemary volgens Ellis die week niet naar de markt was geweest. Weer terug in de zitkamer zet Kate de twee glazen naast elkaar op een klein tafeltje. Ze helpt Rosemary overeind en brengt het glas naar haar lippen.

Rosemary mijdt Kates blik terwijl ze langzaam wat slokjes neemt. De vraag over de dokter beantwoordt ze niet. Kate wacht tot Rosemary beide glazen leeg heeft voor ze naar de telefoon loopt en zelf de dokterspraktijk belt. Ze praat zachtjes maar snel.

'De dokter komt er zo aan,' zegt ze als ze ophangt.

In het donker vist ze alle zakdoekjes van de grond en stopt ze in de prullenbak. Ze kookt water en zet een kopje thee voor Rosemary, met twee klontjes suiker. Terwijl ze op de dokter wachten, haalt Kate Rosemary's sleutels uit haar zwemtas bij de deur en loopt snel naar de buurtsuper. Rosemary merkt het niet eens; ze is in slaap gevallen.

Kate komt terug met een blik soep, een brood, een pak melk en een doosje eieren. Terwijl Rosemary op de bank ligt te slapen, kookt Kate een ei voor haar en snijdt ze een geroosterde boterham in soldaatjes. Kate helpt haar om die op te eten en doopt de toast in het eigeel voor ze de soldaatjes aan Rosemary geeft, die ze langzaam en met onzekere bewegingen opeet. Rosemary laat een stukje toast op haar deken vallen. Kate pakt het op en legt het opzij op het bord.

Kate wil zeggen dat het allemaal wel goed komt, maar het is duidelijk dat Rosemary zich heel erg schaamt en dus houdt ze haar mond verder. Ze doet de balkondeuren open en trekt de gordijnen er dan weer voor. Het briesje waait dwars door de dunne stof heen.

'Ik heb het koud,' zegt Rosemary, en ze trekt de deken steviger om zich heen.

'Je bent warm,' zegt Kate, 'en je hebt wat frisse lucht nodig.'

Kate ruimt de kamer op terwijl Rosemary af en toe in slaap valt. Dan belt de dokter eindelijk aan. Kate laat hem binnen en loopt achter hem aan naar de bank.

'Is dit uw grootmoeder?' vraagt de dokter.

'Nee,' antwoordt ze. 'Ze is mijn vriendin.'

'En hoe lang is ze al ziek?'

'Ik kan u gewoon verstaan, hoor!' zegt Rosemary.

'Neem me niet kwalijk, mevrouw Peterson,' zegt de dokter als hij bij haar neerknielt en zijn tas opendoet. 'Hoe lang bent u al ziek?'

'Sinds zondagavond. Ik dacht dat het van de champagne kwam. We hadden een bruiloft en ik had al heel lang geen champagne meer gedronken.'

Hij onderzoekt haar en staat dan weer op.

'Het is de griep,' zegt hij tegen Rosemary. Hij kijkt Kate aan. 'Het komt wel goed, maar ze heeft veel vocht nodig en veel rust. Er moet iemand bij haar zijn om voor haar te zorgen, en als haar temperatuur stijgt, moet je meteen weer naar de praktijk bellen. Hebt u kinderen, mevrouw Peterson?'

'Nee.'

'Ik kan toch voor je zorgen?' zegt Kate tegen Rosemary, en ze knielt bij de bank, met haar rug naar de dokter, die bezig is zijn spullen in te pakken.

'Ik wil je er niet mee opzadelen,' zegt Rosemary.

'Ik zorg gewoon voor je,' zegt Kate. Ze kijkt Rosemary aan, maar die zegt niets meer.

Dus de dokter laat hen alleen en Kate belt Phil om hem de situatie uit te leggen en te zeggen dat ze deze week thuis zal moeten werken.

'Ik ga alleen nog even mijn spullen halen, goed?' zegt ze tegen Rosemary. Voor ze weggaat, loopt ze de keuken in en pakt het zwarte schriftje van de ijskast. Ze loopt snel naar huis, pakt haar laptop, een slaapzak en een tas met wat kleren en toiletspullen. Daarna loopt ze naar de markt, want ze heeft de hulp van Ellis nodig.

45

Zolang Rosemary ziek is, kookt Kate. Ze werkt alle recepten in George' kookschrift af. Ellis vulde zakken met alles wat ze nodig heeft voor een week en weigerde haar geld aan te nemen.

'Zorg maar gewoon dat ze weer beter wordt,' zei hij.

Kate heeft nog nooit in haar leven zoveel gekookt. Ze springt heel voorzichtig met het schriftje om en bekijkt de bladzijden zorgvuldig als ze iets uitkiest waar Rosemary misschien trek in heeft. Er is keuze uit groentepasteitjes en toetjes, stoof- en ovenschotels. Eén recept heet simpelweg 'Rosemary's lievelingssoep', dus daar begint Kate maar mee. Ze volgt de aanwijzingen tot op de komma op. Af en toe moet ze Rosemary vragen een woord te ontcijferen, omdat ze een beetje moeite heeft met George' handschrift.

Rosemary eet bijna niks, maar lijkt wel wat op te leven van de etensgeur. Ze zit wat meer overeind op de bank en kijkt naar het balkon, waar de bijen in de weer zijn rond de potjes met lavendel. Toen ze lag te slapen heeft Kate die dichter bij de deur gezet, zodat ze er beter zicht op heeft. Ze houdt de gordijnen open en de deur op een kier, zodat de flat kan luchten. Kate eet zelf mee, op een kussen op de grond naast de bank. Rosemary praat niet en Kate wil haar niet forceren, dus leest ze of typt dingen op haar laptop, terwijl ze in stilte hun maaltijd nuttigen. Elke dag checkt Kate de Facebook-pagina en de petitie. Die is inmiddels ruim duizend keer ondertekend, en ze schrijft een kort stukje over die mijlpaal voor de krant. Ze ontvangt ook een paar e-mails van bedrijven in de buurt die hun campagne willen steunen door posters in hun etalage op te hangen. Jay helpt om die te maken en brengt ze rond terwijl Kate bij Rosemary thuis aan de slag is.

Het geeft haar hoop, maar ergens in haar achterhoofd knaagt het toch. Ze denkt aan dat beeld van het zwembad als besloten sportschool en de angst bekruipt haar als kilte door een open raam.

’s Avonds helpt Kate Rosemary in bed. Ze draait zich om als ze zich verkleedt. Het naakte lichaam van de oude vrouw ziet er in het vage licht van haar slaapkamer heel anders uit dan in het felle tl-licht in de kleedruimte van het zwembad. Het is hier donkerder, maar toch lijkt ze hier naakter.

Rosemary draagt een hooggesloten herenpyjama. De mouwen van het jasje zijn bij de polsen keurig omgeslagen. Kate helpt haar in bed te stappen, trekt de dekens over haar heen en stopt haar in. Rosemary rolt op haar zij, met haar gezicht naar de muur. Kate zorgt ervoor dat er een glas water voor haar staat, naast George’ foto op het nachtkastje, en dan trekt ze zachtjes de deur achter zich dicht.

In de zitkamer rolt Kate haar slaapzak uit op de bank en stapt erin. Ze overweegt een boek van de plank te pakken om nog even door te bladeren voor ze gaat slapen, maar ze wil het patroon van de titels niet verstoren – een patroon waar alleen Rosemary de logica van kent. Ze houdt het gordijn naar het balkon open zodat ze de lucht kan zien en de gloed van de straatlantaarns voor ze in slaap valt.

Hope belt een paar keer die week; die heeft geen griepprik gehaald dit jaar, dus Rosemary wil niet dat ze op bezoek komt. Rosemary neemt de telefoon mee naar haar slaapkamer en doet de deur achter zich dicht tijdens hun gesprek. Kate hoort het gefluister aan de andere kant van de deur terwijl ze de afwas doet en een verse pot thee zet voor Rosemary. Terwijl ze wacht tot Rosemary uitgebeld is, stuurt ze een appje naar Erin, die graag wil weten hoe het met Rosemary is en of het al wat beter gaat.

Honing en citroen, schrijft Erin. *Weet je nog dat mama dat altijd voor ons maakte als wij ziek waren? Dat werkte altijd! E x*

Kate roert een lepel honing en wat citroensap door Rosemary's thee.

Halverwege de week komt Jay op bezoek. Hij heeft koffie bij zich voor Kate en bloemen voor Rosemary. Hij haalt boeken voor haar van de plank waar Kate niet bij kan en legt ze op stapels om de bank waar Rosemary overdag op zit. Kates slaapzak ligt dan keurig opgerold onder het raam.

'Geweldig dat je dit doet,' zegt hij tegen Kate als hij weer vertrekt. 'De bloemen zijn ook een beetje voor jou.' Het is een roze-met-wit boeketje, dat de zitkamer vult met de geur van de zomer.

Na een week heeft Rosemary geen koorts meer en eet ze weer goed.

'Dank je wel,' zegt ze. Ze zitten samen in de zitkamer te lezen, Rosemary op de bank en Kate ertegenaan geleund op de grond. Rosemary legt haar boek aan de kant en legt haar hand op Kates schouder. Ze geeft er een kneepje in.

'Bedankt,' zegt ze nog eens. 'Ik heb maar geluk met een vriendin zoals jij.'

'Graag gedaan,' zegt Kate, en de emoties wellen op bij het gevoel van Rosemary's hand op haar schouder. 'Ik ben blij dat je je weer wat beter voelt.'

Rosemary valt even stil en kijkt door het raam naar het balkon.

'Ik denk dat de tijd begint te dringen,' zegt ze zachtjes. Kate kijkt achterom. Rosemary is de afgelopen week een beetje afgevallen, maar ze heeft weer kleur op haar wangen en haar ogen lijken weer blauw, en niet zo dof grijs als de dagen ervoor.

'Hoe bedoel je?' vraagt ze.

'Voor het zwembad,' antwoordt Rosemary, en ze gebaart naar het raam. 'Ik weet dat de petitie vaak is ondertekend, maar het is nu een week geleden dat we de demonstratie hadden, en, hoe lang alweer, een maand sinds de bijeenkomst op het stadhuis? En we hebben nog steeds niks van ze gehoord. Ik denk dat het een bekeken zaak is.'

Kate weet niet wat ze moet zeggen. Ze is doodmoe, maar de behoefte om Rosemary, en misschien ook zichzelf, gerust te stellen is overweldigend.

'Maak je geen zorgen,' zegt ze opgewekt. 'Er is nog meer dan genoeg tijd. Het belangrijkste is dat jij je weer beter voelt.'

Voor Kate naar huis gaat die avond, schuifelt Rosemary naar de keuken om iets te halen.

'Dit wil ik graag aan jou geven,' zegt ze. 'Ik heb alles allang in mijn hoofd. Je hebt voor mij gekookt, en nu wil ik graag dat je voor jezelf gaat koken.'

En ze geeft Kate George' zwarte kookschriftje.

46

Als ze de week erop weer op kantoor komt, probeert Kate Rosemary's woorden over het eind van het zwembad te verjagen. In het weekend hebben een aantal plaatselijke groepen, scholen, jeugdclubs en zelfs een band met leden die ooit allemaal in Brixton woonden, de petitie getekend, en er zijn inmiddels vijftienhonderd handtekeningen binnen. Op maandag schrijft Kate er een artikel over.

Op Phils bureau staat een trots badeendje. Kate heeft het hem gegeven na de demonstratie, toen de foto met een zwembad vol rubberen eendjes de voorpagina sierde. Hij vond het geweldig en doopte het eendje Debbie, en steeds als hij het zag staan, moest hij grinniken.

De demonstratie heeft absoluut geholpen om steun te werven, maar ze hebben nog altijd geen reactie van de gemeente. Kate vraagt zich af wat ze dachten toen ze de levering badeendjes op het stadhuis ontvingen. Ze ziet voor zich hoe de grijze wethouder de doos openmaakte en er een grijnzend rubberen eendje uit pakte; bij die gedachte moet ze wel een beetje lachen.

'Goeiemorgen!' zegt Jay, die met drie koffie op kantoor arriveert, een voor zichzelf, een voor Kate en een voor Phil. Ze gaan aan het werk, onder het toeziend oog van Debbie, met haar dwaze grijns op haar plastic toet.

Om één uur komt Jay naar Kates bureau en vraagt of ze zin heeft om mee te gaan lunchen.

'Raad je al weer mijn gedachten,' zegt ze, en ze pakt haar tas van haar bureau. Ze gaan naar Phil om te vragen of ze iets voor hem moeten meenemen, maar hij zit aan de telefoon en zijn bolle hoofd is verfrommeld door zijn frons.

Kate en Jay lopen het kantoor uit, de winkelstraat in. De zon valt warm op Kates schouders. Ze haalt diep adem; ze weet wel dat de lucht vol uitlaatgassen is van de bussen, maar in de zon ruikt die toch schoon en zoet. Ze kletsen onder het lopen, over hun familie en waar ze vandaan komen en over hoe mooi Londen is in de zomer.

'Het is alsof iedereen een paar kilo lichter is,' zegt Jay. 'De mensen lopen niet, ze veren.' Hij legt aan Kate uit hoe een Londense zomer er wat hem betreft uitziet: cider in Brockwell Park, op zijn rug in het gras liggen kijken naar de vliegtuigen, zich inbeeldend waar die naar op weg zijn. Ze knikt en zegt dat ze dol is op de lange avonden, en dat je er dan weer op uit wil om dingen te doen in plaats van in je eentje met een kant-en-klaarmaaltijd achter je laptop te kruipen. Ze valt stil en vraagt zich af of ze hem dat wel had moeten vertellen, maar hij glimlacht alleen. Ze lopen een poosje zwijgend verder; met hem kan ze even goed zwijgen als praten. Ze denkt aan al die keren dat ze het kantoor uit geglipt is om in haar eentje te lunchen en voelt spijt.

Als ze weer op kantoor zijn, zit Phil naar zijn computerscherm te staren. Kate ziet dat Debbie van zijn bureau verdwenen is.

'Kate, kom eens naar mijn kantoortje, ik moet je spreken,' zegt hij. Hij heeft helemaal geen kantoortje, maar Kate pakt een stoel en gaat naast het bureau met de muur van boeken en dossiermappen zitten. Jay kijkt op van zijn bureau aan de andere kant van de ruimte.

Phil pakt een boek en inspecteert de rug.

'Je moet stoppen met schrijven over het zwembad,' zegt hij, en met neergeslagen ogen laat hij zijn hand over de rug van het boek glijden.

'Hoezo? Wie gaat er dan over schrijven?'

'Niemand.'

‘Niemand? Maar het is een lopend verhaal, daar kunnen we toch niet zomaar mee stoppen?’

‘Het is gewoon geen verhaal meer voor ons.’

‘Maar ik heb net een stuk over de petitie geschreven voor de krant, jouw krant!’

Phil legt het boek neer. ‘Dat is het nieuws van vandaag, maar morgen is het geen nieuws meer.’

‘Ik snap het niet. Ik dacht dat je het zo’n goed verhaal vond. En waar is Debbie?’

Kates blik glijdt over het bureau, wanhopig op zoek naar iets geels. Als ze Phils stapels inspecteert en rondkijkt door het kantoor dringt het maar half tot haar door dat dat een beetje vreemd is.

‘Paradise Living wil een uitermate lucratieve advertentie laten plaatsen,’ zegt Phil zachtjes. ‘Te goed om te kunnen weigeren. Het zou wel zo diplomatiek zijn om te stoppen met de verslaggeving.’

Kate krijgt pijn in haar buik en is bang dat ze gaat huilen.

‘Diplomatiek? Hoe haal je het in je hoofd? Na al die stukken die we over Paradise Living hebben gepubliceerd, over hoe ze het Brixton waar wij zo van houden naar de knoppen helpen? Jij bent degene die me heeft gevraagd om erover te schrijven! Dit is niet diplomatiek, het is omkoperij!’

Ze weet best dat het harder haar mond uit komt dan ze van plan was. Jay kijkt naar haar en staat half op van zijn stoel, alsof hij iets wil zeggen.

Phil pakt het boek weer op en legt het met een klap op zijn bureau.

‘Omkoperij? Dit is niet jouw krant, Kate. Denk jij nou echt dat dit soort krantjes winst maakt? Nee, dat doen ze niet. Je mag blij zijn dat je een baan hebt.’ Hij zwaait nu met zijn arm en wijst naar Kate en Jay, en dan naar zichzelf. ‘Ik mag zelf blij zijn dat ik een baan heb. Ik heb mijn best gedaan, maar zo zit de wereld nu eenmaal in elkaar. Mensen plaatsen advertenties, en daardoor kunnen wij betaald krijgen. Doe niet zo verdomd naïef.’

Kate schrikt en de tranen branden in haar ogen.

'En ik vind ook dat je er niet meer zo bij betrokken moet zijn,' vervolgt Phil. 'Onze adverteerders vinden het niet prettig als een van mijn journalisten rondloopt met een protestbord. Ik denk dat je dit te persoonlijk hebt laten worden... dit is je wérk, Kate.'

Ze staat op en haar hele lijf trilt. Jay staat ook op.

'Zo is het wel genoeg, vind ik,' zegt Jay stellig.

'Vind ik ook,' antwoordt Phil, en hij draait zijn stoel om zodat hij met zijn rug naar de kamer zit. 'Neem vanmiddag maar vrij, Kate. Dan zie ik je morgen.'

Kate loopt het kantoor uit en de tranen van woede stromen over haar gezicht, maar als ze buiten is, slaan die om in tranen van paniek. Het zijn Phils woorden, die ze steeds maar weer afspeelt in haar hoofd, die die paniek hebben losgemaakt, maar het gaat om nog veel meer. Ze heeft het gevoel dat ze de regie volkomen kwijt is. Het overvalt haar als ze voor de Sainsbury staat, en ze zakt op de stoep in elkaar.

Zo ziet het er dus uit als iemand instort. Je denkt dat botten en huid voldoende zijn om je overeind te houden, maar als je instort, besef je pas dat de bouwstenen helemaal niet sterk genoeg zijn. Een mens is soms net een spinnenweb in de storm.

Kate huilt geen schattige traantjes die ze kan terugdringen door een paar keer diep adem te halen en strak omhoog te blijven kijken. Het zijn intens verdrietige snikken, die haar hele lijf doen trillen en haar naar adem doen happen als een gemarteld dier. Haar hersenen zeggen dat ze hiermee moet ophouden, in godsnaam, stop, maar haar hart laat zich de mond niet snoeren. Het snot stroomt uit haar neus en haar huid is nat van het zweet. Ze verdrinkt in haar eigen angst. Ze is als een knuffel die te grazen wordt genomen door een woeste hond, die haar eindeloos door elkaar schudt.

Mensen lopen voorbij, gegeneerd doordat zij daar zo op de stoep zit te huilen, niet in staat zich te verroeren. Wat Kate betreft lijkt het alsof ze die mensen op een televisiescherm ziet. Het gewone leven is een tv-programma waar geen touw aan vast te knopen is. Mensen lopen en lachen met vrienden of hollen van de roltrap als door de wol geverfde acteurs die de dag door weten te komen en het leven weten te spelen met een overtuiging die Kate zelf niet kan opbrengen.

De aanval van paniek is een gevecht dat ze niet kan winnen, denkt ze. Dus blijft ze zitten wachten tot het gebeuk voorbij is.

Dan blijft er eindelijk een vrouw met een wandelwagen staan, die haar vraagt of het wel gaat.

'Ja, het gaat prima,' zegt Kate. Want wat zou de vrouw moeten als ze nee zou zeggen?

Maar ze blijft op de grond zitten huilen.

'Kate.'

De stem wordt naar haar uitgestoken als een hand die haar zachtjes een duwtje geeft en haar eraan herinnert waar ze is. Ze kijkt op. Daar staat Rosemary, steunend op haar boodschappenkarretje, met een intens bezorgde blik op haar gezicht. En op dat moment is er niemand op de hele wereld die Kate liever zou zien.

'Kom maar,' zegt Rosemary, en als Kate zich van de grond hijst, slaat de oude vrouw haar armen om haar heen en trekt haar heel dicht tegen zich aan. En zo houdt ze Kate overeind.

47

Kate steekt haar benen onder de bank en neemt de beker thee aan die Rosemary haar aanreikt.

'Dank je,' zegt ze zachtjes, en ze slaat beide handen om de beker voor de warmte. Ze kijkt door de balkondeuren naar buiten. Er landt een vlinder op een van de lavendelplanten en Rosemary's zwempak druipt zachtjes op de grond. De zon staat hoog aan de hemel en schijnt warm, en Kate weet dat het water in het zwembad wel zal fonkelen. Er drukt een zwaar gewicht op haar lichaam, alsof ze net wakker geschud is uit een heel diepe slaap vol akelige dromen.

Rosemary zit in de leunstoel naar Kate te kijken.

'Ik denk dat ik je moet uitleggen wat er is gebeurd,' zegt Kate. Ze begint te vertellen over haar ruzie met Phil over Paradise Living en de artikelen, maar dan valt Rosemary haar in de rede.

'Ik wil nu niet horen wat er met het zwembad aan de hand is, ik wil weten wat er met jóú aan de hand is.'

Kate vraagt zich af of er wel een verschil is tussen die twee dingen. Niet voor het eerst bedenkt ze dat ze pas echt is begonnen met leven sinds ze het zwembad ontdekte, of het zwembad haar. Als ze in het koude water drijft, is het alsof haar hele ik en alle spanningen die ze met zich meedraagt, wegdrijven. In het zwembad is ze niet meer Kate, maar gewoon een lichaam omringd en beschermd door water en lucht. Het water geeft haar het gevoel dat ze alles aankan.

'Die paniekaanvallen begonnen toen ik naar Londen verhuisde,' zegt ze, terugdenkend aan haar moeder en stiefvader die haar en haar spullen van Bristol naar hier verhuisden. Kate moest haar dekbed om zich heen slaan, anders paste het niet meer in de auto. Naarmate ze dichter bij de stad en haar nieuwe huis kwamen, nam haar opwinding toe. Zelfs vaststaan in het verkeerd was spannend: het verkeer zag er ook zo anders uit dan in Bristol, met die rode bussen en taxi's zo zwart als kevers.

'Ik was altijd al een gespannen typeje, maar toen ik hier kwam wonen, werd het nog veel erger,' zegt ze. 'Ik vind het hier geweldig, nog steeds. Maar ik was meteen zo overweldigd.'

Toen Kates ouders vertrokken waren, besloot ze een eindje te gaan wandelen en nog even niet uit te pakken. Ze wilde de nieuwe geuren opsnuiven en de warme stoep onder haar voeten voelen. In Londen liepen de mensen sneller, en ze merkte dat ze zelf ook haar tempo opschroefde om in de pas te lopen. Ze vond de muziek, auto's en bussen allemaal geweldig, en de bioscoop met de namen van de films in grote letters op de gevel, en de geur van specerijen en koffie in Brixton Village. Ze zoog het allemaal in zich op, tot ze het gevoel had dat ze helemaal vol zat en er niets meer bij kon. En al snel begon ze naar haar voeten te kijken in plaats van om zich heen; Londen werd een wazige vlek van voeten en stoeptegels. Zo nu en dan keek ze op, en wat ze zag greep haar naar de keel.

'Ik kan het niet uitleggen als het gebeurt. Ik zie mijn paniek als een wezen dat me achtervolgt en me ineens een schop geeft tegen mijn knieholten. Maar tegelijk woont het in me; soms heb ik het gevoel dat het me van binnenuit wil verscheuren.'

Ze denkt aan de mensen met wie ze in één huis woont en die ze helemaal niet kent. Ze denkt aan de mensen die ze volgt op Facebook en vraagt zich af of die het wel écht zo leuk hebben of dat ze, net als zij, de onzekerheid met zich meedragen als een kind dat zijn armen stevig om hun nek geslagen heeft.

Rosemary kijkt naar haar.

'Het is al beter. Echt, het gaat zoveel beter. Maar toch neemt die paniek me af en toe te grazen. Sorry, ik schaam me dood.'

'Je hoeft je niet te schamen,' zegt Rosemary. 'Je hebt mij toch meegemaakt toen ik niet in staat was voor mezelf te zorgen.

Toen ik nauwelijks op mijn benen kon staan. Schaamte is helemaal nergens voor nodig.'

Kate zit zachtjes te huilen; de tranen rollen over haar wangen, en ze merkt het niet eens.

'Heb je het hier al eens over gehad met je familie?' vraagt Rosemary.

'Ik heb mijn zus wel gesproken toen ze hier laatst was,' antwoordt Kate, en ze denkt aan de uitgestoken hand van haar zus aan de rand van het zwembad. 'Maar dat heeft heel lang geduurd, en mijn moeder en stiefvader weten het nog steeds niet. Ik wil niet dat ze zich zorgen maken.'

Ze denkt aan hoe het was, in Bristol, toen Erin en zij jong waren en allebei nog thuis woonden, en het idee van thuis zijn vult haar alsof ze een sluis is die plotseling volstroomt. Soms wil ze wegdrijven op dit gevoel, wil ze zo snel mogelijk terug naar vroeger. Ze vraagt zich af of Rosemary dat ook zo voelt en ze steekt haar hand naar haar uit.

Rosemary geeft er een kneepje in, haar huid is droog maar warm. Ze laat niet los. Zo blijven ze een poosje zitten, hand in hand in Rosemary's zitkamer. Het geeft hun lucht en doet hen denken aan een gevoel dat ze al bijna vergeten waren. Rosemary voelt Kates warmte door haar vingers en haar aderen stromen; het voelt als het wollen koord dat twee kinderwanten bij elkaar houdt zodat er niet eentje zoekraakt.

Er wordt aangebeld. Rosemary staat op en loopt langzaam naar de intercom, luistert en drukt dan de deur beneden open. Een paar minuten later wordt er op de deur geklopt. Rosemary doet open en Jay loopt met haar mee naar binnen.

'Ik was eerst bij je eigen huis langsgegaan,' zegt hij. 'Dit was mijn tweede idee. Als je hier niet zou zijn, was ik naar het zwembad gegaan.'

Kate zit op de bank en wrijft over haar gezicht, zich bewust van de mascaravegen om haar ogen.

'Je bent me gaan zoeken,' zegt ze zachtjes.

'Ik zet even een kop thee voor je, Jay,' zegt Rosemary, en ze verdwijnt de keuken in, waar ze kastjes en laden opentrekt, veel harder dan nodig is, denkt Kate.

'Wat Phil zei, kon echt niet,' zegt Jay, en hij loopt naar de bank en gaat naast Kate zitten. Hij kijkt haar ingespannen aan als hij het zegt, met heldere ogen, als een kind.

'Hij zou dat geld helemaal niet mogen aannemen, en wat hij verder allemaal zei, kon hij ook echt niet maken. Maar fuck hem. Ik heb iets veel belangrijkers te vertellen. Ik ben net gebeld door *The Guardian*. Een journalist die daar werkt, woont in Brixton en hoorde van de demonstratie. Ze willen een van mijn foto's kopen voor de krant. Het verhaal sprak ze aan: antigentrificatie, een hechte gemeenschap in de grote stad, rubberen eendjes...'

Hij praat snel, en Kate voelt zijn energie naast zich op de bank. '*The Guardian*?' vraagt ze, en ze probeert zich in te denken hoe het zou zijn om haar naam in een groot nationaal dagblad afgedrukt te zien staan. Wat zouden haar moeder en Erin dan zeggen... ze zouden helemaal door het dolle zijn.

'Maar dat is nog niet alles. Ze willen er ook commentaar bij. Een artikel over het zwembad en wat het betekent voor de mensen hier, en hoe de gemeenschap heeft gevochten om het te behouden. Ik zei dat ik wel iemand wist die dat kon doen, maar dat ik haar wel eerst nog moest vragen. Je doet het toch wel, hè, Kate?'

En dan kust hij haar. Hij neemt haar gezicht in zijn handen. Ze is zo verbaasd dat ze haar handen niet verroert. Dan laat hij haar los, neigt terug en kijkt een tikje geschrokken.

'Sorry,' zegt hij, 'ik weet eigenlijk niet waarom ik dat deed. Ik ben gewoon een beetje door het dolle, en trouwens ook best kwaad.'

'Ga je altijd mensen lopen kussen als je kwaad bent?' vraagt Kate.

'Niet altijd.'

Ze schieten in de lach. Er vlamt een warmte in haar op, alsof ze net een slok whisky heeft genomen. Ze weet niet precies wat ze vond van de kus, of wat ze van hem vindt, maar dat maakt haar niet uit, ze voelt zich op haar gemak en veilig en de warmte trekt door haar hele lijf. Daar is Rosemary met een dienblad.

'Laat mij maar,' zegt Jay, en hij staat op en neemt het blad met de theepot en beker van Rosemary over.

'Je moet me helpen Kate ervan te overtuigen dat ze geweldig is; *The Guardian* wil dat ze een artikel voor hen schrijft over het zwembad.'

'Kate, wat fantastisch,' zegt Rosemary, en ze kijkt haar trots aan. 'Een stukje in een nationaal dagblad!'

Kate bloost. 'Ik weet niet of ik het wel kan,' zegt ze zachtjes. 'Ik schrijf alleen over weggelopen honden en katten.'

Ze denkt aan de eerste dag van haar studie journalistiek en aan het zelfvertrouwen waarmee haar studiegenoten over hun prestaties praatten, en wat ze inderdaad allemaal hadden gepresteerd. Voor hen was de wereld iets wat je moest veroveren, en ze waren vastbesloten om er alles uit te halen wat ze wilden, wat ze verdienden. Ze waren allemaal overtuigd van hun eigen kunnen, hun recht om gepubliceerd te worden; Kate was zelf nooit zo zeker van het hare. Ze denkt aan de colleges waarin ze elkaars werk bekritiseerden. De rest kwam zo gemakkelijk met opmerkingen en meningen, maar zij vond het moeilijk om hun woorden op te vatten als commentaar op iets wat ze had geschreven en niet als een persoonlijke aanval. Het lukte haar nooit om dat wat ze schreef los te zien van zichzelf.

'Welnee, jij schrijft over veel meer dan dat, Kate,' zegt Rosemary. Ze loopt langzaam naar haar boekenkast.

'Je kunt toch niet beweren dat dit alleen over katten en honden gaat,' zegt ze, en ze geeft Kate een plakboek. Het heeft een effen rode kaft en Kate ziet er een randje van een krant uit steken. Ze slaat het open en ziet haar eigen woorden: al haar artikelen over het zwembad, netjes opgeplakt op de bladzijden. Haar andere artikelen zitten er ook tussen, alle stukken van haar hand sinds Phil haar de kans gaf en ze échte verhalen voor de krant is gaan schrijven. Ze ziet voor zich hoe Rosemary al die stukken uitgeknipt heeft; de gekartelde randjes langs de knipsels verraden haar onvaste hand. Jays foto's zitten er ook bij. Kate kijkt naar de foto van Rosemary en de andere zwemmers, die naar haar lachen of uitdagend in de lens kijken.

'Je kunt het, Kate,' zegt Rosemary. 'Vertel je verhaal.'

'Alleen als jij me helpt,' zegt Kate.

Jay schraapt zijn keel.

'Dan zal ik jullie verder met rust laten,' zegt hij.

Hij kijkt Kate even aan alsof hij nog iets wil zeggen, maar dan knikt hij naar beide vrouwen, want hij weet dat het er nu om gaat dat Kate haar stuk schrijft.

Als de deur zachtjes achter hem dichtvalt, zitten Rosemary en Kate naast elkaar op de bank en pakt Kate haar laptop uit haar tas terwijl ze haar best doet om niet te denken aan Jay en de kus.

'Ik wil niet alleen maar opschrijven waarom ik zo van het zwembad hou,' zegt ze. 'Jouw verhaal moet er ook in, het verhaal over jou en George.'

Rosemary knikt en glimlacht, en werpt even een blik op haar trouwfoto en de twee lachende gezichten die haar daarop aankijken.

Terwijl Rosemary praat, typt Kate, en onder het schrijven voelt ze hoe ze ontspant, alsof ze een versterkende kom soep eet en met elke hap meer op krachten komt.

Ze drinken een glas wijn en praten over het zwembad, en over George en over alle mensen die ze er hebben leren kennen. Als het artikel uiteindelijk klaar is, slaat Kate het op als 'Het zwembad' en mailt het aan Jay voor ze zich kan bedenken.

48

Als Kate naar huis is, kiest Rosemary een plaat uit en legt hem op de platenspeler. Ze luistert bijna nooit in haar eentje naar muziek, maar vanavond laat vult ze haar flat ermee. Haar buren zullen wel opkijken. Misschien vragen ze zich wel af of hun oude buurvrouw dood is en er een nieuw jong stel in haar huis is getrokken – op zich geen gekke verklaring voor het feit dat er ineens muziek van de Beatles door hun muren klinkt.

Ze legt de hoes van *Please Please Me* op tafel en kijkt naar de gezichten van de jongemannen die naar haar kijken van boven uit een trappenhuis.

George was zelf verbaasd over zijn liefde voor de Beatles. Hij hield niet van alle ophef om hen, hij hield sowieso niet van ophef. Maar van de Beatles hield hij wel. Hij kocht deze plaat toen hij van de groentezaak onderweg was naar huis en kwam aan met de plaat onder zijn ene arm en een zak wortelen onder de andere. Ze luisterden er samen naar en dansten erop.

Onder het luisteren denkt ze aan Brixton, aan hoe het toen was. Ze herinnert zich de oude rode dubbeldekkers, die zo compleet anders waren dan de imitaties die je vandaag de dag ziet rondrijden. Ze denkt aan Granville Arcade, uit zijn voegen barstend van de kleuren en smaken; het was de plek waar George zoete aardappels en okra leerde kennen. George zag de marktkooplui, zoals de vader van Ellis, helemaal niet als concurrenten; hij praatte met hen alsof ze oude vrienden waren, vakbroeders die evenveel liefde voelden voor de aarde en alles wat die voortbracht als hij. Hij was blij als een kind als hij aan de schil van een mango rook en het vruchtvlees van geplooide pompoenen inspecteerde. Als hij zijn praatje met de andere groentehandelaren maakte, zwierf zij langs de andere stalletjes en bekeek de felgekleurde stoffen uit de West die daar hingen als opgevouwen zonneschijn. De krantenkoppen uit die tijd verbaasden haar altijd: ze vroeg zich af of journalisten die schreven over het 'West-Indische probleem' ooit een zoete aardappel hadden geproefd.

Het was rond die tijd dat George les ging geven in het zwembad. Op zondagochtenden liep hij naar het zwembad, een handdoek over zijn schouders geslagen en een liedje op zijn lippen. Rosemary kwam mee en zwom in de baan die gereserveerd was voor vrij zwemmen of zat op het terras te kijken naar George, die kinderen van allerlei leeftijden leerde watertrappelen, hoe de borstcrawl ging of hoe ze moesten duiken. De jongere kinderen smeekten hem altijd om een duik voor te doen. Dan ging hij aan de rand van het bad staan, deed net of hij plotseling struikelde en dook dan alsnog elegant in het water. De kinderen gilden dan van het lachen.

Er was één meisje, Molly heette ze, dat bang was voor het water. Haar moeder wilde dat ze leerde zwemmen, dus stuurde ze haar elke zondag met haar oudere broertje naar het bad. Haar broer sprong er meteen in en begon aan een spetterende borstcrawl, maar Molly bleef in haar gebloemde badpak met een ernstige frons bij het trappetje hangen, haar handjes er stevig omheen.

En toch, op een dag ging ze het water in. George juichte en hield haar vast zodat ze bleef drijven. Rosemary vroeg haar na de les waarom ze het nu toch durfde.

'Ik ben nog steeds een beetje bang,' zei Molly. 'Maar iedereen die zwom had zoveel lol. Ik wilde ook meedoen. Dus toen zei ik tegen mijn bang dat hij weg moest gaan.'

Rosemary vraagt zich af of Kates paniek haar ooit met rust zal laten of dat ze ooit leert om tegen haar te zeggen dat ze moet ophoepelen. En waar is Rosemary zelf eigenlijk bang voor? Ze denkt aan het zwembad en aan George die met zijn lichaam de waterspiegel brak als hij in het bad dook. Wat haar angst aanjaagt, is het idee dat ze op een dag wakker wordt en zich verloren voelt omdat alle plekken waar zij en George zo van hielden voorgoed verdwenen zijn.

49

Haar eigen naam, Kate Matthews, bij haar artikel in *The Guardian* te zien staan is onwerkelijk, maar geweldig. Ze kijkt er steeds weer naar en herleest haar woorden over het zwembad, de mogelijke sluiting en de liefde van George en Rosemary voor het bad (en voor elkaar). Ze wordt twee keer gebeld, 's ochtends vroeg. Haar moeder en Erin hebben allebei een exemplaar van de krant gehaald zodra de kiosk in de buurt open was.

'Ik zit zelfs nog in mijn pyjama,' zegt Erin aan de telefoon. 'Ik zei tegen de vrouw in de winkel dat ik vijf exemplaren van dezelfde krant nodig had omdat er een stuk in stond van mijn getalenteerde zusje. Ik heb het haar zelfs nog laten lezen.'

Die ochtend begroet Rosemary Kate door te zwaaien met de krant. Ze heeft Ahmed al gevraagd het artikel op het prikbord te hangen en heeft zelf al een knipsel op de spiegel in de kleedruimte geplakt. Rosemary's trots en de opgewonden gesprekken vanochtend met haar moeder en Erin hebben Kate een boost gegeven, en even is ze haar ruzie met Phil en haar angst voor de sluiting van het bad vergeten. Ze krijgt de glimlach maar niet van haar gezicht.

In de loop van de week komen er dankzij Kates artikel en dankzij een hittegolf steeds meer mensen zwemmen. Brixton zindert van de hitte en de mensen gaan naar het bad om af te koelen onder de blote hemel. Op zaterdag vertellen een paar mensen aan Ahmed dat ze speciaal zijn gekomen vanwege het stuk in de krant. Hij deelt flyers uit aan alle bezoekers. Geoff wordt geïnterviewd door de regionale radio, en later ook op

Radio 5 Live. Al snel heeft de Red het Brockwell Lido-pagina honderden likes en is de petitie al door een dikke negenduizend mensen ondertekend.

Voor de ingang staat een rij die het park in slingert.

'We staan al uren te wachten,' klaagt een meisje dat met haar schoenen over stoeptegels schraapt en haar zwemtas tegen haar borst gedrukt houdt.

'Wat heeft het voor zin om iets te gaan doen waar mensen níét voor in de rij staan?' zegt haar vader. 'Een lange rij wil zeggen dat je wacht op iets heel leuks. Gewoon geduld hebben. Even leuk doen!'

Tegen een puber zeggen dat ze even leuk moeten doen, is net zoiets als tegen een plant zeggen dat hij zichzelf maar water moet geven. Als hij het kon, zou hij dat heus wel doen.

Het meisje blijft wachten en steekt al haar energie in het haten van haar vader. Later, als ze binnen is, heeft ze alleen nog maar plezier, en af en toe lacht ze zelfs, om dan snel om zich heen te kijken of niemand haar betrapt heeft.

Voor veel kinderen is het zwembad het enige strand dat ze kennen. Ze liggen uitgestrekt op handdoeken op het beton en doen alsof ze op het strand liggen te luieren. Ze hebben geen idee dat zout water heel anders smaakt dan chloor.

'Ze mogen je niet te pakken krijgen,' zegt een klein jongetje, 'want dan eten ze je op.'

De grote mensen zijn de haaien en de kinderen zijn vissen. Dat lijkt de kinderen zo voor de hand te liggen dat ze zich afvragen waarom de grote mensen zo vreemd opkijken als ze driftig bij hen wegzwemmen. Een klein meisje begint te gillen. Ze is iets kleiner dan de jongen, en ineens herinnert hij zich zijn rol als grote broer.

'Het is oké,' zegt hij. 'Jij bent een vis, maar ik ben een dolfijn. Haaien laten dolfijnen met rust omdat ze niet lekker smaken, en trouwens, een dolfijn is net zo groot als een haai. Kom maar op mijn rug, dan ben je veilig.'

Het kleine zusje klemt haar armen stevig om de nek van

de grote broer en zo is ze het veiligst van iedereen in het hele zwembad.

Hun moeder kijkt naar hen en denkt aan de breekbare wereld waar haar kinderen in leven. Hoe zouden zij ernaar kijken? Ze zit met een opengeslagen boek op het terras, maar kan zich niets van het verhaal herinneren; ze heeft het te druk met het bespieden van haar spelende kinderen over de rand van haar roman. Zullen ze zich later nog herinneren dat ze hier ooit hebben gespeeld? En kan zij hun een jeugd geven vol blauwe luchten en zonnig weer?

Aan de rand van het bad ligt een man die zijn arm in het water laat bungelen. Hij heeft een zonnebril op zijn neus en hij kijkt erdoor naar een sepia hemel. Hij droomt over Jamaica. Hij is er nog nooit geweest, maar hij kent het uit de verhalen die zijn opa hem vertelde toen hij nog jong was. Als de lucht boven Brixton zo blauw is als nu, mag hij er graag naar kijken en zich inbeelden dat het dezelfde hemel is die over zijn grootvader waakte toen die nog een kleine jongen was.

Op het terras zit Rosemary achterovergeleund op haar plastic stoel met haar hoofd in haar nek en haar gezicht naar de zon. Die valt warm op haar gezicht en borst, en ontlokt haar een zucht. Twee vogeltjes zitten achter elkaar aan, en een vliegtuig laat een spoor na als een slinger. Waar zou het naar onderweg zijn, vraagt ze zich af. Misschien is dit wel het vliegtuig met Frank en Jermaine, die net op huwelijksreis zijn gegaan. Ze hebben de winkel en Sprout in handen van hun parttimer achtergelaten en hun etalage volgezet met liefdesromans.

Rosemary probeert zich voor te stellen hoe het is om te reizen met een vliegtuig. Zouden haar oren ploppen bij het opstijgen en zou het eng zijn om de grond achter te laten? Hoe zou haar huis eruitzien vanuit de lucht? Zou ze Brixton überhaupt zien liggen, en het blauw van het zwembad? Ze grijpt de armleuning van de stoel vast en tikt met haar blote voeten op het terras om te voelen dat ze veilig hier is. Er klinkt een plonzend geluid uit het bad als een groep kinderen in het diepe springt.

'Wil je me de zonnebrandcrème even aangeven?' vraagt Rosemary als ze haar ogen opendoet en naar Kate kijkt, die in de stoel naast haar zit. Kate heeft een badpak aan, een handdoek om haar middel geslagen en haar benen gekruist bij de enkels voor zich uitgestrekt. Op haar schoot balanceert een tijdschrift. Haar gezicht is een toonbeeld van tevredenheid.

Voor de verandering zijn ze hier niet alleen om te zwemmen, maar ook om een beetje te relaxen aan de rand van het bad. Het is een ongebruikelijk warme zondag, en het lijkt wel of heel Brixton hier aan het luieren is. Kate heeft Rosemary meegevraagd, en die dacht aan alle zomers die ze haar hele leven al in het bad had doorgebracht en zei meteen ja. Ze was wel verbaasd dat Kate voorstelde om eens helemaal niks te doen, maar dacht dat het heel goed voor haar zou zijn.

Rosemary neemt de fles zonnebrandcrème van Kate aan en smeert haar gezicht en schouders in. Wat een heerlijke geur is dit toch. In de zomer smeerde ze George' rug altijd in, en dan genoot ze van het gevoel van zijn stevige lijf onder haar handen. Als ze klaar was, drukte ze altijd een zoen tussen zijn schouderbladen en dan proefde ze het zweet en de crème en het scherpe chloor.

'Geef me er ook eentje,' zegt Rosemary, wijzend naar de stapel tijdschriften naast Kates stoel. Kate kijkt omlaag en dan weer naar Rosemary.

'Serieus? Het zijn echt heel domme blaadjes, hoor,' zegt ze.

'Ik heb nu juist iets heel doms nodig,' zegt Rosemary, en ze neemt het tijdschrift aan dat Kate haar aanreikt. 'Het is veel te zonnig voor Shakespeare.'

Ze slaat de glossy open en zakt nog wat verder onderuit terwijl ze erin bladert. Zo zitten ze een poosje naast elkaar, tot Rosemary de stilte verbreekt door te snuiven. Kate kijkt op.

'Wat is er?'

'Niks, niks, let maar niet op mij.'

Na een paar bladzijden begint ze weer te snuiven en te lachen, en dit gaat over in een slappe lach waar ze niet meer mee kan stoppen.

'Wat is er zo grappig?' vraagt Kate, die haar eigen tijdschrift oprolt en ermee tegen de zijkant van Rosemary's stoel tikt.

'Is dit echt waar jullie jonge mensen zich tegenwoordig mee bezighouden?' vraagt Rosemary, en ze wijst op het blad in haar handen.

Ze neemt het over en leest hardop: '"Ben jij te veel met jezelf bezig? Ga snel naar pagina 34. Acht tips voor een perfecte foundation die iedere vrouw móét kennen. Deze drie sterren droegen precies dezelfde jurk naar een feest. Dingen die hij volgens jou wil in bed, maar die hij helemaal niet echt wil. De 'superfood' waar je juist van aankomt. Fomo verziekt je leven. Wat zegt je socialmediaprofiel over je liefdesleven..."'

Zoals Rosemary het voorleest, met een bloedserieuze stem, klinkt het allemaal zo belachelijk.

'Ja, hou maar op,' zegt Kate. 'Ik snap het.'

'Nee, maar echt,' zegt Rosemary als Kate uitgelachen is. 'Ik zou er iets voor geven om mijn knieën van vroeger terug te hebben, maar ik zou niet nu weer jong willen zijn.'

'Ik ga zwemmen,' zegt Kate, en ze staat op en laat haar tijdschrift en handdoek op haar stoel vallen. 'Kan ik zo iets voor je halen?'

Rosemary schudt haar hoofd en wuift Kate weg. Ze legt het tijdschrift weer op de grond en kijkt Kate na als die zich omdraait en in het ondiepe het water in stapt, onder water duikt en langzaam aan een schoolslag begint.

Terwijl ze zo zit te kijken, vraagt ze zich af waar Kate 's avonds van wakker ligt en waar ze over piekert. Hoe was ze zelf ook alweer op die leeftijd? Ze was toen al getrouwd en woonde met George in de flat. Maar ze herinnert zich nog wel wat haar onzekerheden waren. Ze gingen maar zelden opgetut uit, maar voor elk etentje of kerstdiner met haar collega's van de bibliotheek stond ze voor de spiegel en vroeg ze George of haar jurk niet te kort of te lang was, en of haar make-up ermee door kon en of haar haar niet te uitbundig of juist te gewoontjes was. Hij moest dan altijd glimlachen en zei dat ze prachtig was, maar ze geloofde hem nooit. Inmiddels zou ze dat wel doen; ze wás ook mooi. Ze hoopt maar dat Kate dat ook inziet over zichzelf voor ze zevenentachtig is.

Rosemary doet haar ogen dicht en ziet de roze zon achter haar oogleden. Ze luistert naar het vertrouwde lawaai van gespetter en van stemmen en van een trein aan de andere kant van het park, tot het lawaai geen lawaai meer lijkt.

Als ze wakker wordt, stapt Kate net uit het bad.

'Hoe was het water?' vraagt Rosemary terwijl ze het tijdschrift weer oppakt en doet alsof ze helemaal niet heeft geslapen. Maar ze houdt het blad ondersteboven.

'Heerlijk, natuurlijk,' zegt Kate met een glimlach. Ze kijken samen even naar het bad.

'Je schouders verbranden zo, Rosemary. Kom eens?'

Kate doet wat zonnebrandcrème op haar handen voor Rosemary kan tegenstribbelen. Ze gaat achter Rosemary staan en legt haar handen op haar schouders om de koele crème zachtjes in de blote huid tussen de bandjes van het badpak te smeren, waar Rosemary zelf niet bij kan.

Het gevoel van Kates handen op haar huid doet de haartjes op Rosemary's huid overeind komen. Ze voelt de warmte langs haar nek omhoogtrekken en langs haar ruggengraat omlaag. Kate wrijft zachtjes, en Rosemary begint snel met haar ogen te knipperen en moet moeite doen om rustig te blijven ademen. Ze sluit haar ogen. Druppeltjes water uit Kates haar vallen op Rosemary's schouders en prikken op haar vel. Een warm briesje kietelt haar tenen en de zon kust haar gezicht. Haar hele lichaam glimlacht, zingt en huilt tegelijk.

'Ik doe nog een beetje, want ik wil niet dat je verbrandt,' zegt Kate, en ze masseert voorzichtig nog wat crème tussen Rosemary's schouderbladen.

Rosemary ontspant. Het kost haar moeite om haar tranen binnen te houden bij de aanraking.

'Zo,' zegt Kate, en ze houdt Rosemary's schouders nog even vast met beide handen.

'Dank je,' zegt Rosemary, en ze zucht diep.

'Ik ga even droge kleren aantrekken. Zo terug,' zegt Kate, en ze pakt haar tas en loopt naar de kleedkamer. Als ze wegloopt, draait Rosemary zich om en ziet een verbrande plek tussen haar schouders.

50

Als Kate wakker wordt schijnt de zon al fel. Ze zet haar raam open terwijl ze zich aankleedt. In de tuin van de buren hoort ze twee kinderen spelen voor ze naar school moeten; ze zullen hun schooluniform wel vies maken, denkt ze, of misschien zijn ze nog in pyjama. Ze gieren en gillen als een stel dronken aapjes, tot hun moeder hen binnenroept voor het ontbijt. Het doet haar denken aan Jay, toen die haar voor het eerst vertelde over zijn neefjes en nichtjes. Ze hebben het nooit meer over die kus gehad. Sinds het gebeurd is, heeft ze hem wel af en toe naar haar zien kijken op een manier waar ze verlegen van werd, maar niet op een vervelende manier. Het voelde eerder als een fel, warm licht. Soms denkt ze dat hij er misschien iets over zal zeggen, maar dat doet hij niet. Het is allemaal weer zoals daarvoor. Ze weet niet of ze dat nu erg vindt of juist niet. Ze heeft overwogen om Erin te bellen om over Jay te praten, maar haar eigen besluiteloosheid houdt haar tegen. Ze moet hier eerst zelf over uit zijn.

Op straat knalt een uitlaat, kleppert een vuilnisbak en roept iemand: 'Fuck you.'

Kate trekt snel haar kleren aan, haar zwempak eerst. Het is inmiddels doodgewoon om de dag zo te beginnen: met de strakke stof over haar blote huid, snel een onderbroek en een beha in haar tas proppend.

Ze doet er een jurk en een zwart vestje overheen, maar bedenkt zich en ruilt het om voor een geel.

Als ze de deur uit stapt, wordt ze begroet door een blauwe hemel die een mooie dag belooft. De deur van het huis van de buren gaat open en twee kinderen in te grote schooluniformen komen naar buiten gewaggeld als eenden, gevolgd door hun moeder, die twee sporttassen draagt en een boekentas aan haar schouders heeft hangen. Ze knikt naar Kate, en Kate knikt terug en glimlacht.

'Geel is mooi,' zegt het oudste kind, wijzend naar Kates vestje. Ineens dringt het tot Kate door dat je kinderen eigenlijk nooit in het zwart ziet, behalve als ze hun uniform aanhebben of naar een begrafenis moeten. En als je iets zwarts draagt, krijg je ook nooit een compliment van kleine kinderen. Ze denkt aan de outfits die ze vroeger zelf altijd droeg toen ze van haar moeder zelf haar kleren mocht uitkiezen: een geruite legging met een bloemenshirt, een felroze korte broek met een limegroene trui, en haar kikkerlaarsjes, die ze zelfs in de zomer droeg. Het duurde lang voor ze besefte dat haar kleren vloekten, of dat het überhaupt mogelijk was dat er logica zat achter je kledingkeuze, alsof het een soort ingewikkeld wiskundig probleem was.

Toen Erin ging studeren hoefde zij geen uniform meer aan, en ineens deed ze er 's ochtends een stuk langer over om zich aan te kleden. Kate voelde de stress onder Erins deur door komen als de streep licht waar ze altijd naar keek voor ze 's avonds ging slapen.

'Mam, waar is die blouse?' riep Erin dan naar beneden, in haar spijkerbroek en beha, met een handdoek tegen haar borst gedrukt.

'Die lag op de vloer, dus die heb ik gewassen. Hij is nog niet droog.'

'Maar ik moet hem aan!'

'Dan trek je toch gewoon een andere blouse aan?'

'Nee, want dan moet ik ook een andere broek en andere schoenen.'

Kate zag Erin 's ochtends weleens aan haar bureau zitten met haar haardroger om een kledingstuk droog te blazen.

'Waarom is je blouse nat, Erin?' vroeg Kate dan aan de keukentafel.

'Hij is niet nat, hij is bijna droog. En het is mama's schuld.'
'Waarom doe je dan niet wat anders aan?'
'Begin jij nou alsjeblieft niet ook nog eens.'

Kate moet lachen bij de herinnering. Erin maakt zich nog altijd druk om haar uiterlijk, maar ze is wel een stuk relaxter dan vroeger. Sinds ze elkaar spraken, tijdens de demonstratie, appen Kate en Erin elkaar bijna elke dag. Kate heeft Erin gebeld op de avond voor ze naar de vruchtbaarheidskliniek gingen om hun succes te wensen, en Erin vroeg of er al schot zat in de campagne. Het is fijn om eerlijke gesprekken met haar te kunnen voeren, alsof Kate eindelijk een vriendin heeft gevonden, die er altijd al was, maar die haar nooit eerder was opgevallen.

Kate draait de deur op slot en begint haar wandeling naar het zwembad. Er steekt een vos voor haar neus over, die haar even schaapachtig aankijkt, alsof hij op weg naar huis is na een nachtje stappen, terwijl verder iedereen op weg is naar het werk. De vuilnis moet nodig opgehaald worden, want het begint te stinken naar die lekkende vuilniszakken op de stoep. Een paarse vlinderstruik staat in bloei in een van de voortuinen, en ze snuift de zoete geur op en denkt: zo is de stad, vies en prachtig gaan hier hand in hand.

Als ze bij het bad aankomt, is er niemand in het water. In het ochtendzonnetje lijkt de waterspiegel een vel aluminiumfolie. Aan de rugleuning van de lege badmeestersstoel hangt een fleecejack.

Als Kate naar de receptie loopt, vraagt ze zich af hoe het met Ahmeds eindexamen is gegaan. Hij weet de uitslag pas over een paar maanden, en ze weet nog goed wat voor kwelling het was om te moeten wachten. Het was een vreemde zomer, en haar vriendengroepje groeide een beetje uit elkaar, want niemand wilde de anderen zien, omdat ze dan moesten denken aan hun zorgen om de examenuitslag. Toen het eindelijk augustus werd, was ze veel te zenuwachtig om zelf die bruine envelop open te maken, dus deed Erin het maar voor haar. Ze scheurde hem open alsof ze een klein kind met een kerstcadeau was, maar was verbazingwekkend lief toen ze Kate vertelde wat er in de brief stond (lagere cijfers dan waar ze op had gehoopt, maar goed genoeg om mee naar de universiteit te kunnen). Kate vraagt zich af hoe Ahmed met die bruine envelop zal omgaan. Gaat hij hem zelf openmaken? Doet hij het meteen op school, of gaat hij er eerst een poosje mee rondlopen om voorzichtig een hoekje los te maken, met de deur van de slaapkamer stevig op slot en de rest van zijn familie zo geruisloos mogelijk wachtend aan de andere kant?

Ze wil tegen hem zeggen dat ze precies weet hoe hij zich voelt, maar hij zit er niet. Er is niemand van zijn collega's. Het bureau is leeg, op het rubberen eendje bij de kassa na. Dat zit daar al sinds de fotoshoot tijdens de demonstratie, maar het valt Kate nu pas op. Nu er verder niemand is, lijkt het alsof het eendje de wacht houdt over het bad. Kate wil het eendje bijna vragen waar iedereen is, maar ze bedenkt nog net dat het maar een speeltje is.

En dan ziet ze beweging in het restaurant en hoort ze binnen stemmen. De laatste keer dat ze daarbinnen is geweest, was met de bruiloft van Frank en Jermaine. Ze denkt aan de papieren bloemen en de strik aan Sprouts halsband terwijl ze de deur openduwt.

Sprout springt uit Kates gedachten, stuift door de zaal op haar af en strijkt met haar blonde vacht langs haar kuiten. Kate voelt dat er mensen naar haar kijken en ze kijkt op.

Iedereen zit in groepjes rond de tafeltjes, en er zitten en staan ook een paar mensen bij de bar: Frank en Jermaine (net terug van huwelijksreis), Hope, Ellis, Jake, Ahmed, Geoff en de rest van het personeel van het bad en het restaurant en nog een paar gezichten van vaste gasten. De tiener die zijn trui helemaal tot zijn kin heeft dichtgeritst, de moeder met de pasgeboren baby, die op haar borst ligt te slapen met zijn mond een beetje open, zodat er een beetje kwijl op zijn moeders blouse belandt. De rugslagman en de yogazwemmer, de vrouw die haar naaktheid in de kleedruimte altijd draagt als een baljurk, de vriendinnen die hun douchegel en hun roddels delen, de man met de wetsuit en snorkel. En in het midden van al die mensen zit Rosemary.

'Ik vroeg me al af of je nog kwam,' zegt ze. Ze heeft haar handen om een lege theebeker geslagen. Ellis staat achter haar, met zijn hand op de leuning van haar stoel.

'Wat is er aan de hand?' vraagt Kate als ze overeind komt en Sprout weer loslaat. De hond loopt tussen Franks benen door en gaat aan zijn voeten liggen.

'Het is voorbij,' zegt Rosemary. 'Ze hebben gewonnen.'

'Hoe bedoel je?' vraagt Kate.

'We hebben nog vier weken,' zegt Rosemary te hard. Haar stem beeft. 'Vier weken.' Ze schreeuwt het bijna, en de baby begint te huilen. De jonge moeder staat op, drukt het kindje nog dichter tegen zich aan en wiegt haar zachtjes. Kate heeft Rosemary nog nooit horen schreeuwen, en het schokt haar.

'Het spijt me,' zegt Rosemary zachtjes. De moeder schudt haar hoofd en glimlacht vriendelijk. Ze laat haar kind op en neer wippen en maakt sussende geluidjes. Als ze bij de deur aan de andere kant van het restaurant komt, duwt ze die open, en de zon bestraalt haar met zijn gouden licht terwijl ze langs het bad op en neer loopt. Het bad is er nog en ziet er nog even schitterend uit als altijd. Misschien is het een vergissing en kunnen ze nog iets doen.

'Van wie heb je dat gehoord?' vraagt Kate aan Rosemary als ze zich weer naar haar heeft omgedraaid. Ze kijkt haar in de ogen en herkent ze nauwelijks, zo vol woede en verdriet is Rosemary's blik.

'Ik heb een brief gekregen van de gemeente,' zegt Rosemary. 'Hier hebben ze die natuurlijk ook gekregen, maar mij stuurden ze hem ook. Hadden ze het maar niet gedaan.'

'Die vuile klootzakken,' zegt Ellis, en hij draait de groep de rug toe en leunt op de koffiebar.

'Wat gaan we doen?' vraagt Kate.

'Niks,' zegt Rosemary. 'Het is voorbij.'

'Dat kan niet,' zegt Kate. Ze kijkt naar de gezichten, waar de teleurstelling op te lezen valt. Terwijl ze naar hen kijkt, kruipt binnen in haar de paniek uit haar doos.

'Ik heb de brief ook gelezen,' zegt Jermaine, 'en ik vrees dat het deze keer echt afgelopen is. De gemeente heeft besloten om het bod van Paradise Living te accepteren. Ze zeggen dat ze naar alternatieven hebben gezocht, maar dat ze niets hebben gevonden. Het bad blijft nog vier weken open en dan sluit de boel. Want zodra de koop rond is, zal Paradise Living de officiële eigenaar worden. Vanaf dat moment kunnen ze ermee doen wat ze willen, en we weten allemaal dat dat betekent dat het bad dichtgaat voor het publiek en dat ze er een privésportschool van maken voor hun eigen bewoners. Dat ze het bad vol gaan storten en er tennisbanen van gaan maken.'

Kates maag draait zich om. De wolk die ze zo lang van zich af heeft weten te houden, komt nu boven haar hoofd hangen en overspoelt haar met een soort wezenloosheid. Ze haat zichzelf omdat ze heeft beloofd dat ze zou helpen, omdat ze zich dit zo aantrok, en omdat het allemaal zo mislukt is.

Niemand weet wat te zeggen, en dus zwijgt iedereen en kijkt naar de grond of naar buiten, naar het bad. Kate ziet Rosemary in het midden zitten, met een bleek gezicht en haar blik op het tafelblad gericht. Na een poosje begint Rosemary weer te spreken; haar stem is deze keer zachter en onvast.

'Ik wilde alleen nog zeggen...' Ze hoest en begint opnieuw.

'Ik wilde jullie alleen nog bedanken.'

Ze kijkt op naar Kate en fixeert haar met haar felblauwe ogen, die blinken van de tranen. Als ze haar zo ziet, moet Kate zelf ook huilen. Ze brengt een hand naar haar gezicht. Dan draait Rosemary haar hoofd en kijkt ook de anderen aan, het bedroefde, wonderlijke vriendengroepje dat elkaar heeft gevonden in hun strijd om hun zwembad te redden.

'Bedankt dat jullie je best hebben willen doen,' zegt Rosemary. 'Het betekent heel veel voor me dat het jullie ook zo aan het hart ging. En ik weet dat het ook veel voor George zou hebben betekend.'

Kate hoort dat Rosemary's stem overslaat als ze de naam van haar man noemt, en weer komen de tranen. Ze denkt aan de foto van Rosemary en George op hun trouwdag die ze bij Rosemary thuis heeft zien staan, en aan George' zwarte kookschriftje, waar ze nu zelf de trotse eigenaresse van is. Ze herinnert zich de keer dat ze het bad voor het eerst zag, voor op de flyer die Rosemary had gemaakt: een beeld van een man die in het kalme water dook.

Het zwembad begon voor haar als werk, maar het is zoveel meer geworden dan dat. Ze heeft hier weer geleerd om te zwemmen, maar belangrijker nog, ze heeft hier weer geleerd om te leven. Rosemary Peterson helpen om het Brockwell Lido te redden was een manier om zichzelf iets te bewijzen. Maar dat is nu allemaal voorbij. Ze heeft gefaald.

'We hebben er alles aan gedaan,' vervolgt Rosemary, 'en dat waardeer ik echt enorm. Maar soms is zelfs alles niet genoeg.'

Kate hoort Rosemary aan en voelt iets in zich breken.

Om haar heen doen de anderen hun best om troost te bieden. Hope zet haar stoel dichter bij Rosemary en legt haar hoofd op haar schouder, maar Rosemary verroert zich niet, ze zit verstijfd in haar stoel en kijkt naar het water.

Uiteindelijk valt de groep met tegenzin uit elkaar: de zwemmers moeten naar hun werk of naar school of naar huis. Ze lopen stilletjes het restaurant uit. Frank neemt bedroefd afscheid en haakt zijn arm dan door die van Jermaine terwijl hij Sprout roept om te volgen. Ellis, Jake en Hope doen hetzelfde, komen dicht bij Rosemary zitten en proberen wat woorden van troost te vinden voor ze stilletjes weggaan. Rosemary negeert iedereen en kan hun niet in de ogen kijken. Kate wil Rosemary niet alleen laten, maar ze is al te laat voor haar werk.

'Toe,' zegt Kate dan, vechtend tegen haar tranen terwijl ze naar Rosemary kijkt. 'Mag ik je dan tenminste naar huis brengen?'

Rosemary schudt haar hoofd.

'Ik wil liever alleen zijn,' zegt ze.

Dus loopt Kate het park in. Het lijkt helemaal niet meer zo'n mooie dag. Ze loopt met haar hoofd gebogen.

Zodra ze alleen achtergebleven is, kijkt Rosemary vanaf haar tafeltje uit over het bad. Ze ziet het licht op het water schitteren en ze ziet de klok die doortikt, ook al is de tijd stil blijven staan. De badmeester loopt terug naar zijn plek en langzaam loopt het zwembad vol met mensen. Tegen het eind van de ochtend komt er een schoolklas vol giechelende kinderen, die de kleurrijke lockers volstouwen met hun schooltassen en dan snel naar het water lopen. Sommigen nemen de ladder, maar de meesten springen er zo in en veroorzaken zo een fontein van kleine druppels. De broekspijpen van de leraren, die langs de kant staan te kijken, worden nat van het gespetter. Voorlopig is het bad precies zoals het altijd is geweest. Precies zoals Rosemary dacht dat het altijd zou zijn.

Terwijl ze daar zo zit, probeert ze zich alles te herinneren. De dag dat het bad voor het eerst openging, hoe het voelde om hier tijdens de oorlog te zwemmen, en toen George en alles wat er gebeurde nadat ze elkaar in het park hadden ontmoet bij een gloeiend vreugdevuur.

In het restaurant wordt het druk rond de lunch. Er staan overal buggy's en groepjes vrouwen informeren naar de veganistische brunch, terwijl oudere stelletjes er de krant komen lezen. Maar het personeel vraagt Rosemary niet om ergens anders te gaan zitten, ze laten haar zitten met haar lege mok, werken om haar heen en vragen mensen om buiten op het terras te wachten tot er een plek vrij is. Ze krijgt nauwelijks iets mee van wat er om haar heen gebeurt, zo gaat ze op in het verleden. Terwijl ze naar het zwembad zit te kijken, ziet ze zichzelf die avond over de muur klauteren, samen met George, en denkt ze aan zijn huwelijksaanzoek, in zijn zwembroek, en ziet ze voor zich hoe hij in het water sprong als hij op zondagochtend zwemles gaf en zij trots langs de kant zat te kijken.

Als het middag wordt, begint het personeel de boel aan te vegen en brengen ze de stoelen van het terras naar binnen en zetten die omgekeerd op de tafeltjes. De barista haalt de koffiemachine uit elkaar om haar schoon te maken en veegt alle glimmende metalen onderdelen voorzichtig af. Uiteindelijk staat Rosemary langzaam op, rekt haar stijve rug en krimpt ineen van de pijn in haar knieën, om vervolgens het korte stukje naar huis te lopen. Daar woon ik dan wel, denkt ze, maar mijn thuis is achter die stenen muren en in die perfecte rechthoek van blauw water.

Als Kate thuiskomt van het werk en op haar bed gaat liggen, loopt Rosemary haar galerij op, draait de sleutel in het slot en trekt de deur achter zich dicht. De sleutelbos gooit ze op de stoel en ze loopt door naar haar slaapkamer, schopt haar schoenen uit en stapt in bed. Aan twee kanten van Brixton liggen twee vrouwen in tranen naar hun plafond te staren.

'Het spijt me zo, George,' zegt Rosemary huilend.

'Het spijt me zo, Rosemary,' zegt Kate.

51

Nu ze het nieuws heeft vernomen, vindt Kate het eigenlijk te pijnlijk om nog in het bad te blijven zwemmen. Maar uiteindelijk zijn haar baantjes 's ochtends vroeg toch het enige waar ze haar bed voor uit komt. Op de *Chronicle* mijdt ze oogcontact met Phil en werkt ze stilletjes aan de opdrachten die ze nog heeft liggen en begint dan ook weer aan wat weggelopendierenstukjes om maar niet met hem over haar werk te hoeven praten. Ze pakt de routine die haar zo vertrouwd was weer op, typt op haar computer en staart strak naar het scherm. Soms kijkt ze op en ziet ze dat Jay naar haar zit te staren. Ze krijgt het gevoel dat hij dwars door haar heen kijkt en dat hij precies kan zien hoe ze zich voelt. Ze vraagt zich af of ze met hem zou moeten praten, maar ze trekt het niet: het idee dat hij haar pijn kan zien.

In de laatste vier weken van zijn bestaan is het zwembad als een reddingsboei waar Kate zich aan vastgrijpt. In het water doet ze alsof er niets veranderd is. Het kan toch allemaal niet zo vreselijk zijn als het water zo blauw is en de zon op zijn zomerse hoogtepunt is? Tijdens haar onhandige maar vredige schoolslag is het alsof ze beschermd wordt, afgeschermd van de toekomst. Ze weet best dat het bad gaat sluiten, maar als ze hier is, voelt ze alleen het koele water en de warme zon erboven.

Kate is niet de enige vaste klant van het bad in juli, de laatste maand. Het lijkt wel alsof heel Brixton hier komt zwemmen om afscheid te nemen.

Op een ochtend ziet ze Frank in het water, en de volgende

dag is Jermaine er. Ze knikken naar elkaar als ze elkaar in het bad passeren. Weer een andere dag loopt Kate Hope tegen het lijf, die haar kleindochter Aiesha heeft meegenomen. Ze ziet Hope langs de kant, op teenslippers, met een badmuts op en een felgeel badpak aan dat strak om haar mollige lijf zit. Ze heeft een klein meisje bij de hand van een jaar of zeven, schat Kate.

'Oppassen hier, liefje, het is glad langs de rand,' zegt Hope. 'En vergeet niet een duikbril op te zetten. Laat me je even helpen op het trappetje, kindje. Hou je goed vast aan de zijkanten, voorzichtig, schatje.'

Kate kijkt toe terwijl de oma en haar kleinkind samen het water in stappen. Aiesha zwemt meteen weg, en Hope blijft in haar eentje achter en kijkt haar liefdevol na. Als Aiesha even stopt en in het water gaat staan, kijkt Hope op en ziet Kate. Ze zwaaien naar elkaar.

Op zondag komt Ellis met Jake, die, ziet Kate, veel beter kan zwemmen dan zijn vader, maar zich inhoudt zodat Ellis hem bij kan houden.

En naast alle vaste gasten zijn er ook anderen. In de kleedruimte hoort Kate hen zeggen dat ze niet eens wisten dat het bad bestond tot ze in de krant lazen dat het ging sluiten. Als ze het zeggen voelt Kate hun beklemming. Net als zij vonden ze het zwembad toen het al te laat was.

Er ontbreekt maar één iemand. Kate zwemt alleen, er is geen vriendin die haar begeleidt en uitlegt hoe je je benen spreidt en sluit bij de schoolslag.

Als ze zich heeft afgedroogd en weer aangekleed, steekt Kate de weg over en loopt naar het flatgebouw waar Rosemary woont. Ze kijkt omhoog naar haar balkon, dat ze herkent aan de potten lavendel. De waslijn is leeg, als een boom zonder bladeren.

Als Kate bij de ingang van het gebouw is, drukt ze op de bel en wacht tot die verbinding heeft gemaakt met Rosemary's flat. Terwijl ze staat te wachten denkt ze aan die keer dat Rosemary haar had uitgenodigd om te komen eten, en dat er toen nog hoop was om je aan vast te klampen. De zon schijnt warm op Kates schouders, maar haar vochtige haar valt prettig koel om haar nek. Het duurt even, maar dan hoort ze de vertrouwde stem aan het andere eind van de intercom.

'Hallo?'

'Rosemary, ik ben het, Kate.'

'O, hallo,' klinkt het antwoord.

De intercom zoemt zachtjes in de oren van beide vrouwen, alsof hij niet tegen de stilte kan en zachtjes geluid maakt om de gaten in de conversatie te vullen.

'Mag ik bovenkomen?' vraagt Kate uiteindelijk.

Het zoemen lijkt luider te worden.

'Vandaag niet, sorry,' antwoordt Rosemary.

Kate weet niet wat ze moet zeggen. Maar voor ze iets kan bedenken, gaat Rosemary verder.

'Het spijt me, ik heb het gewoon druk.'

Kate wil haar vragen waar ze dan mee bezig is, maar de aarzeling in Rosemary's stem weerhoudt haar daarvan. In plaats daarvan zegt ze: 'Ik heb je vandaag gemist, in het zwembad.'

Kate denkt aan toen ze voor het eerst met Rosemary zwom, dat de oude dame zo jong had geleken in het water en dat zij, Kate, juist de gammele van hen tweeën was. Toen had ze het gevoel dat Rosemary's kracht schuilging onder haar vastegrondkleren, een verborgen energie die niet werd onthuld door een cape, maar door een donkerblauw badpak.

'Ja, nou ja,' zegt Rosemary met zachte stem. De intercom doet een duit in het zakje met zijn zachte gegons.

'Zie ik je daar morgen?' vraagt Kate.

'Nee, ik denk het niet.'

Al staat ze aan de andere kant van de weg, toch kan Kate de lachende mensen achter de muren van het zwembad nog horen, en het achtergrondgeluid van geklets in de rij voor de ingang.

Kate hoort Rosemary zuchten.

'Ik kan het gewoon niet,' zegt ze.

Kate probeert iets te bedenken waarmee ze haar vriendin kan verleiden haar huis uit te komen, maar weet niks.

'Goed, dan,' zegt ze. 'Ik hoop alleen dat je je nog bedenkt.'

Na nog één blik omhoog naar Rosemary's flat draait Kate zich om, steekt over en loopt naar huis. Onder het lopen, met haar dat op haar schouderbladen drupt en de stoep heet onder de dunne zolen van haar flatjes, hoort ze Rosemary's stem in haar hoofd: *Ik kan het gewoon niet.*

Ze weet dat het moeilijk moet zijn voor Rosemary, maar ze is bang dat ze ondanks alles spijt zal krijgen dat ze die laatste weken niet geweest is. En Kate mist haar. Naar het bad gaan om te zwemmen is beter dan helemaal niet zwemmen, maar toch is het pijnlijk om het water in te stappen zonder haar vriendin. Het besef dat ze nooit meer samen met Rosemary in het zwembad zal zijn, maakt haar ineens heel bedroefd. Haar maag krimpt ineen als het tot haar doordringt dat het eind om de hoek is, waar het ligt te wachten, net als de paniek, die altijd een paar passen achter haar aan loopt. Ze loopt sneller de straat door terwijl het donker binnenrolt en ze beseft dat ze weer helemaal alleen is.

52

Het geluid van gespetter doorboort de stilte in Rosemary's flat. Ze legt het bad het zwijgen op door de balkondeuren dicht te trekken. Het is weer stil.

Rosemary trekt de gordijnen voor de deur en er valt een koele blauwe schaduw over de zitkamer. Het is er een bende: overal staan dozen, boeken liggen in stapels onder de planken en in de hoek staan uitpuilende vuilniszakken. Het is het soort troep dat hoort bij een grondige schoonmaakbeurt.

Ze is begonnen met de boekenplanken. Elk boek is van de plank gehaald en afgestoft, en vervolgens zijn de planken afgesopt. Het duurde alleen zo lang dat ze er halverwege mee moest stoppen, dus nu ligt de helft van de boeken op de grond te wachten tot ze weer terug mogen naar hun schone plank. Alle meubels staan kriskras door elkaar. Het is haar gelukt de bank van zijn plek te trekken, zodat ze erachter kon stofzuigen, maar toen kreeg ze hem niet meer teruggeduwd, en nu staat hij daar, midden in de kamer.

Onder het schoonmaken luistert ze naar de voicemailberichtjes van vandaag, en de stemmen van haar vrienden vullen de hoeken van haar flat als een parfum.

'Ik ben vanochtend met Aiesha naar het zwembad geweest,' zegt Hope terwijl Rosemary haar stoffer pakt. 'Ze zwemt al zo goed, ze heeft niet eens meer armbandjes nodig. Je had haar moeten zien.'

Hope schraapt haar keel en Rosemary draait zich om van de salontafel die ze aan het afstoffen is en kijkt naar het antwoordapparaat, wachtend tot haar vriendin doorpraat.

'Ik kom morgen weer even langs; zie ik je dan? Ik weet wel dat je zei dat je het niet kan, maar ik hoop dat ik je toch kan overhalen om nog even te komen zwemmen. Ik weet dat het moeilijk is, maar het duurt niet meer zo lang. Ik vind het verschrikkelijk dat je het nu allemaal moet missen. Maar goed, groetjes, ik zie je morgen.'

De machine klikt en Hopes stem slaat om in een diepe stem, een mannenstem. De stem kucht.

'Mevrouw P? Ellis hier. Ik bel alleen om te vragen hoe het met je gaat. Er staat hier een zak met tomaten en aardbeien op je te wachten. Nou, dat was het eigenlijk.'

Hij kucht nog eens.

'Tot ziens dan maar weer.'

'Tot ziens,' antwoordt Rosemary. Haar vrienden willen allemaal een oogje in het zeil houden, dat weet ze best. Het lijkt wel alsof ze om de beurt bellen of langskomen. En elke keer proberen ze een nieuwe tactiek om haar uit haar flat te krijgen en naar het zwembad te laten komen. Maar het is nog niemand gelukt.

Ze legt haar stoffer neer en kijkt de kamer rond. Met al die dozen en zakken en verschoven meubelstukken is het net of ze gaat verhuizen, of op vakantie gaat. Maar waar moet ze heen? Ze gaat op de grond zitten en leunt tegen de bank en denkt aan hoe Kate ook zo had zitten typen op haar laptop terwijl ze de griep had en sliep. Het zit best prettig zo. Ook al is haar flat op de vierde verdieping, toch geeft het haar het gevoel dat ze dicht bij de aarde is als ze zo op de vloerbedekking zit, en dat stopt het malen in haar hoofd. Ze wil even liggen, dus laat ze zich zakken langs de bank en strekt zich uit. Ze legt haar armen gekruist op haar buik en staart omhoog naar het plafond.

Er loopt een smalle barst, die zich vertakt vanaf de lamp in het midden van de kamer, en in de hoek zit wat bladderende verf. Ze vraagt zich af of ze het zou moeten overschilderen, maar ze weet niet meer waar ze de verfkwasten heeft staan.

Misschien heeft ze die wel weggegooid, samen met de keukentrap en de elektrische boor.

Ineens is ze doodmoe. Dat zal wel door het opruimen komen, denkt ze. Ze heeft te veel gedaan in een te hoog tempo. Ze doet haar ogen dicht, maar zelfs zo ziet ze de barst en de bladderende verf. Ze probeert liever daaraan te denken dan aan de blauwe hemel en de voorbijdrijvende wolken die zich steeds maar aan haar opdringen. Misschien hebben haar buren nog wel wat verf. Ze zal het hun zo even vragen.

Rosemary wordt wakker doordat er op haar deur wordt geklopt. Ze gaat zo snel zitten dat ze er even duizelig van wordt. Steunend op de bank komt ze langzaam verder overeind en dan schuifelt ze naar de deur.

'Ik kom eraan, ik kom eraan.'

Ze doet de deur open, en tot haar verbazing ziet ze Jay op de galerij staan.

'Rosemary,' zegt hij.

'Jay.'

Hij vult bijna de hele deuropening, en zijn warrige haardos straalt als een aureool om hem heen alsof hij voor een felle lamp staat. Hij glimlacht vriendelijk, maar Rosemary kijkt hem fronsend aan.

'Hoe kom jij hier?' vraagt ze en ze kijkt langs hem de galerij in.

'Iemand heeft beneden de deur voor me opengedaan. Mag ik binnenkomen?'

'Nou ja, je bent hier nu toch,' zegt ze, en ze draait zich om en loopt de flat weer in. Hij volgt en trekt de deur achter zich dicht. Hij kijkt om zich heen en neemt de troep, de verschoven meubels en de vuilniszakken in de hoek in zich op.

'Ik ben aan de schoonmaak,' zegt Rosemary, en ze gaat op de bank zitten.

'Dat zie ik, ja.'

Ze gaat zitten en kijkt hem aan, maar zegt niets.

'Zal ik even theezetten?' vraagt Jay dan.

'Ik heb net gezet,' zegt ze, en ze pakt haar beker op en neemt een slok. De thee is koud.

'O, dan heb ik langer geslapen dan ik dacht,' zegt ze, en ze geeft hem de beker.

'Sorry, heb ik je wakker gemaakt?'

Ze zwaait met haar hand en schudt haar hoofd. Had ze maar niks gezegd; ze schaamt zich ervoor dat ze midden op de dag heeft geslapen. Hoe laat is het eigenlijk? Ze kijkt op haar horloge: kwart over een. Jay loopt met de beker naar de keuken en komt een paar minuten later terug met twee dampende mokken. Hij geeft er een aan Rosemary en gaat dan naast haar zitten. Samen nemen ze kleine slokjes van hun thee.

'Hoe is het met Kate?' vraagt Rosemary dan. 'Ze heeft geprobeerd om hier langs te komen. En ze belde.'

'Ze is stilletjes,' antwoordt Jay. 'Echt heel stilletjes. Op het werk kijkt ze niemand aan. Ik heb geprobeerd haar op te vrolijken, maar ik weet niet zo goed wat ik moet zeggen. Ze wil niet praten. Volgens mij is ze gewoon teleurgesteld, net als jij.'

Hij kijkt haar aan. Zijn vingers zijn om zijn mok gevlochten en Rosemary bedenkt dat hij zo net een bezorgd klein jongetje lijkt. Het doet haar verdriet, maar ondanks haar tegenzin om hem binnen te laten heeft het ook wel iets prettigs dat hij hier nu naast haar zit. Door hem nu hier te hebben is het net alsof ze haar hand kan uitsteken naar Kate, maar dan zonder haar verdrietige gezicht te hoeven zien, of de weerspiegeling van haar eigen droefheid in haar ogen.

'Ze mist je heel erg, Rosemary. En ik weet best dat het niet aan mij is om het te zeggen, maar ik denk echt dat je naar het zwembad toe moet. Het is nog maar een paar dagen open, en jij hoort daarbij te zijn, je moet je niet hier opsluiten. Ik weet dat het zwaar is, maar ik ben bang dat je spijt krijgt als je niet gaat. Je moet afscheid nemen.'

Hij slaakt een diepe zucht, alsof hij deze speech heeft geoefend voor hij hier kwam (wat klopt).

'Heb jij nu lunchpauze?' vraagt Rosemary.

Hij kijkt op zijn horloge. 'Ja, maar ik heb nog wel even.'

'Bedankt voor je komst. Ik stel het echt op prijs dat je daar je lunchpauze voor opoffert. Maar zoals je ziet, ben ik heel druk. Ik heb de voorjaarsschoonmaak veel te lang laten wachten en er is nog veel werk aan de winkel. Ik heb helemaal geen tijd om te gaan zwemmen.'

Ze staat op, maar gaat dan weer zitten, alsof iemand haar terugduwt. Ze zucht en kijkt hem aan. Zijn groene ogen kijken onderzoekend en hij wacht op de waarheid.

'Ik kan gewoon geen afscheid nemen,' zegt ze dan zachtjes. Ze wendt haar blik af en kijkt naar haar hand, waar ze de trouwring ronddraait aan haar vinger. Hij zit losser dan vroeger; haar lichaam is ronder, maar haar handen zijn magerder geworden. Ze blijft maar aan de ring frunniken.

Toen George twee jaar geleden overleed, ging ze na zijn begrafenis naar het zwembad. De ceremonie vond in de ochtend plaats. Er waren maar weinig mensen: wat mensen uit de buurt en een paar van hun jeugdvrienden, degenen die nog leefden, en hun gezinnen.

'Bedankt dat jullie zijn gekomen. Dat zou hij fijn hebben gevonden,' zei ze steeds tegen iedereen, maar ze dacht bij zichzelf: o ja, zou hij het fijn vinden dat jullie op zijn begrafenis zijn? Zo leuk zal hij het niet vinden dat hij dood is. Maar toch bleef ze het herhalen; ze wist gewoon niet wat ze anders moest zeggen.

Ze droeg een zwart mantelpakje dat ze van Hope had geleend. Het was haar te groot, en de stof gaf steeds statische schokjes. Maar het kon haar niet schelen dat het niet paste: de enige voor wie ze er leuk uit zou willen zien, lag in een houten kist.

'Neem een broodje, anders moeten we ze weggooien,' zei ze toen mensen weggingen bij de wake. Ze pakte de sandwiches en worstenbroodjes in aluminiumfolie in en gaf ze aan de mensen mee alsof het een snoepzakje was aan het eind van een feestje. Je zag de foliepakketjes ongemakkelijk schitteren tegen de zwarte kleding van de gezinnen die terugliepen naar hun auto of lopend op huis aan gingen.

Zodra iedereen weg was, at ze een paar uitgedroogde broodjes eiersalade en drong het tot haar door dat ze verder de hele dag nog geen hap had gegeten. Daarna at ze een stukje kip en een worstenbroodje. Toen ze haar bestelling plaatste bij de cateraar, had ze geen idee gehad hoeveel ze moest bestellen. Ze kon zich niet indenken dat mensen echt iets zouden willen eten op de wake. Maar ze kwam erachter dat het niet waar was wat ze zeiden: je verloor niet echt je eetlust door de dood. De mensen aten en dronken, dus ze was blij dat ze op het laatste moment nog had besloten om naast koffie en thee ook voor wat wijn te zorgen.

Rosemary zat en werkte de restanten van het buffet weg. Iemand van de catering kwam de kamer in om de schalen op te ruimen en betrapte Rosemary met flinters bladerdeeg op haar vingers en op de kraag van Hopes jasje. Ze veegde ze beschaamd weg en gaf hem een veel te grote fooi.

'Kan ik je helpen met opruimen?' vroeg ze terwijl ze de kruimels van het tafelkleed in een papieren servetje veegde, dat ze netjes opvouwde.

'Nee, we hebben alles onder controle. Gaat u maar lekker naar huis, mevrouw Peterson.'

Ze veegde nog wat kruimels in een servetje, pakte langzaam haar handtas en nam afscheid van het personeel, nam met een knikje hun condoleances in ontvangst en bedankte hen.

Maar ze ging niet naar huis, tenminste niet lang. In plaats daarvan pakte ze haar zwemspullen en vertrok naar het zwembad. Tegen de tijd dat ze daar arriveerde, was het laat in de middag, en de hemel had de kleur van een gebutste perzik. Het was er vol met kinderen en het geluid van het fluitje van de badmeester klonk eindeloos vanwege de bommetjes, waardoor iedereen langs de kant natgespetterd werd. De kinderen kregen een standje, maar sprongen daarna gewoon weer met een plons het water in.

In de kleedkamer trok ze haar kleren uit, en ze liet ze in een zwarte hoop aan haar voeten vallen. Ze vond een muntstuk in haar portemonnee, naast de foto van George. Ze vouwde haar begrafenispakje op en stopte het in de locker, draaide die op slot en duwde de deur van de kleedruimte open.

Het eerste wat haar overviel was het lawaai, het tweede was de kou. Gespetter, lachende kinderen, het fluitje van de badmeester, de wind. Ze liep langzaam naar het trapje.

Toen het water haar omarmde, besefte ze pas hoeveel kracht het haar had gekost om de hele dag op de been te blijven. Ze liet zich achteroverzakken en liet zich drijven. Het koude water voelde als handen op haar lijf en als vingers door haar haren.

Het spoelde in haar oren en over haar gezicht, en voor het eerst die dag stond ze het zichzelf toe om te huilen. Terwijl ze daar zo dreef, keek ze naar de hemel en een bal die door de spelende kinderen om haar heen door de lucht werd gegooid. Ze zag een glimp van de grote klok die al bijna haar hele leven over haar waakte.

Toen ze zich op haar buik draaide, begon ze aan een langzame schoolslag en dacht aan George. George als jongeman, duikend van de hoge plank, zijn armen gespreid als een vogel die zijn veren uitschudde. George die onder water tussen haar benen door zwom. George die haar in het donker kuste naast het bad. George die als een hagedis in de zon lag terwijl zij naar hem keek en bedacht hoeveel ze van hem hield. Ze kon niet genoeg baantjes trekken om zich alles van hem te herinneren, om zich hun hele leven samen voor de geest te halen.

Om haar heen speelden de kinderen door; ze sprongen van elkaars schouders en van vlotten, en letten helemaal niet op de oude vrouw die huilde onder het zwemmen. Ze zágen haar niet eens; ze was onzichtbaar. De enige die haar altijd had gezien, lag begraven in de koude grond.

Ze bleef tot het zwembad sloot. De schoonmakers dweilden om haar heen terwijl ze zich stond om te kleden. Toen ze door de receptie naar buiten liep, zag ze de badmeesters het zeil over het bad trekken. Haar vingers waren gerimpeld en haar borst deed pijn omdat ze te lang in het frisse water was gebleven. De beurse plek had zich door de hele lucht verspreid en het was nu bijna donker. Ze kon nergens anders meer naartoe dan naar haar lege flat.

Toen ze thuiskwam, deed ze geen lampen aan. Ze legde haar natte badpak in de gootsteen in de keuken en liep door naar de zitkamer, waar ze in de leunstoel ging zitten. Er lag een deken over de armleuning, en die deed ze over zich heen; ze stopte hem stevig in rondom haar schoot en trok hem op tot aan haar nek. Zo bleef ze de hele nacht zitten, in het donker, voor zich uit starend in de lege kamer. Pas toen de zon opkwam viel ze in slaap.

Nu kijkt Rosemary op naar Jay en probeert zichzelf hieruit omhoog te trekken, weg van de tranen die zich achter in haar keel hebben verzameld. Ze stelt zich voor dat ze aan een touwtje aan haar schouders omhooggetrokken wordt, gaat wat verzitten en recht haar rug.

'Ik heb al eens afscheid van hem genomen, ik kan het niet nog een keer.'

'Oké,' zegt Jay. Samen blijven ze zo nog een poosje zitten. Voor hij vertrekt, helpt hij haar om de boeken terug te zetten op de planken en de bank weer op zijn plek te schuiven. Hij pakt de vuilniszakken op en hangt die aan zijn schouder als hij de deur uit loopt.

'Wil je tegen haar zeggen...' zegt Rosemary, maar dan zwijgt ze.

'Zal ik doen,' zegt Jay. Ze doet de deur achter hem dicht en luistert naar de ritselende vuilniszakken terwijl hij op weg naar de lift gaat. Ze hoort het belletje en daarna het open- en dichtschuiven van de deuren, en dan is ze weer alleen.

53

Vandaag is het de laatste dag dat het zwembad open is. Vanavond zal Geoff de deuren voor het laatst dichtdoen. Over een paar dagen tekent Paradise Living het contract.

Op het kantoor van de *Brixton Chronicle* is het stil; Kate is de eerste die er arriveert. Phil komt vlak daarna binnen, maar loopt regelrecht naar zijn bureau, zonder te groeten. Sinds hun ruzie probeert hij te vermijden dat hij tegen Kate moet praten of haar in de ogen moet kijken. Kate draagt tegenwoordig de hele dag een koptelefoontje. Soms luistert ze ook echt naar muziek, maar meestal niet eens.

Phil heeft haar een mailtje gestuurd met een administratieve opdracht; daar begint ze stilzwijgend aan, en onder het typen probeert ze niet te veel na te denken. Dan komt Jay binnen. Ze kijken elkaar aan en knikken, maar Kate is niet in de stemming om te praten. Hun kus lijkt heel lang geleden. Ze concentreert zich op haar scherm.

Onder het typen vraagt ze zich af of Phil haar ooit nog wel een serieus artikel zal laten schrijven. Ze moet misschien op zoek naar freelanceklussen naast deze baan. Dan zal ze wel lange dagen moeten maken, maar nu ze zich toch niet meer bezig hoeft te houden met de campagne en niet meer gaat zwemmen, heeft ze veel meer vrije tijd.

En bij die gedachte begint ze te huilen. Eerst komen de tranen stilletjes druppend langs haar gezicht, op haar toetsenbord, en neemt ze niet eens de moeite om ze weg te vegen. Ze blijft strak naar het scherm staren, maar de woorden lopen in elkaar over. Ze kan zich nu niet meer inhouden en er ontsnapt een snik aan haar borst, die haar hele lijf doet trillen.

Jay staat meteen op en komt naast haar staan, met zijn handen op haar schouders.

'Kate, Kate,' zegt hij, en zijn stem klinkt gedempt door haar oortjes. Ze verroert zich niet, dus trekt hij de oortjes voorzichtig los en draait haar stoel rond zodat ze hem aankijkt.

Phil werpt een snelle blik over de rand van zijn computerscherm als Jay op zijn hurken zakt en zijn armen stevig om Kate heen slaat. Ze laat het gebeuren, leunt met haar hoofd tegen zijn borst en luistert naar het bonzen van zijn hart door de zachte katoen van zijn T-shirt, dat ruikt naar koffie en krantenpapier.

Ze wil iets zeggen, uitleggen wat het is dat nu zo uit haar stroomt, maar het lukt haar niet. Ze is doodmoe, alsof haar lichaam uitgewrongen is als een natte handdoek. Uiteindelijk bedaart het snikken wat en kan ze weer iets zeggen.

'Ik voel me zo'n loser,' zegt ze. 'Niet te geloven dat ik al weer zo zit te janken. Je denkt vast dat ik gestoord ben. Misschien ben ik dat ook wel. Maar ik ben gewoon zo ontzettend moe. Ik had dit zo graag goed willen doen. Ik kan niet geloven dat het echt dichtgaat, dat het vandaag echt de laatste dag is.'

Kate denkt aan Rosemary en realiseert zich voor het eerst dat haar beste vriendin een zevenentachtigjarige vrouw is die ze alleen heeft leren kennen door een verhaal over een zwembad dat gered moet worden. Ze denkt aan Rosemary's badpak en hoe dat altijd uitdagend aan haar balkon hing, als een vlag.

'Het komt wel goed,' zegt Jay, haar nog steeds stevig vasthoudend. Ze wacht tot hij nog iets zegt, maar dat doet hij niet. Zelf weet ze ook niet wat ze zou moeten zeggen, wat ze zou kunnen doen om zichzelf of Rosemary weer blij te maken, hoe ze alles recht kan zetten, wat ze met haar leven aan moet. Misschien weten mensen sowieso niet wat ze doen en zijn ze meestal gewoon goed in doen alsof.

'Het komt goed,' zegt Jay weer in haar haren.

Inmiddels is Phil ook bij Kates bureau komen staan. Ze kijkt hem aan over Jays schouder en is verbaasd als ze ziet hoe bezorgd hij kijkt. Hij steekt zijn hand uit en klopt even op haar schouder. Ze krimpt ineen bij zijn aanraking, zo erg verbaast het haar.

Kate stelt zich voor dat ze boven dit tafereel zweeft en omlaagkijkt naar zichzelf: huilend, stevig vastgehouden door haar collega, midden in het kantoor, en haar baas met zijn hand op haar schouder. Ze zijn alleen, omringd door slordige stapels mappen en papieren. Achter haar computer hangt een foto van Rosemary bij het zwembad. Hoe is ze hier ooit terechtgekomen? Buiten het kantoor draait de wereld door. Bibliotheken sluiten en koffiezaken worden geopend, er worden stenen door de etalages van makelaarskantoren gegooid, mensen staan in de bus op voor zwangere vrouwen, er wordt al weer een fietser door een vrachtwagen aangereden, een groep bruiloftsgasten neemt plaats in een oude dubbeldekker en mensen zwemmen voor het laatst onder de blote hemel in een zwembad.

Phil schraapt zijn keel alsof hij iets wil zeggen. Er komt niets. Hij kucht en probeert het nog eens.

'Het komt wel goed,' zegt hij Jay na.

'Maar wat als het niet goed komt?' vraagt Kate, en ze wrijft in haar ogen en gaat iets rechter zitten.

'Wat als het niet goed komt?' vraagt ze weer. Er roert zich iets in haar binnenste. 'Ik weet best dat het maar een zwembad is, maar voor Rosemary, of Hope, of Ellis, of Ahmed, of Geoff, of Frank, of Jermaine is het niet maar gewoon een zwembad. Al die namen kende ik een paar maanden geleden niet eens.'

Ze kijkt Phil recht aan en haar uitgelopenmascarablik houdt zijn ogen vast.

'Er zijn zoveel dingen die er kennelijk helemaal niet toe doen. We leven ermee en we leven erlangs en we denken "het komt wel goed" of "zo belangrijk is het nou ook weer niet" of "dat was het dan". Steden veranderen en projectontwikkelaars kopen hele buurten op om nog meer appartementen voor een miljoen te kunnen verkopen, en "zo belangrijk is dat nou ook weer niet". Maar op een dag word je wakker en realiseer je je dat het wel degelijk belangrijk was. Er zijn zat dingen die er inderdaad niet toe doen: of ik vanavond macaroni met kaas of spaghetti bolognese eet, of ik dik lijk in mijn badpak, of mijn haar vandaag wel goed zit, of mijn docent op de universiteit wel vindt dat ik het goed doe. Op de een of andere manier waren dat de dingen waar ik me altijd heel druk over maakte.'

Eerst trilt haar stem nog, maar uiteindelijk klinkt hij steeds sterker, stelliger. Jay heeft haar losgelaten en staat tegen haar bureau geleund naar haar te kijken.

'Het zwembad is niet zomaar een gat in de grond gevuld met water, waar een paar mensen toevallig graag af en toe in gaan zwemmen. Het is veel groter dan dat: het is zo groot dat er iets aan je ogen mankeert als je het niet ziet. Dat heb ik geleerd sinds ik Rosemary ken. En is het niet het zwembad, dan is het wel de bibliotheek, of het jeugdcentrum, of die flat waar die man die er al zijn hele leven woont, uit gegooid wordt. Allemaal dingen waar de krant dag in dag uit over schrijft, althans dat zou moeten. Allemaal dingen die er écht toe doen. En het is niet goed. Het is verdomme helemaal niet goed.'

Ze staat op. Phil loopt een klein stukje achteruit, alsof hij bang is dat ze hem zal slaan. Ze pakt haar jack van de rugleuning van haar stoel en haar rugzak van de vloer.

'Sorry,' zegt ze, 'maar ik moet weg.' En ze loopt het kantoor uit, de trap af en de straat op zonder om te kijken. De zon begroet haar met open armen.

54

Onderweg belt Kate naar Geoff, en ze vertelt hem van haar plan. Hij hoort haar zwijgend aan.

'Oké,' zegt hij uiteindelijk. Als ze bij het zwembad arriveert, staat hij op haar te wachten bij de receptie, met de sleutels in zijn hand. Ahmed werkt vandaag niet. Het zwembad achter hem is leeg; de laatste zwemmers zijn vertrokken en de spullen worden voor het laatst uit het bad gehaald.

'Ik weet niet precies waarom ik dit doe,' zegt hij als hij Kate de sleutelbos overhandigt. 'Maar proberen kan altijd.'

'Dank je,' zegt ze, en ze neemt de sleutels aan en houdt ze voorzichtig vast, alsof ze heel breekbaar zijn.

'Zeg jij het tegen de anderen?' vraagt ze.

'Ik zal zien wat ik kan doen.'

Dan draait hij zich om en loopt voor het laatst de voordeur uit. Kate gaat in de bos metaal op zoek naar de juiste sleutel. Ze hoort voetstappen, iemand die hard aan het rennen is. Als ze omkijkt, ziet ze dat het Jay is, met een camera om zijn ene schouder en een weekendtas over de andere.

'Ik heb je bericht gekregen,' zegt hij als hij voor haar blijft staan.

Zijn wangen zijn roze van het hardlopen.

'Je hoeft dit echt niet te doen,' zegt ze. 'Het is eigenlijk een krankzinnig idee, straks worden we nog ontslagen. Of gearresteerd.'

Hij zet een stap over de drempel.

'Ik wil het zelf,' zegt hij. Hij doet nog een stap en staat in de receptie. Ze kijkt hem aan alsof ze een beslissing neemt en doet dan een stap naar achteren om hem door te laten. Samen doen ze de deuren dicht, en Kate draait ze op slot. Ze wil tegen hem zeggen dat het haar spijt dat ze zo afstandelijk is geweest en dat ze nauwelijks iets tegen hem heeft gezegd sinds ze hebben gekust. Maar de gedachte aan het zwembad houdt haar gefocust.

'We hebben iets nodig om voor de deur te zetten,' zegt ze, en Jay loopt achter haar aan, de lege gang door. Samen dragen ze een tafel uit de personeelsruimte, die ze voor de deuren bij de receptie neerzetten. Dan zoeken ze de studio's af en slepen meubelstukken naar de hal. Als ze klaar zijn, wordt de toegang gebarricadeerd door tafels, stoelen en hometrainers.

'Dit moet genoeg zijn,' zegt Kate.

Er is nog een ingang, via het restaurant, dus daar doen ze hetzelfde: deur op slot, tafels en stoelen ervoor. Het ziet er kaal uit, zo. De barista's hebben de koffiemachine al ontmanteld en hun schorten hangen over het eind van de koffiebar. Kate ziet voor zich hoe ze die voor de laatste keer over hun hoofd trokken.

Er zijn nog een paar tafeltjes over in het restaurant, en Kate gaat aan een ervan zitten, neemt haar laptop uit haar rugzak en zet die neer. Dan begint ze te typen.

Terwijl ze daarmee bezig is, gaat Jay op onderzoek uit in het lege zwembad en neemt ondertussen foto's. Het water is onbeweeglijk en blauw, de lege badmeestersstoel waakt over het stille bad. Hij neemt een foto van de klok en het lege snackloket bij de receptie. Het luik is neergelaten, waardoor het eruitziet als een strandtent in de winter. Hij loopt door de gangen en maakt foto's van de middagzon op het stof in de lege yogastudio.

Als hij naar het terras loopt om weer terug te gaan naar het restaurant, hoort hij stemmen aan de andere kant van de muur.

'Trek de stop niet uit ons bad!' schreeuwen ze.

Jay loopt het restaurant in en maakt een foto van Kate achter haar laptop, haar gezicht een en al concentratie. Ze kijkt op van het geluid en hij maakt nog een foto.

'Sorry,' zegt hij. 'Ik kan me niet inhouden. Ze zijn er.'

Ze staat op en kijkt vol verwachting in de richting van de

deur. Als ze naar de receptie lopen, zwelt het lawaai van de stemmen aan. Ze pakt zijn arm vast.

'Trek de stop niet uit ons bad!'

Kate en Jay turen door de ramen. Buiten staat een menigte. Ze houden borden vast en een groot spandoek en staan in een lange rij voor de ingang. Ze maken zoveel lawaai dat Kate het idee heeft dat de rij nog een flink eind door moet lopen en dat ze een muur van lichamen vormen die de doorgang blokkeert. Ze ziet Ellis staan; hij draait zich om en zwaait naar haar. Jake is er ook, met Hope, Jamila, Aiesha en Geoff. Naast hen staan Frank en Jermaine. Sprout heeft een vlag aan haar halsband hangen met in dikke letters de tekst RED HET BROCKWELL LIDO. Kate ziet de jonge jongen en de moeder met de baby op haar heup en haar man aan haar zij. De yogalerares is er ook, met de badmeester en de rest van het personeel van het zwembad en het restaurant.

'Niet te geloven dat iedereen er is,' zegt ze tegen Jay.

'Dat komt allemaal door jou,' antwoordt hij, en hij houdt haar blik vast. Ze glimlacht gespannen en veegt haar haar uit haar gezicht.

Aan het eind van de rij staat een mollige figuur wiens gezicht Kate niet kan zien. Dan draait hij zich om en lacht; het is Phil. Hij draagt een protestbord. Kate voelt hoe snel haar hart aan het kloppen is.

Phil kijkt naar hen door het raam. Hij knikt en zij knikt terug.

'En nu?' vraagt Jay.

'Nu wachten we af.'

55

De demonstranten blijven de hele middag. Ellis en Jake delen biertjes uit; Frank heeft koekjes. Buurtbewoners lopen langs en nemen foto's; sommige sluiten zich aan in de rij en krijgen een bord met een leus in hun handen gedrukt. Terwijl zij buiten in de zon staan, zit Kate in het restaurant en schrijft. Ze stuurt een nieuw artikel aan een aantal landelijke kranten en naar plaatselijke blogs en deelt de link naar de petitie waar ze maar kan. Het aantal handtekeningen stijgt gestaag. Elke keer als iemand tekent, maakt haar hart een sprongetje van blijdschap. Ze denkt aan de mensen in haar omgeving die tot de allerlaatste snik willen helpen om het zwembad open te houden en ze voelt zich minder mistroostig. Het mag dan een hopeloze zaak zijn, maar ze is niet alleen. Het zou alleen zo fijn zijn als Rosemary er ook bij was.

'Kom eens even kijken,' zegt Jay als de avond aanbreekt. De langzaam ondergaande zon stroomt door de ramen van het restaurant naar binnen en doet Kates haar stralen. Ze kijkt op van haar laptop.

'Is de politie er?'

'Nog niet, maar ik geloof dat er mensen van Paradise Living zijn.'

Ze lopen naar de receptie en turen door de ramen. Hope staat op een afstandje van de demonstranten te praten met een groepje mannen in pak. Kate ziet dat de wethouder er ook bij is; de rest herkent ze niet. Hope houdt haar bord stevig voor haar borst gedrukt en gebaart druk met haar vrije arm. Ellis loopt weg uit de rij en komt meepraten.

Een van de mannen wijst naar het zwembad, terwijl een ander op zijn horloge kijkt. Kate kan niet verstaan wat er wordt gezegd. Ze kijkt alleen toe door de ruit en vraagt zich af of de politie al onderweg is en of hun spontane barricade stand zal houden. Jay staat dicht bij haar en ze voelt de warmte van zijn schouder naast de hare. Na een poosje werpt het groepje mannen nog een laatste blik op het bad en loopt dan snel weg. Hope en Ellis lopen terug naar de groep, en Hope wurmt zich door de rij en komt voor het glas staan zodat Kate haar kan verstaan.

'Wie waren dat?' roept Kate door het raam. 'En gaan ze de politie op ons afsturen?'

Hope schudt haar hoofd.

'Het waren lui van Paradise Living. Nou, die heb ik eens even flink de waarheid gezegd!' zegt ze. 'Maar ze gaan vandaag verder niets doen; ik denk dat ze naar huis wilden om te eten. Morgen komen ze terug. Ze zeiden dat we vanavond hun gebouw moeten ontruimen en dat ze anders actie zullen ondernemen. "Hun" gebouw. De brutaliteit. Het bad boeit hen niet eens... en dat ze er nu zo over praten, over "hun" gebouw... Enfin, dat zal het ook wel zijn. Of dat wordt het als het contract straks ondertekend is.'

Jay kijkt naar Kate. De demonstranten draaien zich om en kijken ook naar haar. Kate denkt aan de mogelijkheid dat de politie hen eruit komt zetten en dat ze dan de sleutels aan die pakken van Paradise Living zal moeten geven. Dat idee maakt haar misselijk en doet haar sneller ademen. Ze ziet haar paniek voor zich, hoe die haar besluipt en er alles aan doet om haar om te duwen. Maar ze duwt terug.

'Wat wil je nu doen?' vraagt Jay. Hope staat er nog, voor de ruit, en wacht op Kates reactie. Kon ze Rosemary of Erin maar vragen wat ze moest doen, denkt ze heel even. Maar dan voelt ze zich ineens heel sterk.

'Ze zullen me eruit moeten slepen; ik ga niet weg,' zegt ze.

Hope glimlacht en roept tegen de demonstranten wat Kate zei, zodat zij het ook weten. De groep begint te joelen.

'Weet je het zeker?' vraagt Jay.

'Ja, heel zeker.'

Ineens is ze niet meer bang. Ze ziet haar paniek bijna even duidelijk voor zich als Jay, maar deze keer weigert ze haar in het gezicht te kijken, ze weigert haar aanwezigheid te erkennen. Ze wil hier blijven tot het bittere eind, ze wil iets doen, ook al komt er niets van terecht. Ze wil het in elk geval proberen. Het bad moet dan misschien toch voorgoed sluiten, maar ze wil zeker weten dat ze zelf alles uit de kast heeft gehaald.

'Dan blijf ik ook,' zegt Jay.

'Het hoeft niet, hoor.'

'Dat weet ik wel.'

Hij kijkt naar haar en bedenkt dat ze er totaal anders uitziet dan het meisje dat hij altijd op de trap naar kantoor tegenkwam, of dat op straat naar hem zwaaide. Ze is even mooi, maar het is alsof er vanbinnen een licht is gaan branden. Ze gloeit, en hij voelt haar warmte.

56

Het is nog steeds een puinhoop in Rosemary's flat. Hoe meer ze opruimt, des te meer troep ervan lijkt te komen. Af en toe hoort ze vanaf het park mensen roepen. 'Trek de stop niet uit ons bad!' Zo nu en dan werpt ze een blik door het raam bij het balkon op de demonstranten die zich om de muren van het zwembad hebben geslingerd. Ze staat wat opzij van het raam, zodat zij haar niet kunnen zien, en slaat dan weer aan het poetsen. Het vermoeit haar, en ze doet veel dutjes, languit op de bank, en probeert dan niet over het zwembad te dromen.

Als ze wakker wordt uit een langere slaap, realiseert ze zich dat het al avond is en dat haar balkondeur nog openstaat. De demonstranten zijn inmiddels stilgevallen. De gordijnen flapperen en de kamer is gehuld in het bijna-donker van de schemering. Ze huivert, staat op en loopt langzaam naar haar slaapkamer om een vestje te pakken. In de slaapkamer is het al net zo'n rommel als in de zitkamer, waar de vloer vol staat met dozen. Ze loopt eromheen en trekt de deuren van haar kledingkast open, op zoek naar iets warms. Ze reikt naar een van de truien die daar keurig opgevouwen op de bovenste plank liggen, en als ze eraan trekt, komt niet alleen de trui mee, maar ook de doos die ernaast stond. De doos kantelt, het deksel glijdt eraf, en als de doos valt, komen er stapels glimmende zwart-witte velletjes uit. Foto's. Tientallen foto's. Het regent glimlachjes.

Rosemary staat daar maar voor de kast, met de trui in haar armen, omringd door een plas kiekjes. Overal George die haar lachend aankijkt. Ze knielt neer en pakt willekeurige foto's op.

George die naar haar grijnst vanaf de duikplank en haar nog even aankijkt vlak voordat hij ervanaf springt om te checken of ze wel op hem let. George languit langs de kant van het bad, met een opengeslagen boek over zijn gezicht, zijn armen achter zijn hoofd en zijn benen gekruist bij de enkels. George die een groepje kinderen de borstcrawl leert: hij staat aan de rand van het bad met zijn armen voor zich uit om de slag voor te doen en de kinderen kijken hem lachend aan.

Ze pakt nog een foto op, dit is er eentje van haar. Ze draagt een gestreept badpak en heeft twee ijshoorntjes in haar hand; op de foto lijkt het badpak zwart met wit, maar ze herinnert zich dat het rood met wit was. Het ijs druipt langs haar handen, die ze uitsteekt naar de camera, met wijd open mond. Ze moest de ijsjes vasthouden van George zodat hij een foto kon nemen, maar ze waren al aan het smelten, zodat het ijs tot haar ellebogen droop. En hij maar lachen.

Daar is er eentje van hen tweeën, leunend op de zijkant van het bad, met hun voeten trappelend achter zich en waterdruppels die zonlicht vangen in de lucht. Die had Hope genomen, vlak voor ze weer onder water doken om elkaar te zoenen voor ze weer omhoogsprongen.

En hier, een besneeuwd bad, en George met een wollen muts, een das en een zwembroek, grijnzend aan de rand van het bad. En daar, zij en George die samen in het diepe duiken. Ze lijken net elkaars schaduw, zo perfect is hun timing.

Ze verzamelt alle foto's in haar schoot en aait steeds even over George' gezicht. Haar hele leven ligt aan haar voeten, dwars door elkaar. Sommige foto's hebben een duim voor de lens of zijn tegen de felle zon in genomen zodat je de gezichten niet kunt zien. Maar ze herinnert zich die gezichten nog heel goed. En als rode draad die alles met elkaar verbindt loopt het zwembad, de plek waar ze steeds weer naar teruggingen. Hun thuis. Ze moet iets doen. Het kan niet zo eindigen.

57

De mensen blijven tot het donker is. Kate zoekt steeds in de rij naar Rosemary, maar ze komt niet. Ze checkt haar telefoon, maar Rosemary heeft geen berichtje gestuurd. Dus belt Kate met Rosemary's huis, waar de telefoon meteen overgaat op de voicemail. Ze spreekt niets in. Dat heeft ze al zo vaak geprobeerd, en ze weet inmiddels dat Rosemary toch niet reageert. Het idee dat Rosemary daar alleen in die flat zit, niet in staat om afscheid te komen nemen van haar zwembad, stemt Kate heel erg verdrietig. Ze hoopt dat Rosemary er geen spijt van krijgt als het bad echt voorgoed gesloten is. Want dan is de kans verkeken.

Ze stuurt Erin een appje om haar te vertellen waar ze mee bezig is en hoe erg ze het vindt dat Rosemary er niet bij is. Haar zus reageert meteen.

Je bent geweldig! Ik denk aan je. En aan Rosemary... misschien bedenkt ze zich nog. Het is vast heel moeilijk voor haar. Hoop is soms nog het pijnlijkste van alles.

Als Kate het appje leest, bedenkt ze ineens dat ze wel snapt waarom Rosemary niks van zich heeft laten horen, niet meer in het bad is geweest en niemand wil ontvangen. Het is misschien maar het beste om jezelf overal van af te sluiten en ervoor te zorgen dat niets – niet het licht op het water en niet de troostende woorden van een vriendin – je nog hoop geeft.

De demonstranten nemen zo zoetjes aan afscheid. Frank en Jermain zwaaien naar Kate en lopen hand in hand weg met hun protestborden over hun schouders en Sprout achter hen aan banjerend. Hope vertrekt met Jamila en Aiesha, en Ellis, Jake en Geoff lopen achter haar aan.

'We zijn er morgen weer, kindje!' zegt Hope door het glas voor ze zich omdraait en wegloopt. En op dat moment ziet Kate een figuur op de ingang van het zwembad aflopen. Kate herkent Ahmed. In alle opwinding van die dag beseft ze dat hij de andere ontbrekende persoon was bij de protesten.

'Sorry, dat ik zo laat ben,' zegt hij door het glas, zijn gezicht dicht bij de ruit. 'Geoff heeft me over je plan verteld, maar ik had vandaag mijn laatste examen. Ik wilde meteen daarna komen, maar mijn pa wilde per se met me uit eten.'

Hij bloost, en Kate glimlacht.

'Gefeliciteerd!' zegt ze. 'Dus nu ben je een vrij man!'

Ahmed lacht en spreidt zijn armen wijd uit, alsof hij een vogel is en ter plekke zou kunnen wegvliegen.

'Goed gedaan, man,' zegt Jay, en hij steekt zijn hand uit alsof hij zijn arm om Ahmed heen wil slaan en pas dan bedenkt dat er glas tussen zit. Ahmed steekt zijn arm ook op, en zo salueren ze maar zo'n beetje.

'Ik wilde je succes wensen met de sit-in,' zegt Ahmed. 'Maar ik heb ook een idee, een manier waarop we het bad misschien toch nog kunnen redden.'

Kate trekt haar wenkbrauwen op en kijkt Ahmed gespannen aan, en doet ondertussen ontzettend haar best haar hartslag in toom te houden. Hoop is inderdaad iets pijnlijks.

'Vertel?' zegt ze.

'Het is misschien niets,' zegt Ahmed ineens nerveus.

'Nee, alsjeblieft,' zegt Kate. 'We kunnen wel wat ideeën gebruiken.'

En dus vertelt Ahmed het hun.

'Nou, ik zat na mijn examen te denken aan het zwembad. Ik baalde dat ik er de laatste dag niet bij kon zijn, al was het examen natuurlijk belangrijker. En toen dacht ik ineens aan een gesprek dat ik had met jouw zus Erin, Kate. Weet je nog wel, die dag met de rubberen eendjes?'

Kate herinnert zich inderdaad dat Ahmed en haar zus druk in gesprek waren aan de rand van het bad. Ahmed vond het zo gaaf toen hij hoorde dat Erin ook bedrijfskunde had gestudeerd.

'Nou, ik weet nog dat ze iets vertelde over een module die ze had gevolgd over de opkomst van merknamen die zich aan openbare voorzieningen verbinden en zo, zoals de Barclays, en toen de Santander-fietsen hier in Londen, het Erimates-stadion... En toen dacht ik ineens: als dat daar werkt, zou het dan niet ook kunnen werken voor het zwembad?'

Hij heeft het nog niet gezegd of de hoop schiet wortel in Kates borst.

'Ga door,' zegt ze.

'Nou, misschien kunnen we een bedrijf vinden dat zou willen adverteren door middel van het bad. Met alle publiciteit die het nu krijgt, en die het hopelijk nog krijgt nu jullie je hier hebben opgesloten...' Hij zwijgt en ze glimlachen alle drie. '... nou, dat trekt misschien wel de aandacht van een adverteerder. Ik heb wat onderzoek gedaan naar mogelijke bedrijven en ik heb een lijstje gemaakt. Als een daarvan geïnteresseerd is, kan het bad misschien openblijven.'

Dan is hij uitverteld. Hij steekt zijn handen in zijn zakken en kijkt Kate en Jay afwachtend aan. Kon ze maar door het raam springen om die geweldige jongen te omhelzen, denkt Kate.

'Fantastisch, Ahmed,' zegt ze. 'Echt briljant. We kunnen het allicht proberen, toch?'

Op dat moment gaat Kates telefoon over. Ze kijkt op het schermpje en ziet tot haar verbazing Rosemary's naam staan. Ze houdt de mobiel omhoog zodat Jay en Ahmed kunnen zien wie de beller is. Ze haalt diep adem en neemt dan op.

'Rosemary,' zegt ze.

'Kate, het spijt me zo. Ik heb me ontzettend vergist.'

Haar stem trilt.

'Rosemary, gaat het wel?'

Rosemary snuft en klinkt dan iets monterder.

'Ja, ja, het gaat prima. Het gaat zelfs heel goed. Maar het dringt nu pas tot me door hoe dom ik ben geweest. Ik had dapperder moeten zijn; het was gewoon lafheid waardoor ik niet meer naar het bad ben geweest en jullie niet meer heb willen spreken, mijn vrienden.'

'Geeft niks,' zegt Kate, 'ik begrijp best hoe moeilijk dit voor jou moet zijn geweest. En nog steeds is. Maar wat fijn om je stem weer te horen.'

'Vind ik ook, Kate. Luister, ik heb zitten denken...' Haar stem klinkt sneller en sterker. 'De strijd kán nog niet gestreden zijn. We moeten nog iets kunnen doen.'

Dus vertelt Kate haar waar ze nu is, en dat ze bezig zijn met een sit-in.

Rosemary moet lachen, en dat geluid geeft Kate precies de kracht die ze nodig heeft.

'Ik heb de demonstranten inderdaad gehoord, maar ik had geen idee dat jij je daar opgesloten hebt! Allemachtig. Dat zou George geweldig hebben gevonden: een ouderwetse sit-in! Jij bent een heel stuk dapperder dan je denkt, Kate Matthews.'

Kate bloost ervan, en Jay en Ahmed kijken naar haar en luisteren naar haar helft van het gesprek. Ze kijkt hen aan en denkt ineens weer aan Ahmeds idee.

'Rosemary, Ahmed heeft een geweldig plan voor een andere manier waarop we het bad zouden kunnen redden. Ik denk dat hij wel wat hulp kan gebruiken, maar ik zit hier natuurlijk vast...'

Ze doet Rosemary het idee uit de doeken.

'Is Ahmed daar nu ook?' vraagt Rosemary. 'Zeg maar dat hij heel slim is.'

Kate geeft Ahmed de boodschap door, en hij begint al weer te blozen.

'Dus, denk je dat jij Ahmed hierbij kunt helpen, Rosemary? Jullie zouden samen bij de bedrijven langs kunnen gaan, en jij zou een pleidooi voor het zwembad kunnen houden, net als toen in het gemeentehuis.'

'Ja,' zegt Rosemary, 'Ik wil alles doen wat nodig is.'

Als Kate afscheid neemt en ophangt, kijkt ze Ahmed aan.

'Je hebt een zakenpartner voor je plan.'

58

Dan blijven Kate en Jay alleen achter. Het is stil in het lege zwembad. Het voelt zoveel groter, een leegstaand pand of kasteel dat ze vannacht moeten bewaken. Ze huivert een beetje en vraagt zich af of dit geen vergissing is. Maar ze wil hier blijven tot het eind. Het bad is een nieuw thuis voor haar en ze wil tot het allerlaatste moment binnen deze veilige muren blijven, tot ze gedwongen wordt te vertrekken. En nu ze Rosemary's stem weer heeft gehoord en weet dat die ook de moed nog niet helemaal opgegeven heeft, heeft ze weer een doel.

'Ik ben uitgehongerd,' zegt Kate als het even stil is.

'Anders ik wel,' zegt Jay. 'Zullen we eens gaan kijken wat er is?'

Ze lopen terug naar het Lido Café en keren hun tassen om op een van de lege tafeltjes. Kate heeft een rol chocoladekoekjes en een quiche in een trommel. Jay heeft sandwiches, KitKats en twee blikjes gin-tonic. En onder in hun tassen zit nog genoeg eten om het er een week uit te houden, mocht het nodig zijn.

'Wat een feestmaal!' zegt Kate.

'Heb jij deze gebakken?' vraagt Jay, wijzend op de quiche. De korst is ingezakt en aan één kant een beetje verbrand, maar hij ziet er lekker uit, en Jay voelt ineens hoe hongerig hij is.

Kate glimlacht breed. 'Ja!'

Ze klinkt heel trots, en Jay moet zich inhouden om haar niet in zijn armen te nemen.

En dan valt ineens het licht uit.

'Shit.'

Er komt wat bleek licht van de maan, maar in de helft van de ruimte is het pikkedonker. Op de tast zoekt Jay de schakelaars en probeert die een voor een.

'Ze zullen de elektriciteit wel afgesloten hebben,' zegt hij.

Kate verdwijnt achter de koffiebar en knielt neer, op zoek naar iets. 'Ik vraag me af of ze hier nog liggen,' zegt ze. En dan staat ze weer op.

'Zo,' zegt ze. 'Ik kon me die herinneren van de bruiloft van Frank en Jermaine. Gelukkig zijn ze er nog.'

Ze loopt terug naar de tafel met een paar grote lantaarns en een doosje lucifers. Ze steekt de kaarsen aan en een warm oranje licht verspreidt zich. De kaarsvlammetjes en hun gezichten worden door de glazen ruiten weerspiegeld. Het bad buiten is donker en stil.

'Perfect,' zegt Jay, en hij trekt een stoel naar achteren voor Kate en gaat dan zelf ook zitten.

'Dank je. Zullen we dan maar?'

Ze haalt een mes tevoorschijn dat ze in een theedoek gerold had en snijdt voor hen allebei een stuk quiche af. De blikjes laten een lekker sissend geluid horen als ze hun gin-tonics opentrekken.

'Cheers.'

'Dit is heerlijk,' zegt Jay, en hij neemt nog een hap van de quiche.

'Dank je. Ik kan niet zo goed koken, maar ik leer steeds een beetje bij. Van George.'

Jay kijkt niet-begrijpend, maar Kate legt het uit: ze is alle recepten uit George' kookschrift aan het uitproberen.

Ze zwijgt even.

'Ik ben zo blij dat Rosemary Ahmed wil helpen. Maar denk jij dat het goed komt met haar als het plan toch mislukt? Als dit echt het einde is, weet ik niet of ze nog wel herstelt van de klap dat ze het zwembad kwijt is. Haar hele leven draait hierom.'

Ze denken allebei in stilte aan Rosemary en haar bad.

'Het moet echt zwaar voor haar zijn,' zegt hij uiteindelijk. 'Dit is haar geschiedenis.'

Ze kijken naar het donkere bad en denken aan alle dingen die Rosemary daar heeft meegemaakt en alle mensen die ze er heeft ontmoet. Hoe vaak zou ze daar niet hebben gezwommen? Ontelbaar vaak. Ze eten de rest van hun wonderlijke avondeten in stilte bij het licht van de kaarsen. De zomernacht drukt zijn gezicht tegen het raam, de sterren stralen aan de hemel en worden weerspiegeld door het water in het bad.

'Wat denk je dat er morgen gebeurt?' vraagt Kate uiteindelijk, nippend van de gin-tonic, die haar rode wangen bezorgt.

'Geen idee,' zegt hij. 'We zullen er morgenochtend wel uit geschopt worden. En misschien worden we gearresteerd wegens huisvredebreuk.'

Kate zucht. 'Hm, ja.'

Ze kijkt uit over het donkere water en denkt aan al die keren dat ze hier zelf de afgelopen maanden heeft gezwommen. Ze woont op een kwartier lopen, maar voor ze de opdracht kreeg om hierover te schrijven, was ze hier nog nooit geweest. Had ze er maar eerder van geweten.

'Ik zou eigenlijk bang moeten zijn,' zegt ze. 'Maar dat ben ik helemaal niet.'

Ze ziet zichzelf in het raam en geneert zich voor de verandering niet voor haar spiegelbeeld. Ze blijft zichzelf strak aankijken. Hier ben ik, denkt ze. Ik ben hier.

Ze kijkt weer naar Jay.

Ze denkt aan hoeveel tijd ze het afgelopen jaar in angst heeft doorgebracht. De paniek heeft haar leven al zo lang bepaald. Voor ze het zwembad vond, had ze het gevoel alsof ze op de rand van de duikplank stond, doodsbang voor de diepte onder zich. Maar nu is ze eindelijk niet meer bang. Ze is klaar om te springen.

Dus staat ze op, buigt zich over de tafel, neemt Jays gezicht stevig tussen haar handen en zoent hem. Hij knippert verbaasd met zijn ogen en beantwoordt dan haar kus. Ze duwen hun stoelen naar achteren en lopen wat ongemakkelijk om de tafel, hun lippen nog steeds tegen elkaar gedrukt. Dat trekt hij haar naar zich toe tot hun bekkens elkaar raken en slaat zijn armen om haar middel. Zijn mond is warm, zijn baard ruw onder haar vingers. Nu trekt zij hem dichter tegen zich aan, tot hun borsten tegen elkaar gedrukt zijn, en hun harten kloppen steeds wat sneller. Dit is een heel andere kus dan hun eerste, en ze weet precies waarom. Het is omdat ze er deze keer klaar voor is, ze is klaar voor zijn liefde.

Ze zoenen bij kaarslicht en leren elkaars gezicht kennen. Na een poosje laten ze elkaar los en bedelven bij elkaar oren, kin en hals met zachte kusjes. Hij zoent haar oogleden, zij zijn wangen. Maar het duurt niet lang of hun monden vinden elkaar weer.

Na een poosje neemt ze een klein beetje afstand en bekijkt zijn gezicht. Hij beantwoordt haar blik en legt een hand tegen haar wang.

'God, dit wilde ik al zo lang,' zegt hij.

'Ik ook.'

Ze beseft het pas als ze het zegt. Ze was er eerst misschien nog bang voor, maar dit is wat ze wil. Hij is wat ze wil. Ze kust hem nog eens en maakt zich dan los uit zijn omhelzing om even op adem te komen.

'Als dit de laatste avond van het zwembad is, dan moeten we zwemmen,' zegt ze, en ze trekt haar jurk over haar hoofd.

'Het zou verkeerd zijn om het niet te doen,' beaamt hij, en hij knoopt zijn hemd los. Hun kleren vormen een spoor achter hen terwijl ze op weg gaan naar het bad. Het heeft lang geduurd, maar eindelijk schaamt ze zich niet meer voor haar naaktheid. Jay slaakt een kreet als hij in het water stapt, en ze schiet in de lach. De maan waakt over hen terwijl ze zwemmen in het koude water.

'Ik ben hier niet aan gewend!' zegt hij. Ze lacht weer en duikt onder water, en haar haren drijven als zeewier om haar heen. Ze strekt haar handen voor zich uit en doet haar ogen open. Ze kijkt naar haar bleke huid en naar de contouren van Jay, die verderop aan het zwemmen is. Ze weet niet of het door hem komt of door het koude water dat haar hart zo snel klopt. Ze komt weer omhoog om lucht te happen en zwemt op hem af.

Eerst lachen ze en spatten ze water naar elkaar als een stel kinderen. Dan stoppen ze met spelen en beginnen langzaam baantjes te trekken, zij aan zij. Hij drijft op zijn rug en zij doet hetzelfde. Ze probeert de sterren te tellen, maar het zijn er zoveel, er is geen beginnen aan.

Ze zwemmen tot hun lichamen moe zijn en huiveren. Dan trekken ze zich op uit het water, hun huid koud maar tintelend.

'Handdoeken?' vraagt Jay.

Ze pakken ieder een lantaarn en rapen hun kleren bij elkaar, en Kate gaat hem voor door de gang naar de receptie. Ze laten allemaal waterdruppels achter onder het lopen. Ze zoekt achter de receptie en haalt een doos vol witte handdoeken tevoorschijn, opgelucht dat het personeel die daar heeft laten staan toen ze het bad voor het laatst sloten. Ze slaan de handdoeken om elkaar heen en knuffelen elkaar om weer wat warm te worden voor ze elkaar loslaten.

'Het is vast heel laat,' zegt ze, zich ineens bewust van het verglijden van de tijd, alsof ze een poos ondergronds is geweest en bovenkomt voor verse zuurstof. De klok boven de receptie vertelt hun dat het halfeen is.

Ze voelt hoeveel energie ze die dag heeft verbruikt: tijdens het schrijven van haar artikelen en het versturen van de petitie en door haar grote zorgen om het zwembad. Ze is doodmoe. Zelfs de opluchting die ze voelde toen ze Rosemary weer hoorde en de wetenschap dat ze haar vriendin weer aan haar kant heeft staan, hebben hun emotionele tol geëist. Ze loopt met de doos met handdoeken, haar kleren en haar grote rugzak naar de yogastudio, en Jay volgt haar. Daar houdt ze de lantaarn op en zoekt de yogamatjes. Ze zet de doos neer en begint de matjes naar het midden van de zaal te slepen, waar ze ze in een groot vierkant legt. Hij helpt haar tot een matrasvormig deel van de vloer bedekt is met yogamatjes en handdoeken, die dienstdoen als zachte lakens.

'Perfect,' zegt hij.

Kate buigt voorover en trekt een slaapzak uit haar rugzak, die ze openritst en over de matten en handdoeken heen legt. Ze heeft er maar eentje, maar ze denkt niet dat dat uitmaakt.

De zaal baadt in het kaarslicht en ze zien hun weerspiegeling in de kamerbrede spiegel aan de muur. Aan de andere kant is een enorm raam. Buiten is het aardedonker. Kates haar druipt op haar schouders en rillend trekt ze haar handdoek steviger om zich heen.

'Kom eens hier,' zegt Jay. Hij slaat zijn armen om haar heen en kust haar. Ze knielen samen op het bed en gaan dan op de stapel matten en handdoeken liggen. Ze leunt nog even naar de lantaarn en blaast de kaars uit. In het donker ligt hij naast haar als ze samen een S vormen van twee lichamen. Ze voelt zijn hart kloppen tegen haar rug terwijl ze elkaar stevig vasthouden.

'Het zou kunnen dat ze ons komen arresteren,' zegt ze zachtjes, al bijna vertrokken, 'maar ik ben blij dat ik hier nu ben.'

'Ik ook.'

In het bleke maanlicht dat door het raam naar binnen spiekt en dat op de spiegel valt als was het glas een meer, vallen ze in slaap.

59

De volgende dag spreekt Rosemary met Ahmed af in een restaurantje in Brixton Village. Ze arriveert al vroeg en zoekt een tafeltje uit met zicht op de markt. Ze ziet de mensen langs het raam voorbijlopen of blijven staan om even naar binnen te kijken. Het is fijn om haar huis uit te zijn. Na een week binnen zitten voelt ze de energie weer door haar aderen stromen, en ze is zo opgewonden dat ze de pijn in haar knieën bijna zou vergeten. Ze tikt rusteloos met haar hand op haar schoot terwijl ze wacht tot Ahmed komt. Haar hart klopt mee op de maat van haar hand als ze denkt aan het zwembad en hoe graag ze wil dat dit plan slaagt. Als ze Ahmed bij de deur ziet, met een iPad onder zijn arm, zwaait ze. Hij vraagt de ober om de wificode en loopt naar het tafeltje.

‘Wat zie jij er ineens groot uit,’ zegt Rosemary, en ze geeft hem een knuffel. Hij lijkt zich eerst een beetje te generen, maar laat zich dan toch door de oude dame in haar sterke armen nemen.

‘Ik hoor dat je klaar bent met je examens?’ zegt ze, en ze doet een stap naar achteren, pakt zijn handen en bekijkt hem eens goed. ‘Goed zo.’

Ze denkt aan al die keren dat ze hem heeft zien studeren achter de receptie van het zwembad, zijn werkplek volgehangen met post-its. De herinnering aan het zwembad en het idee dat het binnenkort alleen nog maar een herinnering zal zijn, zorgen voor een pijnscheut in haar borst, maar ze blijft glimlachen.

‘Ik weet alleen nog niet of ik wel geslaagd ben,’ zegt Ahmed verlegen.

'Tuurlijk wel! Maak je daar maar geen zorgen over.'

Ze gaan zitten en Ahmed praat Rosemary bij over de verschillende bedrijven waar hij wil aankloppen en wat hij dan tegen hen wil zeggen. Ze is onder de indruk van de spreadsheet die hij haar op zijn iPad laat zien – dat heeft hij keurig gedaan. En als ze hem ermee complimenteert, moet hij weer blozen.

Rosemary had nooit gedacht dat ze ooit de zin 'Goedemorgen, kunt u mij doorverbinden met uw marketingafdeling?' zou uitspreken, maar in de loop van de ochtend doet ze dat een kleine twintig keer. Ze bellen om beurten met Ahmeds telefoon. Eerst belt Rosemary er eentje en typt Ahmed de informatie in op de iPad. Vervolgens is het zijn beurt om te bellen en schrijft Rosemary de dingen op.

Na een paar uur zijn ze bijna aan het eind van de lijst, maar hebben ze nog geen afspraak kunnen regelen. Ahmed leunt moedeloos achterover en kijkt zwaar teleurgesteld. Rosemary kan wel huilen, ze zou ter plekke in tranen kunnen uitbarsten en kunnen grienen als een klein kind. Maar ze denkt aan Ahmed en ze denkt aan George. Ze probeert te bedenken wat George zou doen. George zou vriendelijk zijn voor deze jongen.

'Ik denk dat het tijd is voor nog wat thee,' zegt Rosemary, en ze geeft Ahmed een vriendelijk schouderklopje voor ze opstaat en naar de toonbank schuifelt. Als ze weg is, pakt Ahmed zijn telefoon en belt het volgende nummer.

Er staat een rij, en terwijl Rosemary staat te wachten, ziet ze een stapel *Brixton Chronicles* bij de kassa liggen. Ze pakt er eentje op en herkent meteen het gezicht op de voorpagina.

PLAATSELIJKE JOURNALISTE ORGANISEERT SIT-IN OM HET BROCKWELL LIDO TE REDDEN, luidt de kop. De foto toont Kate in het lege restaurant. Ze kijkt door de open deuren naar het zwembad. Naast haar staat een rugzak waar een slaapzak bovenuit piept. Die foto heeft Jay zeker naar de krant gestuurd, denkt ze, en het idee dat zij zich met zijn tweetjes opgesloten hebben in het zwembad achter een barricade van stoelen en sportschoolapparatuur stemt Rosemary trots en doet haar glimlachen.

Als ze na een paar minuten naar hun tafeltje terugloopt met de thee en ze heel hard haar best doet om er niet mee te knoeien, ziet ze Ahmed geanimeerd bellen. Hij kijkt haar aan en steekt een duim in de lucht. Haar handen beginnen nog erger te trillen en de melk klotst uit het kannetje op het blad. Iemand van de bediening schiet snel van achter de toonbank te hulp en zet het blad voorzichtig voor haar op tafel neer. Ze knikt om hem te bedanken.

Als ze zit en de gemorste melk opdept, hangt Ahmed op en kijkt haar stralend aan.

'We hebben een afspraak voor morgen!' zegt hij. En deze keer is hij degene die Rosemary omhelst.

60

Als ze wakker wordt, duurt het even voor Kate weer weet waar ze is. Ze kijkt naar het plafond van de yogastudio en luistert naar Jay, die naast haar zwaar ligt te ademen. Ze wil zich niet bewegen, dus blijft ze even zo roerloos mogelijk liggen luisteren naar de zachte geluidjes van het lege zwembad. Jay ligt warm naast haar, en ze kruipt iets dichter tegen hem aan en geniet van zijn lichaam. Het is sterk en zacht en geeft haar het vertrouwen dat alles goed komt, ook al valt ze een keer. Ze slaat een arm om hem heen, en haar hart begint sneller te kloppen bij het gevoel van zijn huid tegen de hare. Het is net als toen ze voor het eerst ging zwemmen hier in dit bad: haar hart maakte een sprongetje van schrik door de kou, en haar hele lichaam werd wakker en kwam tot leven.

Ze staart naar het plafond en vraagt zich af hoe lang het nog zal duren voor de politie komt. Komt die inderdaad vandaag? Of morgen? Mogen ze haar inderdaad arresteren? En hoe zou dat zijn? Ze heeft hiervoor nog niet eens een verkeersboete gehad. En hoe moet het met Rosemary? Wat als Ahmeds plan niet werkt? Wat gaat die doen als het zwembad voorgoed sluit en door Paradise Living wordt omgebouwd tot tennisbanen voor de rijken? De dag strekt zich voor haar uit als de onbekende diepte van de zee: alles is duister. Ze wil ook helemaal niet kijken. Dus draait ze zich om en legt haar hoofd op Jays borst, en hij steekt slaperig een arm onder haar door.

Even later wordt hij ook wakker en kust haar op haar voorhoofd.

'Dus het was niet een of andere rare droom?' zegt hij, nog niet helemaal wakker.

'Nee, ik vrees dat je hier met mij opgescheept zit.'

Hij geeuwt en trekt haar nog dichter tegen zich aan.

'We moeten opstaan,' zegt ze uiteindelijk, en nadat ze heeft gecontroleerd of er niemand voor het raam staat, rekken ze zich uit en staan ze op uit hun geïmproviseerde bed, geven elkaar de kleren aan die eromheen neergegooid zijn, en kleden zich snel aan, maar zonder een spoor van verlegenheid.

Dan gaan ze terug naar het restaurant, doen de deuren naar het bad open en gaan zitten voor een ontbijt van restjes quiche en KitKat.

'Gek, zo stil als het is,' zegt Kate als ze uitgegeten zijn en ze allebei achterovergezakt in een stoel naar het water zitten te kijken. 'Alsof er helemaal niks aan de hand is.'

'De stilte voor de storm,' zegt Jay. 'Nog nieuws van Rosemary of Ahmed?'

Kate kijkt op haar telefoon en schudt haar hoofd. Ze weet dat ze druk bezig zijn met het plan, maar Kate heeft toch het gevoel dat zij en Jay de enige mensen zijn op de hele wereld, samen gevangen achter de muren van het zwembad.

Het water knipoogt uitnodigend in het ochtendzonnetje. Ze heeft het natuurlijk al zo vaak gezien, maar toch verwondert deze kleur blauw haar nog altijd. Kate loopt naar de rand van het schitterende water. Het is gewoon te verleidelijk. Deze keer gaat Jay niet mee; hij blijft in zijn stoel zitten, kijkt en lacht.

'Niet te geloven dat ik er niet aan heb gedacht om een badpak mee te nemen naar een sit-in in een zwembad,' zegt Kate als ze haar kleren uittrekt. 'Dit is mijn enige kans om ooit het hele bad voor mezelf te hebben.'

Als ze naakt op de rand zit, voelt ze Jays blik op haar rusten. Ze is zich bewust van de rondingen van haar niet-perfecte lichaam. Maar ze zit er niet mee. Ze klimt van het trapje af en laat zich in het water glijden.

Ze steekt haar hoofd onder water en doet haar ogen open.

Eerst ziet ze nog wazig, maar als haar ogen gewend zijn, ziet ze het zwembad in zijn volle lengte voor zich, helemaal leeg, op een paar blaadjes na die langzaam rondjes draaien op het water. Het ziet er een beetje vreemd uit, als een podium voor de acteurs opkomen. Dan komt ze weer boven water en begint aan haar wat slordige schoolslag.

Wat ironisch, denkt ze terwijl ze in haar eentje door het koude water ploegt, die kalmte en schoonheid terwijl er zulke trieste dingen spelen. Ze weet heel goed dat dit echt de laatste baantjes in het bad kunnen zijn. Die gedachte verscheurt haar, maar door het gevoel van het water, de zon op het oppervlak en het simpele genoegen van hier en nu kan ze zich sterk houden.

Als ze moe is, stapt ze uit het bad, droogt zich af aan de kant en kleedt zich weer aan.

'God, wat ben je mooi,' zegt Jay als ze terugkomt en naast hem aan het tafeltje gaat zitten. En ze heeft het gevoel dat hij misschien wel gelijk heeft.

Samen blijven ze een poos zo zitten, tot ze lawaai horen aan de andere kant van de muur. Gespannen lopen ze naar binnen, naar de ingang, en gluren over de barricade van tafels en stoelen.

De demonstranten zijn weer terug met hun borden, maar deze keer worden ze vergezeld door een groep agenten, die achter hen aan loopt over het gras. De moed zakt Kate in de schoenen en ze voelt dat haar huid begint te prikken. Het zal nu wel gebeurd zijn, ze zullen er zo wel uit gegooid worden. Dan moeten ze de sleutels aan de politie geven, en als de verkoop rond is, gaan die naar Paradise Living. En dan is het echt voorgoed voorbij.

Ze grijpt Jays hand en hij knijpt haar zachtjes.

Kate ziet dat Hope met een van de agenten staat te praten en hem een protestbord in de handen probeert te duwen. Dan komt de hele groep voor de ingang van het zwembad staan.

Een van de agenten is een man van in de vijftig met brigadiersstrepen op zijn uniform. De andere drie – twee vrouwen en een man met een baard – zijn een stuk jonger. Hun uniformen lijken vers van de pers, en ze kijken wat gespannen als Hope hen weer met het bord probeert op te zadelen. De oudste agent wil zich een weg door de menigte banen naar de deur, maar Hope, Frank, Jermaine, Geoff, Ellis en Jake vormen een barrière tussen de politieagenten en de ingang van het zwembad.

'Gaat u alstublieft opzij, we willen geen problemen,' hoort Kate de agent zeggen.

'Liever niet,' antwoordt Frank. Jermaine staat heel dicht bij hem, met zijn arm in die van Frank gehaakt. Sprout staat aan hun voeten te blaffen.

'Ik hoor dat er twee mensen binnen zitten, die willen we graag spreken.' De agent spreekt op luide toon, zodat Kate en Jay, die zo dicht mogelijk bij de deur staan, hem kunnen horen. 'Kunnen jullie me verstaan?' schreeuwt hij.

Kate en Jay knikken terwijl ze over de bovenkant van een hometrainer heen kijken die de voorhoede van de barricade vormt. Jay heeft Kates hand stevig vast. Ze voelt haar maag omkeren en haar hartslag omhoogschieten. Haar ogen staan vol tranen, die ze wanhopig terug probeert te dringen; ze wil niet laten zien hoeveel pijn het doet dat ze verslagen is.

'Ik stel voor dat jullie vrijwillig het pand verlaten,' zegt de agent, 'anders moeten er maatregelen worden genomen om jullie te verwijderen.'

'Ik mag hopen dat je dat niet meent, Billy Hooper,' klinkt een stem achter de groep demonstranten.

De agenten en demonstranten draaien zich om, en daar is Rosemary, die samen met Ahmed naar de ingang van het zwembad loopt. Ze kijkt Kate door het raam aan en knikt met een lachje dat Kates razende hart wat kalmeert.

'Mevrouw Peterson,' zegt de agent. Hij kijkt naar zijn handen en lijkt ineens niet meer op de geüniformeerde dienaar van de wet van ergens in de vijftig, maar op een jongetje in zijn schoolkloffie.

‘Dat zijn mijn vrienden, daarbinnen,’ zegt Rosemary, en ze kijkt brigadier Hooper strak aan als die eindelijk weer opkijkt. Ze staren elkaar even aan, en dan vervolgt Rosemary opgewekt: ‘Zeg, hoe is het met je kinderen? Ik hoorde dat je opa wordt! Gefeliciteerd.’

Na een kort praatje met Rosemary kijkt brigadier Hooper naar Kate en Jay, en naar de groep demonstranten om hen heen.

‘Luister,’ zegt hij, ‘ik zal eerlijk zijn. Op dit moment schenden jullie nog geen regels door daarbinnen te zijn. De eigenaar van het gebouw – en dat is op dit moment nog steeds de gemeente – heeft een gerechtelijk bevel nodig om jullie te kunnen verwijderen. Als jullie dan nog steeds weigeren, zullen wij de instructie krijgen om jullie hier onder dwang weg te halen.’

Kate en Jay kijken elkaar aan.

‘De aanvraag van zo’n bevel duurt een paar dagen,’ zegt de brigadier als hij hun bezorgde gezichten ziet.

‘Dus,’ vervolgt hij, en hij kijkt nu Rosemary aan, ‘we zullen u vandaag verder met rust laten, mevrouw Peterson. Maar morgen komen we terug om te controleren of het hier allemaal nog ordelijk en vreedzaam verloopt. Als er schade wordt veroorzaakt, haalt u zich veel ellende op de hals.’

Kate moet er bijna om lachen, waarom zouden ze de plek die ze willen redden in vredesnaam willen beschadigen?

Als hij op het punt staat te vertrekken, en de jonge agenten hem op de voet volgen, keert hij zich toch weer om.

‘Tussen ons gezegd en gezwegen: we vinden het allemaal doodzonde dat het zwembad verdwijnt,’ zegt hij. ‘Ik zwom hier altijd als klein kind, wij allemaal, trouwens. Maar de wet is de wet, vrees ik, en of we het nu leuk vinden of niet, Paradise Living zal het gebouw in bezit krijgen. Het is een uitgemaakte zaak.’

Hij knikt naar Rosemary, steekt samen met zijn collega’s het gras over en loopt het park in. Kate kijkt hem na en voelt haar ademhaling weer normaliseren. Ze laat Jays hand los.

'Wat was dat?' vraagt Kate. 'Het leek wel of hij bang voor je was, Rosemary.' De andere demonstranten komen dichterbij om te horen waarom brigadier Hooper zo verlegen werd van mevrouw Peterson.

Rosemary maakt een afwerend gebaar, alsof het niet belangrijk is. 'Hij kwam vroeger veel bij George in de winkel, als jongetje. Zijn vader zat vaak zonder werk, en Billy had vier broertjes en zusjes, dus George stopte altijd wat gratis dingetjes in zijn tas. Hij probeerde het altijd te doen zonder dat iemand het merkte, maar Billy was niet op zijn achterhoofd gevallen.'

'Wat aardig van George,' zegt Jermaine.

'Nou ja, zo was hij.'

De demonstranten blijven een poosje kletsen en feliciteren zichzelf met deze kleine overwinning.

'Dus nu is het wachten op dat gerechtelijk bevel?' vraagt Kate aan Jay. Hij knikt.

'Dat kan dus nog een paar dagen duren; hebben we wel genoeg eten om het zo lang uit te houden?' vraagt hij.

Nu ze weten van de noodzaak van dat bevel en dat ze voorlopig toch niet uit het gebouw gezet kunnen worden, besluiten de demonstranten dat ze Kate en Jay met een gerust hart alleen kunnen laten.

'Tot morgen,' roepen ze door het glas als ze naar hen zwaaien.

Uiteindelijk zijn alleen Rosemary en Ahmed nog over. Ze staan vlak voor het raam, met Kate en Jay aan de andere kant. Rosemary vertelt over de afspraak van morgen.

'Nou ja, Ahmed is degene die het allemaal voor elkaar heeft gekregen,' zegt ze. Kate ziet hoeveel zelfvertrouwen hij ineens uitstraalt, alsof hij dankzij zijn eindexamen en dit initiatief geen puber meer is, maar een jonge man. Ze zou dolgraag met hen mee willen naar die afspraak.

'Maar wie waakt er dan over het zwembad?' zegt Rosemary. 'Nee, jij en Jay moeten blijven zitten waar je zit, en zorgen dat er niets gebeurt met het gebouw.'

‘Dus morgen wordt de beslissende dag,’ zegt Kate, en ze kijkt hen alle drie gespannen aan.

‘Daar lijkt het op,’ zegt Rosemary.

Daarna vallen ze stil; ze gaan allemaal op in hun gedachten over wat de volgende dag zou kunnen brengen. De zon valt op hen en op het zwembad, al is er niemand om ervan te genieten, op het koppel eenden na dat zachtjes op het water dobbert.

61

Ahmed en Rosemary hebben afgesproken bij de bushalte tegenover haar flat. Hij draagt een pak dat hem te groot is en hij beweegt zich er wat ongemakkelijk in.

'Sorry hiervoor,' zegt hij, wijzend op het te ruime jasje als Rosemary aan komt lopen. 'Het is van mijn pa. Mijn moeder heeft beloofd een pak voor me te kopen als ik geslaagd ben.'

'Nou, ik vind dat je er geweldig uitziet,' zegt Rosemary. 'Zo chic heb ik je nog nooit meegemaakt.'

Rosemary draagt een lichtblauw mantelpakje. Toen ze het vanochtend aantrok, deed de kleur haar denken aan het zwembad, dus ze vond het wel toepasselijk. Ahmed glimlacht en houdt zijn arm voor haar op.

'Ben je er klaar voor?' vraagt hij.

'Ik geloof van wel.'

'Ik ben wel een beetje zenuwachtig.'

'Anders ik wel.'

Hun bus komt aanrijden, en arm in arm stappen ze in en zoeken een plekje voorin. Als hij wegrijdt, kijkt Rosemary uit het raam en ziet haar Brixton aan zich voorbijtrekken. Ze rijden om het park en slaan rechts af Brixton Hill af, langs de kerk waar de daklozen hun blikjes Special Brew drinken die ze in plastic tassen verborgen houden, langs de bioscoop en de weg die leidt naar de boekwinkel van Frank en Jermaine en het metrostation, waar een stroom mensen uit komt. Ze tuurt Electric Avenue af en kijkt of ze Ellis ziet, maar ze ziet alleen de drukte bij de stalletjes met hun gestreepte plastic overkapping. Dan gaat Brixton over in de rest van de stad en herkent ze de haltes en de winkels niet meer. De restaurantjes en parken zijn hier de vaste stek van andere mensen.

Ze rijden door Kennington, voorbij het Imperial War Museum met de kanonnen die voor de ingang de wacht houden. Dan langs Lambeth Palace met zijn torentjes, die baden in de gouden nazomerzon. Als ze Lambeth Bridge oversteken, kijken Rosemary en Ahmed allebei de rivier af, van de London Eye en de Houses of Parliament aan de ene kant tot de hoge glazen gebouwen aan de andere kant, die stralen van het gereflecteerde licht. De bus rijdt door langs Westminster Abbey, de Big Ben en Parliament Square, waar een groep demonstranten met borden voor spandoeken staat die ze aan de reling hebben opgehangen. Rosemary probeert te lezen wat erop staat, maar het lukt niet. Hoe lang zouden die mensen daar al staan, vraagt ze zich af. En waar zouden ze voor strijden? En zouden ze die strijd winnen? Ze duimt voor hen.

Bij Trafalgar Square moet de bus zijn tempo aanpassen aan het drukke verkeer, en Rosemary en Ahmed kijken naar Nelson op zijn zuil en de bronzen leeuwen, hun muilen een beetje opengesperd, alsof ze iets willen zeggen. Het plein is vol met toeristen en duiven, en levende standbeelden van Charlie Chaplin en de blikken man zamelen geld in in de hoedjes die ze op de grond hebben gelegd.

Dan stopt de bus op Regent Street, de eindhalte.

'Dank u wel,' zegt Rosemary tegen de chauffeur als Ahmed haar helpt met uitstappen.

De bus rijdt weg en laat hen achter op de stoep voor Hamleys, de speelgoedwinkel. Het wemelt er dan ook van de ouders met kinderen die de winkel in en uit lopen. Het personeel van Hamleys staat bij de ingang, sommigen van hen in rode uniformen, anderen als karakters uit verhalen. Een groep Chinese studenten laat zich fotograferen met iemand in een reusachtig berenkostuum.

'Pardon,' zegt een moeder die zich met haar dochter aan de hand langs hen wurmt, de winkel in. Ahmed en Rosemary staan even als aan de grond genageld te kijken naar al die mensen om hen heen, met het geluid van bussen en taxi's die achter hen voorbijrijden. Een fietser schreeuwt iets naar een buschauffeur en een auto toetert naar mensen die snel de weg over schieten. Een gebouw met een lichte façade torent boven hen uit, de blauwe lucht in. Het is getooid met uniforme zuilen en zwarte hekjes voor alle hoge ramen.

'Kom,' zegt Ahmed uiteindelijk, 'we gaan.'

Rosemary houdt zijn arm stevig vast terwijl hij haar door de straat manoeuvreert. Ze slaan Beak Street in; daar is het rustiger, dus Ahmed blijft even staan om zijn telefoon uit zijn zak te halen en te checken of ze de goede kant op gaan. Rosemary wacht terwijl hij op zijn telefoon kijkt en daarna om zich heen naar de straten.

'Hm,' zegt hij. 'Misschien hebben we een probleempje. Volgens mijn blauwe stip zijn we er, maar dit is niet de goede straat. Ik weet niet precies welke kant we op moeten.'

Hij kijkt weer naar de blauwe stip, om dan weer verward om zich heen te staren.

'Sorry, straks komen we nog te laat, en dan is het mijn schuld.'

Rosemary steekt haar hand in haar tas en trekt er een gehavende oude A-Z-stratengids uit.

'Hebben we hier iets aan?'

Ahmed lacht en neemt de gids van haar aan. Samen buigen ze zich over de bladzijden, en ze vinden de straat waar ze moeten zijn.

'Oké, hebbes,' zegt Ahmed.

'Soms gaat er niks boven het oude vertrouwde,' zegt Rosemary, en ze stopt haar stratengids weer in haar tas.

Ze komen een paar minuten te vroeg aan bij het gebouw waar ze worden verwacht. De gevel is van glas, en ze kunnen de receptie zien, waar een vrouw met rode lippenstift achter een balie zit te telefoneren. Ze heeft grijs haar, maar ze ziet er verder heel jong uit. Misschien heeft ze wel een heel goede dagcrème, denkt Rosemary.

Er hangen kale peertjes aan rode elektriciteitssnoeren, en achter de balie is de muur bekleed met ruwe spaanplaat. Het plafond lijkt wel gemaakt van houten kratten. Misschien zijn ze pas onlangs in dit gebouw getrokken en moet de boel nog verbouwd worden, want het ziet er allemaal nogal kaal uit. Naast de receptiebalie staat een glazen tafel met allemaal verschillende stoelen eromheen: een zitzak, een hoge kruk, een eetkamerstoel en een leren leunstoel. Er zit iemand ongemakkelijk op die zitzak op zijn horloge te kijken.

Een jonge vent met een paardenstaart komt voorbij en loopt het bordes voor het gebouw op. De receptioniste begroet hem met een zwaaiend gebaar en hij swipet zijn pasje langs het poortje aan de linkerkant en loopt dan weer een trap op.

Rosemary en Ahmed kijken elkaar aan.

'Klaar?' vraagt Ahmed.

'Klaar,' zegt Rosemary.

Samen lopen ze de treden van het bordes op en duwen de deuren open.

'Hallo!' zegt de receptioniste vrolijk zodra ze bij de balie komen. 'Wat kan ik voor jullie doen?'

'We hebben een afspraak,' zegt Ahmed, en hij haalt een stukje papier uit zijn zak waar hij de gegevens op geschreven heeft. 'Met Tory Miller, om tien uur. Wij zijn Rosemary Peterson en Ahmed Jones.'

De jonge vrouw kijkt op haar computerscherm en knikt.

'Ja! Ik zal ze even laten weten dat jullie er zijn.'

'Wat is dat precies?' vraagt Rosemary, wijzend naar een hoge machine van glas en metaal aan het andere eind van de balie.

De jonge vrouw glimlacht en staat op. Haar top houdt vlak boven haar navel op, alsof ze er een stuk af heeft geknipt.

'Dat is een smoothiemachine,' zegt ze stralend. 'Hebben jullie zin in een smoothie? Of een koffietje? Dan vraag ik onze barista of hij er eentje voor jullie maakt.'

'O, nee, nee,' zegt Rosemary hoofdschuddend. Tegen een kop thee had ze geen nee gezegd, maar ze houdt niet echt van koffie en ze snapt ook al die namen nooit. Cappuccino, macchiato, *flat white*... Die woorden zeggen Rosemary helemaal niets.

'Ga dan even lekker zitten,' zegt de vrouw. 'Dan breng ik u zodra ze klaar voor u zijn.'

Ze lopen naar het zitje en Ahmed neemt ongemakkelijk plaats op het randje van de eetkamerstoel. Rosemary kiest de leunstoel en heeft meteen spijt als ze in de diepe kussens wegzakt. Het lijkt wel of de stoel haar wil opslokken. Terwijl ze zitten te wachten, beweegt Rosemary haar handen onrustig op haar schoot. Ze strijkt haar rok glad en kijkt op haar horloge. Ze haalt diep adem, probeert rustig te blijven en niet stil te staan bij hoe belangrijk deze afspraak eigenlijk is. Maar ze kan het niet tegenhouden. Er schieten haar steeds beelden van het zwembad te binnen. De volgorde van die beelden is nogal willekeurig: het ene moment is ze er een paar maanden geleden, toen ze voor het eerst met Kate zwom, het volgende is ze weer een tiener in de oorlog. En dan ziet ze George, toen ze samen gingen zwemmen om wat te kalmeren na de rellen in de wijk. Ze ziet zijn glimlach en hoe hij in het water springt. En dan ziet ze voor zich dat het bad gesloten is en er een besloten sportschool van wordt gemaakt, met beton in het bad en zonder badmeestersstoel.

'Gaan jullie mee?' zegt de receptioniste. Rosemary opent haar ogen, kijkt op en herinnert zich weer waar ze is. Ahmed knikt naar haar. Hij helpt haar uit de stoel en samen lopen ze achter de vrouw aan door de beveiligingspoortjes, een lange gang in. Eerst loopt ze nog heel snel, maar als ze ziet dat Rosemary en Ahmed haar niet bijhouden, houdt ze haar pas in en blijft vlak voor hen lopen. Dan staan ze voor een dichte deur aan het eind van de gang.

'Oké, we zijn er!' zegt de receptioniste, en ze duwt de deur van een grote vergaderzaal open. Om een lange tafel zit een groep van een man of tien. Rosemary voelt haar handen trillen, dus slaat ze ze stevig ineen.

'Jullie bezoek is er. Dan laat ik jullie verder alleen.'

De groep rond de tafel knikt, en de receptioniste trekt de deur achter zich dicht. Ahmed en Rosemary staan zwijgend voor in de zaal.

Ahmed haalt diep adem en zegt dan: 'Hallo, ik ben Ahmed Jones. Ik heb jullie gebeld.'

Dan herinnert hij zich het advies van zijn vader en loopt naar voren om iedereen rond de tafel de hand te schudden. Hij probeert een stevige, sterke hand te geven. De mensen knikken naar Ahmed.

'Aangenaam.'

'En dit is Rosemary Peterson,' zegt Ahmed.

Rosemary staat nog voor in de zaal. Ze durft zich niet te verroeren. Ahmed komt weer naast haar staan.

'We hebben over jullie gelezen in de krant,' zegt een van de mannen achter de tafel. 'Een geweldig artikel was dat.'

'Dat was van Kate,' zegt Rosemary. 'Mijn vriendin Kate heeft het geschreven.'

De mensen rond de tafel knikken.

'Zullen we ons eerst maar eens voorstellen?' zegt een jonge vrouw in het midden van de tafel. Het is Tory, en ze legt uit dat zij hoofd Marketing is, en daarna noemen de anderen om de beurt hun naam en hun functietitel. Rosemary probeert zich de namen te herinneren, maar ze kan het allemaal niet meer volgen en is er uiteindelijk van overtuigd dat er een hoofd chef Merken directeur Advertising is.

Als het voorstelrondje klaar is, kijkt Ahmed eerst Rosemary en dan de rest van de zaal glimlachend aan.

'Zoals jullie weten, zijn wij hier met een voorstel om reclame te maken in het Brockwell Lido,' zegt hij. 'In de zomer telt het Brockwell Lido dagelijks honderden bezoekers. We denken dat adverteren voor beide partijen profijtelijk is: wij kunnen zo het zwembad openhouden, en jullie krijgen een unieke plek om reclame te maken. De bodem van het zwembad zou daar bijvoorbeeld heel geschikt voor zijn. De afgelopen jaren zijn er talloze dronebeelden van het bad in kranten en tijdschriften verschenen, door het hele land. Maar voor een beter beeld van waarom dit voor ons zo belangrijk is, zou mijn vriendin Rosemary een paar woorden tot jullie willen richten.'

Hij doet een stap naar achteren en knikt naar Rosemary. De groep kijkt haar vol verwachting aan.

'Hebben jullie een powerpointpresentatie?' vraagt een man aan de tafel.

'Een wat?' vraagt Rosemary.

'Hebben jullie de computer nodig?'

'O, nee.'

'Aha.'

Er valt een stilte, en Rosemary voelt zich ineens helemaal niet op haar gemak in haar mantelpakje tussen al die mensen die zoveel jonger zijn dan zij. In het zwembad doet dat er nooit toe; zodra de mensen hun kleren uit hebben, is iedereen hetzelfde. Maar hier vindt ze die groep frisse jonge mensen met hun identieke kapsels en outfits intimiderend.

'Vertel ons eens iets over het zwembad,' zegt Tory. Ze leunt met haar onderarmen op het tafelblad. De man naast haar zit achterover in zijn stoel, met een pen in zijn hand. De anderen draaien hun stoel zodat ze Rosemary aan kunnen kijken. Ahmed kijkt ook naar haar en glimlacht om haar aan te moedigen. Iedereen wacht af.

De angst om ook deze laatste strohalm te verliezen, om een fout te maken, doet haar verstijven. Dit is haar allerlaatste kans, en dat weet ze donders goed. Ze voelt dat ze weer begint te trillen, dus doet ze haar ogen dicht en stelt zich voor dat ze in het rustige, weidse water is. Water met strepen: touwen die het bad onderverdelen in langzame, gemiddelde en snelle banen. Aan de ene kant tikt een klok die waakt over de zwemmers in het koele water. Ze doet haar ogen weer open.

'In Brixton hebben we een zwembad,' zegt ze. 'En ik zwem daar al tachtig jaar. Het bad is mijn thuis. Maar het gaat niet alleen om mij, het bad betekent zoveel voor de hele buurt.'

Eerst is haar stem nog wat beverig, maar hoe meer ze vertelt, hoe krachtiger ze klinkt. De groep kijkt naar haar en Ahmed staat vlak naast haar.

'Dat heb ik de afgelopen maanden meer dan ooit gemerkt. Het is vreemd dat de dreigende sluiting de mensen juist deed inzien wat een bijzondere plek het is. Ik ken geen enkele plek zoals het zwembad. Buiten de muren kan het heel druk en stressvol zijn, maar zodra je erbinnen bent, is alles oké. Als mensen er voor het eerst komen, kunnen ze bijna niet geloven hoe kalm het er is vergeleken met de rest van Brixton. Dat maakt het zo bijzonder: je kunt er ontsnappen zonder dat je je buurt uit hoeft. Ze noemen het ook wel Brixton Beach. Veel kinderen in de buurt zijn nog nooit naar een echt strand geweest, dus is dit hun uitje. In de zomer barst het er van de mensen. Ouders liggen er op handdoeken of zwemmen met hun kinderen. Er komen mensen van alle leeftijden: pubers die indruk op elkaar proberen te maken met hun bommetjes, kleintjes die in het ondiepe gedeelte leren zwemmen, zakenlui die er hun zorgen van zich af kunnen zetten. En ik.'

Ze ziet voor zich hoe het bad er nu, op zo'n zomerse dag, uit zou zien: met lachende kinderen, spetterend water en de warme zon op haar gezicht.

'En,' zegt iemand aan tafel, 'wat betekent het zwembad voor jou persoonlijk? Er zijn genoeg andere zwembaden in Londen, dus waarom zou je nou juist voor dit bad strijden?'

Rosemary doet haar ogen weer even dicht. Ze ziet het koele blauwe water voor zich.

'Het is waar dat er veel andere, belangrijkere zaken zijn om je voor in te zetten en dat er wel ernstigere dingen spelen op de wereld,' zegt ze als ze hen weer aankijkt. 'Ik zeg ook steeds tegen mezelf: ach, Rosemary, het doet er niet toe.'

Gisteravond zat ze op de rand van haar bed en prevelde dat zinnetje, steeds maar weer, in een poging zich ervan te overtuigen dat het er echt niet toe deed, zodat ze onder deze vergadering uit kon en niet voor al deze onbekenden hoefde te staan en deze laatste kans zou verknallen. Dat ze zichzelf zou teleurstellen, en het zwembad, en George.

'Maar het doet er wel degelijk toe. Net als de bibliotheek ertoe deed, die ook al gesloten is.'

Haar stem klinkt harder, en ze staat te trillen op haar benen. Ze zoekt steun bij de tafel.

'In de winter liep de bieb altijd vol. Het was een plek waar mensen konden schuilen voor de kou. En toen die dichtging, waar moesten al die mensen naartoe die nergens meer heen konden als het regende? Ik heb geen idee, en ik voelde me schuldig omdat ik er niet voor gestreden had.

Toen mijn man George overleed, had ik het idee dat het elke dag regende en dat ik ook nergens naartoe kon. Hij was mijn veilige haven als het in de buitenwereld akelig was. Hij was vijfentachtig. Hij heeft een prachtig leven gehad. Ik moet daar niet over zeuren, en het is ook niet gek dat ik op mijn leeftijd alleen kom te staan. We hebben samen een heerlijk leven gehad.'

Haar leven bestond uit zijn glimlach als hij uit het water omhoogkwam en uit het geruststellende geronk als hij sliep. Het hield haar uit haar slaap, en soms irriteerde het haar. Ze mist het om boos te kunnen worden op het geluid van haar slapende man naast zich.

'Maar kijk, het punt is, ik mis hem.'

Ze haalt diep adem en frunnikt wat aan de knopen van haar jasje. Ze doet ze dicht, en dan weer open, en weer dicht. Een van de knoopjes hangt aan een draadje, als een bloem aan een geknakte stengel. Ze strijkt haar rok glad, veegt over haar gezicht en kijkt op.

'Er mogen dan andere zwembaden zijn, maar die zijn nooit hetzelfde. Mijn George is niet in die andere baden, hij is in ons zwembad.'

De groep kijkt haar aan, maar inmiddels ziet ze hen niet eens meer.

'Toen hij overleed, ben ik in zijn stoel gaan zitten en probeerde ik hem om me heen te voelen. Het klinkt dom, maar ik schaam me er niet voor. Het punt is, het lukte niet. Ik deed mijn best, maar ik voelde hem niet. Hij was er gewoon niet meer. Terwijl ik als ik in het zwembad ben, hem nog wel kan voelen. Daar herinner ik me hem overal.'

George is er, in de mist die 's ochtends over het water hangt, in het natte terras en de felgekleurde lockers en de van schrik ingehouden adem als ze in het water stapt en weer weet dat ze leeft. En weer weet hoe ze moet blíjven leven.

'Het kan wel zo zijn dat het zwembad niet veel winst maakt. En misschien ben ik maar een rare oude vrouw. Maar ik kan het bad niet laten gaan. Ik kan mijn George niet laten gaan.'

Ahmed slaat een arm om Rosemary's schouders en houdt haar stevig vast. Ze slaakt een diepe zucht; de intensiteit van haar gevoelens put haar uit. Het blijft even stil, en dan staat een man uit de groep op.

'We zullen nadenken over de mogelijkheid om in het zwembad te adverteren. We zullen jullie eind van de dag bellen.' De anderen staan ook op.

'Bedankt voor je komst, Rosemary. Jij ook bedankt, Ahmed.'

Rosemary kijkt voor het eerst echt de groep rond sinds ze het woord nam. Tory heeft een rood gezicht. De anderen zitten hevig met hun ogen te knipperen, alsof ze er iets in hebben zitten.

Ahmed schudt iedereen weer de hand en neemt afscheid. De receptioniste begeleidt hen naar de uitgang.

'Zullen we een taxi nemen?' vraagt Ahmed. 'Dat heb je volgens mij wel verdiend.'

Ze knikt, en hij houdt er eentje aan. Rosemary is te moe om nog te praten. Als ik zo thuis ben, ga ik slapen, denkt ze. Ze weet wel dat ze eigenlijk naar het zwembad moet om Kate bij te praten, maar op de een of andere manier voelt ze dat ze nu alleen thuis moet zijn. Ze is helemaal kapot en wil alleen nog maar in bed kruipen, op de plek waar ze altijd lag toen George nog leefde. Achter in de taxi kijkt Ahmed weer naar de stad, en Rosemary leunt tegen zijn schouder en doet haar ogen dicht. Als ze in slaap sukkelt, beseft ze dat ze er nu echt alles aan gedaan hebben. Ze kunnen nu niets meer doen.

62

Op de derde dag van de sit-in zitten Kate en Jay gespannen te wachten op het gerechtelijk bevel. Ze lopen heen en weer tussen het restaurant, de rand van het bad en de receptie, en turen nerveus door de barricade. Terwijl Kate buiten nieuwe stemmen hoort, maakt haar hart een sprongetje en vraagt ze zich af of iemand de papieren van de rechter komt brengen. Zo nu en dan werpt ze een blik op de klok boven het bad, en ze heeft het gevoel dat de wijzers trager dan ooit bewegen.

De rij demonstranten is kleiner vandaag. Frank is er alleen, want Jermaine is in de winkel. Ellis is er, maar Jake niet. Die bemant de kraam van zijn vader. Ze hebben zich allemaal verontschuldigd, want ze wilden er tot het eind bij blijven, maar het leven gaat door. Misschien is Hope nog wel de luidruchtigste van alle demonstranten. Telkens als er iemand door het park langs het zwembad loopt, roept ze: 'Trek de stop niet uit ons bad!' Rond de lunch komt er een groep mensen langs: buurtbewoners die pauze hebben, komen kijken naar de sit-in waar ze in de krant over hebben gelezen. Er is even wat rumoer als deze nieuwkomers zich bij de groep voegen, en Kate kijkt naar hen van achter de deuren bij de receptie. Later, als de nieuwe demonstranten weer terug zijn naar hun kantoren, post Ellis de foto's op de Red het Brockwell Lido-pagina op Facebook.

De dag loopt ten einde, maar er is geen spoor te bekennen van de politie, de gemeente of Paradise Living. Terwijl ze wachten, loopt Kate te ijsberen tussen het bad en de receptie. Ze overweegt om nog eens te gaan zwemmen, maar het idee dat ze misschien toch straks komen en zij in haar blootje in het water ligt, weerhoudt haar daarvan. Ze neemt een douche in de lege kleedruimte en gaat dan weer achter haar laptop zitten om de petitie te checken. Er zijn sinds gisteren nog meer handtekeningen bij gekomen, en zelfs vandaag loopt het aantal nog op. Ze kijkt op Twitter, waar de hashtag '#redonsbad' wordt gebruikt door buurtbewoners en enthousiaste zwemmers. Terwijl zij werkt, zit Jay stilletjes naast haar of loopt hij naar de receptie om door het glas met Hope en de andere demonstranten te praten. 's Middags stappen Hope en Jake even uit de rij en lopen naar de muur bij het bad, terwijl Jake naar Jay roept dat hij aan de andere kant moet gaan staan.

Kate loopt achter hem aan, en samen staan ze op het terras omhoog te kijken. Dan zien ze iets door de lucht vliegen. Jay steekt zijn armen uit en vangt een zachte plastic tas.

'Ik hoop dat hij de reis heeft overleefd!' roept Hope over de muur. Jay geeft de tas aan Kate, die hem opent. Er zit een pakketje in van aluminiumfolie. Ze trekt de folie eraf en ziet een lichtelijk platgedrukt stuk gembercake.

'Ik dacht, jullie zullen wel honger hebben!' roept Hope. 'Ik heb hem zelf gebakken!'

Met een blik op de platgedrukte, speciaal voor Jay en haar gebakken cake voelt Kate haar ogen nat worden. Ze vecht tegen de tranen en roept 'Dank je wel!' over de muur. Kate denkt terug aan toen ze pas in Londen woonde en bedenkt dat ze tot een paar maanden geleden geen mens kende in Brixton, laat staan iemand die een cake voor haar zou bakken omdat ze misschien trek had. Het gebaar ontroert haar, en als ze het forse stuk cake met Jay deelt, bedenkt ze dat ze nog nooit zoiets heerlijks heeft geproefd.

'Hoe zou het Rosemary en Ahmed zijn vergaan?' vraagt Kate onder het eten. 'Die vergadering zal toch zo onderhand wel afgelopen zijn?'

Ze vallen weer stil bij het idee. Het geluksgevoel dat Kate had om de cake, slaat snel om als ze bedenkt dat het nu niet lang meer zal duren of ze worden eruit gegooid. En wat dan? Terug naar haar kamer en haar huisgenoten, die helemaal niets weten over de campagne, die waarschijnlijk niet eens hebben gemerkt dat ze al drie dagen niet thuis is geweest.

Alsof hij haar gedachten kan raden, legt Jay een arm om Kate heen en trekt haar tegen zich aan. Dan zoemt Kates telefoon in haar zak en stapt ze bij Jay weg om het bericht te kunnen lezen.

Al nieuws? E x

Nog niks, antwoordt Kate aan Erin. *Het bevel kan nu elk moment komen. Ook nog niks van Rosemary en Ahmed gehoord. Ik denk dat het nu bijna gebeurd is. K x*

Hou vol, luidt het antwoord van haar zus. *Ik ben zo trots op je dat je dit doet. E x*

Erins woorden geven Kate weer wat kracht, maar ze is nog steeds doodmoe en laat zich weer in Jays armen vallen.

'Het komt wel goed,' zegt Jay zachtjes, ook al weten ze allebei dat dat waarschijnlijk niet waar is.

Na een tijdje laten ze elkaar los en lopen naar de receptie om te kijken wat er buiten gebeurt. Als ze bij de deur zijn, ziet ze dat Ahmed op hen afloopt. Ze zoekt naar Rosemary, maar die is er niet bij.

De groep demonstranten laat Ahmed door. Hij heeft nog steeds zijn te grote pak aan. Kate gaat zo dicht mogelijk bij de ruit staan en ze praten op luide toon.

'Hoe ging het? En waar is Rosemary?'

'Ik geloof dat het wel goed ging,' antwoordt hij. 'Ze zit thuis te wachten op hun telefoontje; ze zeiden dat ze het ons eind van de dag zouden laten weten. Ik denk dat ze heel moe was, ze heeft de hele rit naar huis geslapen.'

Kate probeert het zich voor te stellen, Rosemary in zo'n hip kantoor voor een groep reclamelui, maar ze ziet alleen beelden van Rosemary hier, in de buurt van het zwembad.

De rest van de dag kijkt ze om de paar minuten op haar telefoon, maar los van nog een paar appjes van Erin komt er niets. Ahmed kijkt ook steeds op de zijne, maar hij heeft geen gemiste telefoontjes en ook geen appjes. Dan gaat zijn telefoon toch over, en hij laat hem van opwinding bijna vallen. Maar het is zijn moeder, die wil weten of hij op tijd is voor het eten.

Na een poosje trekt Kate het niet meer en belt ze zelf naar Rosemary om te vragen of zij nog nieuws heeft van de mogelijke adverteerder.

'Niks gehoord,' zegt Rosemary. 'Ik zit de hele tijd naast de telefoon, al sinds ik thuis ben. Ik durf niet eens naar de wc, uit angst ze te missen.'

'Je mag heus wel plassen, hoor, Rosemary,' zegt Kate.

'Nou ja, je kunt nooit weten; ik wil het telefoontje niet mislopen.'

'Bel me maar als je iets weet, goed?'

'Goed.'

Terwijl ze nog altijd wacht op geluiden van de politie, of de gemeente en vertegenwoordigers van Paradise Living, hoort Kate tot haar verbazing luid gelach en geklets laat in de middag. Ze volgt het van het restaurant, waar ze weer heeft gekeken naar de petitie en de Facebook-pagina, naar de voorkant van het zwembad. Twee rijen jonge meisjes in bruin-met-gele uniformen lopen hand in hand in optocht door het park, met twee volwassenen voor de stoet uit. Naast hen loopt Phil. Als de groep dichterbij komt, ziet Kate dat de kinderen allemaal een stuk papier in hun hand hebben, dat licht fladdert onder het lopen.

'We zijn van de scouting hier in de buurt,' zegt een van de volwassenen als ze bij de demonstranten aankomen. 'We komen protesteren.' Ellis en Hope heten hen welkom. Phil kijkt een beetje schaapachtig, maar Ellis steekt ook naar hem zijn hand uit.

'De meesten van onze meiden zitten hier ook op school en krijgen zwemles in dit bad. We vinden het verschrikkelijk dat het gaat sluiten. Daarom zijn we nu hier,' zegt een van de leiders.

'En ik vond het wel een goed verhaal voor de krant,' voegt

Phil eraan toe terwijl hij gespannen naar Kate kijkt, achter het glas. Ze kijken elkaar even aan, en dan wendt Phil zijn blik af. Zijn wangen zijn nog paarser dan anders.

'Ik heb wat informatie voor je,' zegt hij terwijl hij haar blik mijdt. 'Ik heb gehoord dat het bevel van de rechter langer op zich laat wachten dan ze hadden gehoopt. Maar het zit er nu toch aan te komen. Je hebt nog een dag of twee, op zijn hoogst.'

Kate knikt, blij met Phils opmerking, en vraagt zich af waar hij deze informatie vandaan heeft. Ze voelt de angst om wat er de komende dagen te gebeuren staat haar lichaam binnenstromen, maar doet haar best om zich op de kinderen te concentreren, die nog altijd hand in hand naast de volwassenen staan en druk aan het kwetteren zijn.

'De meisjes hebben zelf actiemateriaal gemaakt,' zegt een van de scoutingleiders, en de kinderen laten elkaars hand los en gaan in een rij staan, met hun gezicht naar Kate toe. Ze houden hun papieren omhoog, waar ze het zwembad op geschilderd of getekend hebben. Ze zijn allemaal net iets anders, maar ze hebben ook veel gemeen: het felle blauw en de lachende gezichten op de wat onhandig getekende mensen die in het water springen of langs het bad staan. De herkenning van het bad in de kleurige vormen die deze kinderen hebben gemaakt, brengt Kate weer bijna aan het huilen.

De meisjes draaien zich om en laten hun tekeningen aan de rest van de mensen zien.

Jay neemt een foto door het glas, en Ellis maakt er een met zijn telefoon vanaf de andere kant.

'Red ons zwembad!' roept een van de leiders, en de kinderen schreeuwen eensgezind mee, steeds sneller en sneller, tot ze zo snel moeten roepen dat het uitmondt in gegiechel en ze weer gewoon gaan staan kletsen.

De kabouters blijven nog een poosje, en hun blije stemmen doen Kate denken aan het zwembad op een zomerdag, als het vol mensen is die in het water rondspetteren en plezier hebben. Ze vraagt zich af of ze die geluiden ooit nog zal horen. Dan worden de meisjes een voor een door hun ouders afgehaald en rennen ze in kleine groepjes door het park, hun tekeningen weer meenemend, op enkele na die vergeten op de stoep voor het zwembad liggen.

Tegen een uur of zes zijn alle kinderen naar huis en is het weer stil bij het zwembad. Kate belt nog een keer met Rosemary.

'Ze hadden gezegd tegen het eind van de dag,' zegt Rosemary als ze opneemt. 'Waarom hebben ze dan nog niet gebeld? Dan is het vast nee. Want als het ja was, hadden we toch allang iets gehoord?'

'Ik heb geen idee wat het betekent,' zegt Kate, maar de moed zinkt haar in de schoenen als ze beseft dat Rosemary waarschijnlijk gelijk heeft.

'Ik wou dat ik daar bij jullie kon zijn,' zegt Rosemary.

'Ik ook,' zegt Kate, hoewel ze zelf nu eigenlijk heel ergens anders zou willen zijn. Niet in haar eigen huis, maar ergens in een heel lekker bed, in een rustige, droomloze slaap. Ze is uitgeput van al die betrokkenheid, en van de spanning en het wachten waar maar geen eind aan lijkt te komen.

Die nacht slaapt ze weer onrustig. Ze gooit de te warme slaapzak van zich af en ligt opgekruld tussen de handdoeken in de yogastudio. Telkens als ze zich omdraait en geagiteerd met haar benen schopt, maakt ze Jay wakker, die haar kalm een zoen op haar voorhoofd geeft en haar lichaam duidelijk maakt dat het allemaal wel goed komt. Hij zegt het voor haar, maar deels ook voor zichzelf. En ondertussen schijnt de maan door het raam van de studio en op het spiegelende water van het slapende bad.

63

De zon staat te stralen aan de lichtblauwe hemel. De vogels verdringen zich in de bomen om hun ochtendliedjes te zingen; ze lijken precies op de marktkooplui die de concurrentie met elkaar aangaan bij het roepen van hun lage prijzen. Boven de wilde bloemen in het gras rondom het zwembad gonzen de bijen. Er loopt een man met zijn hond voorbij. Hij werpt een blik door het raam van het zwembad en ziet twee slapende lichamen onder een slaapzak in de yogastudio liggen. Hij drukt zijn neus tegen het glas, lacht bij zichzelf en loopt door, het park in. Zijn hond springt voor hem uit.

De hond rent door tot boven aan de heuvel, waar een oude dame van het uitzicht zit te genieten.

'Hallo, daar,' zegt Rosemary, zich vooroverbuigend om de oren van de hond te aaien. Ze zet haar voorpoten op Rosemary's knie en kwispelt uitbundig met haar staart.

'Stella, ga af!' roept het baasje. De hond springt op en loopt weg om aan een knoestige boomstam te snuffelen aan de rand van het pad.

'Sorry, hoor,' zegt het baasje. Rosemary schudt haar hoofd en glimlacht. De man en zijn hond lopen de heuvel over en dan is Rosemary weer alleen.

Ze zit hier al de hele ochtend. Toen ze het park in liep, hing er een dichte mist, die aan haar jas kleefde terwijl ze van het pad af liep en het gras overstak. Ze wandelde langzaam naar de top van de heuvel en viel moeizaam op het bankje toen ze het eindelijk had bereikt.

Inmiddels staat de zon aan de hemel en straalt op het zwembad onder aan de heuvel. Ze ziet de bakstenen goud oplichten in het ochtendlicht en haalt herinneringen op. Als ze haar ogen dichtdoet, ziet ze het blauwe water aan de andere kant van de muur zo voor zich. In gedachten loopt ze de deur van het zwembad door en ziet ze George op het terras staan. Hij kijkt op en wacht tot ze bij hem komt staan, aan de rand van het bad, zodat ze hand in hand in het water kunnen springen.

Dan doet ze haar ogen open en kijkt weer naar het stille gebouw. De oude boom in de hoek staat er nog, maar hij mist een tak; die is nooit meer aangegroeid sinds George en zij hem hadden gebroken toen ze over de muur wilden klimmen. Ze herinnert zich het versplinteren van het hout en de regen van blaadjes en hoe hard ze erom hadden moeten lachen. Het geluid van George' lach doet haar hart ineenkrimpen.

Vanaf haar plek op het bankje ziet ze haar hele leven voor zich. Daar is het pad waar ze met haar schoolvriendinnen over liep, sjokkend door de regen vlak voor ze in hun regenjassen in het zwembad zouden springen. Ze kijkt naar de andere kant van het park, waar op Bevrijdingsdag de vreugdevuren hadden gebrand en waar tieners hun vrijheid zochten en zij haar toekomst vond in een smoezelig gezicht met rode wangen en een kaarsrechte neus. Niet ver bij haar plek op de bank vandaan is de boom waar ze met George de handstand oefende en het gevoel had dat ze de eerste mensen waren die de wereld zo ondersteboven zagen, en de eersten die de opwinding in hun buik voelden van het verliefd zijn. Het is precies die boom waar ze voor stonden op hun huwelijksdag, hij met zijn armen stevig om haar heen, zij met haar gezicht naar hem en naar de felle zon toe gekeerd.

Er loopt nog iemand langs die zijn hond aan het uitlaten is. Hij knikt naar haar. Ze ziet hem nauwelijks en staart alleen langs de heuvel naar het zwembad. Ze denkt aan het koele water en de eenden die het oppervlak laten rimpelen. Ze denkt aan de klok en de snackbar waar George thee voor haar kocht tijdens hun eerste afspraakje. Ze ziet de oude duikplank voor zich, inmiddels allang verdwenen, en George, duikend als een vogel. Hij breekt de waterspiegel nauwelijks als hij kopje-onder gaat. Als hij weer boven water komt, lacht hij zoals hij altijd naar haar lachte.

'Rosy,' zegt hij. 'Rosy.'

Achter het zwembad liggen de daken van Brixton, en in gedachten loopt ze door de vertrouwde straten. Ze passeert haar flatgebouw, kijkt op naar het hoge gebouw en de potjes met lavendel op haar balkon. Ze stopt op de markt en voor George' oude winkel en denkt aan de kratten vol groente en de klank van zijn stem.

Ze loopt nog een stukje door, en dan ontglipt de stad aan haar greep. De horizon is rafelig van de gebouwen en glazen wolkenkrabbers die het licht weerspiegelen. Ze lijken duizenden kilometers verderop, omdat dit de enige plek is die ertoe doet. Dit uitzicht, vanaf haar bankje, op het zwembad.

'Het is voorbij,' zegt ze.

Een jogger draait zich om en kijkt naar haar. Het lijkt of Rosemary zit te huilen, maar misschien zijn haar ogen wel gewoon waterig van de zon. De jogger haalt diep adem en baant zich een weg de heuvel over, en laat Rosemary alleen met haar uitzicht.

64

Als Kate op de vierde dag wakker wordt, gaat ze rechtop zitten, pakt haar kleren die naast de yogamatten liggen en kleedt zich snel aan. Het is stil in het zwembad en de zon stroomt door het raam naar binnen. Ze kijkt naar de wilde bloemen aan de andere kant, de rode kopjes van de klaprozen die boven de korenbloemen en het hoge gras uitsteken. Ze kijkt verder het park in, en dat is het moment waarop ze Rosemary boven op de heuvel ziet zitten.

'Jay,' zegt ze, en ze schudt zijn slapende lichaam zachtjes wakker. Hij komt overeind, wrijft over zijn gezicht en kust haar op haar wang.

'Is de politie er? Is het bevel rond?' vraagt hij, en hij kijkt om zich heen. Maar het zwembad is leeg en stil.

'Nee, kijk,' zegt Kate. Ze wijst uit het raam naar de heuvel. Hij ziet Rosemary zitten op het bankje.

'Wat zou ze daar aan het doen zijn?' vraagt hij.

'Geen idee, maar het lijkt me geen goed teken. Ik heb het gevoel dat het gebeurd is.'

Het hardop uitspreken van die woorden doet pijn in haar borst. Kate kan wel huilen; ze wist dat het eind nabij was, maar toch had ze niet gedacht dat het zoveel pijn zou doen.

'Misschien is het tijd om weg te gaan,' zegt Jay zachtjes. 'Loop anders naar haar toe.'

Ze schudt haar hoofd.

'Nog niet. Ik kan gewoon nog niet gaan.'

'Oké. Zal ik dan gaan?'

Kate blijft even stil en stemt dan in. Hij kleedt zich aan en samen schuiven ze de tafels en stoelen aan de kant tot er een pad naar de voordeur is. Kate pakt de sleutels en doet hem van het slot.

'Ik blijf niet lang weg,' zegt hij, en hij geeft haar een zoen.

'Oké.'

Kate doet de deur open en het zonlicht stroomt naar binnen. Jay loopt het park in. Ze kijkt hem na en draait dan de deur weer op slot en schuift de tafels er weer voor. Terug in de studio gaat ze voor het raam zitten en kijkt hoe Jay de heuvel op loopt. Als hij bij Rosemary aankomt, gaat hij naast haar zitten.

Ze zijn te ver weg voor Kate om hun gezichten te zien, maar ze blijven heel lang zo zitten praten en naar het park kijken. Kate voelt de paniek in zich aanzwellen, maar ze doet haar best om haar de kop in te drukken. Ze haalt diep adem en gaat op de grond zitten, met haar armen stevig om zich heen. Om zichzelf te kalmeren beeldt ze zich in dat ze zwemt.

Het park lijkt uitgestorven, op Jay en Rosemary na en een jogger die een slinger om de heuvel maakt en op Herne Hill afloopt. Uiteindelijk ziet Kate Jay opstaan en Rosemary bij de hand pakken. Hij helpt haar omhoog en ze lopen zij aan zij over het gras in de richting van het zwembad.

Kate staat ook op en holt naar het raam om naar hen te kijken. Rosemary ziet haar staan en loopt langzaam haar kant op. Ze komt steeds dichterbij, tot ze aan de andere kant van de ruit staat.

Jay blijft op een afstandje van het gebouw staan.

Rosemary legt haar handen op het glas en Kate legt de hare ertegenaan.

'Het is oké,' roept Rosemary door het glas. 'Het is voorbij.'

Rosemary begint te huilen, en Kate huilt mee. Want ze hoort Rosemary's stem en weet dat 'Het is voorbij' betekent dat het niet over is.

Rosemary pakt de *Evening Standard* uit haar tas, vouwt hem open en houdt hem tegen het glas. Kate ziet zichzelf op de foto.

LONDENSE JOURNALISTE HOUDT SIT-IN OM HET BROCKWELL LIDO TE REDDEN, luidt de kop erboven.

'Kom naar buiten!' roept Rosemary.

'Is de politie er?'

Rosemary schudt haar hoofd. 'Alleen ik.'

Kate holt de gang door naar de receptie en trekt de barricade van tafels en stoelen uit elkaar. Zodra ze erdoor kan, doet ze de deur van het slot en loopt de ochtendzon in.

Kate loopt langs Jay, die voor de deur stond te wachten. Hij knikt naar haar. Ze draait zich om en holt naar de oude dame die haar vriendin is geworden.

'Het is voorbij,' zegt Rosemary als Kate dichterbij komt. 'We hebben gewonnen.'

Dan spreiden de twee vrouwen hun armen en omhelzen elkaar stevig.

Kate huilt in het besef dat ze toch voor elkaar heeft gekregen wat ze nooit voor mogelijk had gehouden toen ze Rosemary pas leerde kennen: ze heeft écht geholpen. Rosemary huilt ook, om George en alle herinneringen die voor haar zijn wat het water voor het zwembad is. Zolang ze haar bad nog heeft, is hij altijd bij haar.

'Vertel dan, wat zeiden ze?' zegt Kate uiteindelijk. Ze veegt haar ogen droog en maakt zich los uit Rosemary's knuffel. Ze blijven dicht bij elkaar staan als Rosemary vertelt dat ze die ochtend een voicemail van Tory heeft gekregen, die haar vertelde dat ze in het bad willen adverteren. Ze willen de naam van het bedrijf op de bodem van het zwembad en betalen daar genoeg voor om het bad open te kunnen houden. Ze hebben al met de gemeente gesproken, en die zijn op het bod ingegaan.

Nadat ze de voicemail had afgeluisterd, heeft Rosemary meteen Ahmed gebeld, die nu met Tory aan de lijn hangt om de details door te nemen. Dan laat ze Kate Tory's ingesproken bericht horen.

'We vonden het een mooie kans. Door alle aandacht die het zwembad de laatste tijd krijgt in de media geeft dit ons precies het juiste soort publiciteit. Dus zakelijk gezien leek het ons verstandig. Maar wat het belangrijkste is: ook niet zakelijk gezien is dit een goede keuze. We waren zeer geroerd door jou, Rosemary. Bedankt dat je je verhaal met ons hebt willen delen.'

'Het is je gelukt,' zegt Kate, en ze kijkt Rosemary trots aan. Haar ogen stralen.

'Maar ik heb het niet in mijn eentje gedaan. Ahmed was gisteren zo geweldig. En toen ze vanochtend belden, zeiden ze dat ze gisteravond het artikel over jou in de *Evening Standard* hadden gelezen en dat dat voor hen de doorslag gaf. Ze willen "profiteren van de goodwill", zo zei ze het geloof ik.'

'Maar hoe zit het dan met Paradise Living?' vraagt Kate, en er verschijnt een frons op haar gezicht als ze denkt aan de zwakke plek in Ahmeds plan: de projectontwikkelaar had al een bod op het zwembad uitgebracht.

Rosemary schudt haar hoofd.

'Het contract zou vandaag getekend worden, maar toen de gemeenteraad hoorde over de adverteerder hebben ze zich bedacht. Kennelijk waren er ook wat problemen met asbest in een van de nieuwe appartementengebouwen van Paradise Living – heb je het artikel in de *Brixton Chronicle* van vanochtend al gezien?'

Kate schudt haar hoofd. 'Wie heeft dat dan geschreven?' vraagt ze.

Rosemary pakt ook de regionale krant uit haar tas en laat Kate het verhaal lezen. De naam bij het artikel is die van Phil Harris.

'Dus het is ons gelukt?' vraagt Kate als ze Rosemary in haar gelukkige blauwe ogen kijkt.

'Het is ons gelukt,' antwoordt Rosemary. Dan slaat ze haar armen weer om Kate heen.

'Dank je wel,' zegt Rosemary. Kate klemt haar armen nog wat steviger om haar heen. Zo staan ze, in de zon, en ze omhelzen elkaar alsof ze pas weer thuisgekomen zijn. Jay laat hen even begaan, maar verbreekt dan de stilte. Hij loopt naar hen toe en wijst.

'Kijk eens wie we daar hebben,' zegt hij.

Frank en Jermaine lopen met hun armen om elkaar heen te lachen. Sprout holt voor hen uit en springt kwispelend op naar Kate en Rosemary. Hope zwaait naar hen, en Ellis en Jake komen ook breed lachend en zwaaiend aangelopen. En Ahmed loopt nu zelfverzekerd op hen af. Het lijkt wel of hij langer geworden is. Hij hoeft even niet aan zijn examens te denken. De hele groep komt om hen heen staan en iedereen lacht. Ahmed en Rosemary omhelzen elkaar, en Frank en Jermaine nemen Kate in de armen en knijpen haar bijna fijn, terwijl Sprout opspringt om mee te doen aan de groepsknuffel. Als ze elkaar weer loslaten, ziet Kate Geoff staan en pakt ze de sleutelbos uit haar zak.

'Deze zijn van jou, geloof ik,' zegt ze.

'Dank je wel,' zegt hij als hij de sleutels van haar aanneemt. 'Wat ben ik blij dat ik deze weer terug heb. Dank je. Serieus. Heel erg bedankt.'

'Volgens mij moet er nu nog maar één ding gebeuren,' zegt Rosemary zodra iedereen is uitgelachen. Ze kijken haar aan.

'Zwemmen!'

'Uitstekend plan,' zegt Hope, haar zwemtas in de lucht stekend.

Samen lopen ze het bad in, langs de uit elkaar geschoven barricade van tafels en stoelen, de gang door. Kate werpt een blik in de yogastudio als ze erlangs loopt, waar de matten en handdoeken nog op een hoop liggen en haar eraan herinneren dat de nachten dat ze daar tegen Jay aan gelegen heeft écht gebeurd zijn. Ze pakt zijn hand, en zo lopen ze samen het terras op.

65

Als de maanden voorbijgaan, blijft het druk in het zwembad, in het weekend staat er vaak een lange rij tot in het park. In het bad zijn allerlei soorten zwemmers te vinden. Je hebt degene die hier komt om te trainen, die een fles water aan de rand van het bad laat staan naast een horloge en die zorgvuldig getimede baantjes trekt. Je hebt de rugslagzwemster, die alleen maar achteruit lijkt te kunnen zwemmen en die precies weet binnen hoeveel slagen ze bij het andere eind van het bad is. Je hebt de zwemmer die zo spettert dat hij een hele baan voor zichzelf krijgt (misschien doet hij het wel expres). En je hebt de onderwaterzwemster, die je bijna nooit te zien krijgt, aangezien ze bijna de hele baan over de bodem zwemt. Er komt een man yoga in het water doen: hij staat in het ondiepe op één been, met zijn handen ineengevouwen voor zijn borst, alsof hij in gebed is, om dan zijn armen voor zich uit te strekken, zijn knieën te buigen en zich in het water te laten glijden. En dan heb je nog Kate, met haar kikkerbenenschoolslag.

Kate en Rosemary zwemmen samen de zomer uit, de herfst in, en halen hun armen door het water, waar gevallen bladeren op drijven als bootjes. Elke dag duiken ze het koude water in en elke dag zitten ze een poosje op het bankje voor het zwembad te wachten tot hun haar droog is en kletsen ze met elkaar.

'Morgenochtend zelfde tijd?' zegt Kate dan als ze opstaat om weg te lopen.

'Morgenochtend zelfde tijd,' zegt Rosemary.

66

De vos loopt haar rondje door Brixton. Haar staart zwaait achter haar aan. Zelfs bij daglicht is ze niet bang: dit is haar thuis en ze weet dat ze kan doen en laten waar ze zin in heeft. Ze loopt langs de rand van een school; het plein is vol met kinderen, die door hopen herfstbladeren schoppen of ze oppakken en naar elkaar toe gooien. 's Middags, als het plein verlaten is, komt ze terug, op jacht naar korsten brood en half opgegeten koekjes die de kinderen hebben laten vallen. En als ze haar buik vol heeft, loopt ze achter de kinderen aan als ze uitwaaieren door Brixton en het park, genietend van de allerlaatste warme dag. Sommigen gaan meteen door naar de speeltuin, anderen zwaaien met hun zwemtas en hollen naar het bad.

'S Avonds loopt de vos langs de pubs, waar de muziek op straat te horen is als mensen de deuren opendoen om buiten een sigaretje te roken. Als ze daar zo rond terrasverwarmers staan, grijpt zij de kans om aan de achterkant de vuilnisbakken te plunderen, tot een kok naar buiten komt met nieuw afval en haar verjaagt.

Op de markt staan op koude ochtenden de kooplui diep weggedoken in hun jassen en ze hullen overdag hun kramen in zeildoek om de regen te weren. 's Nachts rent de vos door de lege straat en gaat snuffelend op zoek naar vissenkoppen en beurs fruit in de vuilnisbakken. Om de hoek, op Station Road, zijn de luiken voor de winkels in de bogen neergelaten, sommige voor de nacht, andere voorgoed.

In de vroege ochtenden rent ze in de mist door het park, langs de hardlopers, die zich in steeds meer lagen beginnen te hullen: eerst komt er een jack bij, en later sjaals en handschoenen. Hun adem wolkt in de koude lucht.

Als de vos haar dagelijkse wandelingetje door Brockwell Park maakt, gloeien de bomen oranje op, dan rood, dan brons. Bladeren vallen in bruine hopen om de boomstammen en laten de takken kaal achter.

In het zwembad hijsen zwemmers zich in hun wetsuits om zich te beschermen tegen de kou. Wie dapper is houdt het bij zijn gewone zwemkleding, haalt een keer diep adem en springt.

67

En dan komt de winter. De restaurants in Brixton Village delen dekentjes uit aan hun klanten, die hun jas aanhouden en zich warm houden met cocktails en wijn. Verderop in de straat, bij de bioscoop, staat een stalletje waar ze winterjassen en voedsel inzamelen voor mensen die nergens naartoe kunnen om aan de kou te ontsnappen.

Wie zijn hond uitlaat in het park loopt wat sneller dan in de zomer. De tennisbanen zijn verlaten en de volkstuintjes slapen, wachtend tot het weer lente wordt.

In het zwembad staat een grote groep mensen in het restaurant en op het terras.

'Je hebt een nieuwe baan, hoor ik?' zegt Hope tegen Kate.

'Klopt, ik begin volgende week.'

'Bij *The Guardian* maar liefst!'

'Het is maar een junior functie, hoor,' zegt Kate blozend. Maar ze glimlacht erbij.

'Fantastisch,' zegt Frank, die met Jermaine bij Hope en Kate is gaan staan.

'Gefeliciteerd, Kate,' zegt Jermaine. 'Als je ooit boeken nodig hebt voor je research, dan weet je waar je moet zijn.'

'Uiteraard,' zegt Kate. 'In mijn favoriete boekwinkel.'

Hope vraagt hoe het met de winkel gaat. Ze vertellen over hun plan om de nieuwe uitgaven van schrijvers uit de buurt te gaan verkopen en hen daarbij uit te nodigen om een praatje te komen houden in de winkel. Terwijl ze zo staan te kletsen kijkt Kate de ruimte door. Erin en Mark zijn er, net als haar ouders, die nu bij Jay staan. Onder Erins zwarte jurk is al een klein buikje te zien. Ze belde Kate een week geleden om het nieuws met haar te delen, en ze moesten allebei huilen aan de telefoon. Kate kan niet wachten tot ze tante is.

Ze krijgt het er warm van als ze ziet dat Jay met haar familie staat te praten. Het komt wel goed, denkt ze. Hij redt zich wel. Hij ziet haar kijken en lacht naar haar. Even houden ze elkaars blik vast, en dan praat hij verder. Ze bedenkt dat ze vanmiddag met hem naar huis zal gaan, naar zijn appartement, waar haar kleren inmiddels naast de zijne in de kast hangen. Ze weet wel dat het snel is gegaan, maar toen Jays huisgenoot Nick zei dat hij een ander huis had, leek het zo logisch. Het voelde geweldig toen ze de deur van haar oude kamer dichttrok en nog een onbeantwoorde groet ten afscheid riep in de gang. Toen ze de voordeur op slot draaide en de sleutels door de brievenbus gooide voor de nieuwe huurder, had ze het gevoel alsof ze ook haar paniek achter slot en grendel stopte. Ze liep weg en keek niet meer om.

Ellis, Jake, Ahmed en Geoff staan samen bij de koffiebar te praten. Ahmed is nu halverwege zijn eerste semester op de universiteit. Hij draagt een nieuw pak, dat hem perfect past.

Ze hoort eerst niet wat Hope zegt, zo gaat ze op in het kijken naar de mensen om haar heen.

'Volgens mij is het tijd om naar buiten te gaan,' zegt Hope. Ze legt zachtjes haar hand op Kates elleboog.

'Jaja, natuurlijk,' zegt Kate. Ze kijkt achterom het restaurant in. Frank en Jermaine lopen richting het terras, hun armen om elkaar heen geslagen. Ze zien haar en knikken; ze knikt terug.

Hope pakt Kate bij de arm en loodst haar de deur door, de koude lucht in. Jay en haar familie staan daar op haar te wachten, en Hope doet een stap naar achteren en laat Kate bij hen achter. Jay geeft haar een kus op haar wang. Erin steekt een hand naar haar uit; Kate pakt hem en knijpt erin, en denkt aan de keer dat ze hier hand in hand met haar zus aan de rand van het bad zat.

De mensen verzamelen zich op het terras tegenover het

zwembad. Het water is leeg en stil, en de hemel erboven grijs en bewolkt. De tiener staat met zijn rug naar het bad. Zijn overhemd is te groot voor hem, en de vouwen van hoe het in de verpakking heeft gezeten, lopen over zijn borst en buik. Zijn zwarte das is ook nieuw.

Hij houdt een vel papier vast. Hij kijkt erop, en dan kijkt hij naar de groep. Zijn ouders staan opzij naar hem te kijken. Zijn moeder lacht naar hem en zou wel even naar voren willen stappen voor een knuffel, maar ze weet dat hij dit alleen moet doen. Zodra iedereen in een halve cirkel om hem heen staat, uitkijkend over het bad, begint hij te praten.

'Ik leerde mevrouw Peterson, Rosemary Peterson, kennen toen ik voor eerst in het zwembad kwam. Dat is nu een paar jaar geleden. Ze gaf me een compliment voor hoe ik zwom, ze zei dat ik een sterke slag had.'

Hij heeft pas net de baard in de keel en moet zelf nog wennen aan het geluid. Als hij daar zo staat, met het bad dat zich achter hem uitstrekt, lijkt hij nog klein, maar zijn stem is luid genoeg.

'Ik geloofde haar eerst niet, maar ze zei het elke keer als ze me zag. "Je slag is zo sterk," zei ze dan. Misschien was het eerst ook niet echt zo, maar ik bleef hier komen om te trainen en zij bleef het zeggen, en uiteindelijk drong het tot me door dat ze gelijk had. Ik was inderdaad sterk geworden.'

Hij kijkt voor het eerst op van zijn papier. De in het zwart geklede mensen die bij elkaar staan op het terras van het bad kijken naar hem.

'Dat heeft ze voor mij betekend: ze liet me zien hoe ik sterk kon worden. En ik weet dat ze dat voor velen van jullie ook heeft gedaan. Daarom zijn we hier nu ook.'

De tiener vouwt zijn papier op en steekt het weer in zijn zak. Hij loopt naar zijn ouders, en zijn moeder stapt op hem af en trekt hem tegen zich aan. Ze houdt zijn hoofd in haar handen. Dan stapt ook zijn vader op hen af en slaat zijn armen om hen heen.

Hope zegt een paar woorden en maakt de groep aan het lachen met het verhaal over Rosemary en haar klasgenootjes die met jas en al in het bad sprongen. Ze vertelt hoe Rosemary haar onder haar hoede nam toen ze pas in Brixton kwam wonen en bij haar in de bibliotheek kwam werken, hoe lief ze was voor de schoolkinderen die er kwamen om hun leesboeken voor de schoolvakanties uit te zoeken, en hoeveel respect ze altijd had gehad voor ieders boekenkeuzes, en nooit haar neus ophaalde voor een romannetje met een suffe titel of een zelfhulpboek.

Ze knikken en glimlachen. Zelfs de mensen die haar maar even meegemaakt hebben, denken: ja, zo was Rosemary. Andere verhalen over haar vroegere leven bevestigen hun eigen herinneringen aan haar. Ze hebben het gevoel alsof ze haar toen ook al kenden. Aan het eind hapert Hopes stem als ze denkt aan haar oudste vriendin en wenst dat ze hierbij was. Ze vraagt zich af met wie ze haar wekelijkse stuk taart en verhalen moet delen, en bij die gedachte wil ze het liefst in bed kruipen en er nooit meer uit komen. In plaats daarvan haalt ze diep adem en voegt zich weer bij de groep, waar Jamila haar armen spreidt en haar moeder stevig omhelst.

Als het Kates beurt is om te spreken kijkt ze Erin aan, en daarna Jay. Ze knikken haar allebei toe, en dat geeft haar kracht. Ze loopt alleen naar de rand van het bad, gaat met haar rug naar het water staan en kijkt de mensen aan. Ze kijkt naar al die verschillende gezichten die hier op het terras bijeengekomen zijn. Haar familie staat naast Jay, en ze glimlachen om haar aan te moedigen.

Ze kijkt opzij naar de anderen, aan de zijkant van het bad. Frank en Jermaine houden elkaar vast en vegen hun ogen af met een tissue. Ahmed staat bij Ellis, Jake en Geoff. En overal ziet ze gezichten uit Brixton die zijn gekomen om afscheid te nemen. De jonge moeder houdt haar baby op de arm en denkt aan hoe ze hier heeft gezwommen toen ze hoogzwanger was en aan Rosemary die altijd even inhield voor een praatje. De tiener en zijn ouders, en daarnaast de mensen van de kringloopwinkel en de eigenaar van de koffiezaak waar Hope en Rosemary zo graag kwamen. Veel van de mensen kent Kate niet eens. Ze kijkt ze allemaal aan – Rosemary's vrienden, haar buurt, haar thuis – en wordt overspoeld door een golf van dankbaarheid. Een jaar geleden was haar leven nog zo klein. En nu lijkt het zoveel groter.

Er vliegt een vogel voorbij door de grijze lucht. Hij landt op een tak van de boom naast het bad om uit te rusten. Ze kijkt op en ziet het groen en geel van zijn veren tussen de donkere takken. Het is een parkiet. Ze bestudeert hem even en kijkt daarna weer naar de mensen die onder de parasols bij elkaar staan. En dan begint ze te praten.

'Toen ik Rosemary leerde kennen, had ik het gevoel dat ik helemaal alleen was in een wereld die veel te groot voor me was. Ik was vaak bang, doodsbang zelfs. Nu pas weet ik dat ik iemand nodig had om me daaruit te halen.'

Ze haalt diep adem en denkt aan de momenten dat ze in haar kamer lag te huilen en het gevoel had dat het duister haar helemaal overnam en ergens mee naartoe zou slepen waar ze nooit meer vandaan zou kunnen komen.

'Ik leerde Rosemary kennen voor een opdracht, maar het voelde helemaal niet als werk. Ik kwam hier om haar verhaal op te schrijven, maar in plaats daarvan vroeg ze me naar míjn verhaal. Ze hielp me mijn weg te vinden. Zonder Rosemary had ik het zwembad misschien nooit ontdekt. Zonder Rosemary had ik jullie nooit leren kennen en nooit mijn plek in de stad gevonden. Zonder haar zou ik nog steeds verloren zijn.'

Het is voor het eerst dat ze die woorden hardop uitspreekt, en als ze het doet, voelt het als een laatste loslaten.

'Rosemary heeft me gered. Ik weet dat mensen zich haar zullen herinneren om hoe ze heeft gestreden om dit zwembad open te houden. Maar ze heeft mij ook gered. Ze heeft me bevrijd van de eenzaamheid van het alleen-zijn. Ze was mijn vriendin. En ik mis haar.'

Een briesje vangt haar zwarte sjaal en laat hem dansen. Ze voelt de wind op haar gezicht. Iedereen is stil.

'We missen haar allemaal,' zegt ze na een poosje. 'En daarom wil ik jullie vragen om haar op een bijzondere manier te gedenken, onze Rosemary.'

Ze draait zich om en loopt langs de rand van het bad tot ze aan de andere kant staat. De anderen volgen haar, en er staan mensen van het andere eind van het bad tot aan het restaurant. Kate staat tegenover Jay, en ze kijken elkaar over het water heen aan. Hij glimlacht. Erin, Mark en Kates ouders staan naast Jay. Brian doet zijn bril af en legt hem op de grond. Mark houdt Erins hand vast. Ahmed staat naast Geoff, die een arm om zijn schouders heeft geslagen. Kate kijkt in de rij naast haar: daar staan Hope en Jamila met Ellis en Jake aan de ene kant, en Frank en Jermaine aan de andere kant. De tiener staat bij het diepe, met zijn ouders ieder aan een kant van hem. Ze houden alle drie elkaars hand vast. Alle anderen zijn er ook, verspreid rondom het bad, met hun voeten op de rand.

Kate knoopt haar jas los en legt hem op de grond naast zich. Ze tilt haar zwarte jurk over haar hoofd tot ze daar staat in haar badpak.

Alle anderen ontdoen zich daarop ook van hun zwarte begrafeniskleren, om kleurrijke zwembroeken en badpakken te onthullen. Toen ze haar ongebruikelijke verzoek lazen in de uitnodiging hadden ze erom moeten glimlachen en wisten ze dat ze dit inderdaad moesten doen. Onder het uitkleden beginnen ze te praten en te lachen, en mensen springen op en neer om warm te blijven. Ineens denkt Kate aan Rosemary's verhaal – het verhaal dat Hope net weer heeft verteld – en ze pakt haar jas weer van de grond. Ze trekt hem weer aan en knoopt hem dicht over haar badpak. De anderen zien haar, beginnen te lachen en pakken zelf ook hun jassen en jacks.

Dan staan ze allemaal om het bad in hun zwemkleren en jassen.

Kate doet een stapje naar voren tot ze echt helemaal aan de rand staat en kijkt in het water. Ze denkt aan Rosemary en aan

George, die hun leven zwemmend in dit bad hebben doorgebracht.

'Een, twee, drie...' zegt ze.

En dan springen ze.

68

In de lente komen de veldbloemen weer terug in Brockwell Park. Even leek het erop dat ze zich nooit meer zouden laten zien. De grond was bevroren en het gras brak onder je voeten in de rijp. Maar de bloemen komen altijd terug. Als gras wit ziet en de takken kaal zijn, vergeet je maar al te gauw dat ze er ooit zijn geweest. Maar als het nieuwe seizoen geeuwend en zich uitrekkend tot leven komt, prikken de groene scheuten door de aarde. Dichte knoppen beginnen zich als vuisten te ontspannen. En dan zijn de bloemen er ineens. Madeliefjes met felgele hartjes, speenkruid en narcissen komen omhoog. Achter het park zijn Brixton en het lawaai van de stad, maar hier is het vredig en groen.

Het park komt tot leven, en overal liggen gezinnen languit in de eerste zon. Stelletjes vallen op het gras in slaap, de een met zijn hoofd op de buik van de ander. Hardlopers rennen rustig de heuvel op. Een man die naar beneden wandelt, zegt tegen een vrouw die naar de top rent: 'Je kunt het wel!'

Boven aan de heuvel staat een bankje. Je hebt er uitzicht over het park en op de mensen die van deze nieuwe zon genieten. Onder aan de heuvel lopen mensen over het pad naar het zwembad met hun zwemtassen en handdoeken, klaar om hun eigen hoekje stadsstrand te claimen.

In het verse hout van het bankje is een opschrift geschreven: VOOR GEORGE, DIE ZO HIELD VAN DIT UITZICHT. EN VOOR ROSEMARY, DIE HET HEEFT GERED.

Van de auteur

Dit boek is een fictief verhaal, deels geïnspireerd op de tijd dat ik zelf als student in Brixton woonde. De gemeenschapszin in de wijk vond ik opvallend, maar ik werd ook getroffen door de vele veranderingen die er plaatsvonden – veranderingen die ook plaatsvinden in talloze andere wijken in Londen, maar evengoed in andere steden.

Hoewel ik dit verhaal bedacht heb, bestaat het Brockwell Lido echt. Het buitenbad in Zuid-Londen ging open in 1937. Het echte bad heeft een lange en ingewikkelde geschiedenis, en is in de jaren negentig echt een poos dicht geweest. Het kwam deels door de acties van zwemmers uit de wijk dat het bad zijn deuren weer opende. Maar wat je hier in dit boek leest, is fictie: ik heb me proberen in te beelden wat er zou gebeuren als het bad ook nu weer met sluiting zou worden bedreigd.

Ik ben daarnaast een beetje creatief geweest met het beschrijven van andere plekken in Brixton; de echte wijk was een bron van inspiratie, maar ik heb mijn verbeelding gebruikt voor de verhaallijn.

Als Londense prijs ik me gelukkig met een paar schitterende zwembaden in mijn stad: Tooting Bec, Parliament Hill, London Fields en het Serpentine Lido zijn een paar van mijn favoriete buitenbaden. Je vindt dit soort baden in het hele land, en ook in het buitenland. Veel zijn er in de afgelopen jaren gesloten, maar er zijn er ook veel die juist weer opengingen, vaak dankzij vastberaden acties van buurtbewoners. Als je nog nooit in een buitenbad hebt gezwommen, raad ik je van harte aan om de sprong eens te wagen. En als je dat doet, kijk dan eens goed om je heen of je er een Kate of een Rosemary ziet. Mij kun je er ook zomaar eens tegen het lijf lopen. Veel zwemplezier!

Dankwoord

Mijn naam mag dan op de kaft van dit boek staan, er zijn heel veel mensen die er een bijdrage aan hebben geleverd, en al die mensen bedank ik uit de grond van mijn hart.

Ten eerste bedank ik mijn familie, omdat die me al mijn hele leven steunt en aanmoedigt bij het schrijven. Ze brachten me naar schrijfkampen en literaire festivals, en lazen alles wat ik hun voorschotelde. Ik bedank vooral mijn zus Alex, die de eerste lezer van de eerste versie van dit boek was. Zij was ook degene die me leerde zwemmen. Haar geduld en inspiratie hebben mijn leven veranderd. Bruno bedank ik voor de wijn, de thee, de etentjes en gewoon voor hoe hij van me houdt. Daarnaast bedank ik mijn lieve vrienden (te veel om allemaal bij naam te noemen) die altijd deel uitmaakten van Team Libby – wat een geluksvogel ben ik, met al die steun. Ik wil speciaal Hannah Friend noemen, een voormalige collega die me aanmoedigde het water in te stappen en die mijn zwemmaatje was als ik er eentje nodig had. Een klein hoofdstuk in ons beider leven, maar eentje met blijvende gevolgen in het mijne.

Heel veel dank voor mijn geweldige agent Robert Caskie, omdat hij in mij en in *Het zwembad* geloofde en omdat hij me zo vriendelijk heeft begeleid tijdens dit hele proces. Ik zou niet weten wie ik liever naast me had gehad. Ook bedank ik Nathalie Hallam voor alle hulp om *Het zwembad* de hele wereld over te brengen!

Wat betreft mijn geweldige redacteur Clare Hey bij Orion: ik heb zoveel van haar geleerd, en haar enthousiasme voor dit verhaal, vanaf dag één, was fantastisch. Ik bedank iedereen bij Orion, vooral Sarah Benton, Rebecca Gray, Cait Davies, Jo Carpenter, Hannah Methuen, Andrew Taylor, Paul Stark, Rabab Adams, Rachael Hum, Sally Partington en Katie Espiner.

Tot slot bedank ik alle zwemmers, in het verleden en in het heden, die de inspiratie vormden voor dit verhaal. De afgelopen jaren heb ik zwemmers geobserveerd en gesproken met de meest uiteenlopende achtergronden, die houden van hun buitenbaden, binnenbaden, meren, rivieren en zee. Wat ze met elkaar gemeen hebben, is een enorme levenslust en talent voor plezier. Dit boek is ook voor jullie allemaal, met mijn bewondering.